Margaret Atwood, von der Kritik als „Superstar der kanadischen Literatur“ bezeichnet, legte seit ihrem Roman „Die eßbare Frau“ ein umfangreiches Werk vor; ihre Gedichte, Romane und Erzählungen wurden in sechzehn Sprachen übersetzt. Die Autorin war vierundzwanzig, eine „zornige junge Frau“, als sie ihr erstes Prosawerk schrieb, für das sich, wenn auch erst vier Jahre später, ein Verleger fand. Wie ihre beiden etwa gleichaltrigen Heldinnen Marian und Ainsley hatte sie ihr Studium gerade abgeschlossen. So ist wohl manch eigene Erfahrung – oft mit jugendlicher Frische und leichter Hand ins Satirische oder Groteske gesteigert – in die Handlung eingeflossen.

Marian und Ainsley haben aus finanziellen Gründen gemeinsam eine Wohnung unter dem Dach eines betagten gutbürgerlichen Hauses gemietet. Auf recht unterschiedliche Weise versuchen sie im Berufs- und Privatleben Fuß zu fassen: Ainsley, die defekte elektrische Zahnbürsten prüft, glaubt, sich als alleinstehende Mutter verwirklichen zu müssen, und plant mit Geschick und Raffinesse ihre Schwangerschaft. Marian, eher der anpassungsfähige Typ, verbringt ihre Tage in einem Marktforschungsbüro mit dem Entwerfen von Fragebögen zu Meinungstests über Hundefutter, Scheuerlappen, Dosen-Reispudding und so weiter. Bald jedoch verlobt sie sich mit Peter, einem Juristen mit guten Aufstiegschancen. Der Hochzeitstermin steht fest, die Verwandtschaft trifft schon Vorbereitungen, da rebelliert plötzlich Marians Unterbewußtsein: Sie kann nichts mehr essen …

Margaret Atwood

Die eßbare Frau

Deutsch
von Werner Waldhoff

Aufbau-Verlag

Titel der englischen Originalausgabe
The Edible Woman

1. Auflage 1989
Aufbau-Verlag Berlin und Weimar
Ausgabe für die Deutsche Demokratische Republik mit Genehmigung
der claassen Verlag GmbH, Düsseldorf

Einbandgestaltung Marina Lachermund / Regine Schmidt
Lichtsatz Karl-Marx-Werk, Graphischer Großbetrieb, Pößneck V 15/30
Druck und Binden
III/9/1 Grafischer Großbetrieb Völkerfreundschaft Dresden
Printed in the German Democratic Republic
Lizenznummer 301.120/189/89
Bestellnummer 6139489
00295

ISBN 3-351-01379-5

Für J.

„Die Oberfläche, auf der Sie arbeiten (vorzugsweise Marmor), sowie die Geräte, die Zutaten und Ihre Hände sollten während der ganzen Prozedur schön kühl gehalten werden . . .“

Rezept für Blätterteiggebäck
Aus: I. S. Rombauer und M. R. Becker,
„The Joy of Cooking“.

Vorwort zur deutschen Ausgabe

Ich schrieb „Die eßbare Frau“ im Frühling und Sommer 1965, in leere Examenshefte, die ich stibitzt hatte, als ich an der University of British Columbia acht Monate lang erstmals Englisch unterrichtet hatte. Die Titelszene datiert aus dem Jahr davor; ich hatte sie mir ausgedacht, soweit ich mich erinnere, als ich einmal vor einem Konditoreischaufenster voller Marzipanschweinchen stand. Es kann auch ein Woolworth-Fenster voller Mickey Mouse-Kuchen gewesen sein, jedenfalls hatte ich eine Zeitlang über symbolischen Kannibalismus nachgedacht. Hochzeitskuchen mit Zuckerbräuten und -bräutigamen waren damals von besonderem Interesse für mich. „Die eßbare Frau“ wurde also von einer Dreiundzwanzigjährigen konzipiert und von einer Vierundzwanzigjährigen geschrieben, und die hemmungsloseren Grotesken lassen sich möglicherweise der Jugend der Autorin zuschreiben, obwohl ich eher annehmen möchte, daß sie aus der Gesellschaft herrührten, von der sie sich umgeben sah.

(„Die eßbare Frau“ war nicht mein erster Roman. Den ersten hatte ich in einer gemieteten Besenkammer in Toronto geschrieben, aber er war von den drei damals existierenden kanadischen Verlegern als zu düster abgelehnt worden. Er endete mit der Entscheidung der Heldin, ob sie den männlichen Protagonisten von einem Dach stoßen sollte oder nicht – ein Schluß, der 1963 noch der Zeit voraus war und heute wahrscheinlich zu unentschieden wäre.)

Ich beendete „Die eßbare Frau“ im November 1965 und schickte das Manuskript einem Verleger, der ein gewisses Interesse an meinem früheren Buch bekundet hatte. Nach einem ersten positiven Brief hörte ich nichts mehr. Ich war zu sehr mit meiner Dissertation und den Vorbereitungen für meine mündliche Prüfung beschäftigt, um die Sache weiterzuverfolgen. Aber nach anderthalb Jahren begann ich nachzufassen und fand heraus, daß der Verleger mein Manuskript verloren hatte.

Inzwischen war ich eine sichtbare literarische Randerscheinung, da ich einen Preis für Lyrik gewonnen hatte, und so lud mich der Verleger zum Essen ein. „Wir werden Ihr Buch veröffentlichen", sagte er, sah mir aber nicht in die Augen. „Haben Sie es gelesen?" fragte ich. „Nein, aber das werde ich noch", antwortete er. Es war wahrscheinlich nicht das erste Buch, das er aus purer Verlegenheit herausbrachte.

„Die eßbare Frau" erschien dann 1969, vier Jahre, nachdem das Buch geschrieben worden war und gerade rechtzeitig, um mit dem Aufstieg des Feminismus in Nordamerika zusammenzufallen. Manche gingen sofort davon aus, das Buch sei ein Produkt der Bewegung. Ich selber sehe das Buch eher als einen protofeministischen Roman: es war keine Frauenbewegung in Sicht, als ich das Buch 1965 schrieb, und ich besitze nicht die Gabe des Hellsehens, auch wenn ich, wie viele zu der Zeit, Betty Friedan und Simone de Beauvoir hinter verschlossenen Türen las. Es ist bemerkenswert, daß die Entscheidungen meiner Heldinnen am Ende des Buches mehr oder weniger die gleichen sind wie am Anfang: eine Karriere ohne Ziel oder die Ehe als Abgang aus dem Beruf. Aber eben das waren die einzigen Möglichkeiten, die einer jungen Frau, selbst einer ausgebildeten jungen Frau in Kanada in den sechziger Jahren offenstanden. Es wäre ein Irrtum, anzunehmen, alles hätte sich geändert. Tatsächlich wirkt der Ton des Buches heute zeitgemäßer als damals, sagen wir 1971, als geglaubt wurde, die Gesellschaft könne sich ein gut Teil schneller verändern, als es heute möglich erscheint. Die Ziele der feministischen Bewegung wurden nicht erreicht, und diejenigen, die behaupten, wir lebten in einer post-feministischen Ära, sind entweder in einem traurigen Irrtum befangen oder zu müde geworden, um über die ganze Sache noch nachzudenken.

Margaret Atwood

Erster Teil

1

Ich weiß, daß es mir gut ging, als ich am Freitag aufstand; ja, ich fühlte mich eher noch unerschütterlicher als sonst. Als ich zum Frühstück in die Küche kam, saß Ainsley trübselig herum; sie sagte, sie wäre letzte Nacht auf einer schlimmen Party gewesen. Nichts als Zahnmedizinstudenten, beteuerte sie, was sie so deprimiert hatte, daß sie sich mit Alkohol getröstet hatte.

„Du hast ja keine Ahnung, was für eine nasse Angelegenheit das ist", sagte sie, „wenn man zwanzig Unterhaltungen über die Mundhöhlen andrer Leute durchstehen muß. Am lebhaftesten wurden sie, als ich einen Abszeß beschrieb, den ich mal hatte. Sie seiberten regelrecht. Die meisten Männer schauen doch auch noch auf was anderes als nur deine Zähne, Herrgott noch mal!"

Sie hatte einen Kater, was mich in fröhliche Stimmung versetzte – ich kam mir so gesund vor –, und ich goß ihr ein Glas Tomatensaft ein und machte ihr ein Alka-Seltzer zurecht, während ich ihren weiteren Klagen lauschte und mitfühlende Geräusche von mir gab.

„Als hätte ich nicht bei der Arbeit schon genug von so was", sagte sie. Ainsley hat einen Job als Tester von defekten elektrischen Zahnbürsten bei einer Firma für elektrische Zahnbürsten: eine vorübergehende Beschäftigung. Eigentlich wartet sie auf eine Chance in einer dieser kleinen Kunstgalerien, obwohl die nicht besonders gut zahlen. Sie möchte die Künstler kennenlernen. Im letzten Jahr, hat sie erzählt, waren es Schauspieler, bis sie dann tatsächlich welche traf. „Die sind total fixiert. Die schleppen bestimmt alle diese kleinen Mundspiegel mit sich rum, und jedesmal, wenn sie aufs Klo gehen, gucken sie sich selbst in den Mund, um sicher zu sein, daß sie noch keine Löcher haben." Sie fuhr sich nachdenklich mit einer Hand durchs Haar, das lang und rot oder eher kastanienbraun ist. „Kannst du dir vorstellen, daß du so einen küßt? Vorher würde er ‚Weit aufmachen‘ sagen. Sie sind so verdammt einseitig.“

„Es muß scheußlich gewesen sein“, sagte ich und füllte ihr Glas nach. „Hättest du nicht das Thema wechseln können?“

Ainsley hob ihre fast nicht vorhandenen Augenbrauen, die sie an diesem Morgen noch nicht nachgezogen hatte. „Natürlich nicht“, sagte sie. „Ich hab so getan, als ob ich schrecklich interessiert wäre. Und selbstverständlich hab ich auch nichts über meinen Job verlauten lassen; diese Fachleute sind sofort eingeschnappt, wenn man was über ihr Spezialgebiet weiß. Du weißt schon, wie Peter.“

Ainsley macht gern spitze Bemerkungen über Peter, vor allem, wenn sie sich nicht gut fühlt. Ich war großmütig und reagierte nicht. „Iß lieber was, bevor du zur Arbeit gehst“, sagte ich, „es ist besser, wenn du was im Magen hast.“

„O Gott“, sagte Ainsley, „ich halt das nicht aus. Wieder ein Tag mit Maschinen und Mündern. Ich hab keinen interessanten Fall mehr gehabt seit dem letzten Monat, als diese Frau ihre Zahnbürste zurückschickte, weil die Borsten ausfielen. Wir kriegten heraus, daß sie Ajax benutzt hatte.“

Ich war so damit beschäftigt, mich um Ainsleys Wohl zu kümmern – wobei ich mich gleichzeitig zu meiner moralischen Überlegenheit ihr gegenüber beglückwünschte –, daß ich gar nicht merkte, wie spät es schon war, bis sie mich darauf aufmerksam machte. Bei der Elektro-Zahnbürsten-Firma kümmert sich niemand darum, wann jemand angetanzt kommt, aber meine Firma hält sich für eine pünktliche Firma. Ich mußte die Eier auslassen und schnell eine Schale Getreideflocken mit einem Glas Milch runterspülen; ich wußte, daß ich lange vor dem Lunch Hunger bekommen würde. Ainsley beobachtete mich in angeekeltem Schweigen, während ich mir, noch Brot kauend, mein Täschchen schnappte und es Ainsley überließ, die Tür hinter mir zu schließen.

Wir wohnen im obersten Stockwerk eines großen Hauses – wahrscheinlich war früher hier die Dienerschaft untergebracht – in einem der älteren und freundlicheren Bezirke. Zwischen uns und der Haustür liegen also zwei Treppen, die obere eng und glatt, die untere breit und teppichbedeckt, aber mit gelockerten Läuferstangen. In den hohen Absätzen, die man im Büro erwartet, muß ich ans Geländer geklammert seitlich hinabsteigen. An diesem Morgen kam ich heil an der Reihe von Messing-Bettpfannen vorbei, die an der Wand unseres Treppenaufgangs hängen, verfing mich nicht an den Zinken des Spinnrades am Absatz zum zweiten Stock und stöckelte schnell an der gerahmten zerschlissenen Regimentsfahne und der Reihe der oval gerahmten Vorfahren, die den ersten Treppenaufgang bewachen, vorüber. Erleichtert stellte ich fest, daß niemand unten in der Halle war. Im Erdgeschoß marschierte ich auf die Tür zu und wich dabei dem Gummibaum auf der einen Seite und dem Tisch mit dem rohseidenen Deckchen und dem runden Messingtablett auf der anderen Seite aus. Hinter dem Samtvorhang zur Rechten hörte ich das Kind seine Morgenbuße auf dem Klavier absolvieren. Ich glaubte mich in Sicherheit.

Doch ehe ich die Tür erreichte, schwang sie lautlos in ihren Angeln nach innen, und ich saß in der Falle. Es war die Lady von unten. Sie trug ein Paar fleckenlose Gartenhandschuhe und hatte einen kleinen Spaten in der Hand. Ich fragte mich, wen sie wohl im Garten beerdigt hatte.

„Guten Morgen, Miss MacAlpin“, sagte sie.

„Guten Morgen.“ Ich nickte und lächelte. Ich kann mir ihren Namen nie merken, und Ainsley auch nicht. Wir haben da wahrscheinlich so was wie eine geistige Sperre. Ich schaute an ihr vorbei auf die Straße, aber sie wich nicht aus dem Türrahmen.

„Ich war gestern abend aus“, sagte sie. „Zu einer Sitzung.“ Sie hat eine sehr indirekte Art, sich dem Kern der Sache zu nähern. Ich trat von einem Fuß auf den anderen und lächelte erneut, in der Hoffnung, sie würde merken, daß ich es eilig hatte. „Das Kind erzählt mir, es hätte wieder ein Feuer gegeben.“

„Also ein Feuer eigentlich nicht direkt“, sagte ich. Das Kind hatte die Erwähnung seines Namens zum Vorwand genommen, mit dem Üben aufzuhören und stand nun in dem Samteingang zum Wohnzimmer und starrte mich an. Es ist ein klobiges Geschöpf von fünfzehn oder so, das eine exklusive private Mädchenschule besucht, wo es eine grüne Uniform mit dazu passenden Kniestrümpfen tragen muß. Sicher ist das Mädchen in Wirklichkeit ganz normal, aber irgendwie hat es mit der oben auf seinem gewaltigen Körper thronenden Haarschleife etwas Behämmertes.

Die Lady von unten zog einen ihrer Handschuhe aus und betastete ihren Knoten. „Aber", sagte sie honigsüß, „das Kind sagt, es hätte eine Menge Rauch gegeben."

„Wir hatten alles unter Kontrolle", sagte ich, diesmal nicht lächelnd. „Es waren nur die Koteletts."

„Ich verstehe", sagte sie. „Aber bitte sagen Sie Miss Tewce, sie möchte in Zukunft nicht mehr ganz soviel Rauch machen. Ich fürchte, es regt das Kind auf." Sie hält Ainsley allein verantwortlich für den Rauch und scheint zu glauben, sie bliese ihn wie ein Drache aus den Nüstern. Aber Ainsley stoppt sie nie in der Halle, um darüber zu reden – nur mich. Ich habe den Verdacht, daß sie Ainsley für nicht respektabel hält, im Gegensatz zu mir. Wahrscheinlich liegt es an der Art, wie wir uns kleiden: Ainsley meint, ich suchte meine Kleidung aus, als handelte es sich dabei um eine Tarnung oder Schutzfärbung; ich weiß nicht, was daran falsch sein soll. Sie selbst hält sich mehr an Neonrosa.

Natürlich verpaßte ich den Bus. Als ich den Rasen überquerte, sah ich ihn in einer Wolke von Schmutz über die Brücke verschwinden. Während ich unter dem Baum stand – unsere Straße hat viele Bäume, alle riesenhaft – und auf den nächsten Bus wartete, kam Ainsley auch aus dem Haus. Sie ist eine Meisterin der schnellen Wandlungen; ich könnte mich in so kurzer Zeit nicht zurechtmachen. Sie sah schon viel besser aus – was wahrscheinlich auf das Make-up zurückzuführen war, obwohl man da bei Ainsley nie sicher sein kann – und hatte ihr rotes Haar aufgesteckt, wie immer, wenn sie zur Arbeit geht. Die übrige Zeit trägt sie es offen. Sie hatte ihr ärmelloses orange-rosa Kleid an, das meiner Meinung nach um die Hüften herum zu eng war. Der

Tag würde heiß und schwül werden; schon jetzt spürte ich, wie sich eine eigene Atmosphäre wie eine Plastiktüte über mich stülpte. Vielleicht hätte ich auch ein ärmelloses Kleid anziehen sollen.

„Sie hat mich in der Halle erwischt", sagte ich. „Wegen des Rauchs."

„Das alte Miststück", sagte Ainsley. „Warum kümmert sie sich nicht um ihren eigenen Kram?" Ainsley stammt nicht aus einer Kleinstadt wie ich und ist nicht daran gewöhnt, daß die Leute herumschnüffeln; sie hat auch nicht soviel Angst davor. Sie macht sich keine Vorstellung von den Folgen.

„So alt ist sie nicht", sagte ich und schaute hinüber zu den vorhangbedeckten Fenstern des Hauses, obwohl ich wußte, daß sie uns nicht hören konnte. „Außerdem hat nicht sie den Rauch bemerkt, sondern das Kind. Sie war bei einer Sitzung."

„Wahrscheinlich die Christlichen Temperenzlerinnen", sagte Ainsley. „Oder die ‚Töchter des Empires'. Ich wette, sie war bei gar keiner Sitzung. Sie hat sich hinter diesem verdammten Samtvorhang versteckt und gehofft, wir würden glauben, sie wär bei einer Sitzung, damit wir wirklich mal was täten. Was sie sich wünschte, ist eine Orgie."

„Also Ainsley", sagte ich, „du leidest an Verfolgungswahn." Ainsley ist überzeugt davon, daß die Lady von unten hochkommt, wenn wir nicht da sind, sich in unserer Wohnung umsieht und insgeheim entsetzt ist. Sie verdächtigt sie sogar, in unserer Post zu schnüffeln, wenn auch nicht, sie zu öffnen. Tatsache ist, daß sie manchmal unseren Besuchern die Haustür aufmacht, ehe die geklingelt haben. Sie muß überzeugt davon sein, daß es ihr gutes Recht ist, Vorsichtsmaßnahmen zu treffen: als wir damals die Wohnung mieten wollten, machte sie uns durch diskrete Anspielungen auf frühere Mieter klar, daß, was auch geschähe, die Unschuld des Kindes auf keinen Fall gefährdet werden dürfe und daß man sich in diesem Punkt auf zwei junge Damen sicher besser verlassen könnte als auf zwei junge Männer.

„Ich tu, was ich kann", hatte sie gesagt und geseufzt und den Kopf geschüttelt. Sie hatte angedeutet, daß ihr

Ehemann, dessen Porträt in Öl über dem Klavier hing, nicht soviel Geld hinterlassen hatte, wie es sich gehört hätte. „Sie sind sich natürlich klar darüber, daß Ihr Apartment keinen separaten Eingang hat?“ Sie hatte mehr die Nachteile als die Vorteile betont; als ob sie gar nicht an uns vermieten wollte. Ich sagte, wir hätten es bemerkt. Ainsley sagte nichts. Wir waren übereingekommen, daß ich das Reden übernehmen und Ainsley dasitzen und unschuldig dreinschauen würde, etwas, was sie sehr gut kann, wenn sie will – sie hat ein glattes, rosigweißes Babygesicht, eine Knubbelnase und große blaue Augen, die sie so rund wie Pingpongbälle machen kann. Zu diesem Anlaß hatte ich sie sogar dazu gebracht, Handschuhe zu tragen.

Die Lady von unten hatte wieder den Kopf geschüttelt. „Wenn es nicht wegen des Kindes wäre“, sagte sie, „würde ich das Haus verkaufen. Aber das Kind soll in einer anständigen Umgebung aufwachsen.“

Ich sagte, das verstände ich sehr wohl, und sie sagte, die Gegend hier sei natürlich nicht mehr so gut wie früher: einige der größeren Häuser wären im Unterhalt zu teuer, und die Besitzer wären gezwungen gewesen, sie an Einwanderer zu verkaufen (ihre Mundwinkel senkten sich sanft nach unten), die sie in Logierhäuser umgewandelt hätten. „Aber unsere Straße hat das noch nicht erreicht“, sagte sie. „Und ich erkläre dem Kind ganz genau, durch welche Straßen es gehen kann und durch welche nicht.“ Ich sagte, das hielte ich für klug. Vor Unterzeichnung des Mietvertrages hatte es den Anschein gehabt, als könnte man mit ihr viel leichter zurechtkommen. Und die Miete war niedrig, und das Haus lag nahe an der Bushaltestelle. In dieser Stadt war das ein echter Glücksfall.

„Außerdem“, sagte ich zu Ainsley, „hat sie ein Recht, sich wegen des Rauches Sorgen zu machen. Was ist, wenn das Haus brennt? Und über alles andere hat sie nie ein Wort verloren.“

„Was denn? Wir haben nie irgendwas gemacht!“

„Na ja . . .“, sagte ich. Ich hegte den Verdacht, daß die Lady von unten all die flaschenförmigen Dinge bemerkt hatte, die wir nach oben trugen, obwohl ich mich immer bemühte, sie als Lebensmittel durchzumogeln. Es stimmte, sie hatte uns nie irgend etwas direkt verboten – da machte sie feine Unterschiede –, aber bei mir erzeugt das nur ein Gefühl, als wäre alles verboten.

„In stillen Nächten", sagte Ainsley, als der Bus kam, „kann ich hören, wie sie sich durchs Gebälk frißt!"

Wir sprachen nicht im Bus; ich mag keine Unterhaltungen in Bussen, ich seh mir lieber die Reklame an. Außerdem haben Ainsley und ich nicht viel gemeinsam, abgesehen von der Lady von unten. Ich hatte sie erst kurz vor unserem Einzug kennengelernt: sie war die Freundin einer Freundin, die zur gleichen Zeit wie ich nach einer Zimmergenossin suchte; wie solche Sachen eben ablaufen. Vielleicht hätte ich es über einen Computer versuchen sollen, obwohl es alles in allem ziemlich gut funktioniert. Wir kommen zurecht, mit einer Art symbiotischer Abstimmung der Gewohnheiten und einem Minimum jener blaßlila Feindseligkeit, die man so oft unter Frauen findet. Unsere Wohnung ist nie wirklich sauber, aber in unausgesprochener Übereinstimmung lassen wir sie nie mehr als eine feine Staubschicht ansammeln. Wasche ich das Frühstücksgeschirr ab, dann erledigt Ainsley das vom Abendbrot; wenn ich im Wohnzimmer fege, dann wischt Ainsley den Küchentisch ab. Es ist ein wackliges Arrangement, und wir wissen beide, daß beim ersten Versagen die ganze Sache zusammenbricht. Natürlich haben wir jeder unser eigenes Schlafzimmer, und was sich da drinnen abspielt, geht ausschließlich den Bewohner etwas an. Ainsleys Fußboden beispielsweise ist mit einem tückischen Sumpf von gebrauchten Kleidungsstücken bedeckt, Aschenbecher sind dazwischen verstreut wie Trittsteine, aber obwohl ich es für feuergefährlich halte, spreche ich nie davon. Durch solche gegenseitige Zurückhaltung – ich nehme an, daß sie auf Gegenseitigkeit beruht, denn es muß Dinge geben, die sie an mir nicht mag – schaffen wir es, ein einigermaßen reibungsloses Gleichgewicht zu bewahren.

Wir erreichten die U-Bahn-Station, wo ich mir ein Päckchen Erdnüsse kaufte. Schon jetzt hatte ich Hunger. Ainsley lehnte ab, als ich ihr welche anbot, also aß ich sie auf dem Weg in die City allein auf.

Wir stiegen an der vorletzten Haltestelle Richtung Süden aus und gingen einen Block zusammen; unsere Büros liegen im gleichen Bezirk.

„Übrigens", sagte Ainsley, als ich gerade in meine Straße abbiegen wollte, „hast du drei Dollar? Der Scotch ist alle." Ich kramte in meiner Tasche und gab sie ihr, nicht ohne ein Gefühl der Ungerechtigkeit: wir teilen die Kosten, aber selten den Inhalt. Mit zehn Jahren hatte ich einen Aufsatz gegen den Alkoholgenuß für einen Sonntagsschulwettbewerb der Unierten Kirche geschrieben und ihn illustriert mit Bildern von Autounfällen, Grafiken von kranken Lebern und Darstellungen, auf denen die Wirkung von Alkohol auf den Kreislauf zu sehen war. Vermutlich kann ich deshalb nie einen zweiten Whisky trinken, ohne vor meinem geistigen Auge ein farbiges Warnschild zu sehen und im Mund den Geschmack von lauwarmem Abendmahlswein zu spüren. Bei Peter wirkt sich das für mich nachteilig aus; er mag es, wenn ich versuche mitzuhalten.

Während ich zu meinem Büro hastete, stellte ich fest, daß ich Ainsley um ihren Job beneidete. Meiner war zwar besser bezahlt und interessanter, aber ihrer war nur auf Zeit: sie hatte eine Vorstellung davon, was sie als nächstes tun wollte. Sie arbeitete in einem glänzenden neuen Bürogebäude mit Klimaanlage, während meins ein schäbiger Ziegelsteinbau mit kleinen Fenstern war. Außerdem war ihr Job ungewöhnlich. Auf Parties sind die Leute immer überrascht, wenn sie ihnen erzählt, daß sie defekte elektrische Zahnbürsten testet, und dann sagt sie immer: „Was sonst kann man heutzutage schon mit einem B. A.-Diplom anfangen?" Während an meinem Job absolut nichts Überraschendes ist. Außerdem fand ich, daß ich für ihren Job bessere Voraussetzungen mitbrachte als sie. Was ich so in der Wohnung sehe, zeigt mir, daß meine handwerklichen Fähigkeiten viel größer sind als die Ainsleys.

Als ich endlich das Büro erreichte, hatte ich eine dreiviertel Stunde Verspätung. Niemand sagte etwas, aber alle bemerkten es.

2

Drinnen war es noch schwüler. Ich watete an den Schreibtischen der anderen vorbei in meine eigene Ecke. Ich saß kaum hinter meiner Schreibmaschine, da klebten meine Oberschenkel bereits an dem schwarzen Kunstleder des Stuhls. Die Klimaanlage hatte, wie ich sah, wieder mal versagt; allerdings macht es kaum einen Unterschied, ob sie funktioniert oder nicht, da sie nur aus einem Ventilator an der Decke besteht, der die Luft umrührt wie der Löffel die Suppe. Aber es war bestimmt nicht gut für die Arbeitsmoral der Frauen, daß er regungslos die Flügel hängenließ: es erweckte den Eindruck, daß nichts getan würde, was die Trägheit zur Untätigkeit verstärkte. Sie hockten krötenfaul an ihren Schreibtischen und blinzelten und öffneten die Münder und schlossen sie wieder. Fürs Büro ist Freitag immer ein schlechter Tag.

Ich hatte angefangen, lustlos auf meiner feuchten Schreibmaschine herumzuhacken, als Mrs. Withers, die Diätspezialistin, zur Hintertür hereinmarschiert kam, stoppte und prüfende Blicke durch den Saal schickte. Sie hatte wie immer eine Betty-Grable-Frisur und trug vorn offene Pumps, und ihre Schultern hatten selbst in einem ärmellosen Kleid einen Hauch von Schulterpolstern. „Ah, Marian“, sagte sie, „Sie kommen gerade rechtzeitig. Ich brauche noch eine zusätzliche Vortestkosterin für die Studie über Dosen-Reispudding, und keine der Damen scheint heute morgen besonders hungrig zu sein.“

Sie machte kehrt und eilte in die Küche. Diätspezialisten haben etwas Straffes an sich. Ich machte mich von meinem Stuhl los und kam mir vor wie ein ausgewählter Freiwilliger, der aus dem Glied vortreten muß. Dann erinnerte ich mich daran, daß mein Magen dieses zusätzliche Frühstück durchaus brauchen konnte.

In der winzigen, makellos sauberen Küche erklärte sie mir ihr Problem, während sie gleiche Portionen Dosen-Reispudding in drei Glasschälchen füllte. „Sie arbeiten ja an Fragebogen, Marian, vielleicht können Sie uns helfen. Wir wissen nicht, ob wir alle drei Geschmacksrichtungen bei einer Mahlzeit probieren lassen sollen oder jeden

Geschmack einzeln bei verschiedenen Mahlzeiten. Oder vielleicht könnten wir paarweise kosten lassen – sagen wir, Vanille und Orange bei einer Mahlzeit, und Vanille und Karamel bei der nächsten. Natürlich soll der Test so tendenzfrei wie möglich ablaufen, und es hängt soviel davon ab, was sonst noch serviert wurde – welche Farbe das Gemüse hatte zum Beispiel, und das Tischtuch."

Ich probierte Vanille.

„Wie würden Sie das charakterisieren?" fragte sie eifrig mit gezücktem Bleistift. „Natürlich oder Etwas künstlich oder Eindeutig unnatürlich?"

„Haben Sie daran gedacht, Rosinen hineinzutun?" fragte ich und wandte mich dem Karamel zu. Ich wollte sie nicht kränken.

„Rosinen sind zu riskant", sagte sie. „Viele mögen sie nicht."

Ich stellte Karamel ab und versuchte Orange. „Soll das heiß gegessen werden?" fragte ich. „Oder vielleicht mit Sahne?"

„Nun, der Dosen-Reispudding ist in erster Linie als Schnellgericht gedacht", sagte sie. „Natürlich werden die Leute ihn kalt servieren wollen. Man kann dann Sahne dazugeben, ich meine, wir haben nicht wirklich was dagegen, obwohl es ernährungstechnisch nicht notwendig ist, er ist schon mit Vitaminen angereichert, aber im Augenblick wollen wir nichts weiter als einen reinen Geschmackstest."

„Ich denke, bei verschiedenen Mahlzeiten wäre es am besten", sagte ich.

„Wenn wir es wenigstens nachmittags machen könnten! Aber wir brauchen eine Familienredaktion . . ." Nachdenklich klopfte sie mit ihrem Bleistift auf die Kante des rostfreien Ausgusses.

„Ja, also dann", sagte ich, „ich geh jetzt wieder rüber." Für sie zu entscheiden, was sie wissen wollten, gehörte nicht zu meinen Aufgaben.

Manchmal frage ich mich, was eigentlich zu meinen Aufgaben zählt, vor allem, wenn ich Automechaniker anrufe, um sie über Kolben und Dichtungen auszufragen, oder wenn ich an Straßenecken mißtrauischen alten Damen Brezeln anbiete. Ich weiß, wozu Seymour Surveys mich eingestellt hat: ich soll Fragebogen überarbeiten und den gespreizten und allzu spitzfindigen Stil der Psychologen in schlichte Fragen verwandeln, die sowohl von den Leuten, die die Fragen stellen, als auch von den Leuten, die die Antworten geben, verstanden werden. Eine Frage wie „Mit welchem Prozentsatz würden sie den visuellen Eindruckswert einstufen?" ist nicht sinnvoll. Als ich nach meiner Abschlußprüfung den Job bekam, glaubte ich, Glück gehabt zu haben – er war besser als viele andere –, aber nach vier Monaten ist der Bereich immer noch sehr verschwommen.

Es gibt Zeiten, da bin ich sicher, daß ich auf irgendeine höhere Position vorbereitet werde, aber da ich nur sehr undeutliche Vorstellungen von der Organisationsstruktur von Seymour Surveys habe, hab ich keine Vorstellung, was das sein könnte. Die Firma ist wie ein Sandwicheis aufgebaut, mit drei Lagen: obere Waffel, untere Waffel und unsere Abteilung, die klebrige Schicht in der Mitte. Im oberen Stockwerk sitzen die Geschäftsführer und die Psychologen – genannt die Männer oben, da es ausschließlich Männer sind –, die sich um die Kunden kümmern; gelegentlich habe ich einen Blick in ihre Büros werfen können, mit Teppichen und teuren Möbeln und Seidensiebdrucken der „Group of Seven" an den Wänden. Unter uns sind die Maschinen – Vervielfältigungsgeräte und IBM-Maschinen zum Zählen und Sortieren und Ordnen der Informationen; auch dort unten bin ich gewesen, in diesem fabrikähnlichen Geklapper, wo die Angestellten abgekämpft und überarbeitet wirken und Farbe an den Fingern haben. Unsere Abteilung ist die Verbindung zwischen den beiden: wir sollen uns um die menschlichen Bestandteile kümmern, um die Interviewer selber. Marktforschung ist eine Art Heimindustrie, wie eine Firma für handgestrickte Socken, es sind immer Hausfrauen, die in ihrer Freizeit arbeiten und stückweise bezahlt werden. Sie verdienen nicht viel, aber sie sind froh, aus dem Haus zu kommen. Die Leute, die die Fragen beantworten, bekommen überhaupt nichts bezahlt; ich frage mich oft, warum sie es tun. Vielleicht liegt es an der Einleitung, in der ihnen erzählt wird, sie könnten an der Verbesserung der Produkte mitwirken, die sie selbst verwenden, so ähnlich wie ein Wissenschaftler. Oder vielleicht sind sie froh, mit jemandem reden zu können. Aber ich glaube, die meisten Leute sind einfach geschmeichelt, daß man sie nach ihrer Meinung fragt.

Da unsere Abteilung hauptsächlich mit Hausfrauen zu tun hat, sind hier alle bis auf den armen Büroboten weiblich. Wir sind in einem großen, anstaltsgrünen Saal untergebracht, mit einem undurchsichtigen Glaskasten an einem Ende für Mrs. Bogue, die Abteilungsleiterin, und einer Anzahl hölzerner Tische am anderen Ende für die mütterlich aussehenden Frauen, die dort die Handschriften der Interviewer entziffern und mit farbigen Stiften Kreuze und Kontrollzeichen in die ausgefüllten Fragebogen eintragen. Mit ihren Scheren und Klebstoffen und Papierstößen sehen sie wie eine überalterte Kindergartengruppe aus. Wir anderen in der Abteilung sitzen dazwischen an den verschiedenen Schreibtischen. Wir haben einen bequemen, mit Chintzvorhängen ausgestalteten Pausenraum für die, die sich Brote mitbringen, und eine Tee- und Kaffeemaschine, obwohl einige der Frauen ihre eigenen Teetöpfe haben; wir haben außerdem einen rosa Waschraum mit einem Schild über den Spiegeln, auf dem steht, daß wir bitte keine Haare oder Teeblätter im Becken zurücklassen sollen.

Was also konnte ich bei Seymour Surveys zu werden hoffen? Ich konnte nicht einer von den Männern oben werden; eine Maschinenbedienerin oder eine kreuzchenmachende Fragebogenfrau konnte ich auch nicht werden, denn das wäre ein Schritt abwärts gewesen. Ich konnte höchstens Mrs. Bogue oder eine ihrer Assistentinnen werden, aber das würde vermutlich sehr, sehr lange dauern, und ich war gar nicht sicher, ob mir das gefallen würde.

Ich beendete gerade den Scheuerlappen-Fragebogen, eine eilige Sache, als Mrs. Grot von der Buchhaltung hereinkam. Sie wollte zu Mrs. Bogue, aber auf dem Weg dahin hielt sie an meinem Schreibtisch an. Sie ist eine kleine stramme Frau mit Haaren von der Farbe metallener Kühlschrankroste.

„Nun, Miss MacAlpin", schnarrte sie, „Sie sind jetzt

vier Monate bei uns, und das bedeutet, daß Sie sich für die Pensionskasse qualifiziert haben."

„Pensionskasse?" Bei meinem Eintritt in die Firma hatte man mir was über die Pensionskasse erzählt, was ich längst vergessen hatte. „Ist es nicht ein bißchen früh für mich, jetzt schon der Pensionskasse beizutreten? Ich meine – finden Sie nicht, daß ich zu jung dafür bin?"

„Nun, es ist immer gut, wenn man rechtzeitig anfängt, nicht wahr", sagte Mrs. Grot. Ihre Augen hinter der randlosen Brille funkelten: wie würde sie es genießen, mir noch mehr vom Gehalt abziehen zu können.

„Ich glaube nicht, daß ich mich der Pensionskasse anschließen möchte", sagte ich. „Trotzdem vielen Dank."

„Aber es ist obligatorisch, verstehen Sie", sagte sie in nüchternem Ton.

„Obligatorisch? Sie meinen, selbst wenn ich nicht will?"

„Ja, sehen Sie, wenn niemand etwas einzahlt, dann kann auch niemand etwas herausbekommen, nicht wahr? Ich habe die notwendigen Papiere mitgebracht, sie brauchen nur hier zu unterschreiben."

Ich unterschrieb, aber als Mrs. Grot weg war, war ich plötzlich deprimiert; die Sache regte mich mehr als nötig auf. Nicht nur, weil ich Regeln unterworfen wurde, die mich nichts angingen und an denen ich nicht interessiert war: daran gewöhnt man sich in der Schule. Es war mehr eine abergläubische Panik wegen der Tatsache, daß ich meinen Namen, meine Unterschrift unter ein magisches Dokument gesetzt hatte, das mich an eine Zukunft zu binden schien, die in so weiter Ferne lag, daß ich gar nicht daran denken konnte. Irgendwo vor mir lauerte ein vorgeformtes Ich auf mich, ein Ich, das unzählige Jahre hindurch für Seymour Surveys gearbeitet hatte und nun die fällige Belohnung erhielt. Eine Pension. Ich sah ein trostloses Zimmer mit elektrischem Heizgerät vor mir. Vielleicht würde ich ein Hörgerät haben, wie eine meiner unverheirateten Großtanten. Ich würde Selbstgespräche führen; Kinder würden Schneebälle nach mir werfen. Ich befahl mir, nicht albern zu sein, wahrscheinlich würde die Welt bis dahin sowieso in die Luft fliegen; ich machte mir klar, daß ich morgen schon hier aussteigen und mir einen anderen Job suchen konnte, wenn ich wollte, aber es half nichts. Ich dachte daran, wie meine Unterschrift in einem Aktenordner verschwand und der Ordner in einem Schrank und der Schrank irgendwo in einem Kellergewölbe, das abgeschlossen wurde.

Ich war froh über die Kaffeepause um halb elf. Ich wußte, ich hätte sie auslassen und mein morgendliches Zuspätkommen abbüßen sollen, aber ich brauchte die Ablenkung.

Den Kaffee trinke ich mit den dreien, die als einzige in der Abteilung etwa in meinem Alter sind. Manchmal kommt Ainsley von ihrem Büro herüber und schließt sich uns an, wenn sie die anderen Zahnbürstentester satt hat. Nicht, daß sie besonders viel übrig hätte für die drei aus meinem Büro, die sie zusammenfassend die Bürojungfrauen nennt. Sie haben wirklich nicht viel gemeinsam, außer daß sie alle unechte Blondinen sind – Emmy, die Stenotypistin, ist büschelsträhnig gefärbt; Lucy, die eine Art Public Relations Job hat, platinblondiert und elegant frisiert, und Millie, Mrs. Bogues australische Assistentin, mit kurz gestutzten Haaren, messingfarben von der Sonne –, sie alle, wie sie oft genug vor Kaffeesatz und abgenagten Kanten von aufgebackenen Hefeteilchen gestanden haben, Jungfrauen. Millie aus dem praktischen Denken einer Pfadfinderin heraus („Ich glaub, letztlich ist es besser zu warten, bis man verheiratet ist, oder? Weniger Probleme."); Lucy wegen des sozialen Drucks („Was würden die Leute dazu sagen?"), offenbar in der Überzeugung, daß alle Schlafzimmer abgehört werden, wobei sich die Öffentlichkeit mit eingestöpselten Ohrhörern am anderen Ende der Leitung versammelt; Emmy, unser Bürohypochonder, in der Annahme, daß ihr schlecht werden würde, was wahrscheinlich zutrifft. Sie haben alle Interesse am Reisen: Millie hat in England gelebt, Lucy war zweimal in New York, und Emmy will nach Florida. Wenn sie genug gereist sind, möchten sie heiraten und einen Hausstand gründen.

„Habt ihr gehört, daß die Abführmittel-Umfrage in Quebec abgesagt worden ist?" fragte Millie, als wir an unserem üblichen Tisch in der miesen, aber am nächsten gelegenen Gaststätte gegenüber saßen. „Hätte eine ganz große Sache werden sollen, ein Produkttest im eigenen Haus, und zweiunddreißig Seiten Fragen." Millie hört Neuigkeiten immer als erste.

„Also ich finde das sehr erfreulich", sagte Emmy naserümpfend. „Wie kann man überhaupt jemanden zweiunddreißig Seiten lang über so was befragen!" Sie machte sich wieder daran, den Lack von ihrem Daumennagel zu pellen. Emmy ist immer halb in Auflösung begriffen. Lose Fäden wehen von ihren Kleidersäumen, ihr Lippenstift blättert ab, sie streut dünne blonde Haare und Schuppen auf Schultern und Rücken; wo sie auch geht, überall bleibt eine Spur von Hinterlassenschaften.

Ich sah Ainsley hereinkommen und winkte ihr zu. Sie quetschte sich in die Nische, sagte „Hi" in die Runde und steckte dann eine lose Haarsträhne wieder hoch. Die Bürojungfrauen antworteten, aber ohne besondere Begeisterung.

„Das haben sie früher auch schon gemacht", sagte Millie. Sie ist länger bei der Firma als wir alle. „Und es funktioniert. Sie gehen davon aus, daß jeder, der über Seite drei hinauskommt, eine Art Abführmittelsüchtiger ist, versteht ihr? Und die halten dann durch."

„Was haben sie schon früher gemacht?" fragte Ainsley.

„Wetten, daß sie den Tisch nicht abwischt?" sagte Lucy laut genug, daß es die Kellnerin hören konnte. Sie führt einen ständigen Krieg mit der Kellnerin, die Woolworth-Ohrringe und mürrische Falten zur Schau trägt und ganz eindeutig keine Bürojungfrau ist.

„Die Abführmittel-Umfrage in Quebec", sagte ich leise zu Ainsley.

Die Kellnerin erschien, wischte heftig über den Tisch und nahm unsere Bestellungen auf. Lucy machte einen Staatsakt aus dem Heißwecken – sie wollte diesmal ganz entschieden keine Rosinen haben. „Letztesmal brachte sie mir eins mit Rosinen", informierte sie uns, „dabei hatte ich ihr erklärt, ich könnte sie nicht ausstehen. Ich hab sie nie gemocht! Igitt."

„Warum nur Quebec?" sagte Ainsley und blies Rauch durch die Nase. „Gibt es da irgendeinen psychologischen Grund?“ Ainsley hat am College Psychologie als Hauptfach gehabt.

„Meine Güte, keine Ahnung“, sagte Millie. „Wahrscheinlich leiden die Leute dort mehr an Verstopfung. Essen sie da nicht massenhaft Kartoffeln?“

„Kriegst du von Kartoffeln solche Verstopfung?“ fragte Emmy und lehnte sich über den Tisch. Sie schob sich ein Haarbüschel aus der Stirn, und eine Wolke winziger Stäubchen löste sich und schwebte sanft nieder.

„Es kann nicht nur an den Kartoffeln liegen“, sprach Ainsley. „Es muß ihr kollektiver Schuldkomplex sein. Oder vielleicht der Streß des Sprachproblems; sie müssen unter einem irren Druck stehen.“

Die anderen schauten sie feindselig an; ich sah, daß sie fanden, Ainsley gäbe an. „Es ist schrecklich heiß heute“, sagte Millie, „das Büro ist wie ein Backofen.“

„War bei euch im Büro was los?“ fragte ich Ainsley, um die Spannung abzubauen.

Ainsley drückte ihre Zigarette aus. „O ja, es gab ein bißchen Aufregung“, sagte sie. „Eine Frau hat versucht, ihren Mann umzubringen, indem sie seine elektrische Zahnbürste kurzschloß, und einer von unseren Jungs muß als Zeuge zur Gerichtsverhandlung und aussagen, daß sich das Ding unter normalen Umständen nicht kurzschließen kann. Er will, daß ich als so eine Art Spezialassistentin mitkomme, aber er ist so ein verdammter Langweiler. Ich weiß so schon, daß er im Bett miserabel ist.“

Ich hatte Ainsley in Verdacht, die Geschichte erfunden zu haben, aber ihre Augen hätten nicht blauer und runder sein können. Die Bürojungfrauen wanden sich verlegen. Die lässige Art, in der Ainsley auf die Männer in ihrem Leben anspielt, ist ihnen unangenehm.

Zum Glück kamen unsere Bestellungen. „Dieses Miststück hat mir wieder eins mit Rosinen gebracht“, jammerte Lucy und begann sie mit ihren langen, tadellos gepflegten, irisierenden Fingernägeln herauszupicken und am Tellerrand aufzureihen.

Als wir zum Büro zurückgingen, beklagte ich mich bei Millie über die Pensionskasse. „Ich wußte nicht, daß es Pflicht ist“, sagte ich. „Ich sehe nicht ein, warum ich in ihre Pensionskasse einzahlen soll, und all die alten Tuchteln wie Mrs. Grot scheiden dann aus und ernähren sich von meinem Gehalt."

„Ja, mir hat es zuerst auch nicht gefallen", sagte Millie ohne Interesse. „Aber das legt sich. Meine Güte, ich hoffe bloß, sie haben die Klimaanlage repariert."

3

Ich war vom Lunch zurück und klebte Briefumschläge zu und Marken drauf für die Verbraucherbefragung über Instant-Puddingsoßen, verspätet, weil jemand vom Kopierer die Fragebogen verkehrt herum eingelegt hatte, als Mrs. Bogue aus ihrem Kasten kam.

„Marian", sagte sie mit einem Seufzer der Resignation, „Mrs. Dodge in Kamloops muß leider ersetzt werden. Sie ist schwanger." Mrs. Bogue runzelte leicht die Stirn; sie betrachtet eine Schwangerschaft als unloyalen Akt der Firma gegenüber.

„Wie unangenehm", sagte ich. Die riesige Wandkarte des Landes, voller roter Reißzwecken wie von Masern, hängt direkt über meinem Schreibtisch, was bedeutet, daß der Personalwechsel bei Interviewern anscheinend Bestandteil meines Jobs geworden ist. Ich kletterte auf meinen Schreibtisch, suchte Kamloops und zog die Reißzwecke mit dem Papierfähnchen „Dodge" heraus.

„Da Sie gerade da oben sind", sagte Mrs. Bogue, „könnten Sie auch Mrs. Ellis in Blind River herausnehmen? Ich hoffe, es ist nur vorübergehend, sie hat immer gute Arbeit geleistet; aber sie schreibt, daß eine Frau sie mit dem Hackmesser aus dem Haus gejagt hätte, sie wäre die Treppe hinuntergefallen und hätte sich das Bein gebrochen. Und hier ist eine neue – eine Mrs. Gauthier in Charlottetown. Hoffentlich ist sie besser als die letzte dort; Charlottetown ist immer so schwierig."

Als ich wieder unten war, lächelte sie mir freundlich zu, was mich sofort mißtrauisch machte. Mrs. Bogue hat eine nette, vertrauenerweckende Art, genau das richtige für den Umgang mit den Interviewern, und am allerfreundlichsten ist sie, wenn sie etwas will. „Marian", sagte sie, „wir haben ein kleines Problem. Nächste Woche läuft eine Bier-Befragung – Sie wissen schon, die mit dem Telefonieren –, und die oben haben beschlossen, daß wir dieses Wochenende einen Vortest machen. Sie machen sich wegen des Fragebogens Sorgen. Wir könnten Mrs. Pilcher nehmen, sie ist ein zuverlässiger Interviewer, aber es ist das lange Wochenende, und wir würden sie ungern darum bitten. Sie sind doch in der Stadt, oder?"

„Muß es unbedingt dieses Wochenende sein?" fragte ich, was sinnlos war.

„Wir müssen die Ergebnisse unbedingt Dienstag haben. Sie brauchen nur sieben oder acht Männer."

Wegen meines Zuspätkommens an diesem Morgen war sie im Vorteil. „Schön", sagte ich, „ich mach das morgen."

„Sie bekommen natürlich Überstunden angerechnet", sagte Mrs. Bogue im Weggehen, und ich überlegte, ob das eben eine Spitze gewesen war. Ihre Stimme ist immer so sanft, daß es sich schwer sagen läßt.

Ich beleckte die restlichen Briefumschläge, dann holte ich mir die Bier-Fragebogen von Millie und suchte sie nach kritischen Stellen ab. Die einleitenden Selektionsfragen waren ganz normal. Dann folgten Fragen, mit denen die Hörerreaktion auf eine Rundfunkwerbung getestet werden sollte, die Teil des Reklamefeldzugs für eine neue Biersorte war, die eine der großen Firmen auf den Markt bringen wollte. An einer bestimmten Stelle mußte der Interviewer den Befragten bitten, eine bestimmte Telefonnummer zu wählen, worauf sich automatisch der Werbespot abspielen würde. Dann kam eine Reihe von Fragen an den Mann, wie ihm die Werbung gefallen hätte, ob er glaubte, sie könnte seine Kaufgewohnheiten beeinflussen und so weiter.

Ich wählte die Telefonnummer. Da die Umfrage erst für nächste Woche vorgesehen war, konnte jemand vergessen haben, das Bandgerät anzuschließen, und ich wollte mich nicht selbst zum Narren machen.

Nach einleitendem Klingeln, Summen und Klicken sang eine tiefe Baßstimme, begleitet von etwas, was sich wie eine elektrische Gitarre anhörte:

Elch, Elch, Elch ist pur
aus dem Land der Urnatur:
Herb und hitzig, prickelnd spritzig . . .

Zur Hintergrundmusik tönte dann eine eindringliche Sprechstimme, fast so tief wie die des Sängers:

Jeder richtige Mann im richtigen Männerurlaub – beim Jagen, Fischen oder beim einfachen altmodischen Entspannen – braucht das Bier mit dem gesunden, herzhaften Geschmack, dem durch und durch männlichen Geschmack. Der erste, lange, kühle Schluck wird Ihnen verraten, daß Elch-Bier genau das ist, was Sie sich schon immer als wahres Biervergnügen ersehnt haben. Geben Sie Ihrem Leben die Würze der Wildnis mit einem großen Glas voll kräftigem, überzeugendem Elch-Bier.

Der Sänger kam wieder:

Herb und hitzig,
prickelnd spritzig:
Elch, Elch, Elch, Elch-Bier!

Und nachdem die Geräusche noch einmal einen Höhepunkt erreicht hatten, schaltete sich das Band ab. Es funktionierte zufriedenstellend.

Ich erinnerte mich an die Entwürfe für die Anzeige, die ich gesehen hatte und die in Zeitschriften und auf Plakaten erscheinen sollten. Das Signet sollte ein Paar Geweihschaufeln zeigen, mit einer Flinte und einer Angelrute dazwischen. Die gesungene Werbung nahm das Thema wieder auf: Ich fand es nicht besonders originell, bewunderte aber die Feinsinnigkeit von dem „einfachen altmodischen Entspannen“. So konnte sich der durchschnittliche Biertrinker, der Typ mit Hängeschultern und Spitzbauch, auf mystische Art und Weise mit dem Sportsmann im karierten Jackett identifizieren, der auf den Bildern mit einem Fuß auf einem Stück Hochwild gezeigt wurde, oder wie er gerade eine Forelle im Netz fing.

Ich war auf der letzten Seite angekommen, als das Telefon läutete. Es war Peter. Schon am Klang seiner Stimme hörte ich, daß etwas nicht in Ordnung war.

„Hör zu, Marian, ich kann heute abend nicht mit dir essen gehen."

„Oh?" sagte ich, weitere Erklärungen erwartend. Ich hatte mich auf das Abendessen mit Peter gefreut, es hätte mich aufgeheitert. Außerdem hatte ich wieder Hunger. Ich hatte den ganzen Tag Kleinigkeiten gegessen und nun mit etwas Nahrhaftem und Herzhaftem gerechnet. Das bedeutete also wieder ein TV-Dinner, wie Ainsley und ich sie für Notfälle bereithielten. „Ist was passiert?"

„Ich weiß, du wirst das verstehen: Trigger" – seine Stimme versagte fast –, „Trigger heiratet."

„Oh", sagte ich und überlegte, ob ich „Wie furchtbar" hinzufügen wollte, aber es schien mir unangemessen. Es hatte keinen Sinn, Mitgefühl zu zeigen, als handelte es sich um ein kleines Mißgeschick, wo es in Wirklichkeit um eine nationale Katastrophe ging. „Möchtest du, daß ich mitgehe?" fragte ich, Unterstützung anbietend.

„O Gott, nein", sagte er, „das wäre noch schlimmer. Ich seh dich morgen. Okay?"

Als er aufgelegt hatte, dachte ich über die Konsequenzen nach. Eins war klar: Peter mußte am nächsten Abend sehr vorsichtig behandelt werden. Trigger war einer von Peters ältesten Freunden; genauer, er war der letzte von Peters altem Freundeskreis, der noch nicht verheiratet war. Es war wie eine Epidemie gewesen. Kurz bevor ich ihn kennengelernt hatte, waren ihr zwei Freunde erlegen, und in den inzwischen vergangenen vier Monaten waren weitere zwei ohne große Vorwarnung untergegangen. Er und Trigger waren während ihrer Junggesellen-Saufgelage den Sommer über immer mehr vereinsamt, und wenn die anderen mal einen freien Abend von ihren Frauen bekamen, dann, so entnahm ich Peters Berichten, war die abendliche Stimmung nur ein synthetischer Ersatz für die hemmungslose Fröhlichkeit früherer Tage. Er und Trigger hatten sich aneinandergeklammert wie Ertrinkende; jeder versuchte, den anderen zu dem beruhigenden Spiegelbild seiner selbst zu machen, das er brauchte. Nun hatte es Trigger erwischt, und der Spiegel würde leer sein. Natürlich gab es noch die anderen Jurastudenten, aber auch von denen waren die meisten verheiratet. Außerdem gehörten sie mehr zu dem silbernen Zeitalter nach der Universität als zu den früheren goldenen Zeiten.

Er tat mir leid, aber ich wußte, daß ich vorsichtig sein mußte. Den beiden anderen Heiraten nach zu schließen, würde er nach zwei oder drei Drinks in mir eine Variante jener berechnenden Sirene sehen, die Trigger entführt hatte. Ich wagte nicht zu fragen, wie sie es gemacht hatte: er könnte denken, ich käme auch auf den Geschmack. Am besten war es wohl, wenn ich ihn ablenkte.

Während ich noch nachdachte, kam Lucy an meinen Schreibtisch. „Hör mal, könntest du nicht für mich einen Brief an diese Frau schreiben?" fragte sie. „Ich habe wahnsinnige Kopfschmerzen, und mir fällt wirklich überhaupt nichts dazu ein." Sie legte ihre gepflegte Hand an die Stirn; mit der anderen reichte sie mir eine mit Bleistift auf ein Stück festes Papier geschriebene Notiz. Ich las:

Sehr geehrte Herren,
die Frühstücksflocken waren gut, aber ich fand dies hier unter den Rosinen. Hochachtungsvoll, Mrs. Ramona Baldwin.

Eine zerquetschte Stubenfliege war mit Tesafilm unten auf den Brief geklebt.

„Es geht um diese Rosinenfrühstücksflocken-Untersuchung", sagte Lucy matt. Sie nutzte mein Mitleid aus.

„Na schön", sagte ich. „Hast du ihre Adresse?"

Ich machte verschiedene Entwürfe:

Liebe Mrs. Baldwin,
wir bedauern dieses Objekt in Ihren Frühstücksflocken außerordentlich, aber derartige kleine Mißgeschicke geschehen nur zu leicht. – Liebe Mrs. Baldwin, es tut uns sehr leid, Ihnen Ungelegenheiten bereitet zu haben. Wir versichern Ihnen jedoch, daß der gesamte Packungsinhalt absolut steril war. – Liebe Mrs. Baldwin, wir sind Ihnen sehr dankbar, daß Sie uns auf diese Angelegenheit aufmerksam gemacht haben, da wir stets gern über jeden Fehler informiert sind, der uns unterlaufen ist . . .

In erster Linie, das wußte ich, kam es darauf an, die Stubenfliege nicht beim Namen zu nennen.

Wieder klingelte das Telefon; diesmal war es eine unerwartete Stimme.

„Clara!“ rief ich und war mir bewußt, daß ich sie vernachlässigt hatte. „Wie geht es dir?“

„Beschissen, besten Dank“, sagte Clara. „Sag mal, kannst du nicht zum Dinner kommen? Ich möchte wirklich mal wieder ein anderes Gesicht sehen.“

„Mit Vergnügen“, sagte ich. Meine Begeisterung war sogar halb aufrichtig: das war immer noch besser als ein TV-Dinner. „Um welche Zeit?“

„Ach, du weißt ja“, sagte Clara. „Wann es dir paßt. Wir sind hier ja nicht gerade das, was man pünktlich nennt.“ Sie klang bitter.

Jetzt, wo ich zugesagt hatte, überlegte ich schnell, was das alles mit sich brachte: ich war eingeladen als Unterhaltungs- und Vertrauensperson, als jemand, der einer Schilderung von Claras Problemen lauschte, und dazu hatte ich keine Lust. „Meinst du, ich könnte Ainsley mitbringen?“ sagte ich. „Das heißt, falls sie nicht was anderes geplant hat.“ Ich sagte mir, daß Ainsley eine anständige Mahlzeit guttun würde – in der Kaffeepause hatte sie nur einen Kaffee getrunken –, aber insgeheim wollte ich sie dabeihaben, damit sie mich ein bißchen entlastete. Sie und Clara konnten über Kinderpsychologie reden.

„Klar, warum nicht?“ sagte Clara. „Nach dem Motto: je mehr, desto munterer.“

Ich rief Ainsley im Büro an und erkundigte mich vorsichtig, ob sie zum Dinner was vorhätte, und hörte mir ihren Bericht über die zwei Einladungen an, die sie erhalten und abgelehnt hatte – eine von dem Zeugen im Zahnbürstenmordprozeß, die andere von dem Zahnmedizinstudenten vom Abend vorher. Letzteren hatte sie ausgesprochen grob behandelt: nie wieder würde sie mit ihm ausgehen. Schließlich hätte er ihr erzählt, auf der Party würden Künstler anwesend sein.

„Du hast also nichts vor“, sagte ich, um diese Tatsache festzuhalten.

„Nein“, sagte Ainsley, „falls sich nicht noch was ergibt.“

„Hast du dann nicht Lust, mit zu Clara zum Dinner zu kommen?“ Ich erwartete einen Protest, aber sie stimmte ruhig zu. Ich verabredete mich mit ihr an der U-Bahn.

Um fünf stand ich vom Schreibtisch auf und ging zu der kühlen rosa Damentoilette. Ich wollte ein paar Minuten für mich haben, um mich zu rüsten, damit ich Clara gewachsen war. Aber Emmy und Lucy und Millie waren da, sie kämmten ihre gelben Haare und erneuerten ihr Make-up. Ihre sechs Augen glitzerten in den Spiegeln.

„Gehst du heut abend aus, Marian?“ fragte Lucy allzu beiläufig. Wir hängen an demselben Telefon; sie wußte natürlich über Peter Bescheid.

„Ja“, sagte ich, ohne weitere Informationen anzubieten. Ihre sehnsüchtige Neugier machte mich nervös.

4

Ich marschierte durch den schweren goldenen Dunst von Hitze und Staub des Spätnachmittags den Bürgersteig entlang zur U-Bahn-Station. Es war, als bewegte ich mich unter Wasser. Von weitem sah ich Ainsley flimmernd neben einer Telefonzelle stehen. Als ich sie erreicht hatte, drehte sie sich um, und wir schlossen uns den Reihen der Angestellten an, die die Treppen zu den kühlen Untergrundhöhlen hinabströmten. Durch geschickte Manöver ergatterten wir beide einen Sitzplatz, wenn auch auf einander gegenüberliegenden Seiten des Wagens, und ich saß da und las, so gut es ging, die Anzeigen hinter dem Vorhang schwankender Leiber. Als wir ausstiegen und hinausgingen, fühlte sich die Luft weniger feucht an.

Clara wohnte ein paar Blöcke weiter nördlich. Wir gingen schweigend nebeneinander her; ich überlegte, ob ich die Pensionskasse erwähnen sollte, entschied mich aber dagegen. Ainsley würde nicht verstehen, warum mich der Gedanke daran beunruhigte; sie würde sagen, ich könnte doch jederzeit meinen Job verlassen und mir einen anderen suchen, und nicht begreifen, wieso das keine Lösung sein würde. Dann dachte ich an Peter und was ihm zugestoßen war. Ainsley wäre bloß erheitert, wenn ich ihr davon erzählen würde. Schließlich fragte ich sie, ob es ihr besser ginge.

„Mach dir bloß nicht dauernd Gedanken, Marian", sagte sie, „sonst komm ich mir vor wie ein Invalide."

Ich war gekränkt und antwortete nicht.

Es ging leicht bergan. Die Stadt steigt vom See in einer Reihe von sanften Wellen an, obwohl sie einem insgesamt eben vorkommt. Deswegen war hier die Luft kühler, und ruhiger war es auch. Clara hatte Glück, fand ich, vor allem in ihrem Zustand, daß sie so weit von der Hitze und dem Lärm der City entfernt leben konnte. Obwohl sie selbst es mehr als eine Art Exil betrachtete: mit einer Wohnung in der Nähe der Universität hatten sie angefangen, aber Platzmangel hatte sie gezwungen, weiter nach Norden auszuweichen, wenn sie auch die eigentlichen Vorstädte der modernen Bungalows und Caravans noch nicht erreicht hatten. Die Straße selbst war alt, aber nicht so hübsch wie unsere Straße; lange, schmale Zweifamilienhäuser, mit hölzernen Veranden und mickrigen Gärtchen dahinter.

„Herrgott, ist das heiß", sagte Ainsley, als wir in den Weg zu Claras Haus einbogen. Das Gras auf dem fußmattengroßen Rasen vorn war schon eine Weile nicht geschnitten worden. Auf den Stufen lag eine fast enthauptete Puppe und im Kinderwagen ein großer Teddybär, dem die Eingeweide herausquollen. Ich klopfte, und nach ein paar Minuten tauchte Joe hinter der Tür auf, gehetzt und ungekämmt, er knöpfte sich gerade das Hemd zu.

„Hi, Joe", sagte ich, „da wären wir. Wie geht's Clara?"

„Hi, kommt rein", sagte er und trat zur Seite, um uns vorbeizulassen. „Clara ist draußen."

Wir gingen lang durchs Haus, das den üblichen Grundriß hatte: vorn das Wohnzimmer, dann das Eßzimmer, mit Schiebetüren dazwischen, dann die Küche; wir stiegen über diverse Hindernisse und umgingen andere. Wir überwanden die Stufen der hinteren Veranda, die mit leeren Flaschen aller Art übersät waren, Bierflaschen, Milchflaschen, Wein- und Whiskyflaschen sowie Babyflaschen, und fanden Clara im Garten in einem

Korbstuhl mit Metallbeinen sitzend. Sie hatte die Füße auf einen anderen Stuhl gelegt und hielt ihr letztes Baby irgendwo in der Gegend, wo einst ihr Schoß gewesen war. Clara ist derart zierlich gebaut, daß ihre Schwangerschaften immer überquellend offensichtlich sind, und jetzt im siebten Monat sah sie aus wie eine Boa constrictor, die eine Wassermelone verschluckt hat. Dadurch wirkte ihr Kopf mit dem Strahlenkranz von blassem Haar noch kleiner und zerbrechlicher.

„Hi", sagte sie erschöpft, als wir die Stufen herunterkamen. „Hallo, Ainsley, nett, dich zu sehen. Herrgott, ist das heiß."

Wir stimmten zu und setzten uns neben ihr in das Gras, denn Stühle waren nicht da. Ainsley und ich zogen die Schuhe aus; Clara war schon barfuß. Eine Unterhaltung war schwierig: alle Aufmerksamkeit richtete sich natürlich auf das Baby, das vor sich hin wimmerte, und eine Zeitlang war es der einzige Mensch, der was sagte.

Am Telefon hatte Clara sich so angehört, als riefe sie um Hilfe, aber jetzt hatte ich das Gefühl, daß ich kaum etwas tun konnte und daß sie auch nichts von mir erwartete. Ich sollte nur Zeuge sein oder vielleicht eine Art Löschblatt; meine körperliche Gegenwart saugte schon ein bißchen von der Langeweile auf.

Das Baby hatte aufgehört zu winseln und gluckste nun. Ainsley riß Grashalme aus.

„Marian", sagte Clara schließlich, „könntest du Elaine ein bißchen nehmen? Sie mag nicht auf den Boden, und mir fallen bald die Arme ab."

„Ich nehm sie", sagte Ainsley unerwartet.

Clara zerrte das Baby von ihrem Körper weg und reichte es zu Ainsley hinüber. „Na komm schon, du kleiner Blutsauger. Manchmal denk ich, sie hat überall Saugnäpfe, wie ein kleiner Krake." Sie lehnte sich in ihrem Stuhl zurück und schloß die Augen; sie wirkte wie eine fremdartige Pflanze, eine bauchige Knolle, die vier dünne weiße Wurzeln und eine winzige blaßgelbe Blüte hervorgebracht hatte. Auf einem Baum in der Nähe zirpte eine Zikade; der monotone Laut war wie eine heiße Nadel von Sonnenlicht zwischen den Ohren.

Ainsley hielt das Baby ein bißchen unbeholfen, dabei

starrte sie neugierig in das kleine Gesicht. Ich fand, daß sich die beiden Gesichter ähnelten. Das Baby starrte mit Augen, die genauso rund und blau waren wie Ainsleys, zurück; der rosa Mund sabberte ein bißchen.

Clara hob den Kopf und öffnete die Augen. „Kann ich euch irgendwas holen?“ fragte sie. Ihr war wohl eingefallen, daß sie die Gastgeberin war.

„Nein, besten Dank“, sagte ich hastig, erschreckt von der Vorstellung, daß sie sich aus dem Stuhl hocharbeiten würde. „Kann ich was für dich tun?“ Ich hätte mich besser gefühlt, wenn ich etwas Nützliches hätte beitragen können.

„Joe wird bald rauskommen“, sagte sie, als wäre damit alles erklärt. „Erzähl mir was. Was gibt's Neues?“

„Nicht viel“, sagte ich und überlegte, was sie unterhalten könnte, aber alles, was mir einfiel – das Büro oder wo ich gewesen war oder die Möblierung unserer Wohnung –, würde Clara nur an ihre eigene Unbeweglichkeit erinnern, an ihren Mangel an Platz und Zeit, an all die kleinen Notwendigkeiten, die sie an den Rand der Klaustrophobie brachten.

„Gehst du immer noch mit diesem netten Jungen aus? Dem hübschen, wie heißt er noch? Ich weiß nur, daß er dich mal hier abgeholt hat.“

„Du meinst Peter?“

„Jawohl, das tut sie“, sagte Ainsley, eine Spur mißbilligend. „Er erhebt Anspruch auf Ausschließlichkeit.“ Sie saß mit gekreuzten Beinen da, und nun legte sie das Baby in ihren Schoß, um sich eine Zigarette anzuzünden.

„Klingt ja hoffnungsvoll“, sagte Clara düster. „Übrigens, rat mal, wer wieder in der Stadt ist: Len Slank. Er hat gestern angerufen.“

„Tatsächlich? Wann ist er zurückgekommen?“ Ich ärgerte mich, daß er mich nicht auch angerufen hatte.

„Ungefähr vor einer Woche, sagte er. Er sagte, er hätte dich auch anrufen wollen, aber deine Nummer nicht rausgekriegt.“

„Er hätte es mal bei der Auskunft probieren sollen“, sagte ich trocken. „Aber ich würde ihn gern sehen. Wie war er? Wie lange bleibt er?“

„Wer ist das?“ fragte Ainsley.

„Niemand, der dich interessieren würde“, sagte ich schnell. Ich konnte mir keine zwei Menschen vorstellen, die schlechter füreinander wären. „Ein alter Freund von uns vom College.“

„Er ist nach England gegangen und hat da irgendwas beim Fernsehen gemacht“, sagte Clara. „Ich weiß nicht genau, was. Aber ein netter Typ, obwohl wirklich schrecklich mit Frauen, so eine Art Verführer junger Mädchen. Er sagt, alle über siebzehn sind zu alt.“

„Oh, einer von denen“, sagte Ainsley. „Das sind alles Nervensägen.“ Sie drückte ihre Zigarette im Gras aus.

„Ich hab so das Gefühl, daß er aus dem Grund wieder hier ist“, sagte Clara mit einem Anflug von Lebhaftigkeit. „Irgendeine unangenehme Geschichte mit einem Mädchen; wie die Sache, wegen der er überhaupt erst rübergegangen ist.“

„Aha“, sagte ich ohne jede Überraschung.

Ainsley stieß einen kleinen Schrei aus und setzte das Baby auf den Rasen. „Sie hat mein Kleid naßgemacht“, sagte sie anklagend.

„Ja, so was machen sie“, sagte Clara. Das Baby begann zu brüllen, und ich nahm es vorsichtig hoch und reichte es Clara. Ich war durchaus bereit, behilflich zu sein, aber nur bis zu einem gewissen Punkt.

Clara schüttelte das Baby. „Na, du gottverdammter Feuermelder“, sagte sie besänftigend. „Du hast Mammis Freundin angepieselt, was? Läßt sich auswaschen, Ainsley. Aber wir wollen dir in dieser Hitze doch keine Gummihöschen anziehen, oder, du stinkender kleiner Geysir? Glaubt bloß nicht, was sie euch über mütterliche Instinkte erzählen“, fügte sie zu uns gewandt grimmig hinzu. „Ich begreife nicht, wie jemand seine Kinder lieben kann, bevor aus ihnen menschliche Wesen geworden sind.“

Joe erschien auf der Veranda, ein Geschirrtuch wie eine Schürze in den Gürtel seiner Hose gestopft. „Will jemand ein Bier vor dem Essen?“

Ainsley und ich sagten eifrig ja, und Clara meinte: „Für mich einen kleinen Wermut, Darling. Ich kann zur Zeit nichts anderes trinken, mein verdammter Magen verträgt es nicht. Joe, kannst du schnell mal Elaine nehmen und trockenlegen?"

Joe kam die Stufen herab und nahm das Baby. „Ihr habt nicht zufällig Arthur hier irgendwo gesehen, oder?"

„O Gott, wohin ist der kleine Lump jetzt schon wieder verschwunden?" fragte Clara, als Joe im Haus verschwand; es schien eine rhetorische Frage zu sein. „Ich glaube, er hat entdeckt, wie man die hintere Pforte aufmacht. Der kleine Bastard. Arthur! Komm her, Darling", rief sie matt.

Am Ende des schmalen Gartens wurde die Wäsche, die dort fast bis zum Boden herunterhing, von zwei schmutzigen kleinen Händen geteilt, und Claras Erstgeborener tauchte auf. Wie das Baby war er nackt bis auf die Windeln. Er zögerte und betrachtete uns mißtrauisch.

„Komm her, Liebling, und laß Mammi sehen, was du wieder angestellt hast", sagte Clara. „Nimm deine Hände von den sauberen Laken", fügte sie ohne Nachdruck hinzu.

Arthur kämpfte sich vorsichtig durch das Gras zu uns durch. Bei jedem Schritt hob er die nackten Füße hoch in die Luft; das Gras mußte kitzeln. Seine Windel hatte sich gelockert und hing nun, als würde sie nur von purer Willenskraft gehalten, unter der kleinen Trommel seines Bauches mit dem vorstehenden Nabel. Sein Gesicht hatte er in ernsthafte Falten gelegt.

Joe kehrte mit einem Tablett zurück. „Ich hab sie in den Wäschekorb gesteckt", sagte er. „Sie spielt mit den Wäscheklammern."

Arthur war bei uns angekommen und stand nun mit immer noch gerunzelter Stirn neben dem Stuhl seiner Mutter. Clara sagte zu ihm: „Was schaust du so komisch, du kleiner Teufel?" Sie griff hinter ihn und befühlte seine Windel. „Ich hätte es wissen sollen", seufzte sie, „er war so ruhig. Lieber Mann, dein Sohn hat sich wieder ausgeschissen. Ich weiß bloß nicht, wohin, in der Windel ist es nicht."

Joe reichte uns die Drinks, kniete dann nieder und sagte bestimmt, aber freundlich zu Arthur: „Zeig Daddy, wohin du's getan hast." Arthur schaute zu ihm auf, unsicher, ob er weinen oder lachen sollte. Schließlich wakkelte er wichtig zur Seite des Gartens, wo er sich neben einem Busch staubiger roter Sommerastern niederhockte und konzentriert auf einen Fleck starrte.

„Braver Junge", sagte Joe und ging ins Haus zurück.

„Er ist ein richtiges Naturkind, er macht zu gern in den Garten", sagte Clara zu uns. „Er hält sich für einen Fruchtbarkeitsgott. Wenn wir nicht saubermachten, wäre der Garten ein einziger großer Dungacker. Ich bin gespannt, was er tut, wenn es schneit." Sie schloß die Augen. „Wir wollten ihn an die Toilette gewöhnen, obwohl manche Bücher behaupten, dafür wär's noch zu früh, und haben ihm eins dieser Plastiktöpfchen gekauft. Er hat nicht den blassesten Schimmer, wofür das sein soll; er setzt es sich auf den Kopf. Wahrscheinlich hält er es für einen Sturzhelm."

Wir schlürften unser Bier und schauten zu, wie Joe den Garten durchquerte und mit einem zusammengefalteten Stück Zeitung zurückkam. „Nach dem hier nehm ich die Pille", sagte Clara.

Als Joe schließlich das Dinner fertig hatte, gingen wir ins Haus und aßen an dem schweren Tisch im Eßzimmer. Das Baby war gefüttert und im Wagen auf der vorderen Veranda abgestellt worden, aber Arthur saß in einem Kinderstuhl und wich mit krampfartigen Windungen des Körpers dem Löffel mit Nahrung aus, den Clara in Richtung Mund stieß. Es gab verschrumpelte Fleischklößchen mit Fertignudeln und Salat. Und zum Nachtisch etwas, was ich kannte.

„Das ist dieser neue Dosen-Reispudding; man spart damit eine Menge Zeit", sagte Clara entschuldigend. „Mit Sahne schmeckt er gar nicht so schlecht, und Arthur mag ihn sehr."

„Ja", sagte ich. „Bald soll es auch Orange- und Karamelgeschmack geben."

„Tatsächlich?" Geschickt fing Clara den hervorquellenden Pudding auf und stopfte ihn zurück in Arthurs Mund.

Ainsley holte eine Zigarette heraus und ließ sich von Joe Feuer geben. „Sag mal", meinte sie, „kennst du diesen Freund von den beiden – Leonard Slank? Sie reden so geheimnisvoll über ihn."

Joe war während der ganzen Mahlzeit gerannt, hatte die Teller abgetragen und sich um die Sachen in der Küche gekümmert. Er sah mitgenommen aus. „O ja, ich erinnere mich an ihn", sagte er, „obwohl er mehr ein Freund von Clara ist." Er aß schnell seinen Pudding auf und fragte Clara, ob sie Hilfe brauchte, aber sie hörte nicht. Arthur hatte eben eine Schüssel auf den Boden geworfen.

„Und was hältst du von ihm?" fragte Ainsley, als riefe sie seine überlegene Intelligenz an.

Joe starrte nachdenklich die Wand an. Ich wußte, daß er ungern ein negatives Urteil abgab, aber ich wußte auch, daß er Len nicht mochte. „Er ist unmoralisch", sagte er schließlich. Joe ist Dozent für Philosophie.

„Das ist nicht ganz fair", sagte ich. Mir gegenüber hatte sich Len nie unmoralisch benommen.

Joe schaute mich stirnrunzelnd an. Er kennt Ainsley nicht sehr gut und neigt zu der Annahme, daß alle unverheirateten Mädchen schnell zu Opfern werden und Schutz brauchen. Mehrmals schon hatte er mir väterlichen Rat angeboten und betonte nun: „Er ist jemand, mit dem man . . . sich nicht einlassen sollte!" Ainsley lachte kurz auf und stieß unbeeindruckt eine Rauchwolke aus.

„Dabei fällt mir ein", sagte ich, „gib mir doch mal seine Telefonnummer."

Nach dem Essen setzten wir uns in das chaotische Wohnzimmer, während Joe den Tisch abräumte. Ich bot meine Hilfe an, aber Joe meinte, er käme klar, ihm wäre es lieber, wenn ich ein bißchen mit Clara redete. Clara hatte sich mit geschlossenen Augen in einem Nest zerknüllter Zeitungen auf dem Sofa niedergelassen; wieder fiel mir kein Thema ein. Ich starrte zur Decke hoch, zu dem kunstvoll verschnörkelten Stuck in der Mitte, wo vielleicht mal ein Kronleuchter gehangen hatte, und dachte an Clara zu Highschool-Zeiten: ein großes zerbrechliches Mädchen, und immer vom Sport befreit. Sie saß an der Seitenlinie und beobachtete uns in unseren blauen Gymnastikanzügen, als sei ihr etwas so Schweißiges und Ungelenkes so fremd, daß es ihr zur Erheiterung und Unterhaltung diente. In dieser Klasse voller schmieriger, mit Kartoffelchips gemästeter Heranwachsender verkörperte sie jedermanns Traum von durchsichtiger Parfümreklame-Weiblichkeit. An der Universität war sie ein bißchen kräftiger gewesen, hatte aber ihr blondes Haar lang wachsen lassen, was ihr mehr denn je ein mittelalterliches Aussehen verlieh: in Gedanken hatte ich sie mit den Damen verglichen, die auf Gobelins in Rosengärten sitzen. Natürlich war sie ganz anders, aber das Äußere hat mich schon immer beeinflußt.

Gegen Ende unseres zweiten Jahres, im Mai, hatte sie Joe Bates geheiratet, und zuerst hielt ich die beiden für das ideale Paar. Joe hatte das erste Examen schon hinter sich, er war fast sieben Jahre älter als sie, ein großer, zottiger Mann, der leicht gebeugt ging und Clara gegenüber eine Beschützerhaltung einnahm. Ihre gegenseitige Anbetung vor der Hochzeit hatte manchmal etwas lächerlich Idealistisches; man erwartete ständig, daß Joe seinen Mantel über Pfützen werfen oder auf die Knie sinken und Claras Gummistiefel küssen würde. Die Babies waren nicht geplant gewesen: ihre erste Schwangerschaft nahm Clara voller Verwunderung hin, daß ihr so was zustoßen konnte, die zweite mit Bestürzung; während der dritten ergab sie sich einem grimmigen, aber trägen Fatalismus. Zu ihren Metaphern für die Kinder gehörten „Schiffe verkrustende Muscheln“ oder „an einem Felsen haftende Schnecken“.

Ich sah sie an und spürte, wie mich eine Woge verstörten Mitleids überschwemmte. Was konnte ich tun? Vielleicht konnte ich ihr anbieten, mal rüberzukommen und sauberzumachen. Clara war schlicht unpraktisch, sie war nicht in der Lage, die weltlichen Aspekte des Lebens zu steuern, wie Geldfragen, oder rechtzeitig zum Unterricht zu kommen. Als wir zusammen wohnten, pflegte sie sich in regelmäßigen Abständen in dem hoffnungslosen Durcheinander in ihrem Zimmer so zu verheddern, daß sie keine zwei zueinander passenden Schuhe oder genügend saubere Kleidung fand, und ich mußte sie aus dem Abfallhaufen ausgraben, den sie um sich herum hatte wachsen lassen. Ihre Schlampigkeit war nicht kreativ wie bei Ainsley, die ein Zimmer in fünf Minuten verwüsten konnte, wenn sie chaotisch aufgelegt war; sie war passiver Natur. Clara stand einfach hilflos da, während die Flut von Dreck um sie herum stieg, unfähig, sie aufzuhalten oder ihr aus dem Weg zu gehen. Mit den Babies war es genauso; ihr eigener Körper schien sich irgendwo jenseits von ihr zu befinden und handelte ohne ihre Anweisungen. Ich studierte das Muster von leuchtenden Blumen auf ihrem Umstandskleid; die stilisierten Blüten und Ranken bewegten sich im Rhythmus ihres Atems.

Wir gingen frühzeitig. Hinter der Wohnzimmertür hatte sich ein „kleines Mißgeschick" ereignet, wie Joe es nannte, und ein brüllender Arthur war ins Bett geschleppt worden.

„Es war kein Mißgeschick", bemerkte Clara und öffnete die Augen. „Er liebt es, hinter Türen zu pinkeln. Ich frage mich, woran das liegt. Er wird mal ein ganz schöner Heimlichtuer, wenn er groß ist, ein Geheimagent oder ein Diplomat oder sonstwas. Der hinterhältige kleine Bastard."

Joe brachte uns zur Tür, die Arme voll schmutziger Wäsche. „Ihr müßt bald mal wiederkommen", sagte er. „Clara hat so wenig Menschen, mit denen sie wirklich reden kann."

5

Wir gingen im Halbdunkel hinunter zur U-Bahn, durch das Geräusch von Grillen und gedämpften Fernsehapparaten (in einigen der Häuser sahen wir sie blau durch die offenen Fenster flimmern) und den Geruch von warmem Teer. Meine Haut fühlte sich an, als wäre ich in feuchten Teig gewickelt. Ich ahnte, daß Ainsley keinen Spaß an dem Abend gehabt hatte: ihr Schweigen war so negativ.

„Das Essen war nicht übel", sagte ich, um Clara gegenüber loyal zu sein, mit der ich immerhin länger befreundet war als mit Ainsley. „Joe entwickelt sich zu einem ganz ordentlichen Koch."

„Wie hält sie das nur aus?" sagte Ainsley heftiger als sonst. „Sie liegt einfach herum, und der Mann macht die ganze Arbeit! Sie läßt sich wie ein Ding behandeln!"

„Aber sie ist im siebten Monat schwanger", sagte ich. „Und ihr geht es ja die ganze Zeit nicht gut."

„Ihr geht es nicht gut?" sagte Ainsley empört. „Sie blüht und gedeiht! Ihm geht es nicht gut. Er ist um Jahre gealtert, seit ich ihn kenne, und das sind noch nicht mal vier Monate. Sie saugt ihn aus!"

„Was schlägst du vor?" fragte ich. Ich ärgerte mich über Ainsley: sie verstand Claras Lage nicht.

„Sie müßte etwas tun, und wenn es bloß eine Geste wäre. Sie hat ihr Studium nicht beendet, oder? Wäre jetzt nicht der ideale Zeitpunkt, dafür was zu tun? Eine Menge schwangerer Frauen beenden ihr Studium."

Ich erinnerte mich an Claras gute Vorsätze nach dem ersten Kind: sie hatte es nur als vorübergehende Abwesenheit betrachtet. Nach dem zweiten hatte sie gejammert: „Ich weiß nicht, was wir falsch machen! Ich bin doch so vorsichtig!" Sie war immer gegen die Pille gewesen – sie fürchtete, ihre Persönlichkeit könnte sich dadurch verändern. Aber in letzter Zeit hatte sich diese Einstellung gelockert. Sie hatte einen französischen Roman (in der Übersetzung) und ein Buch über archäologische Expeditionen in Peru gelesen und von Abendschule geredet. Neuerdings machte sie oft bittere Bemerkungen darüber, daß sie „bloß Hausfrau" sei. „Aber Ainsley", sagte ich, „du behauptest doch immer, daß ein Diplom kein echter Gradmesser für irgendwas ist."

„Natürlich hat ein Titel an sich nichts zu bedeuten", sagte Ainsley, „es kommt darauf an, für was er steht. Sie sollte sich nicht so gehenlassen."

Als wir wieder in unserer Wohnung waren, fiel mir Len ein, und ich fand, es wäre noch nicht zu spät für einen Anruf. Ich erwischte ihn tatsächlich, und nachdem wir die Begrüßung hinter uns hatten, sagte ich, ich würde ihn gern sehen.

„Großartig", sagte er, „wann und wo? Und such bloß einen kühlen Ort aus. Ich wußte gar nicht mehr, daß es hier so verdammt heiß ist im Sommer."

„Dann hättest du nicht zurückkommen sollen", sagte ich, um anzudeuten, daß ich den Grund kannte, und um ihm das Stichwort zu geben.

„Es war sicherer", sagte er mit einem Hauch Selbstgefälligkeit. „Wenn man ihnen den kleinen Finger gibt, nehmen sie die ganze Hand.“ Er hatte einen leicht englischen Akzent angenommen. „Übrigens, Clara hat mir erzählt, du hättest eine neue Zimmergenossin.“

„Nicht dein Typ“, sagte ich. Ainsley war ins Wohnzimmer gegangen und saß mit dem Rücken zu mir auf dem Sofa.

„Aha, also zu alt, wie du, hm?“ Es war einer seiner Standardwitze, daß ich zu alt wäre.

Ich lachte. „Sagen wir morgen abend“, meinte ich. Mir war plötzlich eingefallen, daß Len die ideale Ablenkung für Peter sein würde. „So gegen halb neun im Park Plaza. Ich bring einen Freund mit.“

„Aha“, sagte Len, „dieser Typ, von dem mir Clara erzählt hat. Nichts Ernstes, oder?“

„O nein, durchaus nicht“, sagte ich zu seiner Beruhigung.

Als ich aufgelegt hatte, sagte Ainsley: „War das Len Slank, mit dem du gesprochen hast?“

Ich sagte ja.

„Wie schaut er aus?“ fragte sie beiläufig.

Die Antwort konnte ich schlecht verweigern. „Oh, irgendwie ganz normal. Ich glaub nicht, daß du ihn attraktiv finden würdest. Er hat blondes Kraushaar und trägt eine Hornbrille. Warum?“

„Bloß so.“ Sie erhob sich und ging in die Küche. „Magst du einen Drink?“ rief sie.

„Danke, nein“, sagte ich, „aber du könntest mir ein Glas Wasser mitbringen.“ Ich ging ins Wohnzimmer und setzte mich ans Fenster, wo ein Lufthauch zu spüren war.

Sie kam zurück, mit einem Scotch on the rocks für sich selbst, und reichte mir mein Glas Wasser. Dann ließ sie sich auf dem Fußboden nieder.

„Marian“, sagte sie, „ich muß dir etwas sagen.“

Ihre Stimme war so ernst, daß ich einen Schreck bekam. „Was ist passiert?“

„Ich werde ein Baby kriegen“, sagte sie ruhig.

Ich trank schnell einen Schluck Wasser. Unvorstellbar, daß Ainsley so etwas zustoßen konnte. „Ich kann es nicht glauben.“

Sie lachte. „Oh, ich meine nicht, daß ich bereits schwanger wäre. Ich wollte sagen, ich will schwanger werden."

Ich war erleichtert, aber auch verwirrt. „Du meinst, du willst heiraten?" fragte ich und dachte an Triggers Pech. Ich versuchte zu erraten, an wem Ainsley interessiert sein könnte, aber ohne Erfolg. Seit ich sie kannte, war sie entschieden gegen jede Heirat gewesen.

„Ich wußte, daß du das sagen würdest", meinte sie mit amüsierter Geringschätzung. „Nein, ich werde nicht heiraten. Genau das ist es, was bei den meisten Kindern nicht stimmt: sie haben zu viele Eltern. Du wirst wohl kaum behaupten wollen, daß die Art Haushalt, die Clara und Joe führen, für ein Kind ideal wäre. Überleg bloß mal, wie verworren Mutterbild und Vaterbild da sein werden. Schon jetzt sind sie von Komplexen verunsichert. Und das liegt in erster Linie am Vater."

„Aber Joe ist wunderbar!" rief ich. „Er tut fast alles für sie! Was wäre Clara ohne ihn?"

„Haargenau", sagte Ainsley. „Sie müßte allein fertig werden. Und das würde sie auch. Die ganze Erziehung wäre wesentlich konsequenter. Was heutzutage die Familien ruiniert, sind die Ehemänner. Hast du gemerkt, daß sie dem Baby nicht mal die Brust gibt?"

„Aber es hat schon Zähne!" protestierte ich. „Die meisten entwöhnen sie, wenn sie Zähne bekommen."

„Unsinn", sagte Ainsley dunkel. „Ich wette, Joe hat sie dazu gebracht. In Südamerika geben sie wesentlich länger die Brust. Nordamerikanische Männer hassen es, die grundlegende Mutter-Kind-Einheit natürlich funktionieren zu sehen, sie kommen sich dabei überflüssig vor. Die Flasche kann Joe genauso leicht geben. Jede Frau würde, wenn man es ihr überließe, von selbst so lange wie möglich stillen. Ich jedenfalls werde es tun."

Ich fand, wir kamen langsam vom Thema ab: wir theoretisierten über eine praktische Angelegenheit. Ich probierte es mit einem persönlichen Angriff: „Ainsley, du hast von Babies nicht die geringste Ahnung. Du magst sie nicht mal besonders; ich hab dich sagen hören, sie wären zu schmutzig und zu laut."

„Andrer Leute Babies nicht zu mögen", sagte Ainsley, „heißt nicht, daß man die eigenen nicht mag."

Das konnte ich nicht abstreiten. Ich war sprachlos: ich wußte nicht mal, wie ich meinen Widerstand gegen ihren Plan rechtfertigen sollte. Das schlimmste war, daß sie ihn wahrscheinlich durchführen würde. Wenn sie etwas will, dann entwickelt sie auch die Fähigkeit, es zu erreichen, obwohl nach meiner Meinung einige der Dinge, die sie will – zum Beispiel das hier –, unvernünftig sind. Ich beschloß, die Sache ganz nüchtern anzugehen.

„In Ordnung", sagte ich. „Zugegeben. Aber warum willst du ein Baby, Ainsley? Was willst du damit?"

Sie schenkte mir einen angewiderten Blick. „Jede Frau sollte zumindest ein Baby bekommen!" Sie hörte sich wie eine Stimme im Radio an, die verkündete, daß jede Frau zumindest einen elektrischen Haartrockner haben sollte. „Das ist noch wichtiger als Sex. Es ist die Erfüllung deiner innersten Weiblichkeit." Ainsley begeistert sich für anthropologische Taschenbücher über primitive Kulturen; es liegen immer etliche zwischen den Klamotten auf dem Boden herum.

„Aber warum jetzt?" sagte ich und suchte nach Gegenargumenten. „Was ist mit dem Job in der Kunstgalerie? Und den Künstlern, die du kennenlernen wolltest?" Ich hielt ihr das hin wie einem Esel eine Karotte.

Ainsley betrachtete mich mit aufgerissenen Augen. „Was hat ein Baby mit einem Job in einer Kunstgalerie zu tun? Du denkst immer nur entweder-oder. Wichtig ist aber Gesamtheit. Und was das Jetzt angeht – also, ich hab das schon eine Zeitlang in Erwägung gezogen. Findest du nicht, daß du ein Lebensziel brauchst? Und möchtest du deine Kinder nicht lieber kriegen, solange du jung bist? Solange du sie genießen kannst? Außerdem ist bewiesen, daß sie eher gesünder sind, wenn man sie zwischen zwanzig und dreißig bekommt."

„Du willst es also behalten", sagte ich. Ich sah mich im Wohnzimmer um und überlegte schon, wieviel Zeit, Energie und Geld es kosten würde, zu packen und auszuziehen. Die stabileren Sachen stammten meist von mir: der schwere runde Kaffeetisch, gespendet von einem Verwandten daheim, der Klapptisch aus Walnußholz, den wir benutzten, wenn Besuch kam, ebenfalls eine Spende vom Speicher, der Polstersessel und das Sofa, die ich bei der Heilsarmee aufgegabelt und neu bezogen hatte. Das übergroße Poster von Theda Bara und die leuchtenden Papierblumen gehörten Ainsley, ebenso die Aschenbecher und die aufblasbaren Plastikkissen mit den geometrischen Mustern. Peter meinte, unser Wohnzimmer sei uneinheitlich. Ich hatte das alles nie als dauerhaftes Arrangement betrachtet, aber jetzt, wo es bedroht war, hatte es plötzlich eine angenehme Beständigkeit für mich. Der Tisch stemmte seine Beine fester auf den Boden; es schien undenkbar, daß der runde Kaffeetisch je diese engen Treppen hinunterbefördert werden könnte, daß das Poster von Theda Bara zusammengerollt werden könnte, wobei der Riß in der Wand zum Vorschein kommen würde, daß man aus den Plastikkissen die Luft herausließ und sie in einer Kiste verstaute. Ich überlegte, ob die Lady von unten Ainsleys Schwangerschaft als Vertragsbruch betrachten und gerichtliche Schritte unternehmen würde.

Ainsley wurde widerspenstig. „Natürlich werde ich es behalten. Warum den ganzen Ärger, wenn man es dann nicht behält?"

„Es läuft also darauf hinaus", sagte ich und trank meinen letzten Schluck Wasser, „daß du beschlossen hast, kaltblütig ein illegitimes Kind in die Welt zu setzen und allein aufzuziehen."

„Wie lästig, das erklären zu müssen! Warum benutzt du so ein schrecklich spießbürgerliches Wort? Geburt ist doch was Legitimes, oder? Du bist prüde, Marian, und das ist es auch, was an dieser Gesellschaft nicht stimmt."

„Okay, ich bin also prüde", sagte ich, insgeheim verletzt: ich hielt mich für verständnisvoller als die meisten anderen. „Aber da die Gesellschaft nun mal so ist, wie sie ist, bist du dann nicht selbstsüchtig? Das Kind wird darunter zu leiden haben! Wie willst du es ernähren und wie mit den Vorurteilen der anderen fertig werden und so weiter?"

„Wie soll sich die Gesellschaft je ändern", sagte Ainsley mit der Würde eines Kreuzfahrers, „wenn ihr nicht einzelne den Weg weisen? Die schlichte Wahrheit ist, ich weiß, ich werde hier und da Ärger haben, aber manche Leute werden tolerant sein, da bin ich sicher, selbst hier. Ich meine, ich bin ja nicht versehentlich schwanger geworden oder so."

Ein paar Minuten lang saßen wir schweigend da. Der Hauptpunkt schien geklärt zu sein. „Na schön", sagte ich schließlich, „ich sehe, du hast an alles gedacht. Aber was ist mit einem Vater? Ich weiß, das ist nur ein kleines technisches Detail, aber du wirst einen brauchen, verstehst du, und wenn es nur für kurze Zeit ist. Du kannst nicht einfach keimen."

„Ja", sagte sie ernsthaft, „darüber habe ich schon nachgedacht. Er muß ordentliches Erbgut haben und einigermaßen gut aussehen; es wäre schön, wenn ich jemanden fände, der mitspielt, der alles versteht und kein Theater macht und mich heiraten will."

Sie erinnerte mich mehr, als mir lieb war, an einen Bauern, der von Viehzucht redet. „Hast du jemanden im Auge? Was ist mit diesem Zahnmedizinstudenten?"

„Himmel, nein", sagte sie, „er hat ein fliehendes Kinn!"

„Oder der Elektro-Zahnbürsten-Mordfall-Zeuge?"

Sie runzelte die Stirn. „Ich glaub nicht, daß er sonderlich intelligent ist. Natürlich würde ich einen Künstler vorziehen, aber das ist genetisch zu riskant; mittlerweile müssen sie alle Chromosomenschäden vom LSD haben. Ich könnte vielleicht Freddy vom letzten Jahr wieder ausgraben; er hätte bestimmt nichts dagegen, obwohl er zu fett ist und um fünf Uhr schon wieder einen Stoppelbart hat. Ich will kein fettes Kind."

„Auch keins mit Stoppelbart", sagte ich hilfreich.

Ainsley sah mich ärgerlich an. „Du bist sarkastisch", sagte sie. „Wenn die Leute nur ein bißchen mehr über die Eigenschaften nachdächten, die sie ihren Kindern vererben, dann würden sie nicht blindlings in alles hineintappen. Wir wissen, daß die menschliche Rasse degeneriert, und zwar, weil die Leute ohne nachzudenken ihre schwachen Erbanlagen weitergeben, und medizinische Wissenschaft bedeutet, daß es nicht mehr wie früher eine natürliche Auslese gibt."

So langsam fühlte ich mich ein bißchen schwummrig.

Ich wußte, daß Ainsley unrecht hatte, aber sie hörte sich so vernünftig an. Ich ging wohl besser ins Bett, ehe sie mich wider besseres Wissen überzeugte.

In meinem Zimmer setzte ich mich mit dem Rücken gegen die Wand aufs Bett und dachte nach. Zuerst versuchte ich mir Möglichkeiten zu überlegen, sie zu bremsen, aber dann resignierte ich. Ihr Entschluß stand fest, und obwohl ich hoffte, daß es sich dabei nur um eine Laune handelte, die sie überwinden würde. Was ging es mich an? Ich mußte mich nur der Situation anpassen. Falls wir umziehen mußten, sollte ich mir vielleicht eine andere Mitbewohnerin suchen. Aber wäre es richtig, Ainsley sich selbst zu überlassen? Ich wollte nicht verantwortungslos handeln.

Mit zwiespältigen Gefühlen ging ich zu Bett.

6

Der Wecker riß mich aus einem Traum, in dem ich an mir herabgeschaut und gesehen hatte, wie meine Füße sich aufzulösen begannen wie schmelzende Sülze, ich hatte schnell Gummistiefel angezogen und dabei entdeckt, daß meine Fingerspitzen durchsichtig wurden. Um festzustellen, was mit meinem Gesicht los war, hatte ich mich dem Spiegel zugewandt, und da war ich aufgewacht. Normalerweise kann ich mich nicht an meine Träume erinnern.

Ainsley schlief noch, also kochte ich mir ein Ei und trank meinen Tomatensaft und meinen Kaffee allein. Dann zog ich mir zu Interviews passende Kleidung an, einen dienstlich wirkenden Rock, eine Bluse mit Ärmeln und ein Paar Laufschuhe mit flachen Absätzen. Ich wollte zeitig los, konnte aber nicht zu früh beginnen, sonst waren die Männer, die am arbeitsfreien Tag ausschlafen wollten, noch nicht auf. Ich holte meinen Stadtplan heraus und studierte ihn; im Geist strich ich all die Stadtteile aus, von denen ich wußte, daß sie für die eigentliche Befragung vorgesehen waren. Ich aß einen Toast, trank eine zweite Tasse Kaffee und überlegte mehrere mögliche Routen.

Ich brauchte sieben oder acht Männer mit einem gewissen Minimum an Bierkonsum pro Woche, die bereit waren, die Fragen zu beantworten. Sie aufzutreiben konnte wegen des langen Wochenendes schwieriger als sonst sein. Ich wußte aus Erfahrung, daß Männer für gewöhnlich weniger bereit waren als Frauen, das Fragespiel mitzumachen. Die in der Nähe unserer Wohnung gelegenen Straßen kamen nicht in Frage: es könnte zu der Lady von unten durchsickern, daß ich die Nachbarn gefragt hatte, wieviel Bier sie tranken. Außerdem vermutete ich, daß es sich hier mehr um eine Scotch- als um eine Biergegend handelte, mit ein paar Abstinenzlerwitwen hier und da. Die Ecke mit den Logierhäusern weiter westlich fiel auch aus: ich hatte sie bei einem Kartoffelchip-Geschmackstest ausprobiert und reichlich feindselige Vermieterinnen angetroffen. Sie schienen mich für eine verkleidete Regierungsagentin zu halten, die ihre Abgaben zu erhöhen versuchte, indem sie feststellte, daß sie mehr Mieter als angegeben hatten. Ich erwog die Verbindungshäuser in der Nähe der Universität, erinnerte mich dann aber daran, daß die Befragten volljährig sein mußten.

Ich nahm den Bus, stieg bei der U-Bahnstation aus, hielt kurz an, um den Fahrpreis unter „Verkehrsmittel" auf meinem Spesenzettel festzuhalten, und überquerte die Straße. Dann ging ich einen leichten Hang hinunter zu dem flachen, baumlosen Park gegenüber der Haltestelle. In einer Ecke war ein Baseballplatz, aber niemand spielte darauf. Der restliche Park war schlicht Rasen, der sich gelblich verfärbt hatte; er knisterte unter den Füßen. Dieser Tag würde wie der gestrige werden, windstill und drückend. Der Himmel war wolkenlos, aber nicht klar: die Luft hing schwer wie unsichtbarer Dampf, so daß die Farben und Umrisse von entfernten Dingen verschwammen.

Am anderen Ende des Parks lief eine asphaltierte Rampe schräg nach oben, die ich hinaufstieg. Sie führte zu einer Straße mit kleinen, ziemlich schäbigen Wohnhäusern, die dicht aneinandergedrängt standen; sie waren zweistöckig, schuhkartonartig, mit Fensterrahmen und Traufenbrettern aus Holz. Bei einigen waren diese frisch gestrichen, was die Verwitterung der Schindelwände nur noch unterstrich. Es war einer dieser Bezirke, mit denen es Jahrzehnte abwärts und erst in den letzten paar Jahren wieder aufwärts gegangen war. Aus den Vorstädten Geflüchtete hatten diese Häuser in der Innenstadt gekauft und von Grund auf überholt, in gepflegtem Weiß gestrichen und Plattenwege, immergrüne Pflanzen in Betonschalen und Kutscherlampen an den Türen hinzugefügt. Die aufpolierten Häuser wirkten frivol neben den anderen, so als hätten sie beschlossen, sich mit verantwortungsloser Leichtfertigkeit von den Problemen von Alter und Schäbigkeit und schlechtem Wetter abzuwenden. Ich beschloß, bei meinen Interviews die umgebauten Häuser zu übergehen. Ich würde nicht die richtigen Leute dort finden: da wohnten mehr die Martini-Typen.

Eine Reihe von geschlossenen Türen hat etwas Einschüchterndes, wenn man hingehen und anklopfen und um etwas bitten muß, was auf eine Gefälligkeit hinausläuft. Ich strich meinen Rock glatt, straffte die Schultern und setzte das auf, was ich für einen amtlichen, aber freundlichen Gesichtsausdruck hielt; diese Haltung übte ich bis zum nächsten Block, ehe ich genügend Entschlossenheit aufgestaut hatte, um anfangen zu können. Am Ende des Blocks sah ich ein Mehrfamilienhaus. Das setzte ich mir zum Ziel: innen würde es kühl sein, und außerdem konnte es mir die dann noch fehlenden Interviews liefern.

Ich drückte auf die erste Klingel. Jemand musterte mich kurz durch die weißen, halbdurchsichtigen Vorhänge des vorderen Fensters; dann wurde die Tür von einer Frau mit scharfen Zügen geöffnet, die eine bedruckte Latzschürze umgebunden hatte. Ihr Gesicht zeigte nicht die geringste Spur von Make-up, nicht mal Lippenstift, und sie trug schwarze Schnürschuhe mit klobigen Absätzen, bei denen mir automatisch das Wort „orthopädisch“ in den Sinn kommt und die ich mit Sonderangeboten im Untergeschoß von Kaufhäusern verbinde.

„Guten Morgen, ich vertrete Seymour Surveys“, sagte ich mit falschem Lächeln. „Wir führen eine kleine Umfrage durch; ob Ihr Gatte wohl etwas dagegen hätte, mir ein paar Fragen zu beantworten?“

„Verkaufen Sie was?“ fragte sie und betrachtete meine Papiere und den Bleistift.

„O nein! Mit Verkauf haben wir nichts zu tun. Wir sind ein Marktforschungsunternehmen, wir stellen nur Fragen. Das trägt zur Verbesserung der Produkte bei“, fügte ich lahm hinzu. Ich glaubte nicht, daß ich hier etwas erreichen würde.

„Worum geht es da?“ fragte sie. Ihre Mundwinkel spannten sich vor Mißtrauen.

„Nun, im Grunde geht es um Bier“, sagte ich mit Rauschgoldengelstimmchen und versuchte das Wort nach Magermilch klingen zu lassen.

Der Ausdruck ihres Gesichts veränderte sich. Sie wird ablehnen, dachte ich. Doch sie zögerte, trat dann beiseite und sagte mit einer Stimme, die mich an kalten Haferschleim erinnerte: „Kommen Sie herein.“

Ich stand in dem pieksauberen gefliesten Flur und atmete den Geruch von Möbelpolitur und Bleichmittel ein, während sie durch eine Tür weiter hinten verschwand, die sie hinter sich schloß. Ein gemurmeltes Gespräch, dann öffnete sich die Tür wieder, und ein großer Mann mit grauen Haaren und ernstem Blick kam heraus, gefolgt von der Frau. Trotz des heißen Tages trug der Mann ein schwarzes Jackett.

„Junge Dame“, sagte er zu mir, „ich werde nicht Sie persönlich strafen, denn ich sehe, daß Sie ein nettes Mädchen sind und nur das unschuldige Mittel zu diesem abscheulichen Zweck. Aber Sie werden so freundlich sein und Ihren Auftraggebern diese Schriften überreichen. Wer weiß, ob ihre Herzen nicht noch erweicht werden können? Die Verbreitung von Trunk und Trunkenheit bis zum Exzeß ist ein Frevel, eine Sünde wider den Herrn.“

Ich nahm die Traktätchen, die er mir reichte, brachte aber Seymour Surveys gegenüber die Loyalität auf zu sagen: „Unsere Firma hat mit dem Verkauf von Bier nichts zu tun.“

„Es ist das gleiche“, sagte er streng, „es ist alles das gleiche. ‚Wer nicht für mich ist, der ist wider mich‘, spricht der Herr. Versuchet nicht die Gräber jener zu übertünchen, die mit menschlicher Trübsal und Erniedrigung Handel treiben.“ Er wollte sich schon abwenden, da fiel ihm etwas ein, er sagte: „Sie können das auch selbst lesen, junge Dame. Natürlich verunreinigen Sie Ihre Lippen nie mit Alkohol, aber keine Seele ist vollkommen rein und gegen jede Versuchung gefeit. Vielleicht fällt die Saat nicht an den Weg noch in das Steinige.“

Ich gab ein schwaches „Danke“ von mir, und der Mann dehnte die Mundwinkel zum Lächeln. Seine Frau hatte die kleine Predigt mit bescheidener Befriedigung beobachtet; sie trat vor, öffnete mir die Tür, und ich ging; fast hätte ich ihnen wie beim Verlassen der Kirche die Hände geschüttelt.

Ein schlechter Anfang. Ich warf einen Blick auf die Traktate, während ich zum nächsten Haus lief. „Enthaltsamkeit“, forderte eines. Das andere war bewegender formuliert: „Trunk und der Teufel“. Er muß Pfarrer sein, dachte ich, aber bestimmt kein Anglikaner, wahrscheinlich nicht mal von der Unierten Kirche. Von einer dieser obskuren Sekten.

Im nächsten Haus war niemand daheim; in dem danach öffnete mir ein schokoladenverschmierter Knirps die Tür und informierte mich, daß Daddy noch im Bett war. Ein Haus weiter aber wußte ich gleich, daß ich endlich den rechten Ort für die Kopfjagd erreicht hatte. Die Eingangstür stand offen, und der Mann, der, nachdem ich geläutet hatte, auf mich zukam, war mittelgroß, sehr kompakt gebaut, fast fett. Als er die Fliegentür öffnete, konnte ich sehen, daß er in Socken ohne Schuhe herumlief; er hatte ein Unterhemd und Bermudashorts an. Sein Gesicht war ziegelrot.

Ich erklärte meinen Auftrag und zeigte ihm die Karte mit der Skala des durchschnittlichen Bierkonsums pro Woche. Für jeden Wert steht eine Ziffer, die Skala reicht von 0 bis 10. Die Firma macht das so, weil manche Männer sich genieren, ihren Konsum in Worte zu fassen. Dieser Mann wählte die Nr. 9 aus, die zweite Stelle von oben. Kaum jemand wählt Nr. 10: jeder denkt gern, daß möglicherweise andere mehr trinken als er selbst.

Als wir soweit gekommen waren, sagte der Mann: „Kommen Sie ins Wohnzimmer und setzen Sie sich. Sie müssen ja müde sein vom Rumlaufen in der Hitze. Meine Frau ist gerade einkaufen gegangen“, fügte er überflüssigerweise hinzu.

Ich setzte mich in einen der Sessel, und er stellte den Ton am Fernsehgerät ab. Neben seinem Stuhl sah ich auf dem Boden eine halbleere Flasche von einem der Konkurrenten von Elch-Bier stehen. Er ließ sich mir gegenüber nieder, lächelte, wischte sich mit dem Taschentuch über die Stirn und beantwortete die einleitenden Fragen mit der Miene eines Experten, der ein professionelles Urteil abgibt. Nachdem er der Telefonreklame gelauscht hatte, kratzte er sich nachdenklich die Brusthaare und lieferte dann genau die begeisterte Reaktion, um die ein ganzes Seminar von Werbespezialisten zweifellos täglich gebetet hatte. Als wir fertig waren und ich Namen und Adresse notiert hatte, die die Firma brauchte, damit sie nicht die gleichen Leute zweimal interviewte, stand ich auf und bedankte mich bei ihm; er kam schwankend aus seinem Sessel hoch und mit lüsternem Biergrinsen auf mich zu. „Wie kommt bloß ein nettes kleines Mädchen wie Sie dazu, herumzulaufen und Männer über ihr Bier auszufragen?“ sagte er mit triefender Stimme. „Sie sollten bei einem großen starken Mann zu Hause sein, der auf sie aufpaßt.“

Ich drückte ihm die beiden Temperenzler-Traktätchen in die ausgestreckte feuchte Hand und floh.

Ohne größere Zwischenfälle arbeitete ich mich durch vier weitere vollständige Interviews und stellte dabei fest, daß der Fragebogen ergänzt werden mußte um: „Hat kein Telefon . . . Ende des Interviews“ und „Hört kein Radio“, und daß Männer, denen die kraftstrotzenden Gefühle der Werbung gefielen, dazu neigten, das Wort „prickelnd“ als „zu leicht“ oder, wie es einer formulierte, als „zu fruchtig“ abzulehnen. Das fünfte Interview lief mit einem dürren Mann mit schütterem Haar ab, der solche Angst hatte, überhaupt eine Meinung zu äußern, daß ihm Wörter zu entreißen war wie Zähneziehen mit einer Rohrzange. Jedesmal, wenn ich ihm eine neue Frage stellte, errötete er, ließ seinen Adamsapfel hüpfen und verzerrte sein Gesicht in schmerzhaftem Zucken. Nachdem er dem Werbespot gelauscht und ich ihn gefragt hatte: „Wie hat ihnen die Werbung gefallen? Sehr gut oder mittelmäßig oder gar nicht?", war er minutenlang sprachlos. Schließlich brachte er flüsternd heraus: „Ja."

Jetzt fehlten mir nur noch zwei Interviews. Ich beschloß, die nächsten paar Häuser zu überspringen und gleich zu dem klotzigen Mehrfamilienhaus zu gehen. Mit der üblichen Methode, alle Klingeln gleichzeitig zu drücken, bis eine betrogene Seele den Summer betätigte, kam ich hinein.

Die Kühle war eine Erleichterung. Ich ging ein paar Stufen hinauf, deren Teppichbedeckung gerade dünn zu werden begann, und klopfte an die mit der Nummer sechs bezeichnete erste Tür. Ich fand das merkwürdig, denn von der Lage her hätte sie die Nummer eins tragen müssen.

Auf mein Klopfen hin geschah nichts. Ich klopfte noch einmal lauter, wartete und wollte gerade zur nächsten Wohnung weitergehen, als sich die Tür lautlos nach innen öffnete und mich ein Junge anschaute, den ich auf ungefähr fünfzehn schätzte.

Mit dem Finger rieb er sich ein Auge, als wäre er eben aufgestanden. Er war leichenhaft dünn; er trug kein Hemd, und seine Rippen standen vor wie bei einer dieser ausgemergelten Figuren der mittelalterlichen Holzschnitzkunst. Die darüber gespannte Haut war fast farblos, nicht weiß, sondern eher gelblich getönt wie altes Leinen. Seine Füße waren nackt, er trug nur eine Khakihose. Die Augen, teilweise hinter einem zerwühlten Schopf von glattem schwarzem Haar verborgen, das ihm in die Stirn fiel, waren eigensinnig melancholisch, so als hätte er diesen Ausdruck absichtlich angenommen.

Wir starrten einander an. Er hatte offensichtlich nicht die Absicht, etwas zu sagen, und ich wußte nicht, wie ich anfangen sollte. Mein Fragebogen stand plötzlich in keinerlei Beziehung mehr zu irgendwas, und gleichzeitig ging von ihm eine merkwürdige Bedrohung aus. Schließlich brachte ich sehr gekünstelt heraus: „Hallo, ist dein Vater da?"

Er starrte mich weiterhin ohne einen Hauch von Ausdruck an. „Nein. Er ist tot“, sagte er.

„Oh“, sagte ich und schwankte ein wenig; der Gegensatz zur Hitze draußen hatte mich schwindlig gemacht. Die Zeit schien in Zeitlupe abzulaufen. Es gab nichts zu sagen, aber ich konnte nicht gehen oder mich bewegen. Er blieb weiter in der Tür stehen.

Nachdem scheinbar Stunden vergangen waren, kam mir der Gedanke, daß er in Wirklichkeit vielleicht gar nicht so jung war, wie er aussah. Unter seinen Augen lagen dunkle Ringe, und um die Augenwinkel zogen sich feine dünne Linien. „Bist du wirklich erst fünfzehn?“ fragte ich, so als hätte er mir das erzählt.

„Ich bin sechsundzwanzig“, sagte er kummervoll.

Ich fuhr zusammen, und als ob die Antwort einen versteckten Beschleuniger in mir ausgelöst hatte, sprudelte ich eine Hochgeschwindigkeitsversion von dem Quatsch heraus: daß ich von Seymour Surveys käme und nichts verkaufen wollte, daß es um Produktverbesserung ginge und ich ein paar einfache Fragen stellen wollte, und wieviel Bier er durchschnittlich in einer Woche tränke, und dabei dachte ich, daß er nicht so aussah, als bekäme er je was anderes als Wasser zu der Brotkruste, die sie ihm zuwarfen, während er in Ketten im Kerker lag. Er schien düster interessiert, so wie jemand (wenn überhaupt) an einem toten Hund interessiert sein würde, also streckte ich ihm die Wochendurchschnittskonsumkarte entgegen und bat ihn, die für ihn zutreffende Nummer herauszusuchen. Er schaute eine Minute drauf, drehte das Blatt um und betrachtete die leere Rückseite, schloß die Augen und sagte: „Nummer sechs.“

Das waren sieben bis zehn Flaschen pro Woche, ausreichend, um ihn für den Fragebogen zu qualifizieren, was ich ihm mitteilte. „Dann kommen Sie herein“, sagte er. Ich spürte eine leichte Beunruhigung, als ich über die Schwelle trat und hinter mir die Tür hölzern ins Schloß fiel.

Wir waren in einem mittelgroßen, quadratischen Wohnzimmer; an einer Seite war die Kochnische, an der anderen der Flur zu den Schlafzimmern. Die Jalousie an dem einzigen kleinen Fenster war geschlossen, das Zimmer war dunkel wie im Zwielicht. Soweit ich das in dem Halbdunkel erkennen konnte, waren die Wände schlicht weiß; nirgends hing ein Bild. Auf dem Boden lag ein sehr anständiger Perserteppich mit einem reichen Muster aus braunen und grünen und purpurnen Schnörkeln und Blumen. Besser noch als der im Wohnzimmer der Lady von unten, fand ich, der ihr von ihrem Großvater väterlicherseits hinterlassen worden war. Über die ganze Länge einer Wand zog sich ein Bücherbord hin, so eins, wie es sich Leute aus Brettern und Ziegelsteinen selbst zusammenbasteln. Die einzigen anderen Möbelstücke waren drei gewaltige, altertümliche und stark gepolsterte Sessel, einmal roter Plüsch, einmal abgewetzter grünlichblauer Brokat und einmal verblaßter Purpur, jeweils mit einer Stehlampe daneben. Jedes offene Stück Fußboden war übersät von Zetteln, Notizbüchern, aufgeklappten, mit dem Rücken nach oben liegenden Büchern und anderen Büchern, aus denen Bleistifte und eingelegte Papierfetzen als Lesezeichen ragten.

„Leben Sie hier allein?“ fragte ich.

Seine traurigen Augen fixierten mich. „Es kommt darauf an“, murmelte er, „was Sie unter ‚allein‘ verstehen.“

„Ah ja“, sagte ich höflich. Ich durchquerte das Zimmer, bemüht, den Schein von geschäftsmäßigem Frohsinn zu wahren, während ich mir mühsam einen Weg über und um die Gegenstände auf dem Fußboden herum bahnte. Ich strebte auf den purpurnen Stuhl zu, den einzigen ohne einen Berg von Papieren darauf.

„Da können Sie nicht sitzen“, sagte er in leicht tadelndem Ton hinter mir. „Das ist Trevors Stuhl. Er würde es nicht mögen, wenn Sie auf seinem Stuhl sitzen.“

„Oh. Und wie steht es mit dem roten?“

„Der gehört Fisch“, sagte er. „Ihm würde es nichts ausmachen, glaub ich zumindest. Aber seine Papiere liegen darauf, und Sie bringen vielleicht alles durcheinander.“ Ich sah zwar nicht ein, wie ich sie durch bloßes Draufsetzen noch mehr in Unordnung bringen konnte, sagte aber nichts. Ich überlegte, ob Trevor und Fisch zwei imaginäre Spielgefährten waren, die dieser Junge erfunden hatte, und ob er bei seiner Altersangabe gelogen hatte. In diesem Licht hätte sein Gesicht das eines Zehnjährigen sein können. Er stand da und schaute mich ernst an; mit hängenden Schultern und über der Brust verschränkten Armen hielt er seine eigenen Ellbogen umklammert.

„Und der grüne ist vermutlich Ihrer?"

„Ja", sagte er, „aber ich habe schon seit ein paar Wochen nicht mehr darin gesessen. Ich hab alles darauf geordnet."

Ich wäre gern hingegangen, um zu sehen, was er darauf alles geordnet hatte, erinnerte mich aber daran, daß ich geschäftlich hier war. „Wohin setzen wir uns?"

„Auf den Fußboden", sagte er. „Oder in die Küche oder in mein Schlafzimmer."

„Nicht ins Schlafzimmer", sagte ich eilig. Ich kämpfte mich durch die Papierwüste zurück und spähte um die Ecke in die Kochnische. Ein merkwürdiger Geruch schlug mir entgegen – in jeder Ecke schienen Mülltüten zu stehen, und den restlichen Platz nahmen Töpfe und Tiegel ein, einige sauber, andere nicht. „Ich glaub nicht, daß in der Küche Platz ist", sagte ich, bückte mich und begann die Papiere von der Teppichoberfläche zu wischen, ungefähr so, wie man den Schaum von einem Teich schöpfen würde.

„Ich glaube, das machen Sie besser nicht", sagte er. „Einige davon gehören nicht mir. Sie könnten sie durcheinanderbringen. Wir gehen lieber ins Schlafzimmer." Er schlurfte durch den Flur und eine offene Tür. Ich folgte ihm notgedrungen.

Der Raum war ein länglicher Kasten mit weißen Wänden, ebenso dunkel wie das Wohnzimmer; auch hier war die Jalousie heruntergelassen. Er war leer bis auf ein Bügelbrett mit einem Bügeleisen darauf, ein Schachspiel mit ein paar darauf herumliegenden Figuren in einer Ecke des Raumes, eine Schreibmaschine auf dem Fußboden, einen Pappkarton, der schmutzige Wäsche zu enthalten schien und den er mit dem Fuß in einen Wandschrank schob, als ich hereinkam, und ein schmales Bett. Er zerrte eine graue Armeedecke über das Lakengewühl auf dem Bett, kroch darauf und hockte sich mit untergeschlagenen Beinen in die von den beiden Wänden gebildete Ecke. Er knipste die Leselampe über dem Bett an, nahm eine Zigarette aus einem Päckchen, das er anschließend wieder in seine Gesäßtasche steckte, und zündete sie an. So saß er da, die Zigarette in den gewölbten Händen haltend wie ein verhungernder Buddha, der sich selbst ein Räucherstäbchen abbrennt.

„So“, sagte er.

Ich ließ mich auf der Bettkante nieder – Stühle gab es ja keine – und begann den Fragebogen mit ihm durchzugehen. Immer wenn ich eine Frage gestellt hatte, lehnte er den Kopf gegen die Wand, schloß die Augen und antwortete dann; danach öffnete er die Augen wieder und beobachtete mich mit kaum wahrnehmbaren Anzeichen von Konzentration, während ich die nächste Frage stellte.

Als wir zu dem Werbespot per Telefon kamen, ging er in die Küche und wählte die Nummer. Meinem Gefühl nach blieb er sehr lange weg. Ich ging nachschauen und fand ihn mit ans Ohr gepreßtem Hörer und fast zum Lächeln verzogenem Mund vor.

„Sie sollten es sich nur einmal anhören“, sagte ich vorwurfsvoll.

Widerstrebend legte er den Hörer auf. „Kann ich, wenn Sie weg sind, noch mal anrufen und ein bißchen zuhören?“ fragte er in dem schüchternen, aber schmeichelnden Ton eines kleinen Kindes, das um einen extra Keks bettelt.

„Ja“, sagte ich, „aber nicht nächste Woche, okay?“ Ich wollte nicht, daß er den Interviewern die Leitung blokkierte.

Wir gingen zurück ins Schlafzimmer und nahmen wieder unsere jeweilige Stellung ein. „Ich werde jetzt einige Formulierungen aus der Werbung für Sie wiederholen, und Sie sagen mir bitte, woran Sie dabei denken“, erklärte ich. Das war der Fragebogenteil der freien Assoziationen, mit denen die unmittelbare Reaktion auf gewisse Schlüsselsätze getestet werden sollte. „Zuerst mal, was sagt Ihnen ‚durch und durch männlicher Geschmack‘?“

Er warf den Kopf zurück und schloß die Augen. „Schweiß“, sagte er nachdenklich. „Leinenturnschuhe. Unterirdische Umkleidekabinen und Suspensorium.“

Ein Interviewer soll stets den genauen Wortlaut der Antwort niederschreiben, also tat ich es. Ich dachte daran, dieses Interview in den Stoß der echten zu schmuggeln, um für die Frauen mit den Farbstiften ein bißchen Abwechslung zu schaffen – für Mrs. Weemers vielleicht oder Mrs. Gunridge. Sie würde es den anderen laut vorlesen, die daraufhin sagen würden, Typen gäbe es ... Das Thema wäre für mindestens drei Kaffeepausen gut.

„Was ist mit dem ‚langen, kühlen Schluck‘?“

„Nicht viel. Oh, einen Moment. Es ist ein Vogel, ein weißer Vogel, der aus großer Höhe abstürzt. Durchs Herz geschossen, im Winter; die Federn lösen sich, treiben davon ... Das ist genau wie bei diesen Worttests der Psychiater“, sagte er mit geöffneten Augen. „Die mach ich immer gern. Sie sind besser als die mit den Bildern.“

Ich sagte: „Wahrscheinlich ist es das gleiche Prinzip. Was ist mit ‚gesunder, herzhafter Geschmack‘?“

Er meditierte minutenlang. „Sodbrennen“, sagte er. „Oder nein, das kann nicht stimmen.“ Er runzelte die Stirn. „Jetzt seh ich es. Es ist eine dieser Kannibalengeschichten.“ Zum erstenmal wirkte er aufgeregt. „Ich kenn das Muster, im Dekameron gibt es das, und ein paarmal bei den Brüdern Grimm; der Ehemann tötet den Liebhaber seiner Frau oder umgekehrt und schneidet das Herz heraus, macht ein Stew oder eine Pastete daraus und serviert es auf einer silbernen Schale, und der andere ißt es. Obwohl das nicht sonderlich gut zu dem ‚gesund‘ paßt, oder? Shakespeare“, sagte er mit weniger erregter Stimme, „Shakespeare hat auch so was. Es gibt da eine Szene in ‚Titus Andronicus‘, obwohl man sich darüber streitet, ob Shakespeare das wirklich geschrieben hat oder ...“

„Besten Dank.“ Ich schrieb emsig. Inzwischen war ich überzeugt, daß er ein Zwangsneurotiker war und daß ich gut daran tat, ruhig zu bleiben und keine Angst zu zeigen. Ich fürchtete mich auch nicht direkt – er sah nicht nach dem gewalttätigen Typ aus –, aber diese Fragen versetzten ihn eindeutig in einen Spannungszustand. Er taumelte vielleicht an einem emotionalen Abgrund entlang, und einer der Sätze konnte ihm den letzten Stoß geben. Diese Menschen sind so, dachte ich und erinnerte mich an gewisse Fälle, von denen Ainsley mir erzählt hatte; Kleinigkeiten wie Wörter können sie wirklich in Verwirrung stürzen.

„Und jetzt: ‚Herb und hitzig, prickelnd spritzig'?"

Er dachte lange darüber nach. „Das sagt mir gar nichts", sagte er. „Es paßt nicht zusammen. Beim ersten Teil seh ich einen Menschen mit einem Kopf aus Glas vor mir, auf den ein Stock geschlagen wird: wie eine Glasharfe. Aber ‚prickelnd spritzig' bringt nichts. Ich glaube", sagte er traurig, „in dem Punkt kann ich Ihnen nicht weiterhelfen."

„Sie machen das ganz ausgezeichnet", sagte ich und dachte daran, was wohl mit der IBM-Maschine passieren würde, wenn sie das Zeug je durchlaufen lassen würden. „Und zum Schluß noch: ‚Würze der Wildnis'."

„Oh", sagte er fast begeistert, „das ist leicht; es fiel mir sofort auf, als ich es hörte. Es ist einer dieser Farbfilme über Hunde oder Pferde. ‚Würze der Wildnis' ist natürlich ein Hund, halb Wolf, halb Schlittenhund, der seinen Herrn dreimal rettet, einmal vor dem Feuer, einmal vor Überschwemmung und einmal vor bösen Menschen; heutzutage sind es wahrscheinlich eher weiße Jäger als Indianer; schließlich wird er von einem grausamen Trapper mit einem Gewehr Kaliber 22 erschossen und betrauert. Wahrscheinlich im Schnee beerdigt. Panoramaaufnahme von Bäumen und dem See. Sonnenuntergang. Ausblenden."

„Großartig", sagte ich und schrieb wie verrückt, um alles mitzubekommen. Stille, während wir beide dem Kratzen meines Stiftes lauschten. „Und jetzt eine Frage, die ich Ihnen ungern stelle. Bitte sagen Sie mir, wie gut Ihrer Meinung nach jeder dieser Sätze zu Bier paßt – sehr gut oder mittelmäßig oder gar nicht gut?"

„Das kann ich nicht beurteilen", sagte er und verlor jegliches Interesse. „Ich trink das Zeug nie. Nur Scotch. Für Scotch taugt keiner von den Sätzen."

„Aber", protestierte ich verblüfft, „Sie haben doch auf der Karte die Nummer sechs gewählt. Diejenige mit sieben bis zehn Flaschen pro Woche."

„Sie wollten, daß ich eine Nummer aussuche", sagte er

geduldig, „und Sechs ist meine Glückszahl. Ich hab sogar erreicht, daß die Nummern der Wohnungen ausgetauscht wurden; das hier ist in Wirklichkeit eins, verstehen sie. Außerdem hab ich mich gelangweilt; ich hatte Lust, mit jemandem zu reden."

„Das bedeutet, daß ich Ihr Interview nicht verwenden kann", sagte ich ernst. In dem Augenblick dachte ich nicht daran, daß es kein echtes war.

„Aber Sie haben es genossen", sagte er und lächelte sein halbes Lächeln. „Sie wissen genau, daß all die anderen Antworten, die Sie gesammelt haben, stinklangweilig sind. Sie müssen zugeben, daß ich Ihren Tag ungemein belebt hab."

Mich durchzuckte Ärger. Ich hatte Mitleid empfunden mit jemandem, der leidend am Rande des geistigen Zusammenbruchs stand, und nun zeigte er mir, daß die ganze Angelegenheit eine bewußte Darbietung gewesen war. Ich konnte entweder aufstehen und sofort gehen und damit mein Mißfallen zum Ausdruck bringen oder zugeben, daß er recht hatte. Ich sah ihn stirnrunzelnd an und versuchte zu entscheiden, was ich tun sollte; da hörte ich das Öffnen der Wohnungstür und Stimmengeräusche.

Er beugte sich vor und lauschte gespannt, dann lehnte er sich wieder gegen die Wand. „Es sind bloß Fisch und Trevor, meine Mitbewohner", sagte er, „die anderen beiden Nervensägen. Trevor ist die Muttersäge: er wird schockiert sein, wenn er mich im Schlafzimmer ohne Hemd und mit einem ausgewachsenen Mädchen entdeckt."

In der Küche war das Knistern von Einkaufstüten zu hören, und eine tiefe Stimme sagte: „Herrgott, ist das heiß draußen!"

„Ich glaub, ich geh jetzt lieber", sagte ich. Wenn die anderen auch nur ein bißchen so wie der hier waren, fühlte ich mich dem nicht gewachsen. Ich sammelte meine Fragebögen ein und stand auf, als die Stimme sagte: „He, Duncan, willst du ein Bier?" Ein struppiger, bärtiger Kopf tauchte in der Tür auf.

Ich japste. „Also trinken Sie doch Bier!"

„Ja, leider. Tut mir leid. Ich wollte nur nicht weitermachen, das ist alles. Der Rest hörte sich langweilig an, und ich hatte alles gesagt, was ich sagen wollte. Fisch", meinte er zu dem Bart, „das hier ist Goldlöckchen." Ich brachte ein krampfhaftes Lächeln zustande. Ich bin nicht blond.

Ein weiterer Kopf tauchte nun über dem ersten auf: ein weißhäutiges Gesicht, mit dünnen, hellen Haaren, himmelblauen Augen und einer wunderbar geformten Nase. Als er mich sah, klappte ihm der Unterkiefer runter.

Es war Zeit zu gehen. „Ich danke Ihnen", sagte ich kühl, aber huldvoll zu der Gestalt auf dem Bett. „Sie waren mir sehr behilflich."

Er grinste tatsächlich, als ich zur Tür marschierte, und als die Köpfe sich eiligst zurückzogen, um mich vorbeizulassen, rief er mir nach, „He, warum haben Sie so einen lausigen Job? Ich dachte immer, bloß fette schlampige Hausfrauen machen so was."

„Oh", sagte ich mit soviel Würde, wie ich aufbringen konnte, wobei ich es mir verkniff, den hohen – nun ja, höheren – Status meines wirklichen Jobs zu erklären, „wir müssen schließlich alle leben. Außerdem, was kann man heutzutage schon mit einem B. A.-Diplom anfangen?"

Draußen betrachtete ich meinen Fragebogen. Im grellen Sonnenlicht waren die Notizen, die ich mir von seinen Antworten gemacht hatte, fast unlesbar; ich konnte auf der Seite nichts als graues Gekritzel erkennen.

7

Genaugenommen fehlten mir noch anderthalb Interviews, aber was ich hatte, genügte für den erforderlichen Bericht und die Änderung des Fragebogens. Außerdem wollte ich ein Bad nehmen und mich umziehen, bevor ich zu Peter ging; die Interviews hatten länger gedauert als erwartet.

Daheim angekommen, warf ich die Fragebögen aufs Bett. Ich sah mich nach Ainsley um, aber sie war nicht da. Ich sammelte Waschlappen, Seife, Zahnbürste und

Zahnpasta zusammen, zog meinen Morgenmantel an und ging hinunter. Unsere Wohnung hat kein eigenes Badezimmer, einer der Gründe, warum die Miete niedrig ist. Vielleicht wurde das Haus gebaut, bevor es Badezimmer gab, oder man glaubte, Dienstboten brauchten so was nicht; jedenfalls müssen wir das Badezimmer eine Treppe tiefer benutzen, was manchmal Probleme mit sich bringt. Ainsley hinterläßt ständig Schmutzränder, was die Lady von unten als Schändung ihres Heiligtums betrachtet. Sie baut deshalb Deodorants und Reinigungsmittel und Bürsten und Schwämme unübersehbar auf; bei Ainsley hat das nicht die geringste Wirkung, aber mir ist es unangenehm. Manchmal gehe ich hinunter, nachdem Ainsley ein Bad genommen hat, und mache die Wanne sauber.

Ich hatte mich so richtig einweichen wollen, aber kaum hatte ich den nachmittäglichen Schmutzfilm aus Staub und Busabgasen abgeschrubbt, als ich vor der Tür das Rascheln und Räuspern der Lady von unten hörte. Das ist ihre Art anzudeuten, daß sie hereinmöchte: nie klopft sie und fragt. Ich stieg die Treppe hoch, zog mich an, trank eine Tasse Tee und machte mich auf den Weg zu Peter. Die Vorfahren beobachteten mich mit ihren verblassenden Daguerreotypie-Augen, die Münder über den steifen Kragen freudlos verzogen.

Für gewöhnlich aßen wir auswärts, aber wenn nicht, ging ich zu Fuß zu Peter und kaufte unterwegs ein – in einem dieser kleinen schmuddeligen Läden, die man manchmal noch in älteren Wohnbezirken findet. Natürlich hätte er mich mit seinem Volkswagen abholen können, aber solche Aufträge irritieren ihn; außerdem wollte ich der Lady von unten nicht zuviel Stoff zu Spekulationen liefern. Ich wußte nicht, ob wir zum Dinner ausgehen würden oder nicht – Peter hatte nichts davon erwähnt –, also steuerte ich sicherheitshalber den Laden an. Wahrscheinlich hatte er noch einen Kater vom Abend vorher und gar keinen Appetit auf ein umfangreiches Dinner.

Das Haus, in dem Peter wohnt, ist gerade so weit entfernt, daß die Benutzung von öffentlichen Verkehrsmitteln zu umständlich ist. Es liegt südlich von unserem Bezirk und östlich von der Universität in einer heruntergekommenen Gegend, fast einem Slum, wo innerhalb der nächsten Jahre vielstöckige Apartmenthäuser hochgezogen werden sollen. Einige sind schon fertig, aber Peters ist noch im Bau. Peter ist der einzige Mensch, der da wohnt; es ist nur vorübergehend und zu einem Drittel der Miete, die sie nehmen werden, wenn das Haus fertig ist. Er bekam die Möglichkeit über Beziehungen aus irgendwelchen Vertragsverfahren. Peter macht seine Referendarzeit als Rechtsanwalt und hat noch nicht viel Geld – zum Beispiel hätte er sich die Wohnung zum Normalpreis nicht leisten können –, aber er arbeitet in einer kleinen Firma und steigt dort auf wie eine Rakete.

Den ganzen Sommer über mußte ich mir, wenn ich zu seiner Wohnung wollte, meinen Weg durch Stöße von Betonsteinen vor der Tür zur Eingangshalle suchen, drinnen um mit staubigen Planen abgedeckte Formen herum und manchmal über Mörteltröge und Leitern und aufgestapelte Röhren hinwegsteigen zur Treppe. Die Fahrstühle sind noch nicht betriebsbereit. Gelegentlich wurde ich von Arbeitern aufgehalten, die nichts von Peter wußten und beteuerten, ich könnte nicht hinaufgehen, weil dort niemand wohnte. Wir stritten uns dann über die Existenz oder Nichtexistenz von Mr. Wollander, und einmal mußte ich ein paar von ihnen mit zum siebten Stock hochnehmen und Peter leibhaftig vorführen. Ich wußte allerdings, daß am Samstag um fünf Uhr niemand mehr arbeiten würde; wahrscheinlich hatten sie sowieso das ganze lange Wochenende frei. Im allgemeinen scheinen sie die Dinge eher lässig anzugehen, was Peter sehr gelegen kommt. Durch einen Streik oder eine Arbeitsniederlegung hat sich alles zusätzlich verzögert. Peter hofft, daß es in dem Stil weitergeht: je länger sie brauchen, desto länger zahlt er wenig Miete.

Der Rohbau war fertig, von Kleinigkeiten abgesehen. Alle Fenster waren drin und mit weißen Seifenhieroglyphen beschmiert, damit die Leute nicht einfach hindurchmarschierten. Die Glastüren waren vor ein paar Wochen eingesetzt worden, und Peter hatte einen zweiten Satz Schlüssel für mich machen lassen, mehr eine Notwendigkeit als bloße Bequemlichkeit, da das System zum Öffnen der Tür noch nicht angeschlossen war. Innen war noch nichts von dem Glanz – den gefliesten Böden, bemalten Wänden, Spiegeln, Beleuchtungsanlagen – zu sehen, der später dem Gebäude seinen teuren Anstrich, die harte innere Schale geben würde. Die grobe graue Unterschicht des Fußbodens und die unverputzten Wände waren noch sichtbar, und aus den Fassungen baumelten blanke Kabel wie lose Nervenstränge. Vorsichtig stieg ich die Treppe hinauf, ohne das schmutzige Geländer zu berühren, und dachte daran, wie sehr ich mittlerweile die Wochenenden mit diesem Neubaugeruch von Holzbrettern und Zementstaub in Verbindung brachte. In den einzelnen Stockwerken gähnten mich die Eingänge der zukünftigen Apartments an, in denen noch keine Türen eingehängt waren. Es war ein langer Aufstieg; ich atmete schwer, als ich in Peters Stockwerk angekommen war. Ich würde froh sein, wenn die Fahrstühle funktionierten.

Peters Apartment ist selbstverständlich fertig. Er würde niemals ohne richtige Fußböden und ohne Elektrizität leben, wie niedrig die Miete auch wäre. Der Bekannte benutzt es als Modell für die anderen Wohnungen und zeigt es gelegentlichen Mietinteressenten, wobei er Peter vorher anruft. Peter stört das nicht weiter: er ist viel unterwegs, und es ist ihm egal, wenn sich bei ihm Leute umschauen.

Ich machte die Tür auf, ging hinein und brachte die Lebensmittel zum Kühlschrank in der Kochnische. Ich entnahm dem Geräusch von fließendem Wasser, daß Peter duschte; er tut das oft. Ich schlenderte ins Wohnzimmer und schaute zum Fenster hinaus. Das Apartment liegt nicht hoch genug für eine gute Aussicht auf den See oder die Stadt, man sieht nur ein Mosaik schmuddeliger kleiner Straßen und schmaler Hinterhöfe, aber um erkennen zu können, was die Leute dort tun, liegt es wieder zu hoch. Bis jetzt hat Peter noch nicht viel in das Wohnzimmer gestellt: ein Sofa im skandinavischen Stil, einen dazu passenden Stuhl und eine Hi-Fi-Anlage, sonst nichts. Er will lieber warten und dann anständige Sachen kaufen, als die Wohnung mit billigem Zeug vollstopfen, das er nicht mag. Vermutlich hat er recht, aber ein bißchen mehr wär schon besser: die zwei Möbelstücke wirken in dem großen leeren Raum mickrig und isoliert.

Ich werde unruhig, wenn ich auf jemanden warte, ich laufe dann herum. Ich wanderte ins Schlafzimmer und schaute dort aus dem Fenster, obwohl es die gleiche Aussicht bietet. Das Schlafzimmer sei fast fertig, hat Peter gesagt, obwohl es für manchen Geschmack ein bißchen spärlich sein mag. Auf dem Boden hat er ein großes Schaffell liegen, daneben steht ein einfaches, solides Bett, ebenfalls ziemlich groß, gebraucht gekauft, aber in sehr gutem Zustand und immer ordentlich gemacht. Dazu ein schlichter, stabiler Schreibtisch aus dunklem Holz und einer von diesen ledergepolsterten Bürodrehstühlen, ebenfalls aus zweiter Hand; er sei sehr bequem zum Arbeiten, meint er. Auf dem Schreibtisch eine Leselampe, ein Löscher, eine Auswahl von Füllern und Kugelschreibern und Bleistiften und Peters Examensbild im Stehrahmen. An der Wand darüber ist ein kleines Bücherbord angebracht – seine juristischen Bücher auf dem unteren Brett, sein Hort an Krimis auf dem oberen, dazwischen verschiedene Bücher und Zeitschriften. An einer gelochten Hartfaserplatte mit Haken neben dem Bücherbord hängt Peters Waffensammlung: zwei Gewehre, eine Pistole und verschiedene bösartig aussehende Messer. Ich hab ihre Namen alle gesagt bekommen, aber ich kann sie mir nicht merken. Ich hab nie gesehen, daß Peter irgendwas davon benutzt hätte, aber in der Stadt hat er natürlich nicht viel Gelegenheit dazu. Anscheinend ist er früher oft mit alten Freunden auf die Jagd gegangen. Auch Peters Kameras hängen dort, die Glasaugen durch Lederetuis geschützt. An der Schranktür außen ist ein mannshoher Spiegel; innen ist Peters Kleidung.

Peter mußte mich gehört haben. Er rief aus dem Badezimmer: „Marian? Bist du's?"

„Ich bin es, ja", rief ich zurück. „Hi."

„Hi. Mach dir einen Drink. Und mir auch einen – Gin und Tonic, ja? Bin gleich da."

Ich wußte, wo alles war. Peter hat ein Schrankregal für den Alkoholvorrat reserviert, und er vergißt nie, die Schalen für die Eiswürfel aufzufüllen. Ich ging in die

Küche, mischte sorgfältig die Drinks und vergaß auch den Schnitz Zitronenschale nicht, den Peter gern hat. Ich brauche länger als andere, um Drinks zurechtzumachen: ich muß abmessen.

Die Dusche stoppte, dann hörte ich das Geräusch von Füßen, und als ich mich umdrehte, stand Peter tropfnaß in der Küchentür, ein geschmackvolles marineblaues Handtuch umgeschlungen.

„Hi“, sagte ich, „dein Drink steht auf dem Tisch.“

Wortlos machte er einen Schritt nach vorn, nahm mir mein Glas aus der Hand, trank ein Drittel davon und setzte es auf dem Tisch hinter mir ab. Dann legte er beide Arme um mich.

„Du machst mich ganz naß“, sagte ich sanft. Ich legte ihm meine von dem eiskalten Glas kalte Hand ins Kreuz, aber er zuckte nicht. Nach der Dusche war sein Körper warm und schmiegsam.

Er küßte mein Ohr. „Komm ins Badezimmer“, sagte er.

Ich starrte zu Peters Duschvorhang hoch, einer silbernen Plastikplane, auf der rosa Schwäne mit gebogenen Hälsen in Dreiergruppen zwischen farblosen Seerosenblättern schwammen; das war überhaupt nicht Peters Geschmack, er hatte ihn unter Zeitdruck gekauft, weil das Wasser über den Fußboden floß, wenn er duschte, er hatte keine Zeit gehabt, ordentlich zu suchen, und dies hier war noch am unauffälligsten gewesen. Ich fragte mich, warum er darauf bestanden hatte, in die Badewanne zu gehen. Ich fand das nicht gut, ich ziehe das Bett vor, ich wußte gleich, daß die Wanne zu klein und unangenehm hart und kantig sein würde. Aber ich hatte nicht widersprochen: ich glaubte, wegen Trigger Mitgefühl aufbringen zu müssen. Immerhin hatte ich die Badematte mitgenommen, was die Kanten etwas milderte.

Ich hatte erwartet, Peter deprimiert vorzufinden, aber wenn er auch nicht so wie sonst war, deprimiert war er bestimmt nicht. Wegen der Badewanne war ich mir nicht ganz im klaren. Ich dachte an die beiden anderen unglücklichen Heiraten zurück. Nach der ersten war es das Schaffell auf seinem Schlafzimmerfußboden gewesen, nach der zweiten eine kratzige Decke auf einer Wiese, zu der wir erst nach vierstündiger Fahrt gelangt waren und wo mich der Gedanke an Bauern und Kühe beunruhigt hatte. Ich vermutete, daß dies Teil des gleichen Musters war, was immer es auch für ein Muster sein mochte. Vielleicht ein Versuch, sich der Jugendlichkeit und Spontanität zu versichern, eine Revolte gegen das muffige Schicksal von Strümpfen im Ausguß und in Pfannen erstarrtem Fett, die die Heiraten seiner Freunde bei ihm heraufbeschworen hatten. Peters Zerstreutheit bei diesen Gelegenheiten vermittelte mir das Gefühl, daß ihm das gefiel, weil er irgendwo davon gelesen hatte, aber den Ursprung dieser Zitate konnte ich nie entdecken. Die Wiese war vermutlich eine Jagdgeschichte aus einem dieser Freiluft-Männer-Magazine; ich erinnerte mich daran, daß er ein Plaid-Jackett getragen hatte. Das Schaffell ordnete ich bei den Glamourheftchen für Männer ein, die Sorte mit Wollust im Penthouse. Aber die Badewanne? Wahrscheinlich eine seiner Mordgeschichten, die er als „Fluchtlektüre" bezeichnete; aber würde da nicht eher jemand in der Badewanne ertrinken? Eine Frau. Das würde ihnen genau das richtige Sujet für die Umschlagillustration liefern: eine nackte Frau, mit ein bißchen Wasser bedeckt und vielleicht mit einem Stück Seife oder einer Gummiente oder einem Blutfleck, um das durch die Zensur zu kriegen; ihr Haar liegt ausgebreitet auf der Wasseroberfläche, die kalte Reinheit der Badewanne umgibt ihren Körper, keusch wie Eis ist sie nur deswegen, weil sie tot ist, ihre offenen Augen starren in die des Lesers. Die Badewanne als Sarg. Ich hatte eine flüchtige Vision: was wäre, wenn wir beide einschlafen und zufällig Wasser aus dem Hahn fließen würde, lauwarm, so daß wir es nicht merken würden, und das Wasser steigt langsam und ersäuft uns? Das wäre eine Überraschung für den Bekannten, wenn er käme, um seinen nächsten Schub Mieter herumzuführen: der ganze Fußboden überschwemmt, und zwei nackte Leichen in einer letzten Umarmung aneinandergeklammert. „Selbstmord", würden sie alle sagen. „Sie starben aus Liebe." Und in Sommernächten könnte man unsere Geister durch die Flure der Brentview Apartments – Luxusausführung für Junggesellen, mit zwei Schlafzimmern – wehen sehen, nur mit Badetüchern bekleidet ...

Der Schwäne überdrüssig, drehte ich den Kopf und betrachtete statt dessen den geschwungenen Silberschlauch der Dusche. Ich konnte Peters Haar riechen, ein sauberer Seifengeruch. Er riecht immer nach Seife, nicht nur, wenn er geduscht hat. Ein Geruch, den ich mit Zahnarztstühlen und Medizin in Verbindung brachte, aber bei ihm fand ich ihn attraktiv. Nie benutzte er süßlich duftendes Rasierwasser oder die anderen Surrogate für Parfüm für Männer.

Ich sah seinen Arm, der quer über mir lag, und die Härchen darauf. Der Arm war wie das Badezimmer: sauber und weiß und jung, mit für einen Mann ungewöhnlich glatter Haut. Sein Gesicht, das an meiner Schulter ruhte, konnte ich nicht sehen, aber ich versuchte es mir vorzustellen. Er war, wie Clara gesagt hatte, „hübsch"; wahrscheinlich hatte mich das zuerst zu ihm hingezogen. Man bemerkte ihn, nicht weil er ausdrucksvolle oder besondere Gesichtszüge hatte, sondern weil er die zur Perfektion gesteigerte Alltäglichkeit darstellte, wie die jungenhaften, gepflegten Gesichter der Zigarettenreklame. Aber manchmal wünschte ich mir eine beruhigende Warze oder ein Muttermal oder eine Unebenheit, irgend etwas, an dem man sich festhalten konnte, anstatt darüber hinwegzugleiten.

Wir hatten uns auf einer Gartenparty zu meinem Examen kennengelernt; er war der Freund eines Freundes, und wir hatten miteinander im Schatten gesessen und Eis gegessen. Er war ziemlich förmlich gewesen und hatte mich nach meinen Zukunftsplänen gefragt. Ich hatte von einer Karriere gesprochen und mich bemüht, sie weniger verschwommen erscheinen zu lassen, als sie in meiner Vorstellung war, und später hat er mir erzählt, es wäre der Eindruck von Unabhängigkeit und gesundem Menschenverstand gewesen, der ihm an mir gefallen hätte: er sah in mir die Art Mädchen, die nicht versuchen würde, über sein Leben zu bestimmen. Er hatte kurz vorher ein unerfreuliches Erlebnis mit „der anderen Sorte" gehabt. Auf dieser Voraussetzung hatten wir aufgebaut, was mir zusagte. Wir hatten einander so akzeptiert, wie wir waren, was bedeutete, daß wir gut miteinander auskamen. Natürlich hatte ich mich seinen Stimmungen anpassen müssen, aber das ist ja bei jedem Mann so, und bei ihm lief das zu offensichtlich ab, um große Schwierigkeiten zu verursachen. Im Lauf des Sommers war er zu einer angenehmen Gewohnheit geworden, und da wir uns nur an Wochenenden sahen, war der Lack noch nicht abgeblättert.

Allerdings wäre mein erster Besuch in seiner Wohnung beinahe auch der letzte gewesen. Er hatte mich mit Hi-Fi-Musik und Brandy bearbeitet, wobei er sich sehr gerissen und geschickt vorkam, und ich hatte mich ins Schlafzimmer locken lassen. Wir hatten unsere Kognakschwenker auf dem Schreibtisch abgestellt, und Peter hatte bei irgendwelchen Verrenkungen ein Glas hinuntergeworfen, und es war zerbrochen.

„Laß doch das verdammte Ding“, hatte ich, vielleicht etwas undiplomatisch, gesagt; aber Peter hatte das Licht angeknipst, Schaufel und Handfeger geholt und alle Glassplitter aufgefegt, die größeren Teile vorsichtig und säuberlich aufsammelnd wie eine Taube Krümel. Die Stimmung war dahin. Kurz darauf hatten wir uns ziemlich gereizt voneinander verabschiedet, und ich hörte über eine Woche nichts mehr von ihm. Selbstverständlich lief inzwischen alles wesentlich besser.

Peter streckte sich und gähnte neben mir, meinen Arm gegen das Porzellan quetschend. Ich krümmte mich und zog ihn vorsichtig unter ihm hervor.

„Wie war's für dich?“ fragte er beiläufig, seinen Mund gegen meine Schulter gepreßt. Er fragt immer.

„Wunderbar“, murmelte ich; wieso wußte er es nicht? Irgendwann würde ich mal sagen „Mies“, bloß um zu sehen, wie er reagiert; aber ich wußte jetzt schon, daß er mir nicht glauben würde. Ich langte nach oben, strich ihm über das feuchte Haar und kraulte seinen Nacken; er mochte das, in Maßen.

Vielleicht sollte die Badewanne Ausdruck seiner Persönlichkeit sein. Ich überlegte, wie das zusammenpassen könnte. Askese? Eine moderne Version von härenem Hemd oder auf Nagelbrettern sitzen? Kasteiung des Fleisches? Aber nichts an Peter ließ auf so was schließen; er liebte Bequemlichkeit, und außerdem ging es nicht um sein Fleisch, das kasteit wurde: er war oben gewesen. Oder vielleicht war es das Symbol für „verwegener Jüngling" gewesen, so wie bekleidet in einen Swimmingpool springen oder bei Parties sich Sachen auf den Kopf stellen. Aber auch das paßte nicht zu Peter. Ich war froh, daß niemand aus seinem alten Freundeskreis mehr unverheiratet war: beim nächstenmal hätte er vielleicht versucht, uns in einen Kleiderschrank zu pferchen oder eine exotische Stellung im Küchenausguß zu probieren.

Oder vielleicht – ein erschreckender Gedanke! – hatte es ein Ausdruck für meine Persönlichkeit sein sollen. Ein ganz neuer Bereich an Möglichkeiten eröffnete sich mir: betrachtete er mich vielleicht als ein Stück Badezimmerinventar? Für was für eine Art Mädchen hielt er mich?

Er drehte seine Finger in das Haar an meinem Nakken. „Ich möchte wetten, du siehst in einem Kimono großartig aus", flüsterte er und biß mich in die Schulter, was ich als Zeichen hemmungsloser Fröhlichkeit wertete. Für gewöhnlich beißt Peter nicht.

Als Gegenleistung biß ich in seine Schulter, und dann, nachdem ich mich vergewissert hatte, daß der Duschhebel noch oben stand, streckte ich meinen rechten Fuß aus – ich habe sehr geschickte Füße – und drehte den Kaltwasserhahn auf.

8

Um halb neun waren wir unterwegs, um uns mit Len zu treffen. Peters Stimmung war umgeschlagen in etwas, was ich noch nicht analysiert hatte, also machte ich keinen Versuch, mich mit ihm zu unterhalten, während wir fuhren. Peter hielt den Blick auf die Straße gerichtet, nahm die Kurven zu schnell und fluchte unterdrückt auf die anderen Fahrer. Den Sicherheitsgurt hatte er nicht angelegt.

Er war nicht gerade erfreut gewesen, als ich ihm von

der Verabredung mit Len erzählte, nicht mal, als ich sagte: „Ich bin sicher, er wird dir gefallen."

„Wer ist das?" hatte er mißtrauisch gefragt. Wäre es nicht Peter gewesen, hätte ich Eifersucht vermutet. Peter ist nicht der eifersüchtige Typ.

„Ein alter Freund", sagte ich, „aus Collegezeiten. Er ist gerade aus England zurückgekommen; ich glaube, er ist Fernsehproduzent oder so was." Ich wußte, daß Len nicht so hoch oben stand, aber Peter ist von den Jobs anderer Leute beeindruckt. Und da ich Len als Ablenkung für Peter eingeplant hatte, wünschte ich mir einen netten Abend.

„Aha", sagte Peter, „einer von diesen Künstlertypen. Wahrscheinlich schwul."

Wir saßen am Küchentisch und aßen Tiefkühlerbsen und geräuchertes Fleisch, das Zeug, das man drei Minuten in der Plastikverpackung kochen läßt. Peter hatte beschlossen, daß wir nicht essen gingen.

„O nein", sagte ich, eifrig bemüht, Len zu verteidigen, „ganz im Gegenteil."

Peter schob seinen Teller weg. „Warum kannst du nie was kochen?" sagte er mürrisch.

Ich war verletzt: das war unfair. Ich koche gern, hatte mich aber bei Peter absichtlich zurückgehalten, damit er sich nicht bedroht fühlte. Abgesehen davon hatte ihm bis jetzt Rauchfleisch immer geschmeckt, und nahrhaft war es auch. Mir lag eine scharfe Erwiderung auf der Zunge, die ich aber runterschluckte. Peter litt schließlich. Statt dessen fragte ich: „Wie war die Hochzeit?"

Peter stöhnte, lehnte sich zurück, zündete eine Zigarette an und starrte mit unergründlichem Blick auf die Wand gegenüber. Dann erhob er sich und machte sich einen weiteren Gin mit Tonic zurecht. Er versuchte, in der Küche auf und ab zu marschieren, aber es war zu eng, also setzte er sich wieder hin.

„Meine Güte", sagte er, „der arme Trigger! Er sah scheußlich aus. Wie konnte er sich nur so hereinlegen lassen?" Er fuhr fort in einem unzusammenhängenden Monolog, in dem Trigger aussah wie der letzte Mohikaner, edel und frei, der letzte Dinosaurier, vom Schicksal und minderwertigen Arten vernichtet, und der letzte

Dodo, zu dämlich, um abzuhauen. Dann griff er die Braut an, beschuldigte sie, räuberisch und bösartig zu sein und den armen Trigger in eine häusliche Leere eingesaugt zu haben (prompt stellte ich sie mir als Staubsauger vor), und kam schließlich mit einigen düsteren Vorhersagen über seine eigene Zukunft als Einsiedler mühsam zum Halten. Mit „Einsiedler" meinte er das Leben ohne andere Junggesellen.

Ich schluckte die letzte meiner Tiefkühlerbsen. Diese Ansprache oder zumindest etwas Ähnliches hatte ich schon zweimal gehört, und ich wußte, da gab es nichts zu sagen. Stimmte ich ihm zu, so würde das lediglich seine Depression verstärken, widersprach ich, so würde er mich verdächtigen, mich auf die Seite der Braut zu schlagen. Beim erstenmal war ich fröhlich gewesen und hatte mit allgemeinen Wahrheiten zu trösten versucht. „Nun, passiert ist passiert", hatte ich gesagt, „und vielleicht stellt es sich am Ende als gut heraus. Immerhin ist es ja nicht so, als hätte sie sich ein unmündiges Kind gekrallt. Ist er nicht sechsundzwanzig?"

„Ich bin auch sechsundzwanzig", hatte Peter geantwortet.

Also sagte ich diesmal nichts; ich war froh, daß Peter seine Rede schon so früh am Abend hinter sich gebracht hatte. Ich stand auf und setzte ihm Eis vor, was er als verständnisvolle Geste gelten ließ; er legte seinen Arm um meine Taille und drückte mich schwermütig an sich.

„Mein Gott, Marian", sagte er, „ich wüßte nicht, was ich täte, wenn du nicht soviel Verständnis aufbringen würdest. Die meisten Frauen könnten das nicht, aber du bist so vernünftig."

Ich lehnte mich gegen ihn und strich ihm übers Haar, während er Eis löffelte.

Wir stellten den Wagen an einem der üblichen Plätze ab, in einer Nebenstraße hinter dem Park Plaza. Im Laufen schob ich meine Hand unter Peters Arm, und er lächelte zerstreut zu mir herunter. Ich lächelte zurück, froh, daß er die zornige Stimmung, die er während des Fahrens gehabt hatte, abgelegt hatte, und er griff mit seiner anderen Hand herüber und legte sie auf meine. Ich wollte meine andere Hand auf seine legen, aber da fiel mir ein, daß dann meine obenauf sein würde und er seinen Arm von unten wegziehen müßte, um eine weitere Hand für obendrauf zu haben, wie bei diesem Kinderspielchen. Also drückte ich seinen Arm nur zärtlich.

Wir erreichten das Park Plaza, und Peter hielt mir die Glastür auf, wie immer. Peter achtet gewissenhaft auf solche Sachen; er öffnet mir auch die Autotür. Manchmal rechne ich fast damit, daß er die Hacken zusammenschlägt.

Während wir auf den Fahrstuhl warteten, betrachtete ich unser Bild in dem vom Fußboden bis zur Decke reichenden Spiegel neben den Lifttüren. Peter war dezent in Schale; er trug einen bräunlich-grünen Sommeranzug, dessen Schnitt seine Schlankheit noch betonte. Alles Zubehör war darauf abgestimmt.

„Ich bin gespannt, ob Len schon oben ist", sagte ich zu ihm, die Augen auf mich gerichtet und ihn im Spiegel ansprechend. Ich fand, daß ich die richtige Größe für ihn hätte.

Der Lift kam, und Peter sagte zu dem weißbehandschuhten Liftgirl: „Zum Dach, bitte", und weich glitten wir nach oben. Das Park Plaza ist eigentlich ein Hotel, aber ganz oben gibt es eine Bar. Sie ist einer von Peters Lieblingsplätzen für einen ruhigen Drink, weshalb ich sie auch Len als Treffpunkt vorgeschlagen hatte. Die Höhe vermittelt einem ein Gefühl für die Vertikale, was in der Innenstadt selten vorkommt. Der Raum selbst ist gut erleuchtet, nicht dunkel wie ein Abflußrohr wie so viele andere, und vor allem sauber. Niemand scheint hier je ungehörig betrunken zu sein, und man kann sich reden hören: es gibt weder Band noch Sänger. Die Stühle sind bequem, die Einrichtung erinnert ans achtzehnte Jahrhundert, und alle Bartender kennen Peter. Ainsley hat mal erzählt, sie sei dagewesen, als jemand durch einen Sprung über die Mauer der Dachterrasse draußen Selbstmord begehen wollte; aber das war vielleicht nur eine von ihren Geschichten.

Wir gingen hinein; es waren nicht viele Leute da, und so entdeckte ich Len sofort an einem der schwarzbeschichteten Tische. Wir gingen hin, und ich machte ihn mit Peter bekannt. Sie schüttelten sich die Hände, Peter unwirsch, Len verbindlich. Der Kellner kam, und Peter bestellte Gin-Tonics.

„Marian, wie schön, dich zu sehen!“ sagte Len und beugte sich über die Tischecke, um mich auf die Wange zu küssen; eine Gewohnheit, überlegte ich, die er in England angenommen haben mußte, da er das früher nie getan hatte. Er war ein bißchen dicker geworden.

„Und wie war es in England?“ fragte ich ihn. Ich wollte, daß er redete und Peter unterhielt, der verdrossen dreinschaute.

„Ganz in Ordnung soweit, bloß überlaufen. Jedesmal, wenn du dich umdrehst, läufst du jemandem von hier in die Arme. Du brauchtest fast nicht rüberzugehen, so voll ist es da von den verdammten Touristen. Trotzdem war es schade“, sagte er, sich Peter zuwendend, „daß ich zurück mußte; mit dem Job lief alles bestens, und mit ein paar anderen Sachen auch. Aber du mußt dich vor den Frauen in acht nehmen, wenn sie hinter dir her sind. Sie wollen immer, daß du sie heiratest. Nach dem Treffer mußt du abhauen. Sie kriegen, bevor sie dich kriegen, und dann nichts wie weg.“ Er lächelte und zeigte dabei seine strahlend weißen Zähne.

Peter lebte sichtlich auf. „Marian hat erzählt, Sie wären beim Fernsehen“, sagte er.

„Ja“, sagte Len und untersuchte die fast quadratischen Nägel seiner unverhältnismäßig großen Hände; „im Augenblick habe ich hier zwar nichts, aber ich werde schon was finden. Die brauchen Leute mit meiner Erfahrung. Nachrichten. Ich hätte gern eine gute Kommentarsendung in diesem Land, also eine wirklich gute, obwohl Gott allein wissen mag, wieviel Bürokratie man hier überwinden muß, bis irgendwas getan wird.“

Peter entspannte sich; wer sich für Nachrichten interessierte, so dachte er wahrscheinlich, konnte nicht schwul sein.

Ich fühlte eine Hand auf meiner Schulter und drehte mich um. Ein Mädchen, das ich noch nie gesehen hatte, stand hinter mir. Ich öffnete den Mund, um sie zu fragen, was sie wollte, als Peter sagte: „Oh, es ist Ainsley! Du hast mir gar nicht gesagt, daß sie auch kommt.“ Ich schaute noch mal hin: es war tatsächlich Ainsley.

„Mein Gott, Marian", sagte sie in einem halblauten atemlosen Flüsterton, „du hast mir nicht gesagt, daß das eine Bar ist. Ich hoffe nur, daß sie meine Geburtsurkunde nicht sehen wollen."

Peter und Len hatten sich erhoben. Wider besseres Wissen machte ich Ainsley und Len miteinander bekannt, und sie setzte sich auf den vierten Stuhl. Peters Gesicht hatte einen verwirrten Ausdruck. Er kannte Ainsley schon und mochte sie nicht; er verdächtigte sie, „wischi-waschi-radikale" Ansichten, wie er es nannte, zu haben, weil sie ihn eines Vortrags über die Befreiung des Es gewürdigt hatte. Politisch ist Peter konservativ eingestellt. Sie hatte ihn außerdem gekränkt, indem sie eine seiner Meinungen als „konventionell" bezeichnete, und er hatte es ihr heimgezahlt, indem er eine der ihren „unzivilisiert" nannte. Im Augenblick, vermutete ich, hegte er den Verdacht, daß sie etwas im Schilde führte, aber er wollte nichts gegen sie unternehmen, bevor er nicht wußte, was es war. Er brauchte Beweise.

Der Kellner erschien, und Len fragte Ainsley, was sie trinken wollte. Sie zögerte, dann sagte sie schüchtern: „Oh, könnte ich einfach – einfach bloß ein Glas Ginger-Ale haben?"

Len strahlte sie an. „Ich wußte, daß du eine neue Zimmergenossin hast, Marian", sagte er, „aber nicht, daß sie so jung ist!"

„Ich paß ein bißchen auf sie auf", sagte ich erbittert, „für ihre Familie daheim." Ich war wütend auf Ainsley. Sie hatte mich in eine sehr peinliche Lage gebracht. Ich konnte ihr entweder das Spiel verderben, indem ich enthüllte, daß sie auf dem College gewesen und sogar ein paar Monate älter war als ich, oder mich ruhig verhalten und an etwas teilnehmen, was auf Betrug hinauslief. Ich wußte genau, warum sie gekommen war: Len gab einen potentiellen Kandidaten ab, und sie hatte beschlossen, ihn auf diese Art zu besichtigen, weil sie gemerkt hatte, daß sie mich sonst kaum dazu bringen würde, sie miteinander bekannt zu machen.

Der Kellner kam mit ihrem Ginger-Ale zurück. Ich wunderte mich, daß er nicht nach ihrem Alter fragte; kam aber dann zu dem Schluß, daß ein erfahrener Kellner wußte, daß ein so jung aussehendes Mädchen es nicht wagen würde, derart gekleidet in eine Bar zu marschieren und Ginger-Ale zu bestellen, wenn es nicht in Wirklichkeit volljährig war. Es sind die aufgeputzten Jugendlichen, bei denen sie Verdacht schöpfen, und Ainsley war nicht aufgeputzt. Aus irgendeinem Winkel hatte sie ein Baumwollkleidchen ausgegraben, das ich noch nie gesehen hatte, ein rosa und hellblaues Karomuster auf weißem Grund mit einer Rüsche am Hals. Ihr Haar war hinter dem Kopf mit einem rosa Schleifchen zusammengebunden, und an einem Handgelenk klimperte ein silbernes Amulettarmband. Ihr Make-up war untertrieben, ihre Augen sorgfältig, aber unmerklich getuscht, um sie doppelt so groß und rund und blau erscheinen zu lassen, und sie hatte ihre langen ovalen Fingernägel geopfert, die sie fast ganz runtergebissen hatte, um ihnen ein grobes Aussehen wie bei einem Schulmädchen zu verleihen. Es war klar, sie hatte einen Entschluß gefaßt.

Len unterhielt sich mit ihr, stellte ihr Fragen und versuchte sie aus der Reserve zu locken. Sie nippte an ihrem Ginger-Ale und gab schüchtern kurze Antworten. Offensichtlich hatte sie Angst, zuviel zu verraten, und war sich bewußt, daß Peter eine Bedrohung darstellte. Als Len sie jedoch fragte, was sie arbeitete, konnte sie eine ehrliche Antwort geben. „Ich bin bei einer Firma für elektrische Zahnbürsten beschäftigt", sagte sie und errötete in einem warmen und aufrichtig wirkenden Rosa. Ich wäre fast erstickt.

„Entschuldigt mich", sagte ich, „ich geh kurz auf die Terrasse, um frische Luft zu schnappen." Tatsächlich wollte ich eine Entscheidung treffen, was ich tun sollte – es war doch wohl unmoralisch, wenn ich zuließ, daß Len betrogen wurde! Ainsley mußte das gespürt haben, denn sie warf mir einen schnellen, warnenden Blick zu, als ich aufstand.

Draußen legte ich die Arme auf die Brüstung, die mir fast bis zum Schlüsselbein reichte, und schaute auf die Stadt hinunter. Eine bewegte Kette von Lichtern lief auf mich zu, traf auf einen Klumpen Dunkelheit – den Park –, zerriß und lief um ihn herum; eine andere, im rechten Winkel dazu, verlor sich auf beiden Seiten in der Ferne. Was konnte ich tun? Ging es mich was an? Ich wußte, wenn ich mich einmischte, würde ich ein ungeschriebenes Gesetz verletzen, und Ainsley würde irgendwie über Peter zurückschlagen. In solchen Sachen war sie clever.

Am östlichen Horizont sah ich weit entfernt das Flakkern von Blitzen. Es würde ein Gewitter geben. „Gut", sagte ich laut, „das wird die Luft reinigen." Wenn ich nichts unternehmen wollte, mußte ich aufpassen, daß ich nicht zufällig etwas verlauten ließ. Ich lief ein paarmal die Terrasse auf und ab, bis ich mich imstande fühlte, wieder hineinzugehen, wobei ich überrascht feststellte, daß ich leicht schwankte.

Der Kellner mußte noch mal vorbeigekommen sein: an meinem Platz stand ein frischer Gin-Tonic. Peter war in eine Unterhaltung mit Len vertieft und bemerkte meine Rückkehr kaum. Ainsley saß schweigend mit gesenktem Blick da und klimperte mit den Eiswürfeln in ihrem Ginger-Ale-Glas. Ich beobachtete sie in ihrer neuesten Rolle und fand, daß sie einer dieser großen plumpen Puppen glich, die man zur Weihnachtszeit in den Läden sieht, mit abwaschbarer gummiglatter Haut und Glasaugen und schimmerndem Kunsthaar. Rosa und weiß.

Ich stellte mich auf Peters Stimme ein; sie klang, als käme sie aus weiter Ferne. Er erzählte Len eine Geschichte, bei der es um die Jagd zu gehen schien. Ich wußte, daß Peter früher gejagt hatte, vor allem mit seinen alten Freunden, aber er hat mir nie viel davon erzählt. Einmal hat er gesagt, daß sie außer Krähen, Waldmurmeltieren und anderem kleinen Kroppzeug nie was erlegt hätten.

„Also drückte ich ab und *Wumm*. Ein Schuß, direkt ins Herz. Der Rest flüchtete. Ich nahm es hoch, und Trigger sagte: ‚Du weißt doch, wie du sie ausweiden mußt? Einfach den Bauch aufschlitzen, kräftig schütteln, und alle Eingeweide fallen raus.' Also zog ich mein Messer raus, ein gutes Messer, deutscher Stahl, und schlitzte ihm den Bauch auf und packte es bei den Hinterläufen und ließ es richtig schnalzen, wie einen Peitschenschlag, ja, und schlagartig war alles voller Blut und Eingeweide. Ich war von oben bis unten voll, eine echte Schweinerei, Kanincheneingeweide baumelten von den Bäumen, Herrgott, die Bäume waren regelrecht rot ...“

Er unterbrach sich, um zu lachen. Len entblößte seine Zähne. Peters Stimme hatte sich verändert; es war eine Stimme, die ich nicht kannte. Das Zeichen *Enthaltsamkeit* blitzte in meinem Kopf auf: was ich von Peter wahrnahm, durfte ich nicht durch die Wirkung von Alkohol verzerren lassen, warnte ich mich selbst.

„Mein Gott, war das komisch. Zum Glück hatten Trigger und ich die Kameras dabei und konnten ein paar gute Bilder von der ganzen Schweinerei machen. Ich wollte Sie sowieso fragen, in Ihrer Branche müssen Sie doch eine Menge von Kameras verstehen ...“ Und schon redeten sie über japanische Objektive.

Peters Stimme schien immer lauter und schneller zu werden – unmöglich, dem Strom der Worte zu folgen, und so zog sich mein Geist zurück und konzentrierte sich statt dessen auf die Szene im Wald. Ich sah das Bild wie ein in einem dunklen Raum auf die Leinwand projiziertes Dia vor mir, mit leuchtenden Farben, grün, braun, blau der Himmel, rot. Peter stand mit dem Rükken zu mir in einem karierten Hemd da, das Gewehr über die Schulter geworfen. Seine Freunde, die Freunde, die ich nie kennengelernt hatte, standen um ihn herum, ihre Gesichter waren deutlich zu sehen in dem Sonnenlicht, das in Bahnen zwischen namenlosen, blutbespritzten Bäumen einfiel, und ihre Münder waren vor Lachen verzerrt. Das Kaninchen sah ich nicht.

Ich lehnte mich vor, die Arme auf der schwarzen Tischplatte. Ich wollte, daß Peter sich zu mir wandte und mit mir redete, ich wollte seine normale Stimme hören, aber er tat es nicht. Ich betrachtete die Spiegelbilder der anderen drei, wie sie sich unter der polierten schwarzen Oberfläche wie in einem Wassertümpel bewegten; nur Kinn, keine Augen, außer denen von Ainsley, deren Blick sanft auf ihrem Glas ruhte. Nach einer Weile entdeckte ich mit leichtem Erstaunen, daß ein großer Tropfen von etwas Nassem auf dem Tisch neben meiner Hand aufgetaucht war. Ich stippte mit dem Finger hinein und verschmierte ihn ein bißchen, ehe ich mit Schrecken begriff, daß es eine Träne war. Demnach weinte ich! Irgendwas in mir zappelte in der zitternden Verwirrung von Panik, als hätte ich eine Kaulquappe verschluckt. Ich war im Begriff, zusammenzubrechen und eine Szene zu machen, und das durfte ich nicht.

So unauffällig wie möglich glitt ich von meinem Stuhl, durchquerte den Raum, wobei ich den anderen Tischen sehr sorgfältig auswich, und ging zur Damentoilette. Zuerst prüfte ich, ob jemand da war – ich konnte keine Zeugen brauchen –, dann schloß ich mich in eine der feudalen rosa Kabinen ein und heulte eine Weile. Ich begriff nicht, was los war, warum ich das tat; noch nie hatte ich etwas Ähnliches getan, und es erschien mir absurd. „Reiß dich zusammen", flüsterte ich. „Mach dich nicht lächerlich!" Die Rolle Toilettenpapier krümmte sich mit mir, hilflos und weiß und weich, passiv auf das Ende wartend. Ich riß ein Stück ab und putzte mir die Nase.

Schuhe erschienen. Ich beobachtete sie genau unter der Tür meiner Zelle hindurch. Es waren, entschied ich, Ainsleys Schuhe.

„Marian!" rief sie. „Ist mit dir alles in Ordnung?"

„Ja", sagte ich, trocknete mir die Augen und kam heraus.

„Na", sagte ich und versuchte beherrscht zu klingen, „hast du alles im Visier?"

„Wir werden sehen", sagte sie kühl. „Ich muß erst noch mehr über ihn herausbekommen. Du wirst natürlich nichts sagen."

„Ich glaube nicht", sagte ich, „obwohl ich es unmoralisch finde. Es ist wie Vogelfang mit Leimruten oder Fischstechen bei Laternenlicht oder so was."

„Ich tu ihm doch nichts!" protestierte sie. „Weh tun wird es nicht." Sie nahm ihr rosa Schleifchen ab und kämmte sich. „Aber was ist mit dir los? Ich hab gesehen, wie du am Tisch angefangen hast zu weinen."

„Nichts", sagte ich. „Du weißt ja, daß ich nicht viel Alkohol vertrage. Wahrscheinlich liegt es an dem schwülen Wetter." Mittlerweile hatte ich mich völlig in der Gewalt.

Wir gingen zurück. Peter redete mit Höchstgeschwindigkeit über die verschiedenen Methoden, Selbstporträts zu machen: mit dem eigenen Bild im Spiegel; mit Selbstauslöser, bei dem man noch Zeit hat, sich vor der Kamera aufzubauen; mit Fernauslöser mit Druckpunkt am Ende eines langen Kabels und mit Blitzlichtauslöser. Len lieferte einige Informationen über die korrekte Einstellung, aber kurz nachdem ich mich wieder gesetzt hatte, warf er mir einen merkwürdigen Blick zu, so als wäre er von mir enttäuscht. Dann widmete er sich wieder der Unterhaltung.

Was hatte er gemeint? Ich schaute von einem zum anderen. Peter lächelte mir mitten in einem seiner Sätze zu, liebevoll, aber von ferne, und da glaubte ich es zu wissen. Er behandelte mich wie ein Bühnenrequisit, schweigend, aber zuverlässig, eine zweidimensionale Kontur. Er ignorierte mich nicht, wie ich vielleicht geglaubt hatte (lag hier die Ursache für die lächerliche Flucht?) – er verließ sich auf mich. Und Len hatte mich so angesehen, weil er annahm, ich wäre absichtlich so zurückhaltend, und die Beziehung wäre ernster, als ich zugegeben hatte. Len wünschte niemandem die Ehe, schon gar nicht jemandem, den er mochte. Aber er begriff die Situation nicht; er hatte sie falsch interpretiert.

Plötzlich schlug die Panik über mir zusammen. Ich klammerte mich an die Tischkante. Der elegante quadratische Raum mit seinen gerafften Vorhängen und dämpfenden Teppichen und Kristalleuchtern verbarg etwas; im Stimmengemurmel rundum schwang eine leise Drohung mit. „Halt durch", sagte ich zu mir. „Beweg dich nicht." Ich beobachtete Türen und Fenster und schätzte die Entfernungen ab. Ich mußte hier raus.

Die Lichter gingen aus und wieder an, und einer der Kellner rief: „Wir schließen, meine Herrschaften!" Stühle wurden zurückgeschoben.

Wir fuhren mit dem Lift nach unten. Len meinte: „Der Abend ist noch jung; habt ihr nicht Lust, noch auf einen Drink zu mir zu kommen? Ich zeig euch mal meinen Zeilenumsetzer." Und Peter sagte: „Großartig. Eine ausgezeichnete Idee."

Wir gingen durch die Glastüren. Ich nahm Peters Arm, und wir liefen voraus. Ainsley hatte Len von der

Herde abgedrängt und gestattete ihm, sie für sich zu behalten.

Auf der Straße war die Luft kühler, es gab eine leichte Brise. Ich ließ Peters Arm los und fing an zu rennen.

9

Ich rannte den Gehweg entlang. Ich war überrascht, daß sich meine Füße bewegten, ich fragte mich, wie das angefangen hatte, aber ich hielt nicht an.

Die anderen waren so verblüfft, daß sie im ersten Moment gar nichts taten. Dann brüllte Peter: „Marian! Wohin zum Teufel rennst du?“

Ich hörte die Wut in seiner Stimme: das hier war eine unverzeihliche Sünde, denn es geschah öffentlich. Ich antwortete nicht, sah mich aber im Laufen um. Peter und Len begannen hinter mir herzurennen. Dann hielten sie beide an, und ich hörte Peter rufen: „Ich hol den Wagen und schneid ihr den Weg ab, versucht sie aus dem Hauptverkehr rauszuhalten!“ Er wandte sich um und sprintete in die andere Richtung. Das störte mich – ich hatte wohl damit gerechnet, daß Peter mir nachjagte, statt dessen war es Len, der schwerfällig hinter mir her galoppierte. Ich schaute gerade noch rechtzeitig nach vorn, um einen Zusammenstoß mit einem älteren Mann zu vermeiden, der aus einem Restaurant geschwankt kam, dann blickte ich wieder zurück. Ainsley hatte gezögert, unschlüssig, wem sie folgen sollte, aber nun hüpfte sie in die Richtung, die Peter eingeschlagen hatte. In einer Wolke aus Rosa und Weiß sah ich sie um die Ecke verschwinden.

Ich war schon außer Atem, aber ich hatte einen ordentlichen Vorsprung und konnte es mir leisten, das Tempo zu verringern. Jeder Laternenpfahl, den ich passierte, wurde zu einem Wegzeichen: es schien eine Leistung, eine Art Heldentat zu sein, daß ich einen nach dem anderen hinter mir ließ. Da um diese Zeit die Bars schlossen, waren ziemlich viele Menschen auf der Straße. Ich grinste sie an, winkte sogar einigen im Vorbeilaufen zu, fast lachend über ihre verblüfften Gesichter. Der Geschwindigkeitsrausch packte mich; es war wie Fangenspielen. „He! Marian! Halt!“ rief Len in Abständen hinter mir.

Dann bog Peters Wagen um die Ecke vor mir in die Hauptstraße ein. Er mußte um den Block herumgefahren sein. Macht nichts, dachte ich, er muß erst auf die Gegenfahrbahn, er kriegt mich nicht.

Der Wagen kam auf der gegenüberliegenden Straßenseite auf mich zu; aber es war eine Lücke im Verkehrsstrom, er gab Gas und schwenkte in kühner U-Wendung herum. Nun fuhr er neben mir und verlangsamte das Tempo. Ich sah Ainsleys rundes, ausdrucksloses Gesicht wie einen Mond, der mich durch das Heckfenster betrachtete.

Ganz plötzlich war es kein Spiel mehr. Die plumpe Panzerform war eine Bedrohung. Es war bedrohlich, daß Peter mich nicht zu Fuß jagte, sondern sich in den Schutz des Wagens eingeschlossen hatte; obwohl das natürlich nur vernünftig war. Im nächsten Augenblick würde der Wagen anhalten, die Tür würde aufschwingen . . . Wohin sollte ich mich wenden?

Mittlerweile hatte ich die Geschäfte und Restaurants hinter mir gelassen und erreichte eine Reihe von großen alten Häusern, die alle ein Stück von der Straße zurückgesetzt waren; ich wußte, daß die meisten nicht mehr als Wohnhäuser dienten, sondern zu Zahnarztpraxen und Maßschneidereien umgewandelt worden waren. Vor mir lag ein offenes, schmiedeeisernes Tor. Ich stürzte hindurch und rannte den Kiesweg hoch.

Es mußte eine Art Privatklub sein. Über der Eingangstür des Hauses befand sich eine Markise, und die Fenster waren erleuchtet. Während ich noch zögerte und Lens sich nähernden Schritten lauschte, öffnete sich die Eingangstür.

Ich durfte mich nicht hier erwischen lassen, es war Privatbesitz. Ich sprang über die kleine Hecke neben der Auffahrt und schlitterte quer über den Rasen in den Schatten. Ich dachte an Len, wie er jetzt die Auffahrt hochgeschnauft kam und mit den empörten Mächten der Gesellschaft zusammenstieß, die ich mir als Gruppe von Damen mittleren Alters in Abendkleidern vorstellte, und hatte vorübergehend Gewissensbisse. Er war mein Freund. Aber er hatte sich gegen mich gestellt und würde dafür zahlen müssen.

In der Dunkelheit neben dem Haus hielt ich an, um zu überlegen. Hinter mir war Len; auf der einen Seite war das Haus, auf den anderen beiden Seiten konnte ich etwas Kompakteres als die Dunkelheit erkennen, das mir den Weg versperrte. Es war die Ziegelmauer, die an das Eisengitter vorn anschloß; sie schien um das Haus herumzuführen. Ich würde drüberklettern müssen.

Ich bahnte mir einen Weg durch dichtes, kratziges Gebüsch. Die Mauer war nur schulterhoch; ich zog die Schuhe aus und warf sie hinüber, dann kletterte ich, Äste und vorstehende Ziegel als Fußstützen benützend, hinauf. Irgendwas zerriß. Das Blut rauschte in meinen Ohren.

Ich schloß die Augen, kniete für einen Moment benommen schwankend oben auf der Mauer und fiel dann nach hinten.

Ich fühlte, wie ich aufgefangen, abgesetzt und geschüttelt wurde. Es war Peter, der sich offenbar angeschlichen und hier in der Seitenstraße gewartet hatte, weil er ahnte, daß ich über die Mauer kommen würde. „Was zum Teufel ist bloß in dich gefahren?" sagte er mit strenger Stimme. Sein Gesicht im Licht der Straßenlaternen war teilweise wütend, teilweise beunruhigt. „Alles in Ordnung mit dir?"

Ich lehnte mich an ihn und hob die Hand, um seinen Hals zu berühren. Die Erleichterung darüber, daß ich gestoppt und gehalten wurde, daß ich Peters normale Stimme wieder hörte und wußte, daß er wirklich war, ließ mich in hilfloses Gelächter ausbrechen.

„Alles klar", sagte ich, „natürlich ist alles in Ordnung. Ich weiß nicht, was in mich gefahren ist."

„Dann zieh deine Schuhe an", sagte Peter und hielt sie mir hin. Er war verärgert, wollte aber kein großes Theater machen.

Len hievte sich über die Mauer und landete mit einem Plumps auf der Erde. Er schnaufte. „Erwischt? Gut. Nichts wie weg hier, bevor diese Leute uns die Polizei auf den Hals hetzen."

Der Wagen stand gleich da. Peter öffnete mir die Tür, und ich schlüpfte hinein; Len kletterte zu Ainsley auf den Rücksitz. Zu mir sagte er nur: „Ich hätte nicht gedacht, daß du hysterisch bist." Ainsley sagte gar nichts. Wir bogen vom Randstein weg und um die Ecke; Len gab Anweisungen. Ich wäre lieber heimgefahren, wollte aber Peter in dieser Nacht nicht noch mehr Ärger machen. Ich setzte mich aufrecht hin, die Hände im Schoß gefaltet.

Wir parkten neben Lens Mehrfamilienhaus. Soweit ich das in der Nacht sehen konnte, war es ein heruntergekommenes, baufälliges braunes Zigelsteinhaus mit Feuerleitern an der Außenwand. Einen Fahrstuhl gab es nicht, nur knarrende Stufen mit einem dunklen Holzgeländer. Pärchenweise stiegen wir nach oben.

Das Apartment selbst war winzig, mit nur einem richtigen Raum; ein Badezimmer ging nach der einen, die Küche nach der anderen Seite ab. Es herrschte ziemliche Unordnung; auf dem Boden standen Koffer, und Bücher und Kleidung waren verstreut. Offensichtlich hatte Len seinen Einzug noch nicht ganz beendet. Das Bett stand gleich links neben der Tür und diente als Sofa. Ich streifte die Schuhe ab und ließ mich drauffallen. Jetzt machten sich meine Muskeln bemerkbar, sie schmerzten vor Müdigkeit.

Len schenkte uns dreien einen großzügig bemessenen Kognak ein, rumorte dann in der Küche herum und förderte sogar eine Cola für Ainsley zutage und legte eine Platte auf. Dann begannen er und Peter mit Kameras herumzuspielen; sie schraubten verschiedene Objektive ein, spähten hindurch und tauschten Erfahrungen mit Belichtungszeiten aus. Ich fühlte mich leer. Ich war bußfertig und konnte es nicht zeigen. Mit Peter allein wäre es anders gewesen, dachte ich: er könnte mir verzeihen.

Ainsley war auch keine Hilfe. Sie wollte offensichtlich ihre Kleine-Mädchen-sollte-man-sehen-aber-nicht-hören-Rolle beibehalten, das war am sichersten. Sie hatte sich in einem runden Korbstuhl niedergelassen, ähnlich dem in Claras Garten, nur daß dieser hier einen gesteppten Kordbezug in eidotterfarbenem Gelb hatte. Ich kannte diese Art von Bezügen. Sie werden von Gummibändern gehalten und neigen dazu, über die Stuhlkanten zu rutschen und sich um einen zu legen, wenn man sich zuviel bewegt. Ainsley allerdings saß ganz still da, hielt ihr Colaglas im Schoß und betrachtete ihr eigenes Spiegelbild auf der braunen Oberfläche. Sie zeigte weder Vergnügen noch Langeweile. Ihre träge Geduld glich derjenigen einer Kannenpflanze im Sumpf, die mit ihren hohlen, knolligen, halb mit Wasser gefüllten Blättern darauf wartete, daß irgendein Insekt angezogen, ertränkt und verdaut werden konnte.

Ich lehnte mit dem Rücken an der Wand und nippte an meinem Kognak, wie Wellen schlugen Stimmen und Musik an mein Ohr. Ich nehme an, der Druck meines Körpers hatte das Bett ein Stück vorgeschoben; jedenfalls drehte ich, ohne an was Bestimmtes zu denken, meinen Kopf vom Zimmer weg und schaute hinunter. Ich begann den dunklen, kühlen Raum zwischen Bett und Wand sehr anziehend zu finden.

Ruhig würde es dort unten sein, dachte ich; und weniger schwül. Ich setzte mein Glas auf das Telefontischchen neben dem Bett und blickte mich schnell im Zimmer um. Alle waren beschäftigt: niemand würde was merken.

Einen Augenblick später war ich seitlich zwischen Bett und Wand eingekeilt, außer Sicht, aber alles andere als bequem. So geht es nicht, dachte ich; ich muß richtig drunterkriechen. Es wird wie in einem Zelt sein. Auf die Idee, wieder hochzuklettern, kam ich überhaupt nicht. So geräuschlos wie möglich schob ich das Bett von der Wand, wozu ich meinen Körper als Hebel benutzte, hob die Fransen der Tagesdecke an und schob mich hindurch wie einen Brief durch den Briefschlitz. Ich war richtig eingezwängt, der Lattenrost lag für ein Bett ungewöhnlich tief, und ich mußte vollkommen flach am Boden liegen. Zentimeterweise schob ich das Bett wieder an die Wand.

Es war sehr eng. Außerdem gab es Flocken und Walzen von Staub, die wie verschimmelte Brotrinden den Boden bedeckten. (Empört dachte ich: Was Len für ein Schwein ist! Fegt nicht mal unter seinem Bett! Dann überlegte ich, daß er noch nicht lange da wohnte und ein Teil des Staubes vom Vorgänger übriggeblieben sein konnte.) Doch das Halbdunkel, orange getönt durch den Filter der Tagesdecke, die mich auf allen vier Seiten umgab, und die Kühle und Einsamkeit waren angenehm. Die heisere Musik und die Fetzen von Gelächter und die dröhnenden Stimmen wurden von der Matratze gedämpft. Trotz Enge und Staub war ich froh, nicht da oben in dem heißen, grellen Licht des Zimmers sitzen zu müssen. Obwohl ich mich nur einen halben Meter tiefer befand als die anderen, dachte ich an das Zimmer als an „da oben". Ich selbst war im Untergrund, ich hatte mir eine eigene Höhle gegraben. Ich war zufrieden mit mir.

Eine männliche Stimme, ich glaube die von Peter, sagte laut: „He, wo ist Marian?" Und die andere antwortete: „Oh, wahrscheinlich auf dem Klo." Ich lächelte vor mich hin. Es war befriedigend, die einzige Person zu sein, die wußte, wo ich wirklich war.

Meine Lage jedoch wurde immer unangenehmer. Meine Halsmuskeln schmerzten; ich mußte mich strekken; ich wollte niesen. Ich begann zu hoffen, daß sie sich ranhalten und endlich merken würden, daß ich verschwunden war, damit sie nach mir suchen konnten. Ich erinnerte mich nicht mehr, welche guten Gründe mich überhaupt dazu gebracht hatten, mich unter Lens Bett zu zwängen. Es war lächerlich: ich würde vollkommen mit Staubflusen bedeckt sein, wenn ich herauskam.

Aber ich war nicht bereit, auf halbem Weg umzukehren. Es läge nicht die geringste Würde darin, unter der Tagesdecke hervorzukrabbeln und Staubfahnen hinter sich herzuziehen, wie ein Mehlwurm, der aus einer Mehltonne kriecht. Das hieße zugeben, daß ich etwas falsch gemacht hatte. Hier lag ich und hier würde ich bleiben, bis man mich gewaltsam entfernte.

Mein Groll gegenüber Peter, weil er mich hier unten eingequetscht warten ließ, während er oben in der frischen Luft über Belichtungszeiten quatschte, ließ mich die letzten vier Monate überdenken. Den ganzen Sommer über hatten wir uns in einer bestimmten Richtung bewegt, obwohl wir uns wie im Stillstand vorgekommen waren. Ainsley hatte mich gewarnt, Peter monopolisierte mich. Sie fand, ich sollte ruhig ein bißchen „streuen", wie sie es nannte. Das mochte für sie in Ordnung sein, aber ich kam nicht über das Gefühl hinweg, daß mehr als einer zur gleichen Zeit unmoralisch war. Dadurch war ich aber in einer Art Vakuum hängengeblieben. Peter und ich hatten es vermieden, über die Zukunft zu sprechen, weil wir wußten, sie spielte keine Rolle: wir waren nicht wirklich beteiligt. Und jetzt hatte etwas in mir beschlossen, daß wir beteiligt wären: sicher lag hier die Erklärung für den Zusammenbruch in der Toilette und für die Flucht. Ich wich der Realität aus. Jetzt, in diesem Moment, würde ich ihr ins Auge sehen müssen. Ich mußte mich entscheiden, was ich tun wollte.

Jemand ließ sich schwer auf das Bett fallen und quetschte mich gegen den Boden. Ich stieß einen staubigen Quietscher aus.

„Teufel auch!" rief derjenige und stand auf. „Jemand ist unter dem Bett."

Ich konnte hören, wie sie sich leise berieten, und dann rief Peter lauter als notwendig: „Marian, bist du unter dem Bett?"

„Ja", antwortete ich mit neutraler Stimme. Ich hatte beschlossen, ganz unverbindlich zu tun.

„Du kommst wohl besser hervor", sagte er vorsichtig. „Ich glaube, es ist Zeit, daß wir heimgehen."

Sie behandelten mich wie ein schmollendes Kind, das sich im Schrank eingeschlossen hat und beschwatzt werden muß. Es erheiterte und empörte mich gleichzeitig. Ich überlegte, ob ich sagen sollte „Ich mag nicht", kam aber zu dem Schluß, daß es für Peter der letzte Strohhalm sein könnte. Und Len war durchaus fähig zu sagen: „Ach, laß sie ruhig die Nacht dableiben, mir macht das nichts aus. So muß man sie behandeln. Welche Laus ihr auch über die Leber gelaufen sein mag, das wird sie beruhigen." Also sagte ich statt dessen: „Ich kann nicht, ich hänge fest!"

Ich versuchte mich zu bewegen: ich hing tatsächlich fest.

Oben gab es die nächste Beratung. „Wir werden das Bett hochheben", rief Peter, „und dann kommst du raus, kapiert?" Ich hörte, wie sie sich gegenseitig Anweisungen erteilten. Es mußte sich um eine technische Großtat handeln. Schuhe scharrten, als sie ihre Positionen einnahmen und den richtigen Griff suchten. Dann sagte Peter: „Anheben!“, das Bett stieg in die Luft, und ich schob mich hastig rückwärts heraus wie ein Flußkrebs, dem man seinen Stein weggenommen hat.

Peter half mir auf. Mein Kleid war von oben bis unten mit Staub bepelzt. Lachend fingen beide an, mich abzuklopfen.

„Was zum Teufel hast du da unten gemacht?“ fragte Peter. An der Art, wie sie die größeren Staubflocken abklaubten, langsam und mit mühsamer Konzentration, merkte ich, daß sie eine Menge Brandy abgefüllt hatten, während ich auf Tauchstation war.

„Es war ruhiger“, sagte ich eigensinnig.

„Du hättest mir sagen sollen, daß du festhängst“, sagte er mit ritterlicher Großmut. „Dann hätte ich dich befreit! Du siehst vielleicht aus! . . .“ Er war überlegen und belustigt.

„Ah“, sagte ich, „ich wollte euch doch nicht unterbrechen.“ Mittlerweile hatte ich entdeckt, welches Gefühl mich vor allem beherrschte: Wut.

Die heiße Nadel des Zorns in meiner Stimme mußte durch die Deckschicht von Peters Euphorie gedrungen sein. Er trat einen Schritt zurück; sein Blick schien mich kühl abzuschätzen. Er packte mich am Oberarm, als wollte er mich festnehmen, weil ich bei Rot über die Straße gegangen war, und wandte sich Len zu. „Ich glaube wirklich, wir machen uns jetzt besser auf den Weg“, sagte er. „Es war wahnsinnig nett. Ich hoffe, wir kommen bald wieder mal zusammen. Mir liegt wirklich viel an Ihrer Meinung über mein Stativ.“ Auf der anderen Seite des Zimmers befreite sich Ainsley von dem Kordbezug und stand auf.

Ich wand meinen Arm aus Peters Hand und sagte frostig: „Ich gehe nicht mit dir zurück. Ich laufe heim“, und schoß aus der Tür.

„Mach doch, was du willst, zum Teufel“, sagte Peter, kam aber dann doch mit langen Schritten hinter mir her, Ainsley ihrem Schicksal überlassend. Während ich die schmale Treppe hinunterstürzte, hörte ich Len sagen: „Gönnen wir uns noch einen Drink, Ainsley? Ich schau, daß du gut heimkommst; überlassen wir die beiden Turteltäubchen besser sich selbst", und Ainsley, erschrokken: „Oh, ich weiß nicht, ob . . ."

Als ich draußen war, fühlte ich mich gleich wesentlich besser. Ich war ausgebrochen, ohne zu wissen, aus was heraus oder in was hinein. Ich wußte nicht, warum ich so gehandelt hatte, aber ich hatte wenigstens gehandelt. Irgendeine Art von Entscheidung war gefallen, irgendwas war beendet worden. Nach diesem offenen Ungestüm, diesem mir plötzlich peinlichen Betragen konnte es keine Versöhnung mehr geben; obwohl ich jetzt, wo ich mich zurückzog, Peter gegenüber keinerlei Ärger empfand. Absurderweise ging mir durch den Kopf, daß es eine sehr friedliche Beziehung gewesen war: bis zu diesem Tag hatten wir uns nie gestritten. Es hatte nichts gegeben, worüber wir hätten streiten können.

Ich schaute mich um: Peter war nirgendwo zu sehen. Ich ging die verlassenen Straßen entlang, an den alten Mietshäusern vorbei auf die nächste Hauptstraße zu, wo ich einen Bus nehmen konnte. Zu dieser Stunde (wie spät war es überhaupt?) würde ich lange warten müssen. Der Gedanke erfüllte mich mit Unbehagen: der Wind war heftiger und kühler geworden, und die Blitze schienen mit jeder Minute näher zu kommen. In der Ferne fing es an zu donnern. Ich hatte nur ein dünnes Sommerkleid an. Ich überlegte, ob ich genug Geld für ein Taxi hatte, hielt an, um es zu zählen, und stellte fest, daß es nicht reichte.

Ich war ungefähr zehn Minuten lang nach Norden marschiert, vorbei an den geschlossenen, kalt erleuchteten Läden, als ich knapp hundert Meter vor mir Peters Wagen an den Randstein fahren sah. Er stieg aus und stand wartend auf dem leeren Bürgersteig. Ohne mein Tempo zu verlangsamen oder die Richtung zu ändern, ging ich gleichmäßig weiter. Zum Weglaufen bestand jetzt kein Grund mehr. Ich war nicht mehr beteiligt.

Als ich ihn erreichte, trat er mir in den Weg. „Würdest du mir freundlicherweise erlauben", sagte er mit steifer Höflichkeit, „dich heimzufahren? Ich möchte nicht, daß du bis auf die Haut naß wirst." Noch während er sprach, fielen die ersten schweren Tropfen.

Ich zögerte. Warum tat er das? Vielleicht steckte die gleiche formelle Höflichkeit dahinter, die ihn veranlaßte, Wagentüren zu öffnen – fast schon ein Reflex –, in diesem Falle konnte ich das Angebot gefahrlos ebenso formell annehmen. Aber was bedeutete es nun tatsächlich, wenn ich ins Auto stieg? Ich sah ihn prüfend an: er hatte eindeutig zuviel getrunken, hatte sich aber genauso eindeutig fast vollkommen unter Kontrolle. Seine Augen blickten etwas glasig, das wohl, aber er hielt sich kerzengerade.

„Ach“, sagte ich zweifelnd, „ich glaube, ich lauf lieber. Trotzdem vielen Dank.“

„Nun komm schon, Marian, sei nicht kindisch“, sagte er heftig und nahm meinen Arm.

Ich ließ mich zum Auto führen und auf den Beifahrersitz schieben. Widerwillig, glaube ich; aber ich war auch nicht scharf darauf, naß zu werden.

Er stieg ein, knallte seine eigene Tür zu und ließ den Motor an. „Und jetzt erzählst du mir vielleicht mal, was der ganze Blödsinn sollte“, sagte er ärgerlich.

Wir bogen um eine Ecke, und der Regen brach los, scharfe Windstöße trieben ihn gegen die Frontscheibe. Im nächsten Augenblick würde, wie meine Großtante zu sagen pflegte, ein Müllfeger und Gullyputzer über uns niedergehen.

„Ich hab nicht darum gebeten, heimgefahren zu werden“, sagte ich ausweichend. Ich war überzeugt, daß es kein Blödsinn gewesen war, gleichzeitig aber war mir durchaus klar, daß es auf jeden Außenstehenden wie Blödsinn wirken mußte. Ich wollte nicht darüber reden; in dieser Richtung gab es nur Sackgassen. Ich saß steif auf dem Vordersitz und starrte durchs Fenster, durch das ich wenig oder nichts sehen konnte.

„Warum zum Teufel du diesen wirklich netten Abend ruinieren mußtest, ist mir ein Rätsel“, sagte er, meine Bemerkung übergehend. Ein Donnerschlag krachte.

„Für dich hab ich ihn offenbar nicht sonderlich ruiniert“, sagte ich. „Du hast dich ausreichend amüsiert.“

„Ah, das ist es also. Wir haben dich nicht genug unterhalten. Unser Gespräch hat dich gelangweilt, wir haben dir nicht genügend Aufmerksamkeit gewidmet. Schön, beim nächstenmal wissen wir Bescheid, da können wir dir die Mühe ersparen, mitzukommen."

Das fand ich ausgesprochen unfair. Immerhin war Len mein Freund. „Len ist eigentlich mein Freund", sagte ich. Meine Stimme fing an zu zittern. „Wieso soll ich nicht Lust haben, ein bißchen mit ihm zu reden, wo er gerade aus England zurückgekommen ist." Noch während ich das sagte, wußte ich, daß Len nebensächlich war.

„Ainsley hat sich einwandfrei benommen, warum also kannst du das nicht? Der Jammer mit dir ist", sagte er wild, „daß du deine Weiblichkeit einfach nicht annimmst."

Sein Lob für Ainsley war eine Gemeinheit. „Ach, scheiß doch auf die Weiblichkeit", schrie ich. „Weiblichkeit hat nichts damit zu tun. Du warst schlicht und einfach unhöflich!" Peter konnte es nicht ertragen, schlechter Manieren beschuldigt zu werden, und ich wußte das. Es reihte ihn bei der Sorte Menschen ein, wie sie in der Deodorant-Werbung vorkamen.

Er schaute kurz zu mir herüber; seine Augen verengten sich, als zielte er. Dann knirschte er mit den Zähnen und trat mit aller Gewalt auf das Gaspedal. Mittlerweile goß es in Strömen. Die Straße vor uns, soweit wir sie überhaupt sehen konnten, wirkte wie eine durchgehende Wasserfläche. Als ich ihm den Hieb versetzt hatte, fuhren wir gerade einen Hügel hinab, und durch die plötzliche Beschleunigung geriet der Wagen ins Schleudern, drehte sich zweieinviertelmal herum, schlitterte rückwärts über irgend jemandes abschüssigen Rasen und hielt dann mit einem Ruck, der einem die Knochen durcheinanderrüttelte. Ich hörte irgendwas knakken.

„Du Wahnsinniger!" stöhnte ich, nachdem ich vom Handschuhfach abgeprallt war und merkte, daß ich nicht tot war. „Du bringst uns noch alle um!" Ich muß im Plural an mich gedacht haben.

Peter kurbelte sein Fenster herunter und steckte den Kopf raus. Dann fing er an zu lachen. „Ich habe ihnen die Hecke ein bißchen getrimmt", sagte er. Er trat aufs Gas. Die Räder drehten einen Moment durch, wühlten den schlammigen Rasen auf und hinterließen (wie ich später sah) zwei tiefe Rinnen; mit schleifendem Getriebe schoben wir uns über die Rasenkante zurück auf die Straße.

Ich zitterte jetzt in einer Mischung aus Angst und Kälte und Wut. „Zuerst zerrst du mich in deinen Wagen", quietschte ich, „und tyrannisierst mich, weil du selbst Schuldgefühle hast, und dann versuchst du mich umzubringen!"

Peter lachte immer noch. Sein Kopf war triefnaß, obwohl er ihn nur so kurz in den Regen gehalten hatte, das Haar war angeklatscht, und Wasser rann ihm übers Gesicht. „Sie werden eine Veränderung in ihrer Gartenlandschaft bemerken, wenn sie morgen aufstehen", gluckste er. Er schien die absichtliche Zerstörung von anderer Leute Eigentum ungemein komisch zu finden.

„Du scheinst die absichtliche Zerstörung von anderer Leute Eigentum ungemein komisch zu finden", sagte ich sarkastisch.

„O komm, sei nicht so ein Spielverderber", entgegnete er freundlich. Seine Zufriedenheit mit dem, was er als kraftvolles Muskeln-spielen-Lassen betrachtete, war offensichtlich. Mich ärgerte, daß er sich selbst das zurechnete, was auf das Konto der Hinterräder seines Autos ging.

„Peter, warum kannst du nicht ernsthaft sein? Du bist wie ein zu groß gewordener Halbstarker."

Er zog es vor, das zu übergehen.

Der Wagen hielt mit einem Ruck. „Da sind wir", sagte er.

Ich faßte nach dem Türgriff, mit der Absicht, wie ich glaube, eine letzte Bemerkung von mir zu geben, auf die keine Antwort mehr möglich war, und ins Haus zu stürzen; aber er legte seine Hand auf meinen Arm. „Warte lieber, bis es ein bißchen weniger wird."

Er drehte den Zündschlüssel, und die Herzschläge der Scheibenwischer hörten auf. Schweigend saßen wir da und lauschten dem Gewitter. Es muß direkt über uns gewesen sein; unaufhörlich fuhren blendende Blitze nieder, und jeder dieser gespaltenen, zerrissenen Blitzgabeln folgte fast sofort ein fetzendes Krachen, als splitterten und stürzten die Bäume eines ganzen Waldes. In den Intervallen von Dunkelheit hörten wir den Regen gegen das Auto hämmern; an den Rändern der geschlossenen Fenster sprühte fein Wasser herein.

„Gut, daß ich dich nicht habe heimlaufen lassen", sagte Peter im Tonfall eines Mannes, der eine richtige Entscheidung getroffen hat. Ich konnte nur beistimmen.

In einem Augenblick flackernden Lichtes wandte ich mich zur Seite und sah, daß er mich beobachtete, sein Gesicht fremdartig verschattet; die Augen funkelten wie die eines Tiers im Scheinwerferlicht. Sein Blick war gespannt, eine Spur bedenklich. Dann beugte er sich herüber und sagte: „Du hast da noch Fusseln. Halt still." Seine Hände fummelten an meinem Kopf herum: ungeschickt, aber sanft löste er eine Staubflocke, die sich in meinem Haar verfangen hatte.

Plötzlich fühlte ich mich schlapp wie ein nasses Papiertaschentuch. Ich lehnte meine Stirn gegen seine und schloß die Augen. Seine Haut war kalt und naß, und sein Atem roch nach Kognak.

„Mach die Augen auf", sagte er. Ich tat es; wir hielten unsere Köpfe immer noch aneinandergepreßt, und im nächsten hellen Augenblick schaute ich in eine Vielzahl von Augen.

„Du hast acht Augen", sagte ich. Wir lachten beide, und er zog mich an sich und küßte mich. Ich legte ihm die Arme um den Hals.

So blieben wir eine Weile im Zentrum des Gewitters sitzen. Mir war nur bewußt, daß ich sehr müde war und daß mein Körper nicht aufhörte zu zittern. „Ich weiß nicht, was heut abend in mich gefahren ist", murmelte ich. Er streichelte mein Haar, verzeihend, verständnisvoll, ein bißchen gönnerhaft.

„Marian." Ich spürte in seinem Nacken, wie er schluckte. Jetzt konnte ich nicht mehr auseinanderhalten, ob sein Körper oder meiner zitterte; seine Arme schlossen sich fester um mich. „Was denkst du, wie es wäre, wenn wir ... Was meinst du, wie es wäre, wenn wir verheiratet sein würden?"

Ich zuckte zurück.

Ein gewaltiger elektrisch-blauer Blitz, sehr nah, beleuchtete das Innere des Wagens. Während wir uns in diesem kurzen Lichtblitz anstarrten, sah ich mich selbst, klein und oval, im Spiegel seiner Augen.

10

Als ich am Sonntagmorgen aufwachte – eigentlich war es schon eher Nachmittag –, verspürte ich eine Leere im Kopf, als hätte mir jemand den Schädel ausgehöhlt wie eine Honigmelone und mir nur noch die Rinde zum Denken gelassen. Ich sah mich im Zimmer um, das ich nur mit Mühe als einen Ort erkannte, an dem ich vorher schon gewesen war. Meine Sachen lagen am Boden verstreut und hingen über der Stuhllehne wie Fetzen nach der Explosion einer lebensgroßen weiblichen Vogelscheuche, und mein Mund schien mit Watte ausgestopft zu sein. Ich stand auf und schwankte in die Küche.

Heller Sonnenschein und klare Luft drangen durch das offene Küchenfenster. Ainsley war vor mir aufgestanden. Vornüber gebeugt, konzentrierte sie sich auf etwas, was vor ihr ausgebreitet lag; mit untergeschlagenen Beinen saß sie auf dem Stuhl, das Haar fiel ihr offen über die Schultern. Von hinten sah sie aus wie eine auf einem Stein kauernde Meerjungfrau: eine Meerjungfrau in einem schmuddeligen grünen Frotteemantel. Um sie herum lagen auf einem mit Krümeln übersäten Tisch die Überreste ihres Frühstücks – ein schlaffer Seestern aus Bananenschale, ein paar Stückchen Eierschale und hier und da wie Treibholz gestrandete braune Toastkrusten.

Ich ging zum Kühlschrank und holte den Tomatensaft heraus. „Hi", sagte ich zu Ainsleys Rücken und überlegte dabei, ob ich ein Ei ertragen konnte.

Sie drehte sich um. „Also", sagte sie.

„Bist du gut heimgekommen?" fragte ich. „War ein ganz schönes Gewitter." Ich goß mir ein großes Glas Tomatensaft ein und stürzte es blutdürstig hinunter.

„Natürlich", sagte sie. „Ich hab mir von ihm ein Taxi rufen lassen. Kurz bevor das Unwetter nachließ, war ich daheim, und nach einer Zigarette und einem doppelten Scotch bin ich sofort ins Bett gegangen. Mein Gott, ich war total erschöpft. Einfach so still dazusitzen macht einen fertig, und dann, nachdem du gegangen warst, wußte ich nicht, wie ich wegkommen sollte. Als müßte man sich vor einem riesigen Tintenfisch in Sicherheit bringen, aber ich hab es geschafft, in erster Linie dadurch, daß ich mich dämlich gestellt und so getan hab, als hätte ich Angst. In diesem Stadium ist das unbedingt notwendig, verstehst du."

Ich schaute in den Topf, der noch warm auf einer der Heizplatten stand. „Brauchst du das Wasser für die Eier noch?" Ich schaltete den Herd an.

„Und was ist mit dir? Ich hab mir echt Sorgen gemacht, ich dachte, vielleicht bist du wirklich betrunken oder so was; wenn du erlaubst, du hast dich wie ein vollendeter Idiot aufgeführt."

„Wir haben uns verlobt", sagte ich leicht widerstrebend. Ich wußte, sie würde es nicht billigen. Ich bugsierte das Ei in den Topf; es bekam sofort einen Sprung. Es kam direkt aus dem Kühlschrank und war zu kalt.

Ainsley hob ihre kindlichen Augenbrauen; sie schien nicht überrascht zu sein. „Also, wenn ich du wäre, ich würde in den Staaten heiraten. Man kriegt dann die Scheidung viel leichter, wenn man sie braucht. Ich meine, du kennst ihn ja kaum, oder? Aber wenigstens", fuhr sie fröhlicher fort, „wird Peter genügend Geld verdienen, daß ihr getrennt leben könnt, wenn du ein Baby hast, selbst wenn ihr nicht geschieden seid. Aber ich hoffe, daß du nicht sofort heiratest. Ich glaube, du weißt nicht, was du tust."

„Unbewußt", sagte ich, „wollte ich Peter wahrscheinlich immer schon heiraten." Das brachte sie zum Schweigen. Als hätte ich eine Gottheit angerufen.

Ich betrachtete mein Ei, das einen weißen, halbgeronnenen Fühler ausstreckte wie eine Auster auf Erkundung. Es ist sicher fertig, dachte ich und fischte es heraus. Ich kochte Kaffee und machte mir etwas Platz auf dem Wachstuch. Jetzt sah ich, womit Ainsley beschäftigt war. Sie hatte den Kalender von der Küchenwand abgenommen – vorn war ein kleines Mädchen in einem altmodischen Kleid abgebildet, das mit einem Korb Kirschen und einem weißen Hündchen auf einer Schaukel saß –, jedes Jahr bekomme ich so einen Kalender von einem Cousin dritten Grades, der zu Hause eine Tankstelle betreibt – und trug mit einem Bleistift rätselhafte Zeichen ein.

„Was machst du da?“ fragte ich und schlug mein Ei auf, wobei mein Daumen gleich mit hineinrutschte. Es war noch nicht fertig gewesen. Ich goß es auf den Teller und zerrührte es.

„Ich plane meine Strategie“, sagte sie nüchtern.

„Also wirklich, Ainsley, ich begreif nicht, wie du das so kaltblütig angehen kannst“, sagte ich und beäugte die schwarzen Zahlen in ihren geordneten Reihen.

„Aber ich brauch einen Vater für mein Kind!“ Ihr Ton deutete an, daß ich versuchte, allen hungernden Witwen und Waisen dieser Welt, die im Augenblick in ihr verkörpert waren, den letzten Bissen vor der Nase wegzustehlen.

„Wenn schon – aber warum gerade Len? Das könnte Komplikationen geben; immerhin ist er mein Freund, und er hat gerade eine schlechte Zeit hinter sich. Ich möchte nicht, daß er schon wieder aus dem Gleichgewicht gebracht wird. Gibt es nicht genügend andere dafür?“

„Im Moment nicht; oder jedenfalls kein so feines Exemplar“, sagte sie vernünftig, „und ich hätte das Baby gern im Frühling. Ich möchte ein Frühlingsbaby, oder eins vom Frühsommer. Das würde bedeuten, daß es seine Geburtstagsparties im Garten hinter dem Haus statt drinnen feiern kann, das gibt weniger Lärm ...“

„Hast du seine Vorfahren geprüft?“ fragte ich bissig und löffelte die letzten Eifäden auf.

„Klar“, sagte Ainsley begeistert, „darüber haben wir uns unterhalten, kurz bevor er zum Angriff überging. Ich hab herausgekriegt, daß sein Vater aufs College gegangen ist. Wenigstens scheint es in seiner Familie keine Schwachsinnigen zu geben, und Allergien hat er auch keine. Ich hätte gern gewußt, ob er rh-Faktor-negativ ist, aber das wäre ein bißchen zu direkt gewesen, findest du nicht? Und er ist beim Fernsehen, das heißt, irgendwo muß was Künstlerisches in ihm stecken. Über seine Großeltern konnte ich nicht viel herausfinden, aber zu wählerisch darf man in puncto Vererbung auch nicht sein, sonst wartet man ja ewig. Die Vererbungslehre ist sowieso irreführend", fuhr sie fort; „regelrechte Genies haben manchmal Kinder, die nicht sonderlich helle sind."

Sie brachte ein endgültig aussehendes Zeichen auf dem Kalender an und schaute dann stirnrunzelnd darauf. Sie hatte eine beängstigende Ähnlichkeit mit einem General, der einen größeren Feldzug plant.

„Ainsley, was du wirklich brauchst, ist ein Grundriß deines Schlafzimmers", sagte ich, „oder nein, eine Höhenlinienkarte. Oder eine Luftaufnahme. Dann könntest du kleine Pfeile und gepunktete Linien einzeichnen und ein X am Punkt der Vereinigung."

„Sei bitte nicht frivol", sagte sie. Sie zählte jetzt leise vor sich hin.

„Wann soll es denn sein? Morgen?"

„Eine Sekunde", sagte sie und zählte weiter. „Nein. Es dauert noch eine Weile. Einen Monat auf jeden Fall. Weißt du, ich muß sicher sein, daß es beim erstenmal klappt; oder beim zweitenmal."

„Beim erstenmal?"

„Ja", sagte sie, „ich hab alles genau berechnet. Obwohl es schwierig werden könnte; es hängt eben alles von seiner Psyche ab. Ich weiß jetzt schon, daß er einer ist, der Angst bekommt, wenn ich zuviel Eifer zeige. Ich muß ihn an der langen Leine führen. Ich kann es jetzt schon hören; sobald er was erreicht hat, kommt er mit der alten Leier, daß wir uns besser nicht mehr sehen sollten, wir wollen doch beide nicht, daß es zu ernst wird, keiner von uns möchte sich doch binden und so weiter. Und dann verduftet er. Dann kann ich ihn nicht anrufen, wenn es wirklich notwendig ist, er würde mich bezichtigen, ich versuchte, all seine Zeit in Anspruch zu nehmen, oder ich stellte Forderungen an ihn oder sonstwas. Aber solange er mich noch nicht bekommen hat", sagte sie, „kann ich ihn haben, wann immer ich ihn brauche."

Darüber dachten wir eine Weile nach.

„Das mit dem Ort wird ebenfalls schwierig werden", sagte sie. „Es muß alles zufällig wirken. Ein Augenblick der Leidenschaft. Mein Widerstand bricht zusammen; es überwältigt mich und so weiter." Sie lächelte kurz. „Alles, was nach Vorbereitung riecht, etwa eine Verabredung im Motel, würde nicht klappen. Es muß also entweder bei ihm passieren oder hier."

„Hier?"

„Wenn nötig", sagte sie fest und rutschte von ihrem Stuhl. Ich schwieg: der Gedanke, daß Leonard Slank unter eben dem Dach ruiniert würde, das auch die Lady von unten samt ihrem gerahmten Familienstammbaum beherbergte, beunruhigte mich; es würde fast ein Sakrileg sein.

Ainsley ging geschäftig vor sich hin summend in ihr Schlafzimmer, den Kalender nahm sie mit. Ich saß da und dachte über Len nach. Wieder spürte ich Gewissensbisse, daß ich ihn ohne ein einziges Wort der Warnung blumenbekränzt in sein Verderben führen ließ. Natürlich hatte er gewissermaßen selbst schuld, und Ainsley schien entschlossen, keine weiteren Ansprüche an denjenigen zu stellen, den sie sich für diese zweifelhafte, weil anonyme Ehre aussuchte. Wäre Leonard nur der übliche Frauenheld gewesen, ich hätte mir keine Gedanken gemacht. Aber er war doch wohl, dachte ich, während ich meinen Kaffee schlürfte, ein kompliziertes und feinfühligeres Wesen. Zugegeben, er war ein wissend-lüsterner Schürzenjäger; aber es stimmte nicht, daß er kein moralisches Empfinden hätte, wie Joe gesagt hatte. Auf seine eigene verdrehte Weise war er eine Art umgekehrter Moralist. Er tat gern so, als wäre jeder nur hinter Sex und Geld her, aber wenn jemand diese Theorie im wirklichen Leben bewies, reagierte er mit ätzender Kritik und Schmähungen. Diese Mischung aus Zynismus und Idealismus bei ihm hatte eine Menge zu tun mit seiner Vorliebe für die „Verführung" von unreifen Mädchen, statt etwas gereifteren Frauen. Das angeblich Reine, das Unerreichbare, zog den Idealisten in ihm an; doch sobald er es erobert hatte, betrachtete der Zyniker es als verdorben und warf es weg. „Sie entpuppte sich als genauso wie alle anderen", pflegte er bitter zu bemerken. Frauen, die er tatsächlich für außerhalb seiner Reichweite hielt, wie die Frauen seiner Freunde, behandelte er mit Ehrerbietung. Er vertraute ihnen in unrealistischem Ausmaße, bloß weil ihn sein eigener Zynismus nicht nötigte, sie auf die Probe zu stellen: nicht nur, daß sie für ihn unangreifbar waren, sie waren auch zu alt für ihn. Clara, zum Beispiel, betete er an. Manchmal zeigte er den wenigen Leuten gegenüber, die er mochte, eine merkwürdige Zartheit, eine fast rührende Sentimentalität; trotzdem wurde er ständig von Frauen beschuldigt, ein Weiberfeind zu sein, und von Männern, ein Menschenfeind zu sein, und vielleicht war er beides.

Andererseits konnte ich mir auch nicht vorstellen, daß Ainsleys Inanspruchnahme, so wie sie sie geplant hatte, ihm irreparablen oder überhaupt Schaden zufügen könnte, und so überließ ich ihn seinen vermutlich illusionslosen, hornbrillenbewehrten Schutzengeln, schlürfte den restlichen Kaffeesatz und ging mich anziehen. Danach rief ich Clara an, um ihr die Neuigkeit mitzuteilen; Ainsleys Reaktion war nicht sehr befriedigend gewesen.

Clara klang erfreut, aber ihre Reaktion war vieldeutig. „Oh, fein“, sagte sie, „Joe wird begeistert sein. Er hat neulich gemeint, es wäre Zeit, daß du unter die Haube kommst.“ Ich war leicht irritiert: immerhin war ich nicht fünfunddreißig und in Torschlußpanik! Sie redete, als täte ich schlicht einen vernünftigen Schritt! Aber von Außenstehenden konnte man wohl nicht erwarten, daß sie eine Beziehung erfaßten. Die restliche Unterhaltung drehte sich um ihre Verdauungsstörungen.

Als ich das Frühstücksgeschirr spülte, hörte ich Schritte auf der Treppe. Das war eine zusätzliche Variante zu dem Türöffnen der Lady von unten: sie ließ Leute leise herein, ohne sie anzukündigen, gewöhnlich zu den Zeiten der Auflösung wie Sonntagnachmittagen, zweifellos in der Hoffnung, daß wir in irgendeiner peinlichen Lage erwischt werden würden, mit Lockenwicklern oder ungekämmt oder noch in Morgenmänteln.

„Hi!“ sagte eine Stimme fast oben. Peter. Das Privileg für unangemeldete Besuche hatte er schon.

„Hi“, antwortete ich und versuchte, meine Stimme beiläufig, aber einladend klingen zu lassen. „Ich wasch gerade ab“, fügte ich albern hinzu, als sein Kopf aus dem Treppenschacht auftauchte. Ich ließ die restlichen Teller im Ausguß und trocknete mir die Hände an der Schürze ab.

Er kam in die Küche. „Junge, Junge", sagte er, „nach dem Kater zu urteilen, den ich beim Aufwachen hatte, muß ich letzte Nacht ganz schön bezecht gewesen sein. Ich glaube, ich hab wirklich ordentlich einen gekippt. Mein Mund schmeckte heute morgen wie das Innere von einem Tennisschuh." Er hörte sich halb stolz, halb reumütig an.

Wir beäugten einander vorsichtig. Falls eine Seite den Rückzug plante, dann war jetzt der richtige Augenblick dafür; man konnte der organischen Chemie die Schuld an der ganzen Sache geben. Aber keiner von uns widerrief. Schließlich grinste Peter mich an, ein erfreutes, aber auch nervöses Grinsen.

Ich sagte besorgt: „Ja, unangenehm, was? Du hattest wirklich eine ganze Menge getrunken. Willst du einen Kaffee?"

„Liebend gern", sagte er, kam herüber, gab mir ein Küßchen auf die Wange und ließ sich dann auf einen Küchenstuhl fallen. „Übrigens, entschuldige, daß ich dich nicht vorher angerufen hab – ich hatte einfach Lust, dich zu sehen."

„Schon in Ordnung", sagte ich. Er sah sehr nach Kater aus. Er war nachlässig gekleidet, aber für Peter ist es unmöglich, sich echt nachlässig anzuziehen. Dies hier war eine planvolle Nachlässigkeit; er war sorgfältig unrasiert, und seine Socken paßten zu den Farbflecken auf seinem Sporthemd. Ich machte Kaffee.

„Also!" sagte er, wie Ainsley, aber mit ganz anderer Betonung. Er hörte sich an, als hätte er eben einen nagelneuen Wagen gekauft. Ich schenkte ihm ein zärtliches, verchromtes Lächeln; das heißt, mein Lächeln sollte Zärtlichkeit ausdrücken, aber mein Mund fühlte sich steif und irgendwie überbeansprucht an.

Ich goß zwei Tassen Kaffee ein, holte die Milch heraus und setzte mich auf den anderen Küchenstuhl. Er legte eine Hand auf meine.

„Weißt du", sagte er, „ich glaube, ich hab das, was letzte Nacht passiert ist, überhaupt nicht beabsichtigt." Ich nickte: ich wohl auch nicht.

„Ich glaube, ich bin davor davongelaufen."

Genau wie ich.

„Aber mit Trigger hattest du wahrscheinlich recht. Und vielleicht habe ich es doch beabsichtigt, ohne es zu wissen. Ein Mann muß ja irgendwann mal zur Ruhe kommen, und ich bin sechsundzwanzig."

Ich sah ihn in einem neuen Licht: hier vor meinen Augen verwandelte er sich von einem leichtsinnigen Junggesellen in einen Retter vor dem Chaos, in einen Hort der Beständigkeit. Irgendwo im Keller von Seymour Surveys löschte eine unsichtbare Hand meine Unterschrift.

„Jetzt, wo alles geklärt ist, werde ich bestimmt viel glücklicher sein. Ein Mann kann sich nicht unbegrenzt drücken. Auf lange Sicht wird es auch für meine Praxis besser sein; die Klienten ziehen es vor, wenn du eine Frau hast; einem Junggesellen ab einem gewissen Alter mißtrauen die Leute, sie glauben, du wärst schwul oder so was." Er zögerte und fuhr dann fort: „Und dann spricht für dich, Marian, daß ich weiß, ich kann mich immer auf dich verlassen. Die meisten Frauen sind so chaotisch, aber du bist ein vernünftiges Mädchen. Wahrscheinlich hast du das nicht gewußt, aber ich habe immer gefunden, daß man darauf besonders achten sollte, wenn man eine Frau sucht."

Ich kam mir nicht sehr vernünftig vor. Bescheiden senkte ich den Blick und fixierte einen Toastbrösel, der mir entgangen war, als ich den Tisch abgewischt hatte. Ich wußte nicht, was ich sagen sollte. „Du bist auch sehr vernünftig", schien mir nicht angemessen.

„Ich bin auch sehr glücklich", sagte ich. „Komm, gehen wir mit dem Kaffee rüber ins Wohnzimmer."

Er folgte mir; wir stellten unsere Tassen auf dem runden Kaffeetisch ab und setzten uns auf das Sofa.

„Ich mag dieses Zimmer", sagte er und schaute sich um. „Es wirkt so heimelig." Er legte einen Arm um meine Schultern, und wir saßen in einem, wie ich hoffte, seligen Schweigen da. Wir hatten beide Hemmungen. Wir konnten nicht mehr von den gebahnten Pfaden unserer bisherigen Beziehung ausgehen. Bis wir neue Voraussetzungen geschaffen hatten, würden wir nicht recht wissen, was wir tun oder sagen sollten.

Peter kicherte vor sich hin.

„Worüber lachst du?“ fragte ich.

„Ach, nur: als ich zum Wagen ging, entdeckte ich drei Sträucher, die sich darunter verfangen hatten; also bin ich mal an dem bewußten Rasen vorbeigefahren. Wir haben ein hübsches kleines Loch in ihre Hecke gemacht.“ Er war immer noch sehr zufrieden mit sich.

„Du armer Irrer“, sagte ich liebevoll. Ich merkte, wie der Besitzinstinkt sich rührte. Dieses Objekt hier gehörte also mir. Ich lehnte meinen Kopf gegen seine Schulter.

„Wann willst du heiraten?“ fragte er fast schroff.

Im ersten Impuls wollte ich mit der ausweichenden Flapsigkeit, die ich sonst immer angewandt hatte, wenn er mir ernsthafte Fragen stellte, antworten: „Wie wär's mit Lichtmeß?“ Statt dessen hörte ich eine leise, flanellweiche Stimme, die ich kaum erkannte, sagen: „Mir wär's lieber, du würdest das entscheiden. Die großen Entscheidungen möchte ich gern dir überlassen.“ Ich war über mich selbst verblüfft. Noch nie hatte ich etwas auch nur entfernt Ähnliches zu ihm gesagt. Das komische war, daß ich es ernst meinte.

11

Peter ging zeitig. Er sagte, er müßte noch Schlaf nachholen, und riet mir, dasselbe zu tun. Ich war aber gar nicht müde. Ich war von einer nervösen Energie erfüllt, die sich mit meinem rastlosen Herumlaufen in der Wohnung nicht abbauen ließ. Dieser Nachmittag war von genau der traurigen Leere, die ich seit meiner Kindheit mit Sonntagnachmittagen in Verbindung brachte: es war das Gefühl, nichts zu tun zu haben.

Ich wusch zu Ende ab, sortierte Messer und Gabeln und Löffel in ihre Fächer in der Küchenschublade, obwohl ich wußte, daß die Ordnung nicht lange halten würde, überflog zum siebtenmal die Zeitschriften im Wohnzimmer, wobei meine Aufmerksamkeit kurz, aber mit neuer Bedeutung an Überschriften hängenblieb wie: „Adoption: Ja oder nein?“; „Du bist verliebt – ist dein Gefühl echt? Zwanzig Fragen“ und „Spannungen in den

Flitterwochen", und fummelte am Toaster herum, der in letzter Zeit zu dunkel geröstet hatte. Als das Telefon läutete, stürzte ich gierig dran: Falsch verbunden. Ich hätte mit Ainsley reden können, die immer noch in ihrem Schlafzimmer war, aber irgendwie versprach ich mir nicht viel davon. Ich wollte etwas tun, und zwar vom Anfang bis zum Ende, und wußte nicht, was. Schließlich beschloß ich, in den Waschsalon zu gehen.

Selbstverständlich benutzen wir nicht die Wäschemöglichkeiten der Lady von unten. Falls sie welche hat. Sie würde es nie zulassen, daß etwas so Plebejisches wie Wäsche die gepflegte Fläche des Rasens hinterm Haus entweiht. Vielleicht machen sie und das Kind einfach nie etwas schmutzig; vielleicht tragen sie einen unsichtbaren Plastiküberzug. Wir sind beide noch nicht in ihrem Keller gewesen oder haben gehört, daß sie die Existenz eines solchen zugegeben hätte. Vielleicht zählt Wäsche in ihrer Hierarchie der Schicklichkeiten zu den Dingen, über die jeder Bescheid weiß, über die aber kein auch nur halbwegs anständiger Mensch spricht.

Wenn also die Berge von schmutzigen Sachen in den Himmel wachsen und die Schubladen mit sauberen Sachen so gut wie leer sind, dann gehen wir in den Waschsalon. Das heißt, normalerweise gehe ich allein: ich halte nicht so lange durch wie Ainsley. Vom ganzen Wochenende ist Sonntagabend die günstigste Zeit. Es sind weniger ältere Herren draußen, die ihre Rosenbüsche hochbinden und gegen Blattläuse spritzen, und auch nur wenige ältere Damen mit Blumenhüten und weißen Handschuhen, die zu anderen älteren Damen zum Tee fahren oder gefahren werden. Der nächste Waschsalon ist eine U-Bahn-Haltestelle entfernt, und am Samstag ist der Bus voll von einkaufenden Menschen, wieder älteren Damen mit Hüten und Handschuhen, aber nicht so makellos; und an Samstagabenden sind die jungen Kinobesucher unterwegs. Ich bevorzuge Sonntagabende; da ist es leerer. Ich mag es nicht, wenn ich angestarrt werde, und mein Wäschesack ist zu offensichtlich ein Wäschesack.

An diesem Abend freute ich mich auf den Ausflug. Ich wollte aus der Wohnung raus. Ich wärmte mir eine

Tiefkühlmahlzeit und aß sie; dann zog ich meine Wäschereisachen an – Jeans, Sweatshirt und ein Paar karierte Leinenschuhe, die ich mal spontan gekauft hatte und sonst nie trug – und prüfte, ob ich Vierteldollarmünzen im Portemonnaie hatte. Ich stopfte gerade die in Frage kommenden Sachen in meinen Wäschesack, als Ainsley hereinkam. Sie hatte den größten Teil des Tages in ihrem Schlafzimmer gehockt und sich mit wer weiß was für Übungen in Schwarzer Magie beschäftigt: wahrscheinlich hatte sie ein Aphrodisiakum gebraut oder Wachspuppen von Leonard gebastelt und sie an den geeigneten Stellen mit Hutnadeln durchbohrt. Irgendeine Eingebung mußte sie jetzt alarmiert haben.

„Oh, gehst du in den Waschsalon?" sagte sie mit sorgfältiger Lässigkeit.

„Nein", sagte ich, „ich hab Peter in kleine Stücke gehackt. Ich tarne ihn als Wäsche, damit ich ihn runterbringen und in der Schlucht begraben kann."

Sie muß diese Bemerkung für geschmacklos gehalten haben, jedenfalls lächelte sie nicht. „Hör mal, würde es dir viel ausmachen, ein paar Sachen von mir mit hineinzuwerfen? Bloß das Dringendste?"

„Na schön", sagte ich ergeben. „Bring sie her." Das ist das übliche Verfahren und einer der Gründe, warum Ainsley nie in den Waschsalon gehen muß.

Sie verschwand und kam nach ein paar Minuten zurück, in den Armen einen riesigen Haufen vielfarbiger Unterwäsche.

„Ainsley. Bloß das Dringendste."

„Das ist alles dringend", sagte sie trotzig; aber als ich darauf beharrte, daß ich nicht alles im Beutel unterbringen könnte, teilte sie den Berg in zwei Hälften.

„Schönen Dank, das ist Rettung in höchster Not", sagte sie. „Bis nachher."

Die Treppen hinunter zerrte ich den Sack hinter mir her, dann hob ich ihn hoch, hängte ihn mir über die Schulter und schwankte zur Tür hinaus, wobei ich im Vorbeigehen einen frostigen Blick der Lady von unten auffing, die hinter einem der Samtvorhänge am Eingang zum Wohnzimmer hervorglitt. Sie wollte natürlich ihre Mißbilligung dieser schamlosen Zurschaustellung von

Schmutz zum Ausdruck bringen. Wir alle, zitierte ich schweigend, sind gänzlich unrein.

Im Bus setzte ich den Wäschesack auf den Sitz neben mir, in der Hoffnung, daß er aus der Entfernung annähernd wie ein kleines Kind aussähe und so die selbstgerechte Empörung jener abwehrte, die gegen Arbeit am Tage des Herrn Einwände hatten. Ich erinnerte mich an einen Vorfall, wo eine in schwarze Seide gekleidete alte Dame mit einem lila Hut sich an einem Sonntag auf mich gestürzt hatte, als ich aus dem Bus stieg. Nicht nur, daß ich das vierte Gebot brach, störte sie, sondern auch die gottlose Art, wie ich mich dazu angezogen hatte: Jesus, so deutete sie an, würde mir meine karierten Leinenschuhe nie vergeben. Dann konzentrierte ich mich auf eins der Plakate über den Fenstern, ein buntes Bild von einer jungen Frau mit drei Paar Beinen, die in einem Hüftgürtel herumsprang. Ich muß zugeben, daß ich gegen meinen Willen an solcher Reklame ein bißchen Anstoß nehme. Sie ist so öffentlich. Ein paar Häuserblöcke lang überlegte ich, was für Personen so auf diese Reklame reagieren würden, daß sie das fragliche Objekt kauften, und ob man je eine Umfrage dazu gemacht hatte. Die weibliche Figur, dachte ich, spricht doch Männer an, nicht Frauen, aber Männer kaufen meist keine Hüftgürtel. Vielleicht war die biegsame junge Frau eine Wunschvorstellung, vielleicht dachten die Käuferinnen, sie bekämen in der Verpackung gleich ihre eigene Jugend und Schlankheit wieder. Während der nächsten Blöcke dachte ich über eine Behauptung nach, die ich irgendwo gelesen hatte: eine gutgekleidete Frau ist nie ohne Hüftgürtel. Ich ging die Möglichkeiten durch, die durch das Wort „nie“ angedeutet wurden. Die restliche Fahrt dachte ich an die Körperfülle in mittleren Jahren: wann würde ich sie entwickeln? Vielleicht war ich schon dabei. Man muß vorsichtig sein in solchen Sachen, überlegte ich; ganz unbemerkt schleichen sie sich ein.

Der Waschsalon war von der U-Bahn-Station nur noch ein Stück die Straße runter. Als ich dann tatsächlich vor einer der großen Maschinen stand, stellte ich fest, daß ich das Waschpulver vergessen hatte.

„Verdammter Mist!“ sagte ich laut.

Der Mensch, der Wäsche in die Maschine neben meiner stopfte, wandte sich zu mir.

Er sah mich ausdruckslos an. „Sie können was von mir haben", sagte er und reichte mir die Schachtel.

„Besten Dank. Ich wollte, die Leute stellten einen Verkaufsautomaten auf; dazu sollten sie doch genügend Verstand haben!" Dann erkannte ich ihn: es war der junge Mann vom Bier-Interview. Ich stand da und hielt die Schachtel in der Hand. Woher hatte er gewußt, daß ich das Waschpulver vergessen hatte? Ich hatte das nicht laut gesagt.

Er musterte mich genauer. „Oh", sagte er, „jetzt weiß ich, wer Sie sind. Ich hab Sie nicht gleich einordnen können. Ohne diese amtliche Schale wirken Sie irgendwie – exponiert." Er beugte sich wieder über seine Maschine.

Exponiert? Ausgesetzt? Gefährdet? Hüllenlos? Was meinte er? War es gut oder schlecht? Ich prüfte schnell, ob es auch keine aufgetrennten Nähte oder offenen Reißverschlüsse an mir gab; dann fing ich an, hastig die Wäsche in die Maschinen zu stopfen, die dunkelfarbigen Sachen in die eine und die hellen in die andere. Ich wollte nicht, daß er vor mir fertig wäre und mich beobachten konnte, aber er war schnell genug, um zu sehen, wie ich einige von Ainsleys spitzenbesetzten Frivolitäten in die Maschine warf.

„Sind das Ihre?" fragte er interessiert.

„Nein", erwiderte ich errötend.

„Dachte ich mir. Paßt nicht zu Ihnen."

War das ein Kompliment oder eine Beleidigung? Seiner gleichmütigen Stimme nach zu urteilen war es nur eine Feststellung gewesen. Eine treffende Feststellung, dachte ich grimmig.

Ich schloß die beiden dicken Glastüren, steckte die Münzen in die Schlitze, wartete, bis das vertraute Platschen mir sagte, daß alles in Ordnung war, und ging dann zu der vom Management bereitgestellten Stuhlreihe und setzte mich.

Ich würde einfach warten müssen, erkannte ich; an Sonntagen konnte man in dieser Gegend sonst nichts unternehmen. Ich hätte ins Kino gehen können, hatte aber nicht genügend Geld bei mir. Ich hatte sogar vergessen, mir ein Taschenbuch mitzubringen. An was hatte ich wohl gedacht, als ich das Apartment verließ? Ich vergesse doch sonst nichts.

Er setzte sich neben mich. „Das einzige, was an diesen Waschsalons auszusetzen ist", sagte er, „ist, daß man immer andrer Leute Schamhaare in den Trommeln findet. Nicht, daß es mich besonders stört. Ich bin nicht pingelig wegen Bakterien oder so was. Ist halt bloß ein bißchen unanständig. Stückchen Schokolade?"

Ich schaute mich um, ob uns jemand gehört hatte, aber wir waren allein in dem Waschsalon. „Nein, danke", sagte ich.

„Ich mag das Zeug auch nicht besonders, aber ich versuch mir das Rauchen abzugewöhnen." Er wickelte eine Tafel Schokolade aus und verzehrte sie langsam. Wir starrten beide auf die lange Reihe von schimmernden weißen Maschinen, vor allem auf jene drei Glasfenster, die mir wie Bullaugen oder Aquarien vorkamen, wo unsere Sachen rund und rund und rund gingen, verschiedene Formen und Farben auftauchten, sich vermischten, verschwanden, erneut aus dem Schaumnebel auftauchten. Er war fertig mit seiner Schokolade, leckte sich die Finger, glättete und faltete das Silberpapier sorgfältig und steckte es in eine seiner Taschen und holte eine Zigarette hervor.

„Irgendwie schau ich ihnen gern zu", sagte er; „ich beobachte die Waschmaschinen, wie andre Leute fernsehen, es ist so beruhigend, man weiß immer, was einen erwartet, und man braucht nicht drüber nachzudenken. Außerdem kann ich meine Programme abändern; wenn ich es leid bin, immer das gleiche Zeug anzuschauen, kann ich jederzeit ein Paar grüne Socken oder so was reintun." Er sprach mit monotoner Stimme und saß vornübergebeugt, die Ellbogen auf die Knie gestützt, den Kopf in den Kragen seines dunklen Pullovers gezogen, wie eine Schildkröte den Kopf in den Panzer zieht. „Ich komme oft her; manchmal muß ich einfach raus aus der Wohnung. Solange ich was zum Bügeln hab, ist alles in Ordnung; ich mag gern Sachen glattstreichen, die Falten loswerden, da kann ich was mit den Händen tun, aber wenn ich nichts mehr zum Bügeln hab, na ja, dann muß ich hierherkommen. Um für Nachschub zu sorgen."

Er sah mich nicht mal an. Er hätte genausogut mit sich selbst reden können. Ich lehnte mich auch vor, damit ich sein Gesicht sehen konnte. In der bläulich fluoreszierenden Beleuchtung des Waschsalons, einem Licht, das offenbar keine Abstufungen und Schattierungen zuläßt, wirkte seine Haut noch unirdischer. „Es liegt an der Wohnung, ich muß da raus! Im Sommer ist sie wie ein heißer, dunkler Backofen, wenn es so heiß ist, mag man nicht mal das Bügeleisen anstellen. Es ist sowieso zuwenig Platz da, aber von der Hitze schrumpft er noch mehr, und die anderen kommen einem zu nahe. Selbst in meinem eigenen Zimmer und bei geschlossener Tür spüre ich sie: ich weiß, was sie machen. Fisch verbarrikadiert sich in seinem Sessel und bewegt sich kaum, selbst wenn er schreibt, und dann zerreißt er wieder alles und sagt, es hätte nichts getaugt, und sitzt tagelang da und starrt auf die Papierfetzen auf dem Boden; einmal hat er sich hingekniet und versucht, sie mit Tesafilm wieder zusammenzukleben; natürlich hat es nicht geklappt, und dann machte er regelrecht Terror und beschuldigte uns beide, wir versuchten, seine Einfälle vor ihm zu veröffentlichen, und wir hätten Papierfetzen geklaut. Und Trevor, wenn er nicht gerade zu Ferienkursen weg ist oder die Wohnung mit der Zubereitung von Mahlzeiten mit zwölf Gängen aufheizt, dabei würde ich lieber Lachs aus der Dose essen, Trevor übt italienische Kalligraphie aus dem 15. Jahrhundert mit Ranken und Blüten und redet und redet über das Quattrocento. Er hat ein erstaunliches Gedächtnis für Details. Wahrscheinlich ist das ganz interessant, aber irgendwie ist es keine Lösung, zumindest nicht für mich, und ich glaube, auch für ihn eigentlich nicht. Sie wiederholen sich ständig und kommen nicht weiter; sie kriegen nie irgendwas fertig. Natürlich bin ich nicht besser, ich bin genauso, ich sitze mit dieser elenden Seminararbeit fest. Im Zoo hab ich mal ein übergeschnapptes Gürteltier im Käfig gesehen, das immer in Achten herumrannte, immer rund, immer auf der gleichen Bahn. Ich kann mich noch an das komische metallische Geräusch seiner Füße auf dem Käfigboden erinnern. Es heißt, alle Tiere werden so, wenn man sie in den Käfig sperrt, es ist eine Art Psychose, und selbst wenn man die Tiere freiläßt, nachdem sie so geworden sind, rennen sie weiter so herum. Du liest und liest Materialien, und wenn du den zwanzigsten Aufsatz gelesen hast, verstehst du gar nichts mehr, und dann fängst du an, über die Zahl der Bücher nachzudenken, die pro Jahr, pro Monat, pro Woche veröffentlicht werden, und das sind einfach zu viele. „Die Wörter", sagte er und sah endlich in meine Richtung, aber mit merkwürdig verschwommenem Blick, als schaute er in Wirklichkeit ein paar Zentimeter unter meine Haut, „die Wörter fangen an, ihre Bedeutung zu verlieren."

Die Maschinen schalteten auf einen ihrer Spülgänge, die Sachen wurden schneller und schneller herumgewirbelt, dann lief wieder Wasser nach, die Trommeln mahlten, es gab schmatzende Geräusche. Er zündete sich die nächste Zigarette an.

„Dann sind Sie wohl alle Studenten", sagte ich.

„Natürlich", sagte er grämlich, „sieht man das nicht? Wir sind alle Absolventen. In Englisch. Alle. Ich dachte, jeder in der ganzen Stadt wäre das; wir sind so inzüchtig, daß wir nie mit anderen Leuten zusammenkommen. Es war richtig komisch, als Sie da hereinspaziert kamen und klar wurde, daß Sie keiner sind."

„Ich hab immer gedacht, es wäre irgendwie spannend." Das stimmte gar nicht, ich wollte bloß auf ihn eingehen, war mir aber im gleichen Augenblick der schulmädchenhaften Überspanntheit der Bemerkung bewußt.

„Spannend?" Er kicherte kurz. „Das hab ich auch mal gedacht. Es sieht aufregend aus, wenn du ein begabter und eifriger Student in den ersten Semestern bist. Mach weiter, sagen sie alle, du solltest promovieren, und sie geben dir ein bißchen Geld. Also machst du weiter und denkst: Jetzt werd ich die Wahrheit entdecken. Aber du entdeckst sie durchaus nicht, und die Dinge werden immer ausgelutschter und abgestandener, und alles bricht in einem Chaos von Kommas und verfilzten Fußnoten zusammen, und nach einer Weile ist es wie alles andere auch: du hängst fest und kommst nicht mehr raus, und du fragst dich, wie du da überhaupt hineingeraten bist. Wenn das hier die Staaten wären, dann könnte ich als Entschuldigung anführen, daß ich der Einberufung zur Armee entgehen wollte, aber so gibt es keinen vernünftigen Grund. Und außerdem ist schon alles getan, längst getan, leergefischt, und du wälzt dich in dem Satz am Boden des Fasses, einer von diesen Absolventen im neunten Jahr, diesen armen Hunden, die auf der Suche nach neuem Material in Manuskripten wühlen oder an der endgültigen Edition von Ruskins Dinner-Einladungen oder Theaterkartenabschnitten schuften, oder die versuchen, das letzte Pickelchen an Bedeutung aus irgendeinem betrügerischen literarischen Nichts auszuquetschen, das sie irgendwo ausgegraben haben. Der arme alte Fisch schreibt an seiner Dissertation; er wollte was über Mutterleib-Symbole bei D. H. Lawrence machen, aber alle haben ihm gesagt, das gäbe es bereits. Jetzt hat er irgendeine unmögliche Theorie, die immer unverständlicher wird, je weiter er kommt." Er verstummte.

„Und worum geht es dabei?" sagte ich, um ihn zum Weiterreden zu bringen.

„Weiß ich eigentlich nicht. Er will nicht mal mehr darüber sprechen, außer wenn er voll ist, und dann versteht ihn keiner. Deshalb zerreißt er auch immer wieder alles – er liest es durch und begreift es selbst nicht."

„Und worüber schreiben Sie Ihre Dissertation?"

„Ich bin noch nicht soweit. Ich hab keine Ahnung, ob ich je dahin komme und was dann sein wird. Ich versuch, nicht daran zu denken. Im Augenblick muß ich eine überfällige Seminararbeit vom vorvorigen Jahr schreiben. Ich schreibe einen Satz pro Tag. Das heißt, an guten Tagen." Die Maschinen gingen mit einem Klick zum Schleudern über. Er starrte sie verdrossen an.

„Und Ihre Seminararbeit? Worum geht es dabei?" Ich war fasziniert, und zwar ebenso von dem wechselnden Ausdruck seines Gesichts wie von dem, was er sagte. Auf jeden Fall wollte ich nicht, daß er zu reden aufhörte.

„In Wirklichkeit interessiert Sie das nicht", sagte er. „Präraffaelitische Pornographie. Ich versuch auch was über Beardsley zu machen."

„Oh." Wir grübelten beide schweigend über die mögliche Hoffnungslosigkeit dieser Aufgabe nach. „Vielleicht", äußerte ich etwas zögernd, „haben Sie die verkehrte Branche erwischt. Vielleicht wären Sie glücklicher, wenn Sie was anderes täten."

Er kicherte wieder und hustete dann. „Ich sollte mit dem Rauchen aufhören", sagte er. „Was kann ich sonst machen? Wenn du erst mal so weit bist, taugst du zu nichts anderem mehr. Irgendwas passiert mit deinem Verstand. Du bist überqualifiziert, überspezialisiert, und jeder weiß es. Niemand aus einer anderen Branche wäre verrückt genug, mich anzustellen. Ich würde nicht mal zum Ausschachten taugen, ich würde das ganze Kanalisationssystem rausreißen und versuchen, all diese unterweltlichen Symbole aufzupickeln und bloßzulegen – Leitungen, Ventile, Abwasserröhren . . . Nein, nein. Ich werde mein Leben lang als Sklave in den Papierminen schuften müssen."

Ich fand keine Antwort. Ich sah ihn an und versuchte ihn mir bei der Arbeit an einem Ort wie Seymour Surveys vorzustellen, sogar im oberen Stock bei der Intelligenz: ohne Erfolg. Er paßte eindeutig nicht hinein.

„Stammen Sie von auswärts?" fragte ich schließlich. Das Thema Uni schien erschöpft zu sein.

„Natürlich, wie alle; niemand stammt wirklich von hier, oder? Deshalb haben wir auch die Wohnung gemietet, obwohl wir sie uns weiß Gott nicht leisten können, aber es gibt keine Studentenwohnheime. Wenn man nicht diesen neuen pseudobritischen Schuppen mit dem Wappen und der Klostermauer dazu zählen will. Mich würden sie da ohnehin nicht reinlassen, und außerdem wär es genauso schlimm wie das Zusammenleben mit Trevor. Trevor stammt aus Montreal, aus so einer Westmount-Familie, gutsituiert; aber nach dem Krieg mußten sie was tun. Sie haben eine Fabrik für Kokosnußplätzchen, doch in der Wohnung sprechen wir nicht darüber, es ist schlimm genug, daß dauernd diese Berge von Kokosnußplätzchen auftauchen, und man muß sie essen und dabei so tun, als wüßte man nicht, woher sie kommen. Ich mag Kokosnuß nicht. Fisch kommt aus Vancouver, ihm fehlt das Meer. Er geht runter zum Seeufer und watet durch den Dreck und versucht sich mit Möwen und herumschwimmenden Grapefruitschalen anzutörnen, aber es funktioniert nicht. Beide sprachen früher mit Akzent, aber wenn du sie jetzt hörst, merkst du nichts mehr davon; wer diese Gehirnwäsche eine Zeitlang mitgemacht hat, klingt nicht mehr so, als käme er von irgendwoher."

„Woher kommen Sie?"

„Davon haben Sie noch nie gehört", sagte er knapp.

Die Maschinen schalteten sich ab. Wir holten uns beide Wäschereiwägelchen und beförderten unsere Sachen zu den Trocknern. Dann setzten wir uns wieder auf die Stühle. Jetzt gab es nichts mehr zu sehen; wir lauschten nur dem Summen und Wummern der Trockner. Er zündete sich wieder eine Zigarette an.

Ein abgerissen aussehender alter Mann schlurfte durch die Tür, erblickte uns und schlurfte wieder hinaus. Wahrscheinlich suchte er einen Schlafplatz.

„Woran es liegt", sagte er schließlich, „ist diese Trägheit. Nie hast du das Gefühl, daß du irgendwas erreichst; du versinkst im Sumpf, vollgesogen mit Wasser. Letzte Woche hab ich die Wohnung in Brand gesteckt, zum Teil war's Absicht. Ich glaube, ich wollte sehen, was sie tun würden. Vielleicht wollte ich auch sehen, was ich tun würde. Vor allem hatte ich Lust, zur Abwechslung ein paar Flammen und ein bißchen Rauch zu sehen. Aber sie löschten das Feuer einfach, und dann rannten sie in irrsinnigen Achten herum wie die Gürteltiere und quatschten, ich wäre ‚krank' und warum ich es getan hätte, und meine inneren Spannungen wären wohl zu stark, und ich sollte lieber einen Seelenklempner aufsuchen. Das würde gar nichts nützen. Ich kenn mich da aus, es hilft nichts. Diese Leute können mich nicht mehr überzeugen, ich versteh zuviel davon, ich hab das schon alles hinter mir, ich bin immun. Das Feuer in der Wohnung hat nichts gebracht, außer daß ich jetzt nicht mal mehr die Nase rümpfen kann, ohne daß Trevor aufkreischt und meterhoch in die Luft springt und Fisch in seinem alten Psychologiebuch aus dem ersten Semester meine Symptome nachschlägt. Sie glauben, ich bin verrückt." Er ließ seine Zigarettenkippe auf den Boden fallen und drückte sie mit dem Fuß aus. „Ich glaube, sie sind verrückt", ergänzte er.

„Vielleicht", sagte ich vorsichtig, „sollten Sie ausziehen."

Er lächelte sein schräges Lächeln.

„Wohin dann? Ich kann es mir nicht leisten. Ich sitz in der Klemme. Außerdem kümmern sie sich um mich, verstehen Sie." Er zog die Schultern noch höher.

Ich schaute sein mageres Gesicht von der Seite an – die hochangesetzte deutliche Kante des Backenknochens, die dunkle Höhle seines Auges – und staunte: all dieses Reden, dieses flüssige Bekennen, zu so was würde ich mich wohl nie überwinden können. Ich fand das tollkühn! Es war, als hätte ein rohes Ei beschlossen, aus seiner Schale zu quellen: es bestand das Risiko, daß es sich zu weit ausbreitete, sich in eine formlose Pfütze verwandelte. Aber wie er so dasaß, mit einer frischen Zigarette als Korken, der ihm den Mund verschloß, machte er nicht den Eindruck, als wittere er eine solche Gefahr.

Später bin ich von meiner eigenen Unbeschwertheit überrascht. Meine nachmittägliche Rastlosigkeit war verschwunden; ich war ruhig, klar wie ein steinerner Mond, hatte den ganzen weißen Raum des Waschsalons unter Kontrolle. Ich hätte leicht die Arme ausstrecken und sie um den zusammengekrümmten, linkischen Menschen legen und ihn trösten, ihn sanft hin und her wiegen können. Doch da war auch etwas absolut Unkindliches an ihm, etwas, was eher an einen unnatürlich alten Mann erinnerte, alt jenseits allen Trostes. Ich dachte auch an seine Doppelzüngigkeit bei dem Bier-Interview, und daß er bestimmt fähig war, all das zu erfinden. Es konnte alles wahr sein; andererseits konnte es aber auch darauf ausgelegt sein, genau jene mütterliche Reaktion zu erzeugen, damit er darüber schlau lächeln und sich noch weiter in den Schutz seines Pullovers zurückziehen konnte, jede Annäherung oder Berührung verweigernd.

Er muß mit einem Science-fiction-Zusatzsinn ausgerüstet sein, einem dritten Auge oder einer Antenne. Obwohl er sein Gesicht abgewendet hatte und meins nicht sehen konnte, sagte er in sanftem, trockenem Ton: „Ich weiß, Sie mögen meine Fieberhaftigkeit. Ich weiß, daß sie anziehend wirkt, ich übe sie: alle Frauen lieben Leidende. Ich wecke die Florence Nightingale in ihnen. Aber seien Sie vorsichtig." Er schaute mich nun an, verschlagen, von der Seite. „Sie könnten etwas Vernichtendes tun: Hunger ist elementarer als Liebe. Florence Nightingale war nämlich eine Kannibalin."

Meine Ruhe war dahin. Ich spürte die Besorgnis wie mit Mäusefüßchen über meine Haut flitzen. Was genau wurde mir vorgeworfen? War ich „exponiert"?

Mir fiel nichts ein, was ich hätte sagen können.

Die Trockner schalteten sich surrend ab. Ich erhob mich. „Danke für das Waschpulver", sagte ich mit förmlicher Höflichkeit.

Er stand ebenfalls auf. Wieder schien ihm meine Anwesenheit gleichgültig zu sein. „Nichts zu danken", sagte er.

Wir standen Seite an Seite, ohne zu sprechen, zogen die Sachen aus den Trocknern und stopften sie in unsere Wäschebeutel. Wir schulterten unsere Wäsche und marschierten miteinander zur Tür, ich ein kleines Stück voraus. Beim Eingang zögerte ich einen Augenblick, aber er machte keine Anstalten, mir die Tür zu öffnen, also tat ich es selbst.

Draußen vor dem Waschsalon drehten wir uns um, beide gleichzeitig, so daß wir fast zusammenprallten. Einen Augenblick standen wir einander unschlüssig gegenüber; beide wollten wir was sagen und ließen es dann beide. Dann, als hätte jemand einen Hebel betätigt, ließen wir unsere Wäschebeutel auf den Bürgersteig fallen und machten einen Schritt nach vorn. Und dann küßte ich ihn oder wurde von ihm geküßt; ich weiß es noch immer nicht. Sein Mund schmeckte nach Zigaretten. Abgesehen von diesem Geschmack und dem Eindruck von Magerkeit und Trockenheit, so als wären der Körper, den ich umarmt hielt, und das Gesicht, das meines berührte, in Wirklichkeit aus über einen Rahmen von Drahtbügeln gespanntem Seidenpapier oder Pergament, kann ich mich an keinerlei Empfindungen erinnern.

Wir hörten mit dem Küssen zur gleichen Zeit auf und traten zurück. Wieder schauten wir uns eine Weile an. Dann hoben wir unsere Wäschebeutel auf, warfen sie uns über die Schultern, drehten uns um und marschierten in entgegengesetzten Richtungen davon. Der ganze Vorfall war den ruckartigen Anziehungs- und Abstoßungsbewegungen jener Plastikhunde mit den Magneten am Hinterteil, die man früher als Preise bei Geburtstagsparties bekam, lächerlich ähnlich gewesen.

Über die Fahrt zurück in die Wohnung weiß ich nichts mehr, außer daß ich im Bus sehr lange auf eine Reklametafel mit dem Bild einer Krankenschwester in weißer Tracht mit Häubchen starrte. Sie sah gesund und tüchtig aus, und sie hielt eine Flasche in der Hand und lächelte. Die Überschrift lautete: „Schenke Leben“.

12

Da steh ich nun.

Ich sitze in meinem Zimmer auf dem Bett; die Tür ist zu, das Fenster offen. Es ist Labour Day, ein schöner, kühler, sonniger Tag, so wie gestern. Ich fand es merkwürdig heute morgen, daß ich nicht ins Büro mußte. Die Schnellstraßen außerhalb der Stadt werden selbst um diese Zeit schon total verstopft sein; um dem Gedränge zu entgehen, kommen die Leute jetzt bereits von ihrem Wochenende im Sommerhäuschen zurück. Um fünf Uhr wird sich dort draußen alles zu einem trägen Sickern verlangsamt haben, und die Luft wird vom Blitzen der Sonne auf Meilen von Metall und dem Heulen von leerlaufenden Motoren und gelangweilten Kindern erfüllt sein. Hier aber ist es wie immer still.

Ainsley ist in der Küche. Ich hab sie heute noch kaum gesehen. Ich höre ihre Schritte auf der anderen Seite der Tür; ab und zu summt sie vor sich hin. Ich hab keine Lust, die Tür zu öffnen. Auf eine Art, die ich noch nicht ganz einordnen kann, haben sich unsere Positionen verändert, und ich weiß, daß es mir schwerfallen wird, mit ihr zu reden.

Der Freitag scheint schon sehr weit zurückzuliegen, soviel wie seitdem geschehen ist, aber nachdem ich alles noch einmal durchdacht habe, kommen mir meine Handlungen vernünftiger vor, als ich zu der Zeit glaubte. Mein Unterbewußtsein hatte einen Vorsprung vor meinem Bewußtsein, und das Unterbewußtsein hat seine eigene Logik. Die Art, wie ich an die Dinge herangegangen bin, mag etwas in Widerspruch zu meiner wahren Persönlichkeit stehen, aber sind die Ergebnisse widersprüchlich? Der Entschluß kam ein bißchen plötzlich, doch jetzt, wo ich Zeit gehabt habe, darüber nachzudenken, erkenne ich, daß es in Wirklichkeit ein richtiger Schritt gewesen ist. Natürlich hatte ich während der Zeit in der Highschool und im College immer angenommen, daß ich irgendwann heiraten und Kinder kriegen würde, wie alle. Entweder zwei oder vier, drei ist keine gute Zahl, und gegen Einzelkinder hab ich was, sie werden zu leicht verzogen. Ich finde die Ehe nicht so absurd wie Ainsley. Sie ist aus Prinzip dagegen, aber das Leben wird nicht von Prinzipien bestimmt, sondern von der Anpassung. Wie Peter sagte, man kann sich nicht unbegrenzt drücken. Leute, die nicht verheiratet sind, werden in mittleren Jahren komisch, verbittert oder verschroben oder sonstwas, ich hab im Büro genug von der Sorte gesehen, um das zu wissen. Aber obwohl ich das bestimmt im Hinterkopf gehabt habe, hatte ich doch nicht damit gerechnet, daß es so bald oder auf diese Art und Weise geschehen würde. Natürlich war meine Beziehung zu Peter die ganze Zeit schon tiefer, als ich es mir hatte eingestehen wollen.

Und unsere Ehe muß ja nicht so wie Claras werden. Die beiden sind nicht praktisch genug veranlagt, sie haben überhaupt kein Gefühl dafür, wie man eine gut funktionierende Ehe führt. So vieles hängt von elementaren technischen Details ab, wie Möblierung und Mahlzeiten und Ordnunghalten. Aber Peter und ich sollten in der Lage sein, das vernünftig zu organisieren. Obwohl wir selbstverständlich die meisten Einzelheiten noch klären müssen. Wenn man mal überlegt, ist Peter die ideale Wahl. Er ist attraktiv, und er wird bestimmt erfolgreich sein, und außerdem ist er sauber, ein wesentlicher Punkt, wenn du mit jemandem zusammenleben willst.

Ich kann mir die Gesichter im Büro vorstellen, wenn sie davon hören. Aber ich werde es ihnen noch nicht erzählen, ich muß meinen Job noch eine Weile behalten. Wir werden das Geld brauchen, bis Peter ganz fertig ist. Anfangs müssen wir wahrscheinlich in einer Mietwohnung leben, später werden wir ein richtiges Haus haben, etwas für die Dauer, das zu pflegen sich lohnt.

Einstweilen sollte ich aber was Konstruktives tun, anstatt bloß so herumzusitzen. Zuerst sollte ich den Bier-Fragebogen überarbeiten und einen Bericht über meine Ergebnisse schreiben, damit ich den gleich morgen früh tippen kann und ihn los bin.

Danach wasch ich mir vielleicht die Haare. Und mein Zimmer muß dringend saubergemacht werden. Ich sollte die Schubladen aufräumen und die Dinge wegwerfen, die sich dort angesammelt haben, und im Schrank hängen ein paar Kleider, die zu behalten sich nicht lohnt, weil ich sie viel zu selten anziehe. Ich werde sie der Heilsarmee schenken. Und all den Modeschmuck auch, diese Sachen, die man von Verwandten zu Weihnachten geschenkt bekommt: unecht-goldene Anstecknadeln in Form von Pudeln oder Blumensträußen mit geschliffenen Glasstückchen für Blüten und Augen. Dann sind da ein Pappkarton voll von Büchern, hauptsächlich Textbüchern, und Briefe von zu Hause, in die ich nie mehr einen Blick werfen werde, und zwei uralte Puppen, die ich aus Sentimentalität aufgehoben habe. Die ältere Puppe hat einen Stoffkörper, der mit Sägemehl gestopft ist. (Ich weiß das, weil ich sie mal mit einer Nagelschere operiert habe.) Hände, Füße und Kopf sind aus einem harten, holzigen Material. Finger und Zehen sind fast vollkommen abgenagt, das Haar ist schwarz und kurz, ein paar fusselige Büschel an einem Netzstoff, der sich vom Schädel löst. Das Gesicht ist abgewetzt, aber der offene Mund ist noch da mit der roten Filzzunge innen und den beiden Porzellanzähnen, die mich am stärksten fasziniert haben. Sie ist mit einem Streifen von einem alten Laken bekleidet. Ich ließ die Nacht über immer etwas zu essen vor ihr liegen und war jeden Morgen enttäuscht, daß es nicht verschwunden war. Die andere Puppe ist neuer, mit langen, waschbaren Haaren und einer Haut wie aus Gummi. Ich hab sie mir irgendwann zu Weihnachten gewünscht, weil man sie baden konnte. Keine von ihnen hat noch einen Reiz. Ich kann sie gut mit dem restlichen Abfall wegwerfen.

Den Mann im Waschsalon kann ich immer noch nicht richtig einordnen, noch mir mein eigenes Benehmen erklären. Vielleicht hat etwas ausgesetzt, gibt es ein Loch in der Persönlichkeit, wie bei Amnesie. Aber es ist unwahrscheinlich, daß ich ihm wiederbegegne – ich weiß ja nicht mal seinen Namen –, und mit Peter hat das jedenfalls absolut nichts zu tun.

Wenn ich das Zimmer sauber hab, sollte ich einen Brief nach Hause schreiben. Sie werden sich alle freuen, darauf haben sie sicher gewartet. Sie werden wollen, daß wir so bald wie möglich übers Wochenende hinkommen. Ich kenne Peters Eltern auch noch nicht.

In einer Minute werde ich mich vom Bett erheben und durch den Sonnenfleck auf dem Fußboden gehen. Ich kann nicht den ganzen Nachmittag so verplempern, obwohl es sehr entspannend ist, in dem stillen Zimmer zu hocken und mit dem Rücken an der kühlen Wand zur leeren Decke hochzuschauen und mit den Beinen zu baumeln. Es ist fast, als triebe ich in einem Schlauchboot dahin und sähe in den klaren Himmel hinauf.

Ich muß System in mich bringen. Ich hab eine Menge zu tun.

Zweiter Teil

13

Marian saß lustlos an ihrem Schreibtisch. Sie kritzelte auf ihrem Block für Telefonnotizen herum. Sie zeichnete einen Pfeil mit vielen komplizierten Federn, dann ein Gitternetz von sich kreuzenden Linien. Sie sollte eigentlich an einem Fragebogen arbeiten, es ging um Rasierklingen aus rostfreiem Stahl; sie war bis zu der Stelle gelangt, wo der Interviewer sein Opfer um die jetzt in seinem Rasierapparat steckende Klinge bitten und ihm im Tausch eine neue Klinge anbieten sollte. Da war sie hängengeblieben. Sie dachte darüber nach, daß es sich hier um einen wohldurchdachten Anschlag handeln mußte: Der Präsident der Rasierklingenfirma hatte eine Wunderklinge besessen, die sich seit Generationen im Besitz seiner Familie befand: sie wurde nicht nur nach Gebrauch jedesmal wieder scharf, sondern erfüllte dem Rasierenden auch nach jeder dreizehnten Rasur einen Wunsch ... Der Präsident hatte jedoch seinen Schatz nicht sorgfältig genug gehütet. Eines Tages hatte er vergessen, die Klinge wieder in ihrem mit Samt ausgeschlagenem Etui zu verwahren, er hatte sie im Badezimmer herumliegen lassen, und eines der Dienstmädchen, das sich nützlich machen wollte ... (An diesem Punkt wurde die komplizierte Geschichte etwas unklar. Irgendwie hatte die Rasierklinge es geschafft, in einen Laden zu gelangen, einen Trödelladen, in dem sie von einem ahnungslosen Kunden gekauft worden war ...) Der Präsident hatte gerade an jenem Tag dringend Geld gebraucht. Ungeduldig hatte er sich alle drei Stunden rasiert, um auf dreizehn zu kommen, und sich dabei das Gesicht wundgeschabt; wie überrascht und verzweifelt aber war er, als ... Er fand heraus, was geschehen war, ließ die schuldige Dienstmagd in eine Grube voll gebrauchter Rasierklingen werfen und überzog die Stadt mit einem Schleppnetz weiblicher Privatdetektive mittleren Alters, die als Seymour-Surveys-Interviewer getarnt auftraten und darauf trainiert waren, mit Adleraugen jeden, sei er männlich oder weiblich, mit dem leisesten Bartanflug aufzustöbern und zu rufen „Neue Rasierklingen gegen alte", in dem verzweifelten Versuch, wieder in den Besitz des unersetzlichen Stückes zu gelangen . . .

Marian seufzte, zeichnete eine kleine Spinne in eine Ecke des Linienlabyrinths und wandte sich ihrer Schreibmaschine zu. Sie tippte den brauchbaren Teil von der Rohfassung des Fragebogens: „Wir möchten gern den Zustand Ihrer Rasierklinge untersuchen. Würden Sie mir die Klinge geben, die sich jetzt in Ihrem Rasierapparat befindet? Hier ist eine neue dafür." Marian fügte ein „bitte" ein. Man konnte die Frage nicht so umformulieren, daß sie weniger absonderlich war, aber man konnte sie etwas höflicher klingen lassen.

Das Büro um sie herum befand sich in heller Aufregung. Es war immer entweder Sturm oder Flaute hier, und alles in allem zog sie den Sturm vor. Da konnte sie sich mit weniger Aufwand durchmogeln; alle anderen waren in einem derartigen Zustand, jagten durch die Gegend und kreischten, daß sie keine Zeit hatten, herumzulungern und ihr über die Schulter zu gucken und sich zu fragen, warum sie so lange brauchte oder was sie überhaupt tat. Sie fühlte sich durchaus mitbeteiligt an dem allgemeinen Durcheinander. Ein- oder zweimal hatte sie sich sogar von der Raserei mitreißen lassen und war überrascht gewesen, wieviel Spaß es machte. Aber seit sie sich verlobt hatte und wußte, daß sie nicht ewig hierbleiben würde, lehnte sie sich einfach zurück und betrachtete die anderen gleichgültig. (Sie hatten darüber gesprochen: Peter meinte, natürlich könne sie nach der Hochzeit weiterarbeiten, wenn sie wolle, zumindest eine Zeitlang, aber finanziell sei es nicht nötig – er halte es für unfair zu heiraten, sagte er, wenn man seine Frau nicht ernähren könne. Doch sie hatte sich dagegen entschieden.) Tatsächlich gelang es ihr nicht einmal, sich zugehörig zu fühlen. Die anderen machten ihr neuerdings sogar Komplimente wegen ihrer Ruhe in Notfällen. „Dem Himmel sei Dank für Marian", pflegten sie zu sagen, während sie sich mit Tee beruhigten und schweratmend ihre zerknitterten Stirnen mit Kleenextüchern betupften. „Sie hat sich immer unter Kontrolle, nicht wahr, meine Liebe?"

Im Moment rannten sie herum, fand sie, wie eine Herde Gürteltiere im Zoo. Gürteltiere riefen ihr kurz den Mann im Waschsalon ins Gedächtnis zurück, der nie wieder aufgetaucht war, obwohl sie seitdem mehrfach im Waschsalon gewesen war und immer so halb damit gerechnet hatte, ihn zu treffen. Das war nicht überraschend, offensichtlich war er ziemlich unbeständig; wahrscheinlich war er längst durch einen Abfluß oder so verschwunden . . .

Sie sah Emmy zu, die zum Aktenschrank flitzte und fieberhaft in den Ordnern wühlte. Diesmal ging es um die landesweite Monatsbinden-Umfrage; im Westen war etwas peinlich schiefgelaufen. Die Umfrage war „in drei Wellen" geplant gewesen: die erste Welle lief mit der Post hinaus und sollte bei ihrer Rückkehr auf der Schaumkrone eine Unmenge von geeigneten und willigen Antwortlieferanten mit sich bringen, als zweite und dritte Welle sollten persönliche Interviews mit größerem Tiefgang folgen. Hinter geschlossenen Türen, wie Marian hoffte. Die ganze Angelegenheit, vor allem einige der Fragen, die gestellt werden mußten, hatten ihr Gefühl für Schicklichkeit ziemlich empört, aber Lucy hatte während einer Kaffeepause darauf hingewiesen, daß so was heutzutage durchaus korrekt wäre, immerhin handelte es sich um ein solides Produkt, man könnte es im Supermarkt kaufen und es gäbe ganzseitige Anzeigen in den besten Zeitschriften, und es wäre doch schön, daß sie offen darüber sprechen könnten und man nicht mehr so viktorianisch sei und alles verdrängte. Millie hatte gesagt, natürlich, das sei die aufgeklärte Betrachtungsweise, aber solche Umfragen wären immer eine Strafe, nicht nur, daß man Probleme mit den Leuten an den Türen hätte, auch die Interviewer wollten nicht mitmachen, viele von ihnen wären ziemlich altmodisch, vor allem die in den Kleinstädten, manche kündigten sogar, wenn man so was verlangte (Das war das schlimmste, wenn man mit

Hausfrauen arbeitete: sie hatten das Geld nicht wirklich nötig, entweder es wurde ihnen langweilig oder sie hatten die Nase voll oder sie kriegten ein Kind und kündigten, und dann mußte man neue suchen und sie von Grund auf anlernen.); am vernünftigsten wäre es noch, ein Formular zu verschicken, in dem stand, daß sie alle ihr Bestes tun müßten, um das Los der Frauen zu verbessern – ein Versuch, überlegte Marian, an die edle, tüchtige und aufopfernde Krankenschwester zu appellieren, die bekanntlich im Herzen einer jeden wahren Frau wohnt.

Diesmal war etwas Schlimmeres geschehen. Wer immer im Westen die Namen der Frauen aus den örtlichen Telefonbüchern herausgesucht hatte, die von der ersten Welle erfaßt werden sollten (Wer war denn eigentlich da draußen zuständig gewesen? Mrs. Lietch in Foam River? Mrs. Hatcher in Watrous? Niemand konnte sich erinnern, und Emmy sagte, sie hätten anscheinend die Akte verlegt.), war nicht gerade umsichtig vorgegangen. Anstatt der erwarteten Antwortflut war nur ein dünnes Rinnsal an ausgefüllten Fragebögen mit der Post hereingetröpfelt. Millie und Lucy untersuchten sie gerade an dem Schreibtisch gegenüber von Marians und versuchten herauszufinden, was falsch gelaufen war.

„Also ein paar sind offensichtlich an Männer gegangen", schnaubte Millie. „Hier ist einer, auf dem steht ‚Hihihi', von einem Mr. Leslie Andrewes."

„Was ich nicht begreife, da kommen Bögen von Frauen zurück mit Kreuzchen in allen Nein-Kästchen! Was um Himmels willen benutzen die?" fragte Lucy erbost. „Diese Dame hier ist über achtzig!"

„Hier schreibt eine, sie sei seit sieben Jahren in einem fort schwanger."

„O nein, die Ärmste!" japste Emmy, die zugehört hatte. „Sie wird sich ihre Gesundheit ruinieren."

„Ich möchte wetten, diese dämliche Gans Mrs. Lietch – oder Mrs. Hatcher, wer immer es war – hat die Fragebögen wieder in die Indianerreservate geschickt. Ich hab ihr ausdrücklich gesagt, dahin nicht! Weiß der Himmel, was die benutzen", sagte Lucy naserümpfend.

„Moos", sagte Millie entschieden. Es war nicht das erstemal, daß im Westen was nicht geklappt hatte. Sie zählte noch einmal den Stapel von Fragebögen durch. „Wir werden wieder von vorn anfangen müssen, und der Kunde wird wütend sein. Unsere Stichproben sind alle wertlos, und wenn ich an unsere Termine denke, wird mir schlecht."

Marian sah auf die Uhr. Fast Lunchzeit. Sie zeichnete eine Reihe Monde über ihre Seite: zunehmende Monde, Vollmonde, dann abnehmende Monde anders herum, dann nichts: Neumond. Zum Ausgleich malte sie noch einen Stern in einen der zunehmenden Monde. Sie stellte ihre Uhr, die Peter ihr zum Geburtstag geschenkt hatte, obwohl sie nur um zwei Minuten von der Bürouhr abwich, und zog sie auf. Sie tippte eine weitere Frage. Sie spürte Hunger und überlegte, ob sie Hunger bekommen hatte, weil sie wußte, wie spät es war. Sie stand von ihrem Stuhl auf, drehte ihn ein paarmal, um ihn höherzustellen, setzte sich wieder hin und tippte die nächste Frage; sie hatte es satt, satt, so satt, Worte zu manipulieren. Unfähig, auch nur noch eine Sekunde länger auf ihrem Stuhl an ihrem Schreibtisch vor ihrer Schreibmaschine sitzen zu bleiben, sagte sie schließlich: „Gehn wir jetzt zum Lunch?"

„Aber . . ." Millie zögerte und warf einen Blick auf die Uhr. Sie hatte immer noch so halb die Illusion, daß sie was gegen das Chaos unternehmen könnte.

„Ja, gehn wir", sagte Lucy, „das macht mich noch wahnsinnig, ich muß einfach raus hier." Sie marschierte zur Garderobe, und Emmy folgte ihr. Als Millie sah, daß die anderen ihre Mäntel anzogen, ließ sie widerstrebend ihre Fragebögen im Stich.

Auf der Straße wehte ein kalter Wind. Sie schlugen ihre Kragen hoch, hielten ihre Mäntel oben am Hals mit behandschuhten Händen zu und bahnten sich zu zwei und zwei einen Weg durch die anderen zum Lunch hastenden Menschen; ihre Absätze klickten und knirschten auf dem blanken Bürgersteig: es hatte noch nicht geschneit. Sie mußten weiter als sonst laufen. Lucy hatte vorgeschlagen, in ein teureres Restaurant als gewöhnlich zu gehen, und ihr durch den Monatsbinden-Aufruhr angeregter Stoffwechsel hatte sie zustimmen lassen.

„Ooohhh", jammerte Emmy, während sie sich gegen den beißenden Wind stemmten. „Bei diesem trockenen Wetter weiß ich einfach nicht, was ich machen soll. Meine Haut trocknet völlig aus und blättert ab!" Bei Regen bekam sie furchtbare Schmerzen in den Füßen, und bei Sonnenschein taten ihr die Augen weh, und sie bekam Kopfschmerzen und Sommersprossen und Schwindelanfälle. Bei neutralem Wetter, grau in grau und lauwarm, litt sie unter Hitzewallungen und Husten.

„Cold Cream ist am besten", sagte Millie. „Meine Großmutter hatte auch trockene Haut und nahm immer Cold Cream."

„Ich hab aber gehört, man bekäme davon Pickel", sagte Emmy zweifelnd.

Das Restaurant bemühte sich um den englischen Stil der Alten Welt mit gepolsterten Ledersesseln und Tudor-Leuchtern. Nach kurzer Wartezeit wurden sie von einer schwarzseidenen Empfangsdame zu einem Tisch geführt; sie schlüpften aus ihren Mänteln und machten es sich bequem. Marian bemerkte jetzt, daß Lucy ein neues Kleid trug, vornehmer Jersey in dunklem Violett mit einer keuschen Silbernadel am Halsausschnitt. Deshalb also wollte sie heute hierher, dachte Marian.

Lucys Blick streifte unter langen Wimpern hervor über die anderen Gäste – die meisten von ihnen sture Geschäftsleute mit teigigen Gesichtern, die ihr Essen hinunterschlangen und mit ein paar Drinks nachspülten, um die Lunchunterbrechung so schnell und unberührt wie möglich hinter sich zu bringen, damit sie in ihr Büro zurückkehren und Geld verdienen konnten, um das so schnell wie möglich hinter sich zu bringen, damit sie sich durch den Stoßverkehr zu ihren Häusern und Frauen und Dinners durchquälen konnten, um auch das so schnell wie möglich hinter sich zu bringen. Lucy hatte violetten, zum Kleid passenden Lidschatten aufgelegt und Lippenstift mit einem blaßlila Ton. Sie war elegant wie immer. In den letzten beiden Monaten hatte sie immer häufiger teuer geluncht (Marian fragte sich, wie sie sich das leisten konnte); wie ein reichbestückter Fischköder mit Glasperlen und drei Blinkern und siebzehn Angelhaken glitt sie durch die in Frage kommenden Lokale, guten Restaurants und Cocktail-Bars mit üppigen Blumenkästen voll Philodendrons, wo man damit rechnen konnte, daß hier die richtige Sorte Männer lauerte, gierig wie Hechte, allerdings mit ehelichen Neigungen. Aber diese richtige Sorte von Männern biß nicht an oder hatte sich in andere Tiefen verzogen oder schnappte nach einer anderen Art von Köder – einer unverdächtigen plastikbraunen Elritze oder einem angelaufenen, schlichten Messingköder oder nach etwas mit noch mehr Federn und Haken, als Lucy aufbringen konnte. Und in diesem und ähnlichen Restaurants führte Lucy den Schwärmen plumper Millionenfischlein, die keine Zeit für Violett hatten, vergeblich ihre kostbaren Kleider und Konfektaugen vor.

Die Kellnerin kam. Millie bestellte Steak-und-Nieren-Pastete, ein gutes, nahrhaftes Essen. Emmy wählte Salat mit Hüttenkäse zu ihren drei verschiedenen Pillen, der rosafarbenen, der weißen und der orangenen, die auf dem Tisch neben ihrem Glas Wasser aufgereiht waren. Lucy machte viel Aufhebens, änderte ihren Entschluß ein paarmal und bestellte dann ein Omelett. Marian staunte über sich selbst: sie hatte es nicht mehr erwarten können, zum Lunch zu gehen, sie war am Verhungern gewesen, und jetzt hatte sie nicht mal mehr Appetit. Sie nahm ein Käse-Sandwich.

„Wie geht's Peter?" fragte Lucy, nachdem sie in ihrem Omelett herumgestochert und es als zäh bezeichnet hatte. Sie interessierte sich für Peter. Er hatte sich angewöhnt, Marian im Büro anzurufen, um ihr zu erzählen, was er am Tag getan hatte und was er am Abend tun würde, und wenn Marian nicht da war, ließ er ihr durch Lucy etwas ausrichten. Lucy hielt ihn für sehr höflich und fand seine Stimme faszinierend.

Marian beobachtete gerade Millie, die methodisch ihre Steak-und-Nieren-Pastete verstaute, so als packte sie Sachen in einen Koffer. „Geschafft", würde sie sagen, oder sollte es doch tun, wenn sie fertig war. „Alles gut untergebracht." Und ihr Mund würde sich wie ein Deckel schließen.

„Gut", sagte Marian. Sie und Peter hatten beschlossen, daß sie im Büro noch nichts verraten sollte. So hatte sie sich Tag für Tag zurückgehalten, aber nun erwischte sie die Frage in einem schwachen Moment, und sie konnte dem Wunsch, alles zu erzählen, nicht widerstehen. Sollen sie doch erfahren, daß es immer noch Hoffnung in der Welt gibt, argumentierte sie. „Ich möchte euch etwas erzählen", sagte sie, „aber es muß einstweilen noch unter uns bleiben." Sie wartete, bis die drei Augenpaare ihre Aufmerksamkeit vom Teller ab- und ihr zugewandt hatten, dann sagte sie: „Wir sind verlobt."

Sie lächelte ihnen strahlend zu und beobachtete, wie der Ausdruck ihrer Augen von Erwartung zu Entsetzen wechselte. Lucy ließ ihre Gabel sinken, stöhnte „Nein!" und fügte hinzu: „Wie wundervoll!" Millie sagte: „Oh. Famos." Emmy schluckte hastig eine weitere Pille.

Dann schwirrten Fragen, denen Marian gefaßt begegnete, Informationen austeilend wie Süßigkeiten an kleine Kinder: schön langsam und nicht zuviel, es wird ihnen nur schlecht davon. Die gehobene Stimmung, die dieser Ankündigung ihrer Erwartung nach hätte folgen müssen, jedenfalls für sie, verflog gleich wieder. Sobald der Überraschungseffekt nachließ, wurde die Unterhaltung auf beiden Seiten so distanziert und unpersönlich wie der Rasierklingen-Fragebogen: Erkundigungen nach der Hochzeit, der zukünftigen Wohnung, dem möglichen Porzellan und den Gläsern, die gekauft und gebraucht werden würden.

Schließlich fragte Lucy: „Ich dachte immer, er wär der Typ des überzeugten Junggesellen, das hast du behauptet. Wie um alles in der Welt hast du ihn eingefangen?"

Marian schaute von den plötzlich rührend übereifrigen Gesichtern, die sich vorbeugten, um ihre Antwort aufzuschnappen, weg und hinunter zu den Messern und Gabeln auf den Tellern. „Ehrlich, ich weiß es nicht", sagte sie und versuchte, schickliche bräutliche Bescheidenheit zu zeigen. Sie wußte es wirklich nicht. Es tat ihr jetzt leid, daß sie es ihnen erzählt hatte, daß sie ihnen das Ergebnis vor die Nase hielt, ohne ihnen zeigen zu können, wie man es erreichte.

Fast im gleichen Moment, als sie ins Büro zurückkamen, rief Peter an. Mit einem geflüsterten „Dein Zukünftiger!" reichte Lucy Marian den Hörer, ein bißchen ergriffen von der Gegenwart eines echten Bräutigams am anderen Ende der Leitung. Marian spürte, wie drei Paar Ohren gespitzt wurden, wie sich drei blonde Köpfe drehten, während sie in den Hörer sprach.

Peter sagte kurz und bündig: „Hi, Honey, wie geht's? Hör zu, ich schaff es heut abend nicht. Da ist plötzlich ein Fall aufgetaucht, ein großer Fall, und ich muß einfach daran arbeiten."

Es klang, als beschuldigte er sie, ihn von seiner Arbeit abzuhalten, und das störte sie. Sie hatte überhaupt nicht erwartet, ihn mitten in der Woche zu sehen, bis er gestern angerufen und gefragt hatte, ob sie heute abend essen gehen wollten; dann hatte sie sich allerdings darauf gefreut. Ziemlich scharf entgegnete sie: „Schon gut, Darling. Aber es wäre nett, wenn wir solche Sachen nicht erst in letzter Minute regeln könnten."

„Ich hab dir doch erklärt, es ist plötzlich gekommen", sagte er gereizt.

„Nun reiß mir nicht gleich den Kopf ab!"

„Hab ich doch gar nicht", sagte er aufgebracht. „Du weißt genau, daß ich viel lieber dich sehen würde, aber du mußt das schon verstehen . . ." Das Weitere war ein Knäuel von Widerrufen und Beschwichtigungen. Na ja, wir müssen lernen, Kompromisse zu schließen, dachte Marian, am besten fangen wir gleich damit an. Abschließend sagte sie: „Also dann morgen?"

„Schau, Liebling", sagte er, „ich weiß es wirklich nicht. Es kommt drauf an, du weißt ja, wie solche Sachen laufen. Ich ruf dich an, okay?"

Nachdem Marian ihrer Zuhörerschaft zum Gefallen honigsüß „Adieu" gesagt und aufgelegt hatte, war sie erschöpft. Sie mußte aufpassen, wie sie mit Peter sprach, sie würde ihn vorsichtiger behandeln müssen, anscheinend war er in seinem Büro starkem Druck ausgesetzt . . . „Ich frage mich, ob ich bleichsüchtig werde!" sagte sie zu sich selbst und wandte sich wieder ihrer Schreibmaschine zu.

Sie hatte den Rasierklingen-Fragebogen fertig und arbeitete an einem anderen mit den Anweisungen für einen Produkttest für ein neues Hundetrockenfutter, als das Telefon wieder läutete. Es war Joe Bates. Sie hatte schon halbwegs mit dem Anruf gerechnet. Sie begrüßte Joe mit falscher Begeisterung: sie wußte, daß sie sich in letzter Zeit um ihre Verantwortung gedrückt und die Dinnereinladungen der Bates' gemieden hatte, obwohl Clara sie hatte sehen wollen. Die Geburt des Kindes war mittlerweile zwei Wochen überfällig, und Clara hatte am Telefon so geklungen, als würde sie selbst langsam in das gigantische, kürbisartige Wachstum hineingezogen, das ihren Körper gepackt hatte. „Ich kann kaum aufstehen", hatte sie gestöhnt. Aber Marian hatte sich einem weiteren Abend mit der Betrachtung von Claras Bauch und gemeinsamem Grübeln über das rätselhafte Benehmen seines Inhalts nicht gewachsen gefühlt. Beim letztenmal hatte sie lediglich mit munteren, aber eindeutig nicht aufmunternden Bemerkungen reagiert, die die Atmosphäre hatten lockern sollen, wie: „Vielleicht hat es drei Köpfe" und „Vielleicht ist es überhaupt kein Baby, sondern eine Art Parasit, wie Galläpfel an Bäumen oder Elefantiasis des Nabels oder eine riesige Entzündung des großen Zehs . . ." Nach diesem Abend hatte sie argumentiert, daß sie Clara durch ihre Besuche mehr schaden als nützen würde. In einem durch Schuldgefühle verursachten Anfall von Besorgnis hatte sie jedoch Joe bei ihrem Aufbruch das Versprechen abgenommen, daß er sie sofort benachrichtigen würde, wenn irgendwas passierte, ja, sie hatte in einem Anflug von Heldenmut sogar angeboten, den Babysitter für die anderen Kinder zu spielen, wenn es gar nicht anders ging. Jetzt sagte Joes Stimme: „Gott sei Dank, es ist alles vorbei. Es ist wieder ein Mädchen, 4700 g schwer; sie ist erst gegen zwei Uhr nachts ins Krankenhaus gekommen. Wir hatten schon Angst, sie würde es im Taxi kriegen."

„Wie wunderbar", rief Marian und stellte zahlreiche Fragen und sprach Glückwünsche aus. Sie ließ sich von Joe die Besuchszeiten und die Zimmernummer geben und notierte sie auf ihrem Telefonblock. „Richte ihr aus, daß ich sie morgen besuchen komme", sagte sie. Jetzt, wo Clara ihrem normalen Umfang entgegenschrumpfte, dachte sie, würde sie wieder leichter mit ihr reden können: sie hätte nicht mehr das Gefühl, als spräche sie eine aufgequollene Masse Fleisch mit einem winzigen Stecknadelkopf an, eine Form, die sie an eine Ameisenkönigin hatte denken lassen, geschwollen unter der Bürde einer ganzen Gesellschaft, ein halber Mensch – oder manchmal auch, dachte sie, mehrere, eine ganze Traube von geheimnisvollen Charakteren, die sie überhaupt nicht kannte. Spontan entschloß sie sich, ihr Rosen zu kaufen: ein Begrüßungsgeschenk zur Rückkehr der wirklichen Clara, die wieder unbestritten im Besitz ihres eigenen zerbrechlichen Körpers war.

Sie legte den Hörer auf die schwarze Gabel und lehnte sich in ihrem Stuhl zurück. Der Sekundenzeiger der Uhr lief seine Runde, begleitet vom Klappern der Schreibmaschinen und dem Klick-klack hochhackiger Schuhe auf dem harten Fußboden. Sie spürte, wie die Zeit fast sichtbar um ihre Füße gluckerte und strudelte, um sie herum anstieg, ihren Körper auf den Bürostuhl hob und sie, langsam und auf Umwegen, aber mit der Unabwendbarkeit von bergab fließendem Wasser, dem fernen, nun schon nicht mehr gar so fernen Tag entgegentrug, auf den sie sich geeinigt hatten – Ende März? –, der diesen Lebensabschnitt beenden und einen neuen beginnen würde. Anderswo wurden die ersten Vorbereitungen getroffen; die Verwandten fingen an, ihre Kräfte und Energien zu sammeln, sie kümmerten sich um alles, ihr blieb nichts zu tun. Sie trieb dahin, ließ sich von der Strömung tragen im Vertrauen darauf, daß sie sie dorthin bringen würde, wo sie hinwollte. Sie mußte diesen Tag herumbekommen: eine Landmarke am Ufer, an der sie vorüberglitt, ein Baum, der kaum anders war als die anderen Bäume, der sich nur dadurch von den andern unterschied, daß er hier und nicht weiter vorn oder weiter hinten stand, und der nur dem einen Zweck diente, die zurückgelegte Entfernung zu messen. Sie wollte es hinter sich bringen. Um den kreisenden Sekundenzeiger zu unterstützen, tippte sie den Hundefutter-Fragebogen zu Ende.

Am Spätnachmittag kam Mrs. Bogue aus ihrem Verschlag. Die aufsteigend angeordneten Falten auf ihrer Stirn drückten Bestürzung aus, aber ihre Augen blieben davon unberührt.

„Meine Güte“, sagte sie zu dem Büro allgemein – es

gehörte zu ihrer Politik der zwischenmenschlichen Beziehungen, sie in kleinere Managementkrisen einzuweihen –, „was für ein Tag. Nicht nur der Ärger im Westen, es hat auch wieder Schwierigkeiten mit diesem gräßlichen Unterwäsche-Menschen gegeben."

„Was, mit diesem Schmutzfink?" sagte Lucy und rümpfte voller Abscheu ihre opalisierend gepuderte Nase.

„Ja", sagte Mrs. Bogue. „Es ist wirklich sehr unangenehm." Sie rang ihre Hände in der weiblichen Geste der Verzweiflung. Ganz offensichtlich war sie nicht im geringsten verzweifelt. „Er scheint sein Operationsgebiet in die Vororte verlegt zu haben, nach Etobicoke, um genau zu sein. Zwei Damen aus Etobicoke haben sich heute nachmittag telefonisch bei mir beschwert. Natürlich ist er aller Wahrscheinlichkeit nach ein ganz gewöhnlicher netter Kerl, vollkommen harmlos, aber für das Firmenimage ist es einfach scheußlich."

„Was macht er denn?" fragte Marian. Sie hatte noch nie was von dem Unterwäsche-Menschen gehört.

„Einer von diesen Dreckfinken", sagte Lucy, „die Frauen anrufen und unanständige Sachen sagen. Er hat letztes Jahr damit angefangen."

„Das schlimme ist", klagte Mrs. Bogue, die Hände immer noch vor der Brust gefaltet, „daß er behauptet, er sei von unserer Firma. Anscheinend hat er eine sehr überzeugende Stimme. Sehr offiziell. Er sagt, er führte eine Umfrage über Unterwäsche durch, und ich nehme an, anfangs klingen seine Fragen authentisch. Marken und Modelle und Größen und so was. Dann wird er immer anzüglicher, bis die Damen wütend auflegen. Natürlich rufen sie dann die Firma an, um sich zu beschweren, sie haben uns schon alle nur denkbaren Unanständigkeiten vorgeworfen, ehe ich erklären konnte, daß er nicht zu unseren Interviewern gehört und daß die Firma nie derartige Fragen stellen würde. Ich wollte, sie erwischten ihn und machten der Sache ein Ende. Er ist eine Plage, aber natürlich ist es fast unmöglich, ihn aufzuspüren."

„Warum macht er das wohl?" überlegte Marian.

„Er ist wahrscheinlich einer von diesen Erotomanen", sagte Lucy mit einem zierlichen lila Schauder.

Mrs. Bogue runzelte wieder die Stirn und schüttelte

den Kopf. „Aber alle sagen, er klänge so nett. Ganz normal und sogar intelligent. Überhaupt nicht wie diese schrecklichen Leute, die einen anrufen und dann schwer atmen."

„Vielleicht beweist das, daß Unholde oft ganz normale nette Leute sind", sagte Marian zu Lucy, als Mrs. Bogue wieder in ihrem Verschlag verschwunden war.

Als sie ihren Mantel anzog, das Büro verließ, den Flur hinunterging und in der Höhenkammer des Lifts hinabglitt, dachte sie immer noch über den Unterwäsche-Menschen nach. Sie stellte ihn sich vor: sein intelligentes Gesicht, seine höfliche, aufmerksame Art, wie die eines Versicherungsvertreters oder eines Leichenbestatters. Sie überlegte, was für intime Fragen er wohl stellen mochte und was sie sagen würde, falls er jemals sie anriefe (Oh, Sie müssen der Unterwäsche-Mensch sein. Ich hab schon soviel von Ihnen gehört . . . Ich glaube, wir haben gemeinsame Bekannte.). Sie sah ihn vor sich, im dunklen Straßenanzug mit ziemlich konservativer Krawatte, diagonale Streifen in Braun und Beige, dazu sauber geputzte Schuhe. Vielleicht hatten die Hüftgürtelanzeigen in den Bussen seinen ansonsten normalen Verstand in den Wahnsinn getrieben: ein Opfer der Gesellschaft. Die Gesellschaft hielt ihm diese schlanken, lachenden, gummierten Frauen vor die Augen, sie drängte, ja zwang ihm ihre elastischen Liebkosungen förmlich auf und weigerte sich dann, ihm eine zu liefern. Bei dem Versuch, die Unterwäsche am Ladentisch zu erwerben, hatte er herausgefunden, daß der versprochene Inhalt fehlte. Aber anstatt sinnlos zu toben und zu wüten, hatte er seine Enttäuschung ruhig und mit stiller Reife getragen und vernünftig, wie er nun mal war, beschlossen, sich auf die systematische Suche nach dem unterwäschebekleideten Image zu begeben, das er so heiß ersehnte; und er benutzte dazu das telekommunikative Netzwerk, das die Gesellschaft ihm zur Verfügung stellte. Ein angemessener Tausch: das war sie ihm schuldig.

Als sie auf die Straße hinaustrat, kam ihr ein neuer Gedanke. Vielleicht war es Peter. Er brauchte nur von seinem Anwaltsbüro zur nächsten Telefonzelle zu schleichen und die Nummern von Hausfrauen in Etobicoke zu wählen. Sein Protest gegen dieses oder jenes – Umfragen? Hausfrauen in Etobicoke? Vulkanisierung? –, oder die einzige Möglichkeit für ihn, gegen eine grausame Welt zurückzuschlagen, die ihn mit erdrückenden Anwaltspflichten überhäufte und ihn hinderte, sie zum Dinner auszuführen. Und den Firmennamen und die Kenntnis von den Interview-Abläufen hatte er selbstverständlich von ihr! Vielleicht lag da sein wahres Ich, der Kern seiner Persönlichkeit, der eigentliche Peter, der in letzter Zeit ihr Denken immer stärker beschäftigt hatte. Vielleicht versteckte sich das unter der Oberfläche, unter den anderen Oberflächen, diese geheime Identität, die sie trotz ihrer vielen Mutmaßungen und Bemühungen und halben Erfolge immer noch nicht, dessen war sie sich bewußt, enthüllt hatte: er war der Unterwäsche-Mann.

14

Das erste, worauf Marians Blick fiel, als ihr Kopf wie ein Periskop aus dem Treppenschacht auftauchte, war ein Paar nackter Beine. Darüber kam Ainsley, die halb bekleidet in dem kleinen Korridor stand und zu ihr hinunterschaute, die übliche Leere in ihrem Gesicht fast unmerklich getönt von Überraschung und Ärger.

„Hi“, sagte sie. „Ich dachte, du gingst heute abend zum Dinner aus.“ Vorwurfsvoll sah sie auf die kleine Tüte mit Lebensmitteln, die Marian trug.

Marian schob sich die letzten Stufen hoch, ehe sie antwortete: „Ich wollte, aber ich geh nicht. In Peters Büro ist was dazwischengekommen.“ Sie ging in die Küche und legte die Papiertüte auf dem Tisch ab. Ainsley kam ihr nach und setzte sich auf einen der Stühle.

„Marian“, sagte sie dramatisch, „es muß heute abend sein!“

„Was muß sein“, fragte Marian vage und stellte die Milchpackung in den Kühlschrank. Sie hörte gar nicht richtig zu.

„Es. Leonard. Du weißt schon.“

Marian war so mit ihren eigenen Gedanken beschäftigt gewesen, daß es einen Augenblick dauerte, bis ihr einfiel, wovon Ainsley sprach. „Oh, das", sagte sie und zog nachdenklich ihren Mantel aus.

Sie hatte während der vergangenen zwei Monate kaum auf die Fortschritte von Ainsleys Kampagne (oder war es Leonards?) geachtet – sie wollte sich die Hände nicht damit schmutzig machen –, aber Ainsley hatte ihr von sich aus genügend Berichte und Analysen und Klagen aufgedrängt, so daß sie sich ausrechnen konnte, was geschehen war; und wie sauber die Hände auch sein mochten, die Ohren waren offen. Die Dinge hatten sich nicht ganz planmäßig entwickelt. Ainsley war wohl über das Ziel hinausgeschossen. Bei der ersten Begegnung hatte sie ein derartiges Bild von rosiger Reinheit geliefert, daß Len nach ihrer strategischen Abfuhr an jenem Abend zu dem Schluß gekommen war, ihre Eroberung würde eine extra lange und sorgfältige Belagerung erfordern. Jedes hastige, gar hemdsärmelige Vorgehen würde sie verschrecken; sie mußte sanft und vorsichtig in die Falle gelockt werden. Deshalb hatte er sie anfangs ein paarmal zum Lunch eingeladen, war später zu Dinnereinladungen dann und wann übergegangen und hatte sich schließlich bis zu ausländischen Filmen gesteigert, wobei er in einem davon so weit gegangen war, Händchen zu halten. Einmal hatte er sie sogar zum Nachmittagstee zu sich eingeladen. Ainsley erzählte später unter kräftigem Fluchen, daß er bei dieser Gelegenheit ein Musterbeispiel an Anständigkeit abgegeben hätte. Da sie nach eigenen Angaben nicht trank, konnte sie nicht mal so tun, als ließe sie sich von ihm betrunken machen. In der Unterhaltung behandelte er sie wie ein kleines Mädchen, erklärte ihr geduldig alles mögliche, beeindruckte sie mit Geschichten aus dem Fernsehstudio und versicherte ihr, sein Interesse an ihr sei ausschließlich das eines wohlmeinenden, älteren Freundes, bis sie am liebsten laut geschrien hätte. Und sie konnte nicht mal was erwidern, ihr Verstand mußte so leer erscheinen wie ihr Gesicht. Ihr waren die Hände gebunden. Sie hatte sich ihr Image so geschaffen und mußte sich jetzt daran halten. Von sich aus irgendwelche Annäherungen zu versuchen oder auch nur einen Schimmer von Intelligenz sichtbar werden zu lassen, wäre derart unvereinbar mit ihrer Rolle gewesen, daß sie damit ihr ganzes Spielchen verraten hätte. So hatte sie nur innerlich gekocht, Lens übervorsichtige Manöver mit mühsam unterdrückter Ungeduld durchlitten und zugesehen, wie die bedeutsamen Kalendertage ereignislos verstrichen.

„Wenn es nicht heute abend passiert", sagte Ainsley, „dann weiß ich nicht, was ich tun soll. Ich ertrag das nicht mehr lange – ich muß mir dann einen anderen suchen. Aber ich hab soviel Zeit verschwendet." Sie zog ihre kaum sichtbaren Augenbrauen hoch.

„Und wo ...?" fragte Marian, die anfing zu begreifen, warum Ainslay sich über ihre unerwartete Rückkehr geärgert hatte.

„Er wird mich mit Sicherheit nicht zu sich einladen, um mir seine Objektivsammlung zu zeigen", sagte Ainslay verdrießlich. „Und wenn doch, dann würde er verdammt mißtrauisch werden, wenn ich zustimmte. Wir gehen aber essen, und da hab ich gedacht, daß ich ihn vielleicht nachher zu einer Tasse Kaffee heraufbitten könnte ..."

„Ja, das wäre mir eine große Hilfe. Normalerweise scher ich mich den Teufel drum, ob im Nebenzimmer ein ganzes Pfadfindertreffen stattfindet, oder meinetwegen sogar unter meinem Bett, und ich wette, ihm ist es genauso egal, aber er wird denken, es sollte mir was ausmachen. Ich muß mich ganz langsam ins Schlafzimmer lotsen lassen. Zentimeterweise."

„Ja, ich verstehe." Marian seufzte. Zensur gehörte in diesem Stadium nicht zu ihren Aufgaben. „Ich überlege gerade, wohin ich gehen könnte."

Ainsleys Gesicht hellte sich auf. Ihr Hauptziel hatte sie erreicht; die Details waren zweitrangig. „Kannst du nicht Peter anrufen und ihm sagen, du kämst rüber? Er hat bestimmt nichts dagegen, schließlich ist er mit dir verlobt."

Marian überlegte. Früher, zu welcher Zeit, war ihr im Augenblick nicht deutlich, hätte sie das machen können; es hätte keine Rolle gespielt, wenn er ärgerlich gewesen wäre. Aber neuerdings, vor allem nach ihrer Unterhaltung am Nachmittag, schien das kein so guter Plan zu sein. Ganz gleich, wie bescheiden sie sich mit einem

Buch ins Wohnzimmer setzte, im stillen würde er sie beschuldigen, daß sie Besitzansprüche erhöbe oder eifersüchtig wäre und seine Arbeit störte. Selbst wenn sie ihm die Umstände erklärte. Aber das wollte sie nicht: obwohl Peter Len kaum gesehen hatte seit jenem ersten Abend, da er ja das Image des freien Junggesellen gegen das des reifen Bräutigams eingetauscht und sein Verhalten und seine Bekanntschaften dem angepaßt hatte, würde doch noch so eine Art von Gruppenloyalität dasein, die Ärger verursachen könnte, wenn nicht für Ainsley, dann für sie selbst. Das würde ihm Munition liefern. „Lieber nicht", sagte sie. „Er muß furchtbar arbeiten." Sie wußte wirklich nicht, wohin. Clara ging nicht. Für Parkbänke und lange Spaziergänge war es schon zu kalt. Vielleicht sollte sie eine der Bürojungfrauen anrufen . . . „Ich geh ins Kino", sagte sie schließlich.

Ainsley lächelte erleichtert. „Fabelhaft", sagte sie und verschwand in ihrem Schlafzimmer, um sich fertig anzuziehen. Ein paar Minuten später streckte sie den Kopf heraus und fragte: „Kann ich die Flasche Scotch nehmen, wenn ich sie brauche? Ich werde sagen, er gehörte dir, aber du hättest nichts dagegen."

„Klar, nur zu", sagte Marian. Der Scotch gehörte ihnen beiden. Ainsley würde es bei der nächsten Flasche wieder gutmachen. Selbst wenn sie es vergaß, eine halbe Flasche Scotch wäre ein geringes Opfer, wenn damit die Sache ein für allemal erledigt wäre. Diese nervenzerfetzenden Verzögerungen und Aufschübe hatten schon viel zu lange gedauert. Sie blieb in der Küche, gegen die Spüle gelehnt, und starrte tiefsinnig in den Ausguß, in dem vier teilweise mit undurchsichtigem Wasser gefüllte Gläser und ein Stück Eierschale waren und ein Topf, in dem kürzlich Makkaroni und Käse gekocht worden waren. Sie beschloß, nicht abzuwaschen, pickte aber als Geste der Reinlichkeit die Eierschale heraus und warf sie in den Mülleimer. Sie verabscheute Überbleibsel.

Ainsley erschien wieder, in Bluse und Trägerrock, dazu trug sie Ohrringe in der Form von winzigen Gänseblümchen und besonders sorgfältiges Augen-Make-up. Marian sagte: „Der Film dauert nicht die ganze Nacht, das ist dir ja klar. Ich werd so gegen halb eins wieder da sein." Auch wenn sie erwartet, daß ich im Rinnstein schlafe, dachte sie.

„Ich denke, bis dahin hab ich alles unter Kontrolle", sagte Ainsley entschieden. „Wenn nicht, ist sowieso keiner von uns mehr da: dann hab ich ihn aus dem Fenster geworfen. Und bin selbst hinterhergesprungen. Aber für den Fall der Fälle: stürz nicht ohne anzuklopfen durch irgendwelche geschlossenen Türen."

Marians Verstand suchte das bedrohlichste Wort heraus: irgendwelche. „Jetzt hör mal", sagte sie, „mein Schlafzimmer steht nicht zur Verfügung!"

„Aber es ist ordentlicher", wandte Ainsley ein, „und wenn ich von der Leidenschaft überwältigt werde und es mich umwirft, dann kann ich doch nicht gut unterbrechen und sagen: ‚Du hast das falsche Schlafzimmer erwischt'!"

„Nein, wohl nicht", sagte Marian. Sie begann sich heimatlos und entrechtet zu fühlen. „Mir gefällt bloß der Gedanke nicht, daß ich in mein Bett stolpre und feststellen muß, es sind bereits Leute drin."

„Ich sag dir was", sagte Ainsley, „falls wir zufällig in deinem Zimmer landen sollten, häng ich eine Krawatte an die Türklinke, okay?"

„Wessen Krawatte?" fragte Marian. Sie wußte, daß Ainsley Sachen sammelte – unter den Dingen, die den Fußboden ihres Zimmers bedeckten, waren Fotos und ein paar Briefe und ein halbes Dutzend vertrocknete Blumen –, aber daß Ainsley auch Krawatten gesammelt hatte, wußte sie nicht.

„Na, seine natürlich", sagte Ainsley.

Marian hatte die beunruhigende Vision eines Trophäenzimmers, in dem ausgestopfte Köpfe mit Geweihen an die Wände genagelt waren. „Warum nimmst du nicht einfach seinen Skalp?" fragte sie. Schließlich war Leonard eigentlich ihr Freund.

Sie grübelte, während sie allein ein TV-Dinner aß und Tee trank, nachdem Ainsley gegangen war, und als sie in der Wohnung herumtrödelte und darauf wartete, daß es Zeit für die Spätvorstellung wurde, und den ganzen Weg bis zum Kino. Seit einiger Zeit schon hatte sie in einem verborgenen Winkel ihres Kopfes das Gefühl gehabt, daß sie etwas tun sollte, um Len zu warnen, aber sie wußte nicht, was oder, noch wichtiger, warum. Sie wußte, er würde nicht so leicht glauben, daß Ainsley, die so jung und unerfahren schien wie ein frischgeschlüpftes Küken, in Wirklichkeit ein ränkeschmiedendes Superweib war, das ein hinterlistiges Komplott gegen ihn geschmiedet hatte und ihn unter erschreckender Mißachtung seiner Persönlichkeit als billigen Ersatz für künstliche Befruchtung benutzte. Und es gab auch noch keinen überzeugenden Beweis dafür; Ainsley war sehr diskret vorgegangen. Marian hatte daran gedacht, ihn mitten in der Nacht anzurufen, mit einem Nylonstrumpf über der Sprechmuschel, und zu flüstern: „Sei auf der Hut!“ Aber das war wohl nichts. Er würde herumrätseln, vor was er auf der Hut sein sollte. Anonyme Briefe würde er für das Werk eines Geistesgestörten oder einer eifersüchtigen früheren Freundin halten, die seine teuflischen Pläne zu durchkreuzen versuchte, und das würde ihn nur noch anspornen. Außerdem bestand seit ihrer Verlobung eine Art stillschweigende Übereinkunft mit Ainsley: keine mischte sich in die Strategie der anderen ein, obwohl klar war, daß jede aus moralischen Gründen die Handlungsweise der anderen mißbilligte. Wenn sie Len etwas sagte, wäre Ainsley durchaus fähig, einen erfolgreichen oder zumindest beunruhigenden Gegenangriff zu starten. Nein, sie mußte Len seinem Schicksal überlassen, das er sicher begeistert mit beiden Händen packen würde. Zusätzlich verwirrte Marian noch die Tatsache, daß sie nicht genau wußte, ob hier ein früher Christ den Löwen oder ein früher Löwe den Christen vorgeworfen wurde. Stand sie eigentlich, wie Ainsley sie bei einer ihrer Sonntagsdiskussionen gefragt hatte, auf der Seite der schöpferischen Kraft des Lebens oder nicht?

Auch an die Lady von unten mußte man denken. Selbst wenn sie nicht aus dem Fenster spähte oder hinter einem der Samtvorhänge im Hinterhalt lag, wenn Leonard kam, so würde sie doch sicher merken, daß ein Paar männlicher Füße die Treppen hinaufstiegen; und in ihrem Geist, diesem tyrannischen Weltreich, wo Schicklichkeit die Unerbittlichkeit und Gültigkeit des Gravitationsgesetzes besaßen, mußte, was hinaufging, auch wieder herunterkommen, am besten vor halb zwölf. Obwohl sie nie ein

Wort darüber verloren hatte: es war eben etwas Selbstverständliches. Marian hoffte, daß Ainsley wenigstens soviel Verstand hatte, ihn bis spätestens zwölf hinter sich und hinauszubringen, oder ihn im allerschlimmsten Falle ruhig und still und die ganze Nacht hindurch dazubehalten. Was sie in dem Fall am nächsten Morgen mit ihm machen sollten, war ihr auch nicht klar. Wahrscheinlich würde man ihn im Wäschesack hinausschmuggeln müssen. Selbst wenn er in der Lage war, sich auf eigenen Beinen fortzubewegen. Ach was; sie konnten sich jederzeit eine andere Wohnung suchen. Aber sie haßte Szenen.

An der U-Bahn-Station in der Nähe des Waschsalons stieg Marian aus. Hier gab es zwei Kinos, die einander gegenüberlagen. Sie prüfte beide. In dem einen lief ein ausländischer Film mit Untertiteln, der draußen durch verschwommene schwarz-weiße Kopien von begeisterten Zeitungsrezensionen angepriesen wurde, in denen häufig die Worte „erwachsen" und „reif" vorkamen. Er hatte mehrere Preise gewonnen. Der andere Film war ein billiger amerikanischer Western mit Farbbildern von Reitern und sterbenden Indianern. Sie hatte keine Lust, große Emotionen und Pausen und lange künstlerische Nahaufnahmen ausdrucksvoll verzerrter Hautporen zu durchleiden. Sie suchte nur Wärme, Schutz und einen Hauch von Vergessen, also wählte sie den Western. Als sie sich zu einem Sitz in dem halbleeren Kino vortastete, hatte der Film bereits begonnen.

Sie ließ sich tief in den Sitz sinken, lehnte den Kopf an die Lehne, drückte die Knie gegen den Sitz vor ihr und schloß halb die Augen. Keine damenhafte Haltung, aber im Dunkeln sah das niemand, und die Sitze rechts und links neben ihr waren leer. Darauf hatte sie geachtet: sie wollte keinen Ärger mit fummeligen alten Männern. Sie erinnerte sich an solche Sachen aus der frühen Schulzeit, wo sie noch nicht über Kinos Bescheid gewußt hatte. Hände, die sich gegen Knie preßten und ähnlich rührender Selbstbetrug waren ihr, obwohl nicht furchteinflößend (man setzte sich schlicht woandershin), einfach deswegen quälend peinlich, weil sie so ernst waren. Der Versuch einer Berührung, selbst einer leichten Berührung, war für die Fummler im Dunkeln entscheidend.

Vor ihr liefen die bunten Bilder ab: riesige Männer mit Stetsonhut auf ihren noch riesigeren Pferden füllten die Leinwand, Bäume und Kakteen erhoben sich im Vordergrund oder verschwammen im Hintergrund der dahingleitenden Landschaft; es gab Rauch und Staub und galoppierende Pferde. Sie versuchte nicht, der Handlung zu folgen oder herauszufinden, was die rätselhaften Sprüche bedeuteten. Es gab eben böse Menschen da, die versuchten, Böses zu tun, und gute Menschen, die sie daran zu hindern versuchten, wahrscheinlich indem sie das Geld als erste erwischten, und Indianer, die zahlreich wie Büffel waren und für jedermann Freiwild, aber ihr war es egal, welche Moral von welcher der Figuren verkörpert wurde. Wenigstens war es keiner von diesen modernen Western, in denen die Leute mit Psychosen herumliefen. Sie unterhielt sich, indem sie sich auf die Nebendarsteller konzentrierte und überlegte, was sie wohl in ihrer sicher reichlichen Freizeit machten und ob noch einer von ihnen Illusionen über eine zukünftige Star-Karriere hegte.

Es war Nacht, die purpurblaue, durchsichtige Nacht, wie sie sich nur auf Farbfilmleinwände herabsenkt. Jemand schlich durch eine Wiese auf jemand anderen zu; bis auf das Rascheln des Grases und das Zirpen einiger mechanischer Grillen war alles still. Dicht links neben sich hörte sie ein feines Knacken, dann fiel etwas hart auf den Boden. Ein Schuß fiel, es gab einen Kampf, und dann war Tag. Wieder hörte sie das Knacken.

Sie drehte den Kopf nach links. In dem schwachen Widerschein des gleißenden Sonnenlichts auf der Leinwand konnte sie gerade noch erkennen, wer da zwei Plätze von ihr entfernt saß. Es war der Mann aus dem Waschsalon. Er hing in seinem Sitz und starrte glasig geradeaus. Alle halbe Minute hob er die eine Hand aus einer Tüte, die er mit der anderen Hand hielt, zum Mund, dann gab es dieses Knacken und anschließend das Geräusch auf dem Boden. Er mußte irgendwas mit Schale essen; Erdnüsse waren es nicht, das würde ein weicheres Geräusch ergeben. Sie betrachtete sein dunkles Profil, die Nase und das eine Auge und die im Schatten liegende Rundung der Schulter.

Sie wandte den Kopf wieder nach vorn und versuchte

ihre ganze Aufmerksamkeit auf die Leinwand zu konzentrieren. Obwohl sie merkte, daß sie sich über sein plötzliches Auftauchen auf dem Sitz neben ihr freute, war es doch eine irrationale Freude: sie hatte nicht die Absicht, ihn anzusprechen, und hoffte sogar, daß er sie nicht gesehen hätte, daß er sie nicht allein im Kino sitzen sähe. Er war offenbar vom Filmgeschehen gefesselt, ganz darauf und auf das, was er da aß, konzentriert – was um alles in der Welt konnte dieses aufreizende dünne Knacken verursachen? –, und wenn sie sich still verhielt, würde er sie vielleicht nicht bemerken. Aber sie hatte das beunruhigende Gefühl, daß er sehr gut wußte, wer sie war, und daß er sich ihrer Gegenwart bewußt gewesen war, lange bevor sie ihn erkannt hatte. Sie starrte auf die weite Prärie vor ihr. Neben ihr ging das Knacken mit irritierender Gleichmäßigkeit weiter.

Männer und Pferde und eine blonde Frau in einem dürftigen Kleid durchquerten gerade einen Fluß, als sie ein eigentümliches Gefühl in ihrer linken Hand spürte. Die Hand wollte hinüberlangen und ihn an der Schulter berühren! Sie schien einen Willen unabhängig von ihrem eigenen zu haben: ganz sicher wollte sie selbst nichts dergleichen! Sie zwang ihre Finger, die Armlehne zu umklammern. „Das geht nicht", mahnte sie ihre Hand lautlos, „er könnte schreien." Aber jetzt, wo sie nicht mehr zu ihm hinsah, fürchtete sie auch, daß ihre Hand nur auf Dunkelheit und Leere oder die plüschene Kinopolsterung traf, wenn sie nicht hinübergriff.

Der Ton explodierte und füllte die Luft mit Kreischen und Schreien, als eine Horde von Indianern aus dem Hinterhalt angriff. Nachdem sie vernichtet worden waren und man wieder etwas hören konnte, fehlte ihr das kleine, wie Uhrenticken klingende Geräusch, das er gemacht hatte. Ihr Kopf fuhr herum: niemand da. Na schön, er war also gegangen, oder vielleicht war er überhaupt nie dagewesen; vielleicht war es auch jemand anderes gewesen.

Auf der Leinwand preßte ein gigantischer Cowboy keusch seine Lippen auf jene der blonden Frau. „Hank, heißt das . . .?" flüsterte sie. Gleich würde ein Sonnenuntergang folgen.

Dann sprach eine Stimme so dicht neben ihrem Ohr,

daß sie fühlen konnte, wie der Atem ihr Haar bewegte: „Kürbiskerne!“

Ihr Verstand nahm die Information gelassen hin. „Kürbiskerne“, antwortete er schweigend, „natürlich!“ Aber ihr Körper erschrak und erstarrte vorübergehend. Als sie ihre rein muskuläre Überraschung soweit überwunden hatte, daß sie sich umdrehen konnte, war niemand hinter ihr.

Während der Schlußszene des Films kam sie langsam zu der Überzeugung, daß sie das Opfer einer komplizierten Halluzination war. „Ich werd also doch verrückt“, dachte sie, „wie alle anderen auch. Scheußlich. Obwohl es zumindest eine Abwechslung ist.“ Als nach einem letzten kurzen Fahnenrauschen und etwas Blechmusik die Lichter angingen, machte sie sich aber doch die Mühe, den Fußboden unter dem Sitz, wo er (möglicherweise) gesessen hatte, zu untersuchen. Sie fand ein kleines Häufchen weißer Schalen. Sie wirkten wie ein archaisches Signal, ein Steinhäufchen oder ein Zeichen aus Stöcken oder in Bäume geschnittene Kerben, die einen Pfad markierten oder auf irgendwas Vorausliegendes hinwiesen; doch obwohl sie mehrere Minuten lang draufstarrte, während die Handvoll Kinobesucher sich an ihr vorbei den Gang hochkämpfte, konnte sie das Zeichen nicht deuten. Auf jeden Fall, dachte sie, als sie das Kino verließ, hat er dieses Mal eine sichtbare Spur hinterlassen.

Sie ließ sich für den Heimweg soviel Zeit wie möglich; sie wollte nicht mitten in irgendwas hineinplatzen. Soweit sie von außen sehen konnte, lag das Haus im Dunklen, aber als sie durch die Tür trat und das Flurlicht anknipste, schnitt ihr eine aus dem Eßzimmer hervorgleitende Gestalt den Weg ab. Es war die Lady von unten, die es fertigbrachte, selbst mit Lockenwicklern und purpurnem Flanellmorgenmantel noch würdevoll auszusehen.

„Miss MacAlpin“, sagte sie mit streng erhobenen Brauen, „ich habe mich furchtbar aufregen müssen. Ich bin sicher, ich hörte einen ... Ein Mann ist vorhin mit Miss Tewce hinaufgegangen, und ich habe ihn nicht wieder herunterkommen hören. Selbstverständlich will ich damit nicht andeuten ... Ich weiß, sie sind beide sehr nette Mädchen, aber das Kind ...“

Marian schaute auf ihre Uhr. „Ich weiß nicht“, sagte sie zweifelnd, „ich glaube nicht, daß so etwas geschehen könnte. Vielleicht haben Sie sich getäuscht? Schließlich ist es nach ein Uhr, und wenn sie nicht aus ist, geht Ainsley für gewöhnlich lange vor dieser Zeit ins Bett.“

„Ja, das habe ich auch gedacht, ich meine, ich habe von oben keinerlei Unterhaltung gehört . . . womit ich nicht sagen will . . .“

Diese schäbige und schamlose alte Lauscherin, dachte Marian. „Dann muß sie ins Bett gegangen sein“, sagte sie fröhlich. „Und wer immer oben war, ist wahrscheinlich sehr leise heruntergekommen, um Sie nicht zu stören. Aber morgen früh spreche ich für Sie mit ihr.“ Sie hoffte, ihr Lächeln würde beruhigende Tüchtigkeit ausdrücken und flüchtete die Treppen hoch.

Ainsley ist eine weiß übertünchte schwarze Seele, dachte sie beim Hinaufsteigen, und ich habe gerade eben eine weitere Lage Weiß drübergestrichen. Aber denk an den Splitter in deines Nachbarn Auge und den Balken in deinem eigenen et cetera. Wie um alles in der Welt sollen wir ihn oder das, was von ihm übrig ist, morgen an diesem alten Geier vorbeischmuggeln?

Auf dem Küchentisch fand sie die zu drei Vierteln geleerte Scotchflasche. Eine grün und blau gestreifte Krawatte baumelte triumphierend an der geschlossenen Tür ihres Zimmers.

Das bedeutete, daß sie sich in dem wirren Krähennest von Laken, Kleidern, Decken und Taschenbüchern, das Ainsleys Bett bildete, einen Platz freischaufeln mußte, in dem sie irgendwie schlafen konnte.

„Ach zum Teufel!“ sagte sie zu sich selbst und warf ihren Mantel ab.

15

Am nächsten Nachmittag um halb fünf ging Marian auf der Suche nach dem richtigen Zimmer einen Krankenhauskorridor entlang. Sie hatte ihre Lunchpause ausfallen lassen und sich nur ein Käse-und-Salat-Sandwich bestellt – eine Scheibe Plastikkäse zwischen zwei Scheiben geronnenem Schaumbad mit mehreren schlaffen Lappen von blassem Grünzeug, in einer Pappschachtel vom Botenjungen des Restaurants gebracht –, damit sie das Büro eine Stunde früher verlassen konnte. Eine halbe Stunde hatte sie schon für den Kauf der Rosen und den Weg zum Krankenhaus verbraucht. Jetzt blieben ihr nur noch dreißig Minuten Besuchszeit, in denen sie mit Clara reden konnte. Sie fragte sich, ob sie beide eine dreißigminütige Konversation zustande bringen würden.

Die Zimmertüren standen offen, und sie mußte jedesmal anhalten und fast in die Zimmer hineingehen, um die Zahl lesen zu können. Von drinnen drang das schrille Geplapper miteinander redender Frauen heraus. Endlich fand sie die richtige Zimmernummer, kurz vor dem Ende des Korridors.

Eine beinahe durchsichtige Clara lag in einem hohen, weißen Krankenhausbett; die hochgestellte Rückenlehne brachte sie in eine halb sitzende Position. Sie trug einen Krankenhauskittel aus Flanell. Ihr Körper unter dem Laken kam Marian unnatürlich dünn vor; das helle Haar fiel ihr locker über die Schultern.

„Na so was", sagte sie, „läßt du dich auch mal bei der alten Mammi blicken, ja?"

Statt der reumütigen Entschuldigung, die sie hätte abgeben müssen, streckte Marian ihr die Blumen entgegen. Claras zerbrechliche Finger lösten das grüne Einwickelpapier. „Herrlich!" sagte sie. „Ich muß die verdammte Schwester dazu bringen, sie in anständiges Wasser zu stellen. Wenn man nicht aufpaßt, steckt sie die Blumen wahrscheinlich in die Bettpfanne."

Marian war bei der Auswahl unsicher gewesen, ob sie tiefrote, lachsrosa oder weiße Rosen nehmen sollte; jetzt tat es ihr ein bißchen leid, daß sie sich für die weißen entschieden hatte. Einerseits paßten sie allzugut zu Clara; andererseits überhaupt nicht.

„Zieh die Vorhänge ein bißchen zu", sagte Clara mit leiser Stimme. Im Zimmer befanden sich noch drei andere Frauen, und eine private Unterhaltung war offensichtlich schwierig.

Als Marian die schweren Leinenvorhänge zugezogen hatte, die mit Ringen an einer gebogenen Metallstange hingen, die wie ein großer, ovaler Heiligenschein über das Bett ragte, und sich auf dem Besucherstuhl niedergelassen hatte, fragte sie: „Und wie fühlst du dich?"

„Wunderbar, wirklich wunderbar. Ich hab bei der ganzen Sache zugesehen, es ist eine ziemlich schmutzige Angelegenheit, all das Blut und der Dreck, aber ich muß zugeben, es ist irgendwie faszinierend. Vor allem wenn der kleine Wurm den Kopf rausstreckt und du endlich weißt, wie das verdammte Ding aussieht, nachdem du es die ganze Zeit herumgeschleppt hast. Ich kann es kaum erwarten, es zu sehen, es ist wie damals, als man klein war und darauf wartete, daß man endlich seine Weihnachtsgeschenke auspacken durfte. Manchmal, wenn ich schwanger war, hab ich mir gewünscht, daß wir sie ausbrüten könnten wie die Vögel, aber es spricht doch so einiges für diese Methode." Sie griff nach einer der weißen Rosen und roch daran. „Irgendwann solltest du es auch mal probieren."

Marian staunte, daß sie so beiläufig darüber reden konnte, als gäbe sie ihr einen guten Tip für lockeren Pastetenteig oder ein neues Waschmittel. Natürlich hatte sie das immer vorgehabt, irgendwann mal; und Peter hatte auch angefangen, Bemerkungen mit väterlichen Untertönen von sich zu geben. Aber in diesem Raum mit den unter weißen Laken ausgestreckten Frauen rückte die Möglichkeit plötzlich viel zu dicht an sie heran. Und dann war da noch Ainsley. „Dräng mich nicht", sagte sie lächelnd.

„Natürlich tut es höllisch weh", sagte Clara selbstzufrieden, „und sie geben dir nichts, erst ganz zum Schluß, wegen dem Baby. Aber das Komische bei Schmerzen ist: hinterher kannst du dich nicht dran erinnern. Ich fühle mich jetzt einfach wunderbar! Ich denke dauernd, daß ich in Puerperalpsychose verfalle, wie so viele Frauen, aber bei mir scheint das nie einzutreffen; ich heb mir das auf, bis ich aufstehn und heimgehn muß. Es ist schön, einfach so daliegen zu können; ich fühle mich wirklich wunderbar." Sie schob sich ein bißchen höher in den Kissen.

Marian saß da und lächelte ihr zu. Ihr fiel nichts ein, was sie darauf hätte antworten können. Claras Leben schien immer stärker von ihr abgeschnitten, abgerückt, etwas, was sie nur durch eine Glasscheibe betrachten konnte. „Wie willst du sie nennen?" fragte sie und unterdrückte den Wunsch, laut zu rufen; sie war nicht ganz sicher, ob Clara sie durch das Glas hören konnte.

„Wir haben uns noch nicht entschieden. Wir haben an Vivian Lynn gedacht, nach meiner Großmutter und Joes Großmutter. Joe wollte sie nach mir taufen, aber ich hab meinen eigenen Namen nie besonders gemocht. Es ist wirklich wunderbar, wenn man einen Mann hat, der sich über eine Tochter genauso freut wie über einen Sohn, bei den meisten Männern ist das ja nicht der Fall, obwohl Joe es vielleicht auch nicht täte, wenn er nicht schon einen Sohn hätte."

Marian starrte über Claras Kopf hinweg auf die Wand: sie hatte die gleiche Farbe wie das Büro. Fast rechnete sie damit, das Geräusch von Schreibmaschinen hinter den Vorhängen zu hören, doch es drangen nur die murmelnden Stimmen der drei anderen Frauen und ihrer Besucher durch. Beim Hereinkommen hatte sie bemerkt, daß eine von ihnen, eine junge in einem durchbrochenen rosa Bettjäckchen, aufrecht sitzend an einem „Malen nach Zahlen" arbeitete. Vielleicht hätte sie Clara statt der Blumen auch etwas mitbringen sollen, womit sie sich beschäftigen konnte: es mußte langweilig sein, so herumzuliegen.

„Soll ich dir irgendwas zu lesen besorgen?" fragte sie; dabei fuhr ihr durch den Kopf, wie sehr sie diesen Mitgliedern von Frauenvereinen ähnelte, die aus Krankenbesuchen eine Teilzeitbeschäftigung machen.

„Das ist nett von dir. Aber ich glaube, ich kann mich einstweilen nicht genug konzentrieren. Entweder ich schlafe, oder", sie senkte die Stimme, „ich hör den anderen Frauen zu. Vielleicht liegt es an der Krankenhausatmosphäre, aber sie reden ausschließlich von ihren Fehlgeburten und ihren Krankheiten. Nach einer Weile fühlst du dich richtig krank: du fängst an zu überlegen, wann du mit Brustkrebs oder einer Tubenruptur dran bist oder Vierlinge im Abstand von je drei Tagen tot zur Welt bringst. Das ist kein Witz, das ist Mrs. Moase passiert, der großen drüben in der Ecke. Mein Gott, und dabei bleiben sie ganz gelassen und scheinen zu glauben, daß jede ihrer grausigen kleinen Episoden eine Art Tapferkeitsmedaille wäre: sie holen sie hervor und vergleichen sie und häufen blutige Details, sie sind tatsächlich stolz darauf. So richtige Schadenfreude über Schmerzen. Ich überrasch mich dabei, wie ich ein paar von meinen Leiden zum Besten gebe, als müßte ich mit ihnen konkurrieren. Ich frag mich, warum Frauen so morbid sind?"

„Oh, auch manche Männer sind morbid", sagte Marian. Clara sprach viel mehr und viel schneller als sonst, und Marian merkte, daß sie das erstaunte. Im fortgeschrittenen, mehr vegetabilischen Stadium von Claras Schwangerschaft war sie geneigt gewesen zu vergessen, daß Clara überhaupt Verstand und eine Auffassungsgabe hatte, außer der rein emotionalen, schwammartig aufsaugenden, da sie die meiste Zeit über mit oder von ihrem geschwollenen Leib beschäftigt gewesen war. Es war ein kleiner Schock, daß sie so beobachtete und kommentierte. Es mochte eine Art von Reaktion sein, aber Hysterie war es sicher nicht: sie schien vollkommen beherrscht. Vielleicht hatte es was mit den Hormonen zu tun.

„Na, Joe ist es jedenfalls nicht", sagte Clara zufrieden. „Wenn er nicht so unmorbid wäre, ich wüßte nicht, wie ich es je schaffen sollte. Er ist großartig mit den Kindern und beim Waschen und allem, ich hab überhaupt kein Bedenken, ihm in solchen Zeiten alles zu überlassen. Ich weiß, er schafft das genauso gut wie ich, obwohl uns der arme Arthur ein bißchen Sorgen macht. Er macht nicht mehr in die Hose, sondern benutzt fast jedesmal sein Plastiktöpfchen, aber er hat sich zu einem Hamsterer entwickelt. Er rollt die Scheiße zu Kügelchen und versteckt sie überall – in Schränken und unteren Schubladen. Man muß ihn mit Adleraugen beobachten. Einmal hab ich welche im Kühlschrank gefunden, und Joe sagt, er hätte gerade eine ganze Reihe im Bad entdeckt, die auf dem Fensterbrett hinter dem Vorhang trockneten. Er regt sich furchtbar auf, wenn wir sie wegwerfen. Ich weiß nicht, warum er das macht: vielleicht wird er später mal Bankier."

„Hältst du es für möglich, daß es was mit dem neuen

Baby zu tun hat?“ sagte Marian. „Vielleicht ist es Eifersucht?“

„Ja, wahrscheinlich“, sagte Clara heiter lächelnd. Sie drehte eine der weißen Rosen zwischen den Fingern. „Aber ich rede dauernd nur von mir“, sagte sie und legte sich etwas anders hin, so daß sie mehr Marian zugewandt war. „Ich hab ja noch gar keine Möglichkeit gehabt, mit dir über deine Verlobung zu sprechen. Natürlich finden wir es beide wunderbar, obwohl wir Peter ja kaum kennen.“

Marian sagte: „Wir müssen uns mal alle zusammensetzen, wenn du wieder zu Hause bist und sich alles eingespielt hat. Du wirst ihn bestimmt mögen.“

„Er sieht furchtbar nett aus. Natürlich lernst du jemanden erst richtig kennen, wenn du eine Zeitlang mit ihm verheiratet bist und einige seiner widerlicheren Angewohnheiten entdeckt hast. Ich weiß noch, wie empört ich war, als ich merkte, daß Joe doch nicht Jesus Christus war. Ich weiß nicht mehr, was es war, wahrscheinlich so was Albernes wie die Entdeckung, daß er verrückt nach Audrey Hepburn ist. Oder daß er ein verkappter Philatelist ist.“

„Ein was?“ fragte Marian. Sie wußte nicht, was das hieß, aber es hörte sich pervers an.

„Briefmarkensammler. Natürlich kein echter, er reißt die Marken bloß von den Briefen. Aber man muß sich dran gewöhnen. Jetzt“, sagte sie, „halte ich ihn nur noch für einen minderen Heiligen.“

Marian wußte nicht, was sie sagen sollte. Sie fand Claras Haltung Joe gegenüber sowohl erfreulich als auch peinlich: sie war sentimental, wie die Liebesgeschichten früher in den Frauenzeitschriften. Außerdem hatte sie das Gefühl, daß Clara versuchte, ihr indirekt einen Rat zukommen zu lassen, und das war noch beunruhigender. Die arme Clara, sie war die letzte, von der man einen Rat annehmen würde. Man brauchte sich nur das Chaos anzusehen, in das sie gestolpert war: drei Kinder in ihrem Alter! Peter und sie gingen die Sache mit weit weniger Illusionen an. Hätte Clara vor der Hochzeit mit Joe geschlafen, wäre sie hinterher viel besser mit allem fertiggeworden.

„Ich glaube, Joe ist ein wundervoller Ehemann“, sagte sie großmütig.

Clara schnaubte belustigt und zuckte dann zusammen. „Oh, verdammt! Es tut an den abscheulichsten Stellen weh. Nein, das glaubst du nicht; du findest uns beide unfähig und unorganisiert und denkst, daß du verrückt werden würdest, wenn du in dem Chaos leben müßtest. Du begreifst nicht, wie wir überlebt haben, ohne uns gegenseitig zu hassen.“ Sie klang durchaus freundlich.

Marian wollte protestieren, sie fand es unfair von Clara, daß sie die Unterhaltung so offen führte, als eine Schwester den Kopf durch die Tür steckte und das Ende der Besuchszeit verkündete.

„Wenn du das Baby sehen willst“, sagte Clara, als Marian aufbrach, „irgend jemand kann dir wahrscheinlich zeigen, wo sie es verstaut haben. Du kannst sie durch ein Fenster sehen; sie schauen alle gleich aus, aber wenn du fragst, zeigen sie dir meins. Wenn ich du wäre, würde ich mir allerdings nicht die Mühe machen, in dem Stadium sind sie nicht sehr interessant. Sie sehen wie rote verschrumpelte Backpflaumen aus.“

„Vielleicht wart ich dann lieber“, sagte Marian.

Als sie zur Tür hinausging, schoß ihr durch den Kopf, daß da etwas in Claras Benehmen gewesen war, vor allem in dem leicht beunruhigten Zucken ihrer Augenbrauen ein- oder zweimal, was Besorgnis ausgedrückt hatte; worüber genau wußte sie nicht, aber es beschäftigte sie noch lange. Ihr war, als wäre sie entronnen, vielleicht einem Abzugskanal oder einer Höhle. Sie war froh, daß sie nicht Clara war.

Nun mußte der Rest des Tages entwirrt werden. Sie wollte im nächsten Lokal am Weg schnell was essen, und wenn sie fertig war, hatte der Verkehr wahrscheinlich ein bißchen nachgelassen, und sie konnte heimeilen und etwas Wäsche zusammenpacken. Was um Himmels willen sollte sie mitnehmen? Vielleicht ein paar Blusen. Sie überlegte, ob ein Faltenrock in Frage käme, der würde ihn beschäftigen, und sie hatte einen, der gebügelt werden mußte; aber dann verwarf sie den Gedanken wieder, es war nicht richtig und außerdem zu kompliziert.

Sie ahnte, daß die vor ihr liegenden Stunden ebenso verwickelt sein würden wie die Stunde am Nachmittag, als Peter angerufen hatte, um sich mit ihr zum Essen zu verabreden und sie lange diskutiert hatten – etwas zu lange, fürchtete sie –, wohin sie gehen sollten; und hinterher hatte sie ihn dann anrufen und sagen müssen: „Es tut mir schrecklich leid, Darling, aber es ist was Unaufschiebbares dazwischengekommen; können wir das Essen vertagen? Auf morgen vielleicht?" Er war ärgerlich gewesen, konnte aber nicht viel einwenden, weil er es am Tag zuvor genauso gemacht hatte.

Natürlich bestand ein Unterschied in dem, was dazwischengekommen war. In ihrem Fall war es ein weiterer Anruf gewesen.

Die Stimme am anderen Ende hatte gesagt: „Hier ist Duncan."

„Wer?"

„Der Typ aus dem Waschsalon."

„Oh. Ja." Jetzt erkannte sie die Stimme, obwohl sie nervöser als sonst klang.

„Tut mir leid, daß ich Sie im Kino erschreckt hab, aber ich wußte, Sie wollten unbedingt wissen, was ich da aß."

„Ja, das stimmt", sagte sie, warf einen Blick zur Uhr und dann zur offenen Tür von Mrs. Bogues Glaskasten. Sie hatte an diesem Nachmittag schon viel zu lange telefoniert.

„Es waren Kürbiskerne. Ich versuch mit dem Rauchen aufzuhören, und da sind die Dinger eine große Hilfe. Das Aufknacken bringt eine Menge orale Befriedigung. Ich bekomme sie im Zoogeschäft, eigentlich sind sie für Vögel gedacht."

„Ja", sagte sie, um die Pause zu füllen.

„Es war ein lausiger Film."

Marian fragte sich, ob die Telefonistin unten das Gespräch belauschte, wie sie es manchmal tat, und wenn ja, was sie sich dabei dachte; inzwischen mußte ihr klar sein, daß es sich nicht um ein Dienstgespräch handelte. „Mr. . . . Duncan", sagte sie in möglichst förmlichem Ton, „ich bin im Dienst, und wir sollen nicht zuviel Zeit mit Telefonieren verbringen; ich meine, mit Freunden und so."

„Oh", sagte er. Es klang entmutigt, aber er machte keinen Versuch, die Lage zu klären.

Sie stellte sich ihn am anderen Ende der Leitung vor, mürrisch, hohläugig, wie er auf den Klang ihrer Stimme wartete. Sie hatte keine Ahnung, warum er sie angerufen hatte. Vielleicht brauchte er sie, wollte mit ihr reden. „Aber ich würde gern mit Ihnen sprechen", sagte sie aufmunternd. „Zu einem passenderen Zeitpunkt?"

„Na ja", sagte er, „um ehrlich zu sein, ich brauche Sie; gleich jetzt. Ich meine, ich brauche ... Ich muß was zu bügeln haben. Ich muß einfach was bügeln, ich hab schon alles im Haus gebügelt, sogar die Geschirrtücher, und ich hab gedacht, daß ich vielleicht zu Ihnen kommen und ein paar von Ihren Sachen bügeln könnte."

Inzwischen ruhte Mrs. Bogues Blick eindeutig auf ihr. „Ja, natürlich", sagte sie knapp. Dann war ihr plötzlich klar, daß es aus irgendwelchen noch unerforschten Gründen eine Katastrophe wäre, wenn dieser Mann Peter oder Ainsley begegnete. Außerdem: wer weiß, was für Tumult noch losgebrochen war, nachdem sie sich morgens auf Zehenspitzen aus dem Haus geschlichen und Len, immer noch in den Schlingen des Lasters, hinter der mit seiner eigenen Krawatte geschmückten Tür zurückgelassen hatte? Von Ainsley hatte sie den ganzen Tag nichts gehört, was ein gutes wie ein schlechtes Zeichen sein konnte. Und selbst wenn es Len gelungen war, lebend zu entkommen, so konnte doch der Grimm der Lady von unten, seines eigentlichen Ziels beraubt, sehr wohl auf das Haupt des harmlosen Büglers als eines Vertreters der männlichen Spezies niederfahren. „Vielleicht komme ich lieber mit ein paar Sachen zu Ihnen", sagte sie.

„Das würde ich tatsächlich vorziehen. Dann könnte ich mein eigenes Bügeleisen benutzen; ich bin dran gewöhnt. Mit andrer Leute Bügeleisen fühl ich mich nicht wohl. Aber bitte beeilen Sie sich, ich brauche das. Dringend!"

„Nach der Arbeit, sobald ich kann", sagte sie, sie versuchte gleichzeitig, ihn zu beruhigen und dem Büro zuliebe so zu klingen, als machte sie einen Zahnarzttermin aus. „Gegen sieben." Sobald sie aufgelegt hatte, wurde ihr klar, daß sie dann das Dinner mit Peter noch einmal verschieben mußte. Aber Peter konnte sie jeden Abend sehen. Die andere Sache war ein Notfall.

Als sie dann endlich auch mit Peter alles geklärt hatte, fühlte sie sich, als hätte sie versucht, sich aus dem Gewirr sämtlicher Telefonleitungen der Stadt zu befreien. Sie hatten Greiforgane, sie waren wie Schlangen, sie wanden sich um einen, bis man total eingewickelt war.

Eine Krankenschwester kam auf sie zu, sie schob einen mit Essen beladenen Wagen auf Gummirädern vor sich her. Obwohl ihr Geist mit anderen Dingen beschäftigt war, nahmen ihre Augen die weiße Form wahr und empfanden sie als unpassend. Sie hielt an und schaute sich um. Wo sie auch war, sie war auf keinen Fall auf dem Weg zum Hauptausgang. Sie mußte mit dem Knäuel ihrer eigenen Pläne und Überlegungen so beschäftigt gewesen sein, daß sie im falschen Stockwerk aus dem Lift gestiegen war. Sie war in einem Korridor, der dem, aus dem sie gekommen war, aufs Haar glich, nur daß hier alle Zimmertüren geschlossen waren. Sie suchte eine Zimmernummer: 273. Aha, es war ganz einfach: sie war einen Stock zu früh ausgestiegen.

Sie kehrte um und lief zurück und versuchte sich zu erinnern, wo der Fahrstuhl gewesen war; sie war wohl um einige Ecken gebogen. Die Schwester war verschwunden. Vom anderen Ende des Ganges näherte sich ihr eine Gestalt, ein Mann im grünen Kittel mit einer weißen Maske vor dem unteren Teil des Gesichts. Zum erstenmal fiel ihr der Krankenhausgeruch auf, antiseptisch, streng.

Es mußte einer von den Ärzten sein. Jetzt konnte sie erkennen, daß er ein dünnes schwarzes Ding, ein Stethoskop, um den Hals hängen hatte. Als er näher kam, sah sie ihn genauer an. Trotz der Maske erschien ihr irgend etwas an ihm bekannt; es beunruhigte sie, daß sie nicht sagen konnte, was es war. Aber er ging mit ausdruckslosem Blick starr vor sich hin sehend an ihr vorbei, öffnete eine der Türen auf der rechten Seite und verschwand dahinter. Als er abbog, sah sie, daß er am Hinterkopf einen kahlen Fleck hatte.

„Na also, ich kenne niemanden, der kahl wird“, sagte sie zu sich selbst. Sie war erleichtert.

16

An den Weg zu seiner Wohnung erinnerte sie sich genau, obwohl sie weder die Hausnummer noch den Straßennamen wußte. Sie war lange nicht in diesem Viertel gewesen, genaugenommen seit dem Tag des Bier-Interviews nicht mehr. Fast automatisch schlug sie den richtigen Weg ein und bog an den richtigen Stellen ab, so als folgte sie jemandem, mit einem Instinkt, der nichts mit dem Gesichts- oder Geruchssinn zu tun hatte, sondern mit einem unbewußteren Sinn, der in irgendeiner Beziehung zu Örtlichkeiten stand. Es war aber auch keine komplizierte Route: einfach durch den Baseball-Park, die Asphaltrampe hoch und an ein paar Häuserblöcken vorbei. Der Weg kam ihr allerdings jetzt, wo sie durch die nur von schwachen Straßenlaternen erhellte Dunkelheit lief und nicht wie damals durch gleißendes Sonnenlicht, länger vor. Sie ging schnell; ihre Beine waren schon eiskalt. Im Baseball-Park war das Gras grau vom Frost gewesen.

Sie hatte nur selten an die Wohnung gedacht: in müßigen Momenten im Büro, wenn sie nichts als ein leeres Blatt Papier vor sich hatte, oder mal, wenn sie sich bückte, um was vom Boden aufzuheben; und sie hatte ihr nie einen bestimmten Platz in der Stadt zugewiesen. In ihrem Kopf war eine Vorstellung von dem Inneren, wie die Zimmer ausgesehen hatten, aber nicht von dem Gebäude selbst. Es brachte sie aus der Fassung, daß ihr die Straße das Haus plötzlich hinstellte, klotzig und normal und anonym, genau da, wo es immer gewesen war.

Sie drückte auf die Klingel von Nummer sechs und schlüpfte durch die innere Glastür, sobald der Öffnungsmechanismus sein sägendes Geräusch ertönen ließ. Duncan machte die Tür einen Spalt auf. Mißtrauisch starrte er sie an; im Halbdunkel leuchteten seine Augen unter den Haaren hervor. Im Mund hatte er eine Zigarette, gefährlich nah an seine Lippen heruntergebrannt.

„Haben Sie das Zeug?“ fragte er.

Stumm hielt sie ihm das kleine Kleiderbündel entgegen, das sie unter dem Arm getragen hatte, und er trat beiseite, um sie einzulassen.

„Viel ist es nicht", sagte er und packte das Bündel aus. Es waren nur zwei weiße Baumwollblusen, erst kürzlich gewaschen, ein Kopfkissenbezug und ein paar mit Blümchen bestickte Gästehandtücher, das Geschenk einer Großtante; sie waren ziemlich kraus, weil sie im Wäschestoß ganz unten gelegen hatten.

„Tut mir leid", sagte sie, „mehr hatte ich wirklich nicht."

„Na ja, besser als gar nichts", sagte er grollend. Er drehte sich um und ging in sein Schlafzimmer.

Marian wußte nicht recht, ob sie ihm folgen sollte oder ob er erwartete, daß sie wieder ging, nachdem sie geliefert hatte. „Darf ich zusehen?" fragte sie und hoffte, daß er es nicht als Einbruch in seine Intimsphäre betrachtete. Sie verspürte keine große Lust, sofort wieder in ihre Wohnung zurückzukehren. Dort gab es nichts zu tun, und immerhin hatte sie einen Abend mit Peter geopfert.

„Sicher, wenn Sie wollen; es gibt allerdings nicht viel zu sehen."

Sie tastete sich durch den Flur. Das Wohnzimmer hatte sich seit ihrem ersten Besuch nicht verändert, außer daß noch mehr Zettel herumlagen, wenn das möglich war. Die drei Sessel standen nach wie vor am gleichen Platz; an der Armlehne des roten Plüschsessels lehnte ein Brett. Nur die Lampe neben dem grünlichblauen Sessel brannte. Marian schloß daraus, daß die beiden Mitbewohner nicht da waren.

Auch Duncans Zimmer war ziemlich so, wie sie es in Erinnerung hatte. Das Bügelbrett stand mehr in der Mitte des Raumes, und die Schachfiguren waren aufgestellt; das schwarzweiße Brett lag jetzt oben auf einem Bücherstapel. Ein paar frisch geplättete Hemden auf Bügeln lagen auf dem Bett. Duncan hängte sie in den Schrank, bevor er das Bügeleisen einschaltete. Marian zog den Mantel aus und setzte sich aufs Bett.

Er warf seine Zigarette in einen der überquellenden Aschenbecher am Boden, wartete, bis das Eisen heiß war, probierte es in Abständen auf dem Brett aus und begann dann eine der Blusen zu bügeln, mit langsamen, konzentrierten Bewegungen, wobei er besondere Aufmerksamkeit auf die Kragenecken verwandte. Marian beobachtete ihn schweigend; offensichtlich wollte er nicht gestört werden. Sie fand es seltsam, daß jemand anderes ihre Kleidung bügelte.

Ainsley hatte ihr einen eigentümlichen Blick zugeworfen, als sie im Mantel und mit dem Bündel unterm Arm aus dem Schlafzimmer gekommen war. „Wohin willst du damit?" hatte sie gefragt. Für den Waschsalon war es zu wenig.

„Ach, nur raus."

„Was soll ich sagen, wenn Peter anruft?"

„Er ruft nicht an. Sag einfach, ich wär fort." Dann war sie die Treppen hinuntergestürzt, weil sie keine Lust hatte, von Duncan zu erzählen oder auch nur seine Existenz zu enthüllen. Sie fand, es könnte das Gleichgewicht der Kräfte stören. Aber Ainsley hatte keine Zeit für mehr als lauwarme Neugier: sie war zu beschwingt vom wahrscheinlichen Erfolg ihrer eigenen Kampagne und dem, was sie als „Glückstreffer" bezeichnete.

Als sie die Wohnung erreicht und Ainsley mit einem Taschenbuch über Kinderpflege im Wohnzimmer vorgefunden hatte, hatte Marian gefragt: „Na, wie hast du den armen Kerl heute morgen wieder herausgebracht?"

Ainsley lachte. „Ein ausgesprochener Glückstreffer", sagte sie. „Ich war sicher, das alte Fossil unten würde sich am Fuß der Treppe auf die Lauer legen. Ich wußte wirklich nicht, was ich tun sollte. Ich versuchte mir irgendeinen Bluff auszudenken, etwa, er wäre von der Telefongesellschaft . . ."

„Letzte Nacht wollte sie mich deswegen festnageln", unterbrach Marian. „Sie wußte genau, daß er oben war."

„Na ja, aus irgendeinem Grund ging sie jedenfalls aus! Ich sah sie vom Wohnzimmerfenster aus, durch reinen Zufall. Stell dir vor! Ich hab gedacht, sie ginge nie aus, nicht morgens. Natürlich hab ich heute blaugemacht. Ich lief gerade herum und rauchte eine Zigarette. Als ich sie gehen sah, hab ich Len hochgezerrt und in seine Kleider gestopft und die Treppen runter- und rausgescheucht, ehe er noch richtig wach war. Er hatte sowieso einen schrecklichen Kater, er hat ja fast die ganze Flasche leer gemacht. Allein. Ich glaube nicht, daß er genau weiß, was wirklich passiert ist." Sie lächelte mit ihrem kleinen rosa Mündchen.

„Ainsley, du bist unmoralisch."

„Wieso? Es schien ihm Spaß zu machen! Obwohl er sich heute morgen wahnsinnig entschuldigt hat und sehr besorgt war und irgendwie sanft, als ob er mich zu trösten versuchte oder sowas. Es war peinlich. Und dann, als er immer wacher und nüchterner wurde, konnte er es kaum erwarten, von mir wegzukommen. Jetzt", sagte sie und schlang beide Arme um sich, „werden wir abwarten müssen, ob es sich gelohnt hat."

„Ja, schön", sagte Marian, „würde es dir was ausmachen, das Bett zu richten?"

Wenn sie jetzt daran zurückdachte, fand sie es verdächtig, daß die Lady von unten ausgegangen war. Es sah ihr gar nicht ähnlich. Es hätte viel besser zu ihr gepaßt, wenn sie hinter dem Piano oder den Samtvorhängen gelauert hätte, während sie die Treppe hinunterschlichen, um sich dann in dem Augenblick auf sie zu stürzen, wenn sie sich gerade in Sicherheit wähnten.

Er machte sich an die zweite Bluse. Außer dem zerknitterten weißen Stoff, der ausgebreitet auf dem Brett vor ihm lag, schien er nichts wahrzunehmen; er hing drüber, als handelte es sich um ein altes und brüchiges Manuskript, das er nicht recht interpretieren konnte. Sie hatte ihn für klein gehalten, vielleicht wegen des verschlossenen Kindergesichts, oder weil sie ihn meist im Sitzen gesehen hatte; jetzt fiel ihr auf, daß er in Wirklichkeit ziemlich groß wäre, wenn er sich nicht so schlecht hielte.

Während sie dasaß und ihn beobachtete, verspürte sie den Wunsch, etwas zu ihm zu sagen, einzudringen, die weißleinene Oberfläche seiner Versunkenheit zu durchstoßen: es gefiel ihr nicht, so völlig ausgeschlossen zu sein. Um dieser Regung zu entrinnen, nahm sie ihr Täschchen und ging ins Bad, um sich zu kämmen, nicht weil die Haare das nötig hatten, sondern als Ersatzhandlung, wie Ainsley das nannte; so wie ein Eichhörnchen, das sich beim Anblick von Brotkrumen, die es nur unter Gefahr oder gar nicht kriegen kann, zu kratzen beginnt. Sie wollte mit ihm reden, aber ihn jetzt ansprechen konnte, so dachte sie, jeglichen therapeutischen Effekt des Bügelns zunichte machen.

Das Badezimmer war ganz normal. Feuchte Handtücher häuften sich auf den Haltern, und Rasierzeug und Kosmetika für Männer standen überall auf den Porzellansimsen und freien Flächen. Aber der Spiegel über dem Becken war kaputt. In dem hölzernen Rahmen steckten nur noch ein paar gezackte Glasstücke. Sie spähte in eins davon, aber es war zu klein und nützte kaum etwas.

Als sie ins Zimmer zurückkam, war er an dem Kopfkissenbezug. Er wirkte jetzt entspannter: er bügelte nun mit langen, locker schwingenden Bewegungen, statt mit den exakten Stakkatobewegungen, mit denen er zuvor die Blusen behandelt hatte. Er sah auf, als sie hereinkam.

„Sie haben sich bestimmt gefragt, was mit dem Spiegel passiert ist", sagte er.

„Also . . ."

„Ich hab ihn zerschlagen. Letzte Woche. Mit der Bratpfanne."

„Ach", sagte sie.

„Ich hatte es satt, ständig Angst zu haben, ich könnte eines Morgens reinkommen und mein eigenes Spiegelbild nicht mehr finden. Also holte ich mir die Bratpfanne aus der Küche und gab ihm einen Klaps. Sie waren beide ziemlich aufgebracht", sagte er nachdenklich. „Vor allem Trevor, der gerade ein Omelett buk, das ich wohl leider ruiniert habe. Lauter Scherben drin. Aber ich weiß wirklich nicht, was sie daran so stört, es war eine durchaus verständliche symbolische narzistische Geste, und der Spiegel taugte sowieso nichts. Aber seitdem sind sie zappelig, besonders Trevor, der sich im Unterbewußtsein für meine Mutter hält; für ihn ist es ganz schön schwer. Mir macht es nicht viel aus, ich bin dran gewöhnt, ich bin, solange ich zurückdenken kann, immer vor Ersatzmüttern weggelaufen; ein ganzes Rudel von ihnen ist hinter mir her, um mich zu retten, Gott weiß vor was, und mir Wärme und Trost und Nahrung zukommen zu lassen und mir das Rauchen abzugewöhnen: so geht es einem, wenn man ein Waisenkind ist.

Und sie zitieren ständig: Trevor zitiert momentan T. S. Eliot und Fisch das Oxford English Dictionary."

„Und wie rasieren Sie sich?" fragte Marian. Ein Leben ohne Spiegel im Badezimmer konnte sie sich kaum vorstellen. Während sie das sagte, überlegte sie, ob er sich überhaupt rasierte. Sie hatte nie darauf geachtet, ob er Stoppeln hatte.

„Was?"

„Ich meine, ohne Spiegel."

„Ach", sagte er grinsend, „ich hab da meinen eigenen privaten Spiegel. Einen, dem ich trauen kann, wo ich weiß, was drin ist. Ich kann bloß die allgemein zugänglichen nicht leiden." Er schien das Interesse an dem Thema zu verlieren und bügelte einen Augenblick schweigend weiter. „Was für scheußliche Dinger", sagte er schließlich; er hatte sich gerade eines der Gästehandtücher vorgenommen. „Ich kann Sachen mit aufgestickten Blümchen nicht ausstehen."

„Ich auch nicht. Wir benutzen sie nie."

Er faltete das Handtuch zusammen, schaute dann düster auf. „Wahrscheinlich glauben Sie das alles."

„Wie . . . was alles?" antwortete sie vorsichtig.

„Na, warum ich den Spiegel zerbrochen hab und mein Spiegelbild und so. In Wirklichkeit hab ich ihn zerbrochen, weil ich einfach Lust hatte, irgendwas kaputtzumachen. Das ist der Jammer mit den Leuten, immer glauben sie mir alles. Es liegt zuviel Ermutigung drin, ich kann der Versuchung nie widerstehen. Und diese brillanten Erkenntnisse über Trevor, woher soll ich wissen, ob sie stimmen? Die Wahrheit ist vielleicht, daß ich glauben möchte, daß er glauben möchte, er wäre meine Mutter. Außerdem bin ich kein Waisenkind, ich hab schon Eltern, irgendwo. Halten Sie das für möglich?"

„Sollte ich?" Sie konnte nicht sagen, ob er es ernst meinte oder nicht; seine Miene verriet nichts. Vielleicht war das wieder nur ein Labyrinth von Wörtern, und wenn sie was Falsches sagte, wenn sie die falsche Richtung einschlug, würde sie sich plötzlich mit etwas konfrontiert sehen, mit dem sie nicht fertig werden konnte.

„Wenn Sie wollen. Die Wahrheit ist natürlich" – zur

Betonung wedelte er mit dem Bügeleisen in der Luft herum, wobei er die Bewegung seiner Hand beobachtete –, „daß ich ein Wechselbalg bin. Ich bin gegen ein richtiges Baby ausgetauscht worden, als ich klein war, und meine Eltern haben den Betrug nie entdeckt, obwohl ich zugeben muß, daß sie was ahnten." Er schloß die Augen und deutete ein Lächeln an. „Sie haben immer gesagt, meine Ohren wären zu groß; aber ich bin in Wirklichkeit überhaupt kein Mensch, ich bin unterirdisch . . ." Er öffnete die Augen und begann wieder zu bügeln, aber seine Aufmerksamkeit richtete sich nicht mehr auf das Bügelbrett. Er kam mit dem Eisen zu dicht an seine andere Hand und schrie vor Schmerz auf. „Verdammt", sagte er, setzte das Eisen ab und steckte den Finger in den Mund.

Im ersten Impuls wollte Marian hingehen und sehen, ob er sich schlimm verbrannt hatte, und Heilmittel wie Butter oder Natron vorschlagen; aber sie unterdrückte diese Regung, blieb still sitzen und sagte nichts.

Er schaute sie nun an, erwartungsvoll, aber mit einer Spur Feindseligkeit. „Wollen Sie mich nicht trösten?" fragte er.

„Ich glaube nicht", sagte sie, „daß es wirklich nötig ist."

„Sie haben recht; ich genieße es aber", sagte er traurig. „Und es tut wirklich weh." Er nahm das Bügeleisen wieder auf.

Nachdem er das letzte Handtuch zusammengelegt und den Stecker aus der Steckdose gezogen hatte, sagte er: „Das war eine großartige Sitzung, vielen Dank für die Sachen, aber es waren eigentlich nicht genug. Ich muß mir überlegen, was ich mit der restlichen Spannung anfang. Ich bin kein chronischer Bügler, ich bin nicht süchtig, das gehört nicht zu den Gewohnheiten, die ich ablegen sollte; liederlich werd ich, wenn ich anfallweise was begieße." Er kam rüber, setzte sich behutsam neben sie aufs Bett und zündete sich eine Zigarette an. „Diesmal fing es vorgestern damit an, daß ich meine Seminararbeit begoß, beziehungsweise in eine Pfütze in der Küche fallen ließ. Ich mußte sie trocknen und bügeln. Alles war getippt, und mir war der Gedanke unerträglich, das Manuskript noch mal zu tippen; ich hätte alles ändern wollen, wenn ich mich wieder durch das Meer von Wörtern hätte wühlen müssen. Es war dann in Ordnung, nichts verwischt, aber man konnte sehen, daß es gebügelt war, ich hatte eine Seite angesengt. Aber ablehnen können sie es wohl kaum, es wäre doch albern, wenn sie sagten: ‚Wir können keine Seminararbeit akzeptieren, die gebügelt worden ist.' Also hab ich sie abgeliefert, und dann mußte ich natürlich den ganzen aufgestauten Druck abbauen, also hab ich alles im Haus, was sauber war, gebügelt. Dann mußte ich in den Waschsalon und ein paar schmutzige Sachen waschen, deshalb war ich auch in dem miesen Film, ich wartete, daß die Wäsche fertig wurde. Ich hab mich gelangweilt, als ich zusah, wie das Zeug da rumgewirbelt wurde, das ist ein schlechtes Zeichen, wenn mich sogar schon die Wäscherei langweilt. Was zum Teufel soll ich machen, wenn mich alles langweilt? Dann hab ich die Sachen gebügelt, die ich gewaschen hatte, und dann hatte ich nichts mehr."

„Und da haben Sie mich angerufen", sagte Marian. Es irritierte sie leicht, daß er dauernd zu sich selbst über sich selbst sprach, ohne zu zeigen, daß er überhaupt wußte, daß sie da war.

„Oh. Sie. Ja. Dann rief ich Sie an. Das heißt, ich rief Ihre Firma an. An die konnte ich mich noch erinnern, ich erwischte wohl die Telefonistin, und ich beschrieb Sie ihr ausgiebig; ich sagte, Sie sähen nicht wie die üblichen Interviewer aus; und dann kam sie drauf, wen ich meinte. Sie haben mir Ihren Namen nie verraten."

Es war Marian nicht aufgefallen, daß sie ihm ihren Namen nicht gesagt hatte. Sie hatte es für selbstverständlich gehalten, daß er ihn die ganze Zeit gewußt hatte.

Daß sie ein neues Thema angeschnitten hatte, schien ihn zum Stillstand gebracht zu haben. Er starrte zu Boden und nuckelte an seiner Zigarette.

Das Schweigen verwirrte sie. „Warum bügeln Sie so gern?" fragte sie. „Ich meine, wenn Sie Spannungen abbauen müssen und all das, warum gerade durch Bügeln? Warum zum Beispiel nicht durch Bowling?"

Er zog seine dünnen Beine an und umklammerte mit den Armen seine Knie. „Bügeln ist angenehm einfach", sagte er. „Ich verheddere mich in Wörtern, wenn ich diese endlosen Aufsätze zusammenbastle, nebenbei bemerkt, hab ich schon wieder einen in Arbeit, ‚Sado-masochistische Verhaltensweisen bei Trollope', und bügeln – nun ja, man begradigt und glättet die Dinge. Es liegt weiß Gott nicht daran, daß ich so sauber und ordentlich wär; aber eine glatte Oberfläche hat was an sich ..." Er veränderte seine Stellung und betrachtete sie nun nachdenklich. „Lassen Sie mich die Bluse da ein bißchen aufbügeln, solange das Eisen noch heiß ist", sagte er. „Nur die Ärmel und den Kragen. Schaut aus, als hätten sie ein paar Stellen übersehen."

„Was, die, die ich anhab?"

„Genau die", sagte er. Er löste die Arme von den Knien und stand auf. „Hier, Sie können meinen Morgenmantel anziehn. Keine Angst, ich schau nicht hin." Er nahm einen grauen Gegenstand aus dem Schrank, reichte ihn ihr und drehte sich um.

Für einen Moment blieb Marian mit dem grauen Bündel in den Händen stehen und wußte nicht, was sie tun sollte. Sie würde sich unbehaglich fühlen und sich albern vorkommen, wenn sie seinem Vorschlag folgte; aber noch idiotischer würde sie sich vorkommen, wenn sie im jetzigen Stadium „Nein danke, lieber nicht", sagte, wo doch die Bitte offensichtlich harmlos war. Schon öffnete sie wie von selbst die Knöpfe und schlüpfte dann in den Morgenmantel. Er war viel zu groß für sie: die Ärmel hingen ihr über die Hände, und der untere Saum schleifte über den Boden.

„Hier", sagte sie.

Mit leichter Sorge beobachtete sie, wie er das Eisen handhabte. Diesmal schien sein Tun bedeutsamer, als bewegte sich eine gefährliche Hand langsam und nur Zentimeter entfernt vor und zurück – eben noch hatte sie den Stoff auf ihrer Haut getragen. Wenn er die Bluse versengt oder so, dachte sie, kann ich immer noch eine von den anderen anziehen.

„Hier", sagte er, „fertig." Er zog den Stecker wieder aus der Wand und hängte die Bluse über das Ende des Bügelbretts; er schien vergessen zu haben, daß sie das Ding wieder anziehen mußte. Dann kam er unerwartet zum Bett rüber, kroch neben sie und streckte sich mit geschlossenen Augen und hinter dem Kopf verschränkten Armen auf dem Rücken aus.

„Mein Gott", sagte er, „dieser ganze Irrsinn. Wie soll man weitermachen? Es ist wie mit Seminararbeiten, man produziert das ganze Zeug, und es wird nie benutzt; man bekommt eine Zensur dafür und schmeißt es dann auf den Müll; du weißt, daß ein Jahr später der nächste arme Kommazähler kommt und dasselbe noch mal machen muß, es ist eine Tretmühle, selbst Bügeln, man bügelt die verdammten Sachen, und dann trägt man sie, und sie zerknittern wieder."

„Ja, aber dann können Sie alles wieder bügeln, nicht?" sagte Marian tröstend. „Wenn die Sachen glatt blieben, hätten Sie nichts zu tun."

„Vielleicht würde ich zur Abwechslung mal was Nützliches machen", sagte er. Seine Augen waren immer noch geschlossen. „Produzieren, konsumieren. Man fragt sich doch, ob es nicht nur darum geht, eine Sorte Müll in eine andere zu verwandeln. Der menschliche Geist war das letzte, was kommerzialisiert wurde, aber jetzt leisten sie gute Arbeit dabei: wo liegt der Unterschied zwischen den Stapeln in der Bibliothek und denen auf dem Autofriedhof? Was mich wirklich beunruhigt, ist, daß nichts je endgültig ist; du kannst nie was zu Ende bringen. Ich hab einen großartigen Plan entwickelt, dauerhafte Blätter an Bäumen, es ist doch Verschwendung, daß sie jedes Jahr neues Laub produzieren müssen; dabei fällt mir ein, daß die Blätter gar nicht unbedingt grün sein müssen; ich würde sie weiß machen. Schwarze Stämme und weiße Blätter. Ich kann es kaum erwarten, daß es schneit, im Sommer hat diese Stadt viel zuviel Vegetation, es ist zum Ersticken, und dann fällt alles ab und liegt in der Gosse herum. Das mag ich an dem Ort, aus dem ich stamme, es ist eine Bergwerksstadt, viel ist ja nicht dran, aber wenigstens gibt es keine Vegetation. Vielen Leuten würde das nicht gefallen. Die Schmelzöfen sind schuld daran, riesige Schornsteine ragen in den Himmel, in der Nacht glüht der Rauch rot, und die chemischen Dämpfe haben die Bäume auf Meilen im Umkreis verbrannt, alles ist kahl, nichts als nackter Felsen, selbst Gras wächst kaum noch, und dazu noch die Schlackenhalden; wo sich auf dem Felsen Wasser sammelt, ist es gelblich-braun von den Chemikalien. Selbst wenn man was anpflanzte, würde dort nichts wachsen; ich bin damals immer aus der Stadt gegangen und hab mich auf die Felsen gesetzt um diese Jahreszeit und hab auf den Schnee gewartet . . ."

Marian saß auf der Bettkante, seinem Gesicht leicht entgegengeneigt, und lauschte der monotonen Stimme nur mit einem Ohr. Sie betrachtete die Umrisse seines Schädels unter der papierdünnen Haut und staunte, daß jemand so dünn sein und trotzdem am Leben bleiben konnte. Sie wollte ihn jetzt nicht mehr berühren, sie war sogar eine Spur abgestoßen von den tiefen Augenhöhlen, dem eckigen Gelenk des Kieferknochens, der sich vor dem Ohr auf und ab bewegte.

Plötzlich öffnete er die Augen. Er starrte sie eine Weile an, als könnte er sich nicht erinnern, wer sie war und was sie in seinem Schlafzimmer tat.

„He", sagte er schließlich mit veränderter Stimme, „darin siehst du fast wie ich aus." Er streckte eine Hand aus und zog sie an der Schulter des Morgenmantels herunter. Sie ließ sich sinken.

Der Übergang von der flachen, hypnotischen Stimme zu der Erkenntnis, daß er aus Fleisch und Blut war und einen Körper hatte wie die meisten anderen Menschen, erschreckte sie zuerst. Sie spürte, wie sich ihr eigener Körper im Widerstand versteifte und abzurücken begann, aber er hatte inzwischen beide Arme um sie gelegt. Er war kräftiger, als sie gedacht hätte. Sie wußte nicht genau, was geschah; in einem Winkel ihres Verstandes lauerte der unangenehme Verdacht, daß er in Wirklichkeit seinen Morgenmantel streichelte, in dem rein zufällig sie steckte.

Sie zog ihr Gesicht zurück und schaute auf ihn hinunter. Seine Augen waren geschlossen. Sie küßte seine Nasenspitze. „Ich glaube, ich sollte eins klären", sagte sie. „Ich bin verlobt." Im Augenblick wußte sie gar nicht genau, wie Peter aussah, aber die Erinnerung an seinen Namen klagte sie an.

Seine dunklen Augen öffneten sich und sahen ausdruckslos zu ihr hoch. „Das ist dein Problem", sagte er. „Es ist, als sagte man mir, ich hätte für meine Arbeit über präraffaelitische Pornographie die Note A bekommen – interessant, aber es spielt im Grunde nicht die geringste Rolle. Oder?"

„Nein, das tut es doch", sagte sie. Die Situation entwickelte sich schnell zu einer Gewissensfrage. „Ich werde heiraten, verstehst du. Ich sollte nicht hier sein."

„Du bist aber hier." Er lächelte. „In Wirklichkeit bin ich froh, daß du es mir erzählt hast. Ich fühle mich so viel sicherer. Denn", sagte er ernsthaft, „ich möchte nicht, daß du glaubst, all das bedeutete irgendwas. Das tut es nie, nicht für mich. In Wirklichkeit passiert das alles jemand anderem." Er küßte ihre Nasenspitze. „Du bist nur wieder ein Ersatz für den Waschsalon."

Marian überlegte, ob sie verletzt sein sollte, entschied sich aber dagegen: statt dessen spürte sie sogar eine gewisse Erleichterung. „Ich möcht wissen, für was du dann der Ersatz bist", sagte sie.

„Das ist das Nette an mir. Ich bin sehr flexibel. Ich bin der universelle Ersatz." Er langte über ihren Kopf hinweg und schaltete das Licht aus.

Kurz darauf waren das Öffnen und Schließen der Wohnungstür und schwere Schritte zu hören. „Mist", sagte er irgendwo in seinem Morgenmantel. „Sie sind zurück." Er drückte sie hoch, machte das Licht wieder an, zerrte den Morgenmantel um sie herum zu und glitt vom Bett, dabei strich er mit beiden Händen sein Haar in die Stirn und zog seinen Pullover herunter. Einen Augenblick stand er mitten im Zimmer und starrte mit funkelnden Augen die Tür an, dann flitzte er durch den Raum, packte das Schachbrett, stellte es auf das Bett und setzte sich ihr gegenüber. Schnell begann er die umgestürzten Figuren wieder aufzurichten.

„Hi", sagte er gleich darauf ruhig zu jemandem, der anscheinend in der Tür aufgetaucht war. Marian kam sich zu zerzaust vor, um sich umzudrehen. „Wir spielen grad eine Partie Schach."

„Oh, bravo", sagte eine zweifelnde Stimme.

„Wozu die ganze Aufregung?" sagte Marian, nachdem die Person die Tür geschlossen hatte und ins Badezimmer gegangen war. „Es ist doch kein Grund zur Beunruhigung, es ist doch alles vollkommen natürlich. Wenn überhaupt, dann ist es ihre Schuld, wenn sie einfach so hereinplatzen.“ Sie selbst fühlte sich außerordentlich schuldig.

„Ich hab es dir doch erzählt“, sagte er und starrte auf das geordnete Muster von Schachfiguren auf dem Brett hinunter. „Sie halten sich für meine Eltern. Du weißt doch, daß Eltern solche Sachen nie richtig verstehn. Sie würden glauben, du verdirbst mich. Man muß sie vor der Realität schützen.“ Über das Schachbrett hinweg griff er nach ihrer Hand. Seine Finger waren trocken und ziemlich kühl.

17

Marian schaute auf ihr kleines silbernes Spiegelbild in der Höhlung des Löffels hinab: sie selbst auf dem Kopf stehend, mit einem riesigen Oberkörper, der sich zum Löffelende hin zu einem Stecknadelkopf verengte. Sie kippte den Löffel, und ihre Stirn schwoll an, würde dann wieder kleiner. Sie fühlte sich heiter und ausgeglichen.

Über das weiße Tischtuch mit den Tellern und dem Brötchenkorb hinweg schaute sie liebevoll Peter an, der zurücklächelte. Das orangefarbene Licht von der Kerze im Glaszylinder neben dem Tisch betonte die Kanten und Kurven seines Gesichts: im Schatten wirkte sein Kinn kräftiger, die Züge nicht so glatt. Wirklich, dachte sie, wer ihn so sieht, muß finden, daß er ungewöhnlich gut aussieht. Er trug einen seiner dezenten Winteranzüge, dunkel mit einer düster-prächtigen Krawatte, nicht so flott wie einer seiner Salonlöwen-Anzüge, sondern auf feinere Art eindrucksvoll. Ainsley hatte ihn einmal als „hübsch verpackt“ bezeichnet, aber Marian kam jetzt zu dem Schluß, daß sie diese Eigenschaft anziehend fand. Er wußte, wie er gleichzeitig sich anpassen und auffallen konnte. Manche Männer konnten gar keine dunklen Anzüge tragen, sie hatten Schuppen auf den Schultern und blankgescheuerte Stellen am Rücken, aber bei Peter schuppte und scheuerte nichts. Das Gefühl von Besitzerstolz, das sie ergriff, weil sie sich mehr oder weniger öffentlich mit ihm zeigte, veranlaßte sie, über den Tisch zu greifen und seine Hand zu nehmen. Als Antwort legte er seine Hand über die ihre.

Der Kellner erschien mit dem Wein, Peter probierte und nickte. Der Kellner schenkte ein und trat zurück in die Dunkelheit.

Das war auch etwas, was ihr an Peter gefiel. Er konnte diese Art von Entscheidungen so mühelos treffen. Sie hatte sich im Lauf des letzten Monats angewöhnt, ihn für sich wählen zu lassen. Das ersparte ihr die Unentschlossenheit angesichts einer Speisekarte: sie wußte nie, was sie haben wollte. Peter dagegen konnte sofort für sie beide eine Entscheidung treffen. Sein Geschmack ging in Richtung Steak und Roastbeef: für ausgefallene Sachen wie Kalbsbries hatte er nichts übrig, und Fisch mochte er überhaupt nicht. Heute abend aßen sie Filet Mignon. Es war schon ziemlich spät; den frühen Abend hatten sie in Peters Wohnung verbracht, und sie waren beide, wie sie sich gegenseitig versicherten, heißhungrig.

Während sie auf das Essen warteten, nahmen sie die beim Ankleiden begonnene Unterhaltung über richtige Kindererziehung wieder auf. Peter sprach rein theoretisch, über Kinder im allgemeinen, wobei er jede Anspielung sorgfältig vermied. Aber sie wußte sehr gut, daß sie eigentlich über ihre eigenen zukünftigen Kinder diskutierten: darum war es so bedeutsam. Peter meinte, Kinder müßten für jede Verletzung der Regeln bestraft werden, sogar körperlich. Selbstverständlich sollte man ein Kind nie im Zorn schlagen; vor allen Dingen müßte man konsequent sein. Marian befürchtete, die Kinder könnten dadurch emotional verbogen werden.

„Darling, du verstehst das nicht“, sagte Peter; „du hast ein behütetes Leben geführt.“ Er drückte ihre Hand. „Aber ich hab die Ergebnisse gesehen – die Gerichte sind voll von jugendlichen Straftätern, und viele von ihnen stammen aus gutem Hause. Es ist ein vielschichtiges Problem.“ Er preßte die Lippen zusammen.

Marian war insgeheim überzeugt, daß sie recht hatte, und ärgerte sich über seine Bemerkung, sie hätte ein behütetes Leben geführt. „Aber sollte man ihnen nicht Verständnis entgegenbringen, statt . . .?“

Peter lächelte nachsichtig. „Versuch mal, diesen kleinen Strolchen Verständnis entgegenzubringen: den Motorradrockern und den Rauschgiftsüchtigen und den Wehrdienst-Flüchtigen aus den Staaten. Ich wette, du hast noch nie einen aus der Nähe gesehen; manche von ihnen haben Läuse! Du glaubst, du könntest mit gutem Willen alles in Ordnung bringen, Marian, aber das funktioniert nicht; sie haben einfach kein Verantwortungsgefühl, sie zerstören Sachen, bloß weil ihnen danach zumute ist. So sind sie aufgewachsen: niemand hat sie mal richtig durchgeprügelt, wenn sie es verdienten. Sie glauben, die Welt schuldete ihnen ihren Lebensunterhalt.“

„Vielleicht“, sagte Marian spröde, „hat sie mal jemand durchgeprügelt, als sie es nicht verdienten. Kinder reagieren sehr empfindlich auf Ungerechtigkeit, weißt du.“

„Oh, ich bin sehr für Gerechtigkeit“, sagte Peter. „Was ist mit Gerechtigkeit für die Leute, deren Eigentum sie zerstören?“

„Du würdest ihnen beibringen, nicht herumzufahren und andren Leuten die Hecken niederzumähen, nehme ich an.“

Peter lachte herzlich. Daß sie den Vorfall mißbilligte, und er sie deswegen auslachte, das war zu einem der Bezugspunkte in der neuen Struktur ihrer Beziehungen geworden. Aber Marians Heiterkeit war mit ihrer eigenen Bemerkung verschwunden. Sie schaute Peter aufmerksam an, versuchte seine Augen zu sehen, aber er blickte auf sein Weinglas hinunter; wahrscheinlich bewunderte er das prächtige, durchscheinende Rot vor dem Weiß des Tischtuchs. Er hatte sich etwas zurückgelehnt, und sein Gesicht lag nun im Schatten.

Sie überlegte, warum Restaurants wie dieses hier so dunkel gehalten wurden. Vielleicht, damit sich die Leute während des Essens nicht zu deutlich sehen konnten. Kauen und Schlucken ist sicher für den, der es tut, angenehmer als für den, der zuschaut, dachte sie, und bei zu genauer Beobachtung des Partners könnte die romantische Atmosphäre leiden, die das Restaurant zu wahren sucht. Sie prüfte die Schneide ihres Messers.

Der Kellner tauchte auf, leise und flink wie eine Katze auf Teppichboden, und setzte ihre Bestellung vor ihr ab: ein saftiges Filet auf einer Holzplatte in einem Kranz von Schinken. Sie mochten es beide gern halb durchgebraten: die Kochzeiten aufeinander abzustimmen würde jedenfalls nie zum Problem werden. Marian war so hungrig, daß sie am liebsten das ganze Steak auf einmal hinuntergeschlungen hätte.

Sie begann zu schneiden, zu kauen und das Essen in ihren dankbaren Magen zu befördern. Sie dachte noch einmal an ihre Unterhaltung zurück und versuchte eine klarere Vorstellung davon zu bekommen, was sie mit „Gerechtigkeit" gemeint hatte. Sie nahm an, es sollte Fairneß bedeuten, aber sogar davon verschwamm ihre Vorstellung und wurde an den Rändern unscharf, als sie sie prüfte. Hieß das, Auge um Auge? Aber was hatte man davon, wenn man jemandem das Auge ausschlug, bloß weil man das eigene verloren hatte? Was war mit Schadenersatz? Bei Autounfällen und ähnlichem schien es eine Geldfrage zu sein; man konnte sogar Schmerzensgeld für seelische Schmerzen bekommen. In der Straßenbahn hatte sie einmal erlebt, wie eine Mutter ihr kleines Kind biß, weil es sie gebissen hatte. Nachdenklich kaute sie auf einem zähen Bissen herum und schluckte.

Peter, entschied sie, war heute nicht er selbst. Er hatte einen schwierigen Fall gehabt, der komplizierte Nachforschungen erfordert hatte; Präzedenzfall um Präzedenzfall war er durchgegangen, nur um festzustellen, daß sie alle den Gegner begünstigten. Deshalb gab er so strenge Erklärungen ab: er war von den Komplikationen frustriert und sehnte sich nach Einfachheit. Allerdings sollte ihm klar sein, daß er kein Geld verdienen würde, wenn die Gesetze nicht verwickelt wären.

Sie griff nach ihrem Weinglas und sah auf. Peter beobachtete sie. Er war dreiviertelfertig, sie noch nicht mal halb.

„Nachdenklich?" sagte er weich.

„Nicht richtig. Bloß geistesabwesend." Sie lächelte ihm zu und richtete ihre Aufmerksamkeit wieder auf ihren Teller.

In letzter Zeit hatte er sie mehr und mehr beobachtet.

Im Sommer hatte sie gefunden, er sähe sie nicht oft an, nähme sie häufig gar nicht richtig wahr; im Bett streckte er sich hinterher neben ihr aus und preßte sein Gesicht gegen ihre Schulter, und manchmal schlief er auch so ein. In der letzten Zeit jedoch heftete er seine Blicke auf ihr Gesicht, konzentrierte sich auf sie, als könnte er, wenn er nur scharf genug schaute, durch ihr Fleisch und ihren Schädel hindurch ihr Gehirn funktionieren sehen. Sie wußte nicht, was er suchte, wenn er sie so ansah. Sie fühlte sich unbehaglich dabei. Oft, wenn sie erschöpft nebeneinander auf dem Bett lagen, öffnete sie die Augen und merkte, daß er sie so beobachtet hatte, vielleicht in der Hoffnung, einen verborgenen Ausdruck in ihrem Gesicht zu entdecken. Dann ließ er seine Hand sanft über ihre Haut gleiten, ohne Leidenschaft, fast klinisch, als könnte er durch Berührung herausfinden, was seinem suchenden Blick entgangen war. Oder als versuchte er, sie sich einzuprägen. Wenn sie sich dann wie auf dem Untersuchungstisch eines Arztes zu fühlen begann, griff sie nach seiner Hand, damit er aufhörte.

Sie stocherte in ihrem Salat herum, wendete mit der Gabel die verschiedenen Teile in der Holzschale: sie suchte ein Stück Tomate. Vielleicht war ihm eins von diesen Ehe-Handbüchern in die Hände gefallen; vielleicht war es das! Das sähe Peter ähnlich, dachte sie zärtlich. Wenn man etwas neu hat, geht man hin und kauft sich ein Buch, in dem steht, wie man damit umgeht. Sie dachte an die Bücher und Zeitschriften über Kameras, die einen Teil der Sammlung auf dem mittleren Regal in seinem Zimmer ausmachten, zwischen den juristischen Büchern und den Kriminalromanen. Und das Auto-Handbuch hatte er immer im Handschuhfach. Es würde also durchaus seinem Denken entsprechen, sich jetzt, wo er heiraten wollte, ein Buch über die Ehe zu kaufen, eines mit leichtverständlichen grafischen Darstellungen. Sie war erheitert.

Sie spießte eine schwarze Olive aus ihrem Salat auf und aß sie. Das mußte es sein. Er taxierte sie wie eine neue Kamera, versuchte das innere Ganze aus Rädchen und winzigen Mechanismen zu durchschauen, die möglichen Schwachstellen, das zu erwartende zukünftige Verhalten: die Triebfedern der Maschine. Er wollte wissen, was sie zum Ticken brachte. Wenn es das war, was er suchte ...

Sie lächelte vor sich hin. Jetzt geht meine Phantasie mit mir durch, dachte sie.

Er war fast fertig. Sie beobachtete die tüchtigen Hände, die Messer und Gabel hielten und mit genau dem richtigen Druck präzise Schnitte ausführten. Wie geschickt er das machte: kein Reißen, keine ausgefransten Ränder. Trotzdem war dieses Schneiden ein gewalttätiger Akt, und Gewalttätigkeit in Verbindung mit Peter kam ihr widersinnig vor. Genau wie die Elch-Bier-Anzeigen, die nun überall auftauchten, in U-Bahnen, auf Reklameflächen, in Zeitschriften. Da sie an der Vorbefragung mitgearbeitet hatte, fühlte sie sich mitverantwortlich; obwohl die Anzeigen völlig harmlos waren. Der im Fluß watende Fischer, der die Forelle mit dem Netz fing, war viel zu ordentlich: er sah aus, als hätte er sich eben gekämmt und ein paar Locken sauber an die Stirn geklebt, um zu zeigen, daß der Wind ihn zauste. Auch der Fisch war nicht echt; er war nicht schleimig, hatte keine Zähne, roch nicht: er war nur ein hübsches Spielzeug aus Metall und Email. Der Jäger, der den Hirsch getötet hatte, posierte weltmännisch, mit unblutigen Händen, nicht ein Zweiglein im Haar. Natürlich wollte man in einer Reklame nichts Häßliches oder Ekliges: ein Hirsch mit heraushängender Zunge zum Beispiel wäre unmöglich.

Ihr fiel die Titelseite der Zeitung vom Morgen ein, sie hatte die Geschichte ohne große Aufmerksamkeit überflogen. Ein Junge war Amok gelaufen und hatte mit einem Gewehr neun Menschen erschossen, ehe ihn die Polizei stellte. Er hatte aus einem Fenster im oberen Stockwerk gefeuert. Jetzt erinnerte sie sich an ihn, grau und weiß, von zwei dunkleren Polizisten gehalten, sein Blick war abweisend, wachsam. Er war nicht der Typ, der jemanden mit der Faust schlagen oder ein Messer benutzen würde. Wenn er Gewalt wählte, dann eine indirekte Form von Gewalt, die Bedienung eines dazu entwickelten Werkzeugs, der Finger löste aus, aber er berührte nicht; er selbst beobachtete die Explosion aus der Entfernung, die Explosion von Fleisch und Blut. Es war eine Gewalttätigkeit des Geistes, fast schon Magie: man dachte es – und es geschah.

Sie sah ihm zu, wie er sein Steak bearbeitete, wie er einen geraden Streifen abschnitt und ihn dann in ordentliche Würfel unterteilte; es ließ sie an die Schemazeichnung einer Kuh vorn in einem ihrer Kochbücher denken: die Kuh war mit Linien unterteilt; Bezeichnungen sagten einem, von welchem Teil der Kuh die verschiedenen Stücke stammten. Was sie gerade aßen, stammte irgendwo vom Rücken: man schneide auf der gestrichelten Linie . . . Sie sah Reihen von Metzgern irgendwo in einem großen Raum, es war eine Schule für Metzger, sie saßen an Tischen, in makelloses Weiß gekleidet, jeder mit einer Kindergartenschere in der Hand, und schnitten aus dem Stapel von Kuhformen aus braunem Papier vor ihnen Steaks und Rippen und Roastbeef. Die Kuh in dem Buch, erinnerte sie sich, war mit Augen und Hörnern und Euter gezeichnet. Sie stand ganz natürlich da, nicht im geringsten beunruhigt durch die merkwürdigen, auf ihre Haut gemalten Markierungen. Bei gezielter Forschung wären die Menschen vielleicht bald in der Lage, überlegte sie, die Kühe so zu züchten, daß sie bereits genormt und vermessen geboren wurden.

Sie blickte auf ihr eigenes, halbgegessenes Steak hinunter und sah es plötzlich als Muskelklumpen. Blutigrot. Teil einer Kuh, die einst gefressen und sich bewegt hatte und die getötet worden war, auf den Kopf geschlagen, während sie mit anderen in einer Schlange stand, wie jemand, der auf die Straßenbahn wartete. Natürlich, das wußte jeder. Aber man dachte so gut wie nie daran. Im Supermarkt war alles in Zellophan abgepackt, mit aufgeklebten Benennungen und Preisen, und es war, als kaufte man ein Glas Erdnußbutter oder eine Dose Bohnen; selbst im Metzgerladen wickelten sie es einem so geschickt und schnell ein, daß es sauber, amtlich wirkte. Nun aber lag es plötzlich ohne Papier vor ihr, es war Fleisch und Blut, roh, und sie hatte es verschlungen, hatte sich damit vollgestopft.

Sie ließ Messer und Gabel sinken. Sie spürte, daß sie

ziemlich blaß geworden war und hoffte, daß Peter es nicht bemerkte. „Das ist lächerlich", tadelte sie sich selbst.

„Alle essen Kühe, das ist ganz normal. Man muß essen, um am Leben zu bleiben, Fleisch ist gesund, es enthält viel Proteine und Minerale." Sie nahm ihre Gabel, spießte ein Stück auf, führte es nach oben und legte es wieder ab.

Lächelnd hob Peter den Kopf. „Meine Güte, war ich hungrig", sagte er. „Ich bin froh, daß ich dieses Steak im Bauch hab. Nach einer guten Mahlzeit fühlt man sich immer gleich ein bißchen menschlicher."

Sie nickte und lächelte matt zurück. Er richtete seinen Blick auf ihren Teller. „Was ist los, Liebling? Du hast nicht aufgegessen."

„Nein", sagte sie, „anscheinend hab ich keinen Hunger mehr. Ich glaube, ich bin satt." Mit ihrem Tonfall deutete sie an, daß ihr Magen zu klein war und dieser riesigen Menge Nahrung nicht gewachsen. Peter lächelte und kaute, er war sich des überlegenen Fassungsvermögens seines Magens angenehm bewußt. „Mein Gott", dachte sie, „ich hoffe bloß, daß es nicht von Dauer ist; ich werde mich zu Tode hungern!"

Sie saß da und knüllte unglücklich ihre Serviette zwischen den Fingern zusammen, während sie zusah, wie das letzte Stück Steak in Peters Mund verschwand.

18

Marian saß am Küchentisch, löffelte unglücklich ein Glas Erdnußbutter und blätterte in ihrem größten Kochbuch. Am Tag nach dem Filet war sie nicht in der Lage gewesen, ein Schweinekotelett zu essen, und seitdem experimentierte sie schon ein paar Wochen herum. Sie hatte entdeckt, daß sie nicht nur Stücke, die allzu offensichtlich aus der Schema-Kuh ausgeschnitten waren, nicht essen konnte, sondern daß das auch für das Schema-Schwein und das Schema-Schaf galt. Was immer in ihr diese Entscheidung getroffen hatte – ihr Verstand war es bestimmt nicht –, lehnte alles ab, was eine Spur von Knochen oder Sehne oder Faser aufwies. Sachen, die durchgedreht und neu geformt worden waren, wie beispielsweise Hot Dogs oder Hamburger oder Lammpastetchen oder Würste, gingen noch, solange sie nicht zu genau hinsah, und auch Fisch war noch erlaubt. Sie hatte Angst gehabt, Huhn zu probieren: früher hatte sie es gern gegessen, aber die Skelettstruktur war unangenehm vollständig, und die Haut, das ahnte sie, würde einem Arm mit Gänsehaut zu stark ähneln. Wegen der Proteine hatte sie Omeletts und Erdnüsse und massenhaft Käse gegessen. Die leise Angst, die, während sie die Seiten überflog – sie war in dem Abschnitt „Salate" –, immer dichter an die Oberfläche stieg, war, daß diese Sache, diese Weigerung ihres Mundes, zu essen, bösartig war; daß sie sich ausbreiten würde; daß der Kreis, der das Eßbare vom Nicht-Eßbaren trennte, immer enger werden würde; daß die für sie geeigneten Dinge Stück um Stück ausgeschlossen würden. „Ich verwandle mich in eine Vegetarierin", dachte sie traurig, „in eine dieser Verrückten; ich werd anfangen müssen, in Gesundheits-Restaurants zu essen." Angewidert las sie einen Artikel mit der Überschrift „Serviervorschläge für Yoghurt". Die geschmackliche Sensation: Streuen Sie gehackte Nüsse darüber! schlug die Herausgeberin begeistert vor.

Das Telefon läutete. Sie ließ es ein paarmal läuten, ehe sie aufstand. Sie hatte keine Lust, mit irgend jemandem zu reden, und es machte ihr Mühe, sich aus dem zarten Reich des Blattsalats und der Wasserkresse und der pikanten Kräuterdressings loszureißen.

„Marian?" Es war Leonard Slanks Stimme. „Bist du es?"

„Ja. Hi, Len", sagte sie. „Wie geht's?" Sie hatte ihn schon lange nicht mehr gesehen und auch nicht mit ihm gesprochen.

„Bist du allein? Ich meine, ist Ainsley da?" fragte er.

„Nein, sie ist noch nicht von der Arbeit zurück. Sie wollte noch Einkäufe machen." Es war Vorweihnachtszeit, anscheinend schon seit Monaten; und die Geschäfte hatten bis neun Uhr abends geöffnet. „Soll ich ihr sagen, daß sie dich anrufen möchte, wenn sie heimkommt?"

„Nein, nein", sagte er hastig. „Ich will mit dir reden. Kann ich rüberkommen?"

Peter arbeitete an diesem Abend an einem Fall, theoretisch hatte sie also nichts vor, und eine passende Ausrede lieferte ihr Gehirn auch nicht. „Ja, natürlich, Len", sagte sie. Also hat sie es ihm erzählt, dachte sie, als sie den Hörer auflegte. Diese Verrückte! Ich möchte nur wissen, warum.

Ainsley war seit ein paar Wochen in Hochstimmung. Sie war von Anfang an sicher gewesen, daß sie schwanger war, und ihr Geist hatte die Aktivitäten ihres Körpers belauert mit der besorgten Aufmerksamkeit eines Wissenschaftlers, der bei einem wichtigen Reagenzglas auf die entscheidende Veränderung wartet. Sie verbrachte mehr Zeit als gewöhnlich in der Küche, um festzustellen, ob sie merkwürdige Gelüste verspürte oder nicht, probierte eine Vielzahl von Nahrungsmitteln, um zu sehen, ob sie ihr irgendwie anders schmeckten, und berichtete Marian über die Ergebnisse: Tee, sagte sie, schmeckte bitterer, Eier mehr nach Schwefel. Sie stellte sich auf Marians Bett, um das Profil ihres Bauches in Marians Frisierspiegel zu begutachten, der größer als ihr eigener war. Wenn sie durch die Wohnung spazierte, summte sie vor sich hin, pausenlos, es war unerträglich; und eines Morgens hatte sie schließlich zu ihrer unendlichen Befriedigung in den Küchenausguß gebrochen. Endlich war es Zeit gewesen, einen Gynäkologen aufzusuchen, und gerade gestern war sie mit strahlendem Gesicht die Treppen hochgestürmt und hatte einen Umschlag geschwenkt: das Ergebnis war positiv.

Marian gratulierte ihr, nicht so streng, wie sie es noch einige Monate zuvor getan haben würde. Damals hätte sie mit den Folgeproblemen fertigwerden müssen, etwa, wo Ainsley wohnen sollte – die Lady von unten würde sie bestimmt nicht mehr dulden, sobald sie rund wurde –, und ob sie selbst sich eine andere Mitbewohnerin suchen sollte, und wenn ja, ob sie Schuldgefühle haben würde, weil sie Ainsley im Stich ließ, und wenn nein, ob sie all die Verwicklungen und Spannungen ertragen könnte, die das Zusammenleben mit einer unverheirateten Mutter und einem neugeborenen Baby mit sich bringen würden. Jetzt war das nicht mehr ihre Sache, und sie konnte es sich leisten, Ainsley zuliebe aufrichtig erfreut zu klingen. Sie heiratete, sie war aus allem heraus.

Lens Anruf paßte ihr nicht, weil sie nicht in diese Geschichte verwickelt werden wollte. Sein Ton ließ sie vermuten, daß Ainsley ihm was erzählt hatte, aber aus der Unterhaltung war nicht hervorgegangen, was genau er wußte. Sie war ohnehin entschlossen, so zurückhaltend wie möglich zu sein. Natürlich würde sie hören – sie hatte Ohren, sie mußte hören –, was er zu sagen hatte (Was sollte er schon sagen? Seine Rolle war ausgespielt.); aber darüber hinaus gab es nichts, was sie tun konnte. Sie fühlte sich der Situation nicht gewachsen, und sie ärgerte sich: wenn Len schon mit jemandem reden wollte, dann mit Ainsley. Sie wußte die Antworten.

Marian aß noch einen Löffel Erdnußbutter; dabei haßte sie es, wie das Zeug am Gaumen klebte. Um die Zeit totzuschlagen, nahm sie sich das Kapitel über Schalentiere vor und las, wie man Krabben richtig abpult (Wer, fragte sie sich, kauft heute noch frische Krabben?), und dann, wie man Schildkröten behandelt, für die sie in letzter Zeit ein gewisses Interesse aufbrachte, ohne daß sie hätte sagen können, welcher Art genau es war. Ungefähr eine Woche lang sollte man seine lebende Schildkröte in einem Karton oder einem sonstigen Käfig halten, sollte sie lieben und mit Hamburgern füttern, damit sie alle Unreinheiten loswürde. Dann, wenn sie gerade anfing, einem zu vertrauen und vielleicht nachzulaufen wie ein ungeschickter, aber ergebener hartschaliger Spaniel, steckte man sie eines Tages in einen Kessel mit kaltem Wasser (wo sie zweifellos zu Anfang fröhlich herumschwimmen und tauchen würde) und brachte das dann langsam zum Kochen. Die Prozedur erinnerte an das Sterben früher christlicher Märtyrer. Welch teuflische Grausamkeit gab es in den Küchen des Landes im Namen der Ernährung! Doch die einzige Alternative schienen die zellophanumwickelten oder eingeschweißten und in Kartons verpackten Surrogate zu sein. Ersatz oder nur Verkleidung? Ganz gleich, das Töten hatte jedenfalls jemand anderes vorab besorgt.

Unten läutete die Türglocke. Marian erstarrte und

lauschte: wenn es sich vermeiden ließ, wollte sie nicht die Treppen hinunterlaufen. Sie hörte Stimmengemurmel und das Einschnappen der Tür. Die Lady von unten war auf dem Posten gewesen. Sie seufzte, schlug das Kochbuch zu, warf den Löffel, nachdem sie ihn noch mal abgeleckt hatte, in den Ausguß und schraubte den Deckel auf das Erdnußbutterglas.

„Hi", sagte sie, als Len blaß und atemlos im Treppenschacht auftauchte. Er sah krank aus. „Komm rein und setz dich." Da es erst halb sieben war, fragte sie: „Hast du was gegessen? Kann ich dir was anbieten?" Sie wollte ihm etwas zurechtmachen, und wenn es nur ein Stück Brot mit Schinken und Tomate war. Seit ihre eigene Einstellung zum Essen so zwiespältig geworden war, hatte sie ein abartiges Vergnügen daran, anderen Leuten beim Essen zuzusehen.

„Nein, danke", sagte er, „ich bin nicht hungrig. Aber ich könnte einen Drink vertragen, wenn du einen hast." Er ging ins Wohnzimmer und ließ sich aufs Sofa fallen, als wäre sein Körper ein Sack und er zu müde, ihn noch länger herumzutragen.

„Ich hab nur Bier – ist das recht?" Sie ging in die Küche, machte zwei Flaschen auf und trug sie ins Wohnzimmer. Bei guten Freunden wie Len mühte sie sich nicht mit Gläsern ab.

„Danke", sagte er und setzte die gedrungene braune Flasche an. Sein Mund wirkte, wie er sich so um den Flaschenhals legte, für einen Moment seltsam kindlich. „Herrgott, das hatte ich nötig", sagte er und stellte die Flasche auf dem Kaffeetisch ab. „Ich nehm an, sie hat es dir erzählt."

Bevor sie antwortete, nippte Marian an ihrem Bier. Es war Elch-Bier, sie hatte es aus Neugier gekauft. Es schmeckte genauso wie jedes andere Bier.

„Du meinst, daß sie schwanger ist", sagte sie im neutralen Gesprächston. „Ja, selbstverständlich."

Len stöhnte. Er nahm seine Hornbrille ab und preßte eine Hand auf die Augen. „O Gott, das macht mich richtig krank", sagte er. „Ich war so geschockt, als sie es mir erzählte, ich hatte sie bloß angerufen, um zu fragen, ob sie sich auf einen Kaffee mit mir trifft, seit damals ist sie mir irgendwie aus dem Weg gegangen, wahrscheinlich hat das alles sie wirklich mitgenommen – und dann so ein Schlag am Telefon! Ich hab den ganzen Nachmittag nicht arbeiten können. Ich hab mitten im Gespräch aufgelegt, keine Ahnung, was sie da gedacht haben mag, aber ich konnte nicht anders. Sie ist doch noch ein kleines Mädchen, Marian, ich meine, bei den meisten Frauen würde man denken, ach zum Teufel, wahrscheinlich geschieht es ihnen recht, sowieso alles Flittchen, nicht, daß mir so was schon mal passiert wäre. Aber sie ist so jung! Das Dumme ist, ich kann mich nicht genau erinnern, was an dem Abend geschehen ist. Wir kamen auf einen Kaffee herauf, und ich hab mich irgendwie mies gefühlt, und da stand diese Flasche Scotch auf dem Tisch, und ich hab mich darüber hergemacht. Natürlich streite ich nicht ab, daß ich hinter ihr her war, aber, na ja, ich hab es nicht erwartet, ich war nicht darauf vorbereitet, sonst wäre ich viel vorsichtiger gewesen. Was für ein Schlamassel. Was soll ich bloß tun?"

Marian schaute ihn schweigend an. Ainsley hatte also keine Möglichkeit gehabt, ihm etwas zu erklären. Sie überlegte, ob sie Len zuliebe versuchen sollte, dieses unwahrscheinliche Durcheinander zu entwirren, oder ob sie abwarten und es Ainsley überlassen sollte.

„Ich kann sie doch nicht heiraten!" sagte Len kläglich. „Ehemann zu sein wär schon schlimm genug, ich bin zu jung zum Heiraten. Aber kannst du dir mich als Ehemann und Vater vorstellen?" Er gab einen gurgelnden Laut von sich und setzte wieder die Flasche an. „Geburt", sagte er mit schriller, noch verstörterer Stimme, „Geburt ängstigt mich! Sie ist abstoßend. Ich ertrag den Gedanken nicht, ein" – er schauderte –, „ein Baby zu kriegen."

„Aber schließlich kriegst ja nicht du das Baby", sagte Marian vernünftig.

Len wandte sich ihr zu, das Gesicht verzerrt, bittend. Der Gegensatz zwischen diesem Mann, dessen Augen ohne ihren Schutz aus Glas und Schildpatt nackt und empfindlich wirkten, und dem glatten, cleveren, leicht lüstern schauenden Len, den sie kannte, tat ihr weh. „Marian", sagte er, „bitte, kannst du nicht mal versuchen, vernünftig mit ihr zu reden? Wenn sie sich nur zu einer Abtreibung entschließen könnte, ich würde selbstverständlich alles bezahlen." Er schluckte; sie beobachtete, wie sein Adamsapfel auf- und niederhüpfte. Sie hatte nicht geahnt, daß ihn irgend etwas derart unglücklich machen konnte.

„Das will sie nicht", sagte sie sanft. „Es ist nämlich so, daß sie schwanger werden wollte."

„Sie wollte was?"

„Sie hat es mit Absicht getan. Sie wollte schwanger werden."

„Das ist absurd", sagte Len. „Niemand will schwanger werden. Niemand würde vorsätzlich so was machen!"

Marian lächelte; er war naiv, was sie auf eine leicht klebrige Art süß fand. Ihr war, als müßte sie ihn auf den Schoß nehmen und sagen: „Nun, Leonard, es ist höchste Zeit, daß ich dir das Geheimnis des Lebens enthülle."

„Du würdest überrascht sein", sagte sie, „wie viele Leute das machen. Das ist heute so, verstehst du? Und Ainsley liest sehr viel; am College hat sie sich vor allem für Anthropologie interessiert, und sie ist überzeugt davon, daß jede Frau zur Erfüllung ihrer Weiblichkeit ein Baby braucht. Aber keine Sorge, du wirst weiter nichts damit zu tun haben. Sie will keinen Ehemann, bloß ein Baby. Deinen Beitrag hast du also schon geleistet."

Es fiel Len schwer, ihr zu glauben. Er setzte seine Brille auf, starrte sie durch das Glas an und nahm sie wieder ab. Es entstand eine Pause, während der er einen weiteren Schluck Bier trank. „Sie ist also auf dem College gewesen. Ich hätte es wissen müssen. Das haben wir also davon", sagte er gehässig, „daß wir Frauen Bildung gewähren. Sie kommen auf die lächerlichsten Ideen."

„Ach, ich weiß nicht", sagte Marian mit einer Spur Schärfe, „es gibt Männer, denen Bildung auch nicht sonderlich gut bekommt."

Len stöhnte. „Womit du mich meinst, nehme ich an. Aber woher hätte ich was wissen sollen? Du hast mir jedenfalls nichts davon gesagt. Schöne Freundschaft!"

„Ich würde mich nie erdreisten, dir beizubringen, wie du leben sollst", sagte Marian ungehalten. „Weshalb regst du dich überhaupt auf, jetzt, wo du Bescheid weißt? Du brauchst nichts zu tun. Sie wird sich um alles kümmern. Glaub mir, Ainsley ist durchaus in der Lage, für sich selbst zu sorgen."

Leonards Stimmung ging sehr schnell von Verzweiflung in Wut über. „Die kleine Schlampe", murmelte er. „Mich in so was reinzureiten . . ."

Auf der Treppe waren Schritte zu hören.

„Psst", sagte Marian, „sie kommt. Bleib bloß ruhig." Sie ging in den kleinen Korridor, um Ainsley zu begrüßen.

„Hi, sieh bloß mal, was ich hab", rief Ainsley, noch auf der Treppe. Sie rannte in die Küche, legte ihre Pakete auf den Tisch, warf den Mantel ab und fuhr ganz außer Atem fort: „Das war vielleicht ein Gedränge unten, aber außer den Lebensmitteln – du weißt ja, ich muß jetzt für zwei essen, ach ja, und meine Vitamintabletten hab ich auch – hab ich noch die süßesten kleinen Muster, wart nur, bis du sie siehst." Sie förderte ein Strickbuch zutage, dann blaue Babywolle.

„Es wird also ein Junge?" sagte Marian.

Ainsley riß die Augen auf. „Selbstverständlich. Das heißt, ich hoffe doch . . ."

„Vielleicht hättest du dich mit dem angehenden Vater darüber verständigen sollen, bevor du die notwendigen Schritte unternahmst. Er sitzt im Wohnzimmer und scheint ziemlich verärgert, daß er nicht gefragt worden ist. Es könnte ja sein", sagte Marian boshaft, „daß er ein Mädchen wollte."

Ainsley schob eine kastanienbraune Strähne zurück, die ihr in die Stirn gefallen war. „Oh, Len ist hier, ja?" sagte sie betont kühl. „Richtig, er klang ein bißchen verstimmt am Telefon." Sie ging ins Wohnzimmer. Marian wußte nicht, wer von den beiden ihre Unterstützung nötiger hatte oder wem sie sie zukommen lassen würde, wenn sie sich zwischen den beiden entscheiden müßte. Sie folgte Ainsley, wobei ihr durchaus klar war, daß sie sich der Angelegenheit besser entziehen sollte, ehe sie vollkommen verpfuscht war; nur wußte sie nicht, wie.

„Hi, Len", sagte Ainsley leichthin. „Du hast aufgelegt, bevor ich eine Chance hatte, alles zu erklären."

Len weigerte sich, sie anzuschauen. „Marian hat bereits alles erklärt, besten Dank."

Ainsley zog einen Flunsch. Offensichtlich hatte sie das selbst erledigen wollen.

„Irgend jemand mußte es wohl tun", sagte Marian und preßte etwas bigott die Lippen zusammen. „Er hat gelitten."

„Vielleicht hätte ich dir gar nichts sagen sollen", sagte Ainsley, „aber ich konnte es einfach nicht für mich behalten. Stell dir vor, ich werde Mutter! Ich bin ja so froh darüber!"

Len war immer zorniger geworden. „Ich bin aber nicht so verdammt froh darüber", platzte er heraus. „Die ganze Zeit über hast du mich bloß benutzt! Was für ein Trottel war ich doch, daß ich dich für süß und unschuldig hielt, wo du in Wirklichkeit das College hinter dir hast! Oh, sie sind alle gleich! An mir warst du kein bißchen interessiert. Das einzige, was du von mir wolltest, war mein Körper!"

„Und was", fragte Ainsley honigsüß, „wolltest du von mir? Na also, mehr hab ich nicht genommen. Den Rest kannst du behalten. Und deinen Seelenfrieden auch, ich droh dir mit keiner Vaterschaftsklage."

Len war aufgestanden und lief in sicherer Entfernung von Ainsley auf und ab. „Seelenfrieden. Ha! O nein, du hast mich da hineingezogen, psychologisch darin verwikkelt. Ich muß mich von nun an als einen Vater betrachten, das ist unanständig, und alles bloß, weil du" – er japste: die Vorstellung war absolut neu für ihn –, „weil du mich verführt hast!" Er schwenkte die Bierflasche in ihrer Richtung. „Ich bin jetzt seelisch-geistig verstrickt in ... Geburt! Fruchtbarkeit! Schwangerschaft! Merkst du nicht, was du mir damit antust? Es ist obszön, dieses schrecklich schleimige ..."

„Du spinnst", sagte Ainsley. „Es ist vollkommen natürlich und wunderschön. Die Beziehung zwischen Mutter und ungeborenem Kind ist die großartigste und engste, die es gibt." Sie lehnte am Türrahmen und starrte zum Fenster hinaus. „Die ausgewogenste ..."

„Ekelerregend!" unterbrach Len.

Ainsley wandte sich ihm ärgerlich zu. „Du zeigst die klassischen Symptome von Gebärneid. Was glaubst du wohl, wo zum Teufel du hergekommen bist? Auch nicht vom Mars! Und es mag ja neu für dich sein, aber deine Mutter hat dich auch nicht im Garten unter einem Kohlkopf gefunden. Du hast wie jeder andere neun Monate lang zusammengerollt in jemandes Bauch gelegen, und ..."

Lens Gesicht verzerrte sich. „Halt!" schrie er. „Erinnere mich nicht daran! Ich ertrage das nicht, mir wird schlecht! Komm nicht näher!" kreischte er, als Ainsley einen Schritt in seine Richtung machte. „Du bist unrein!"

Marian stellte fest, daß er hysterisch wurde. Er setzte sich auf die Sofalehne und bedeckte sein Gesicht mit den Händen. „Sie hat mich dazu gezwungen", murmelte er. „Meine eigene Mutter! Es gab Eier zum Frühstück, und ich machte meins auf, und da war ein Küken drin, ich schwör's, ein kleines Küken, noch nicht geboren, ich wollte es nicht anrühren, aber sie sah es gar nicht, sie sah überhaupt nicht, was da los war, sie sagte, sei nicht albern, für mich ist das ein ganz normales Ei, aber das war es nicht, wirklich nicht, und sie zwang mich, es zu essen. Und ich weiß, ich weiß bestimmt, daß ein kleiner Schnabel da war und kleine Krallen und alles ..." Er schauderte. „Grauenhaft. Grauenhaft, ich ertrag es nicht", stöhnte er; seine Schultern begannen krampfhaft zu zukken.

Marian errötete vor Verlegenheit, aber Ainsley gab ein mütterliches Gurren des Mitgefühls von sich und eilte zum Sofa. Sie setzte sich neben Len, legte die Arme um ihn und zog ihn herunter, so daß er halb über ihrem Schoß lag, den Kopf an ihrer Schulter. „Aber, aber", besänftigte sie. Ihr Haar fiel über ihre beiden Gesichter wie ein Schleier oder, dachte Marian, wie ein Spinngewebe. Sanft wiegte sie seinen Körper. „So, so. Außerdem wird es sowieso kein Küken, sondern ein süßes kleines Baby. Ein hübsches Baby."

Marian ging hinaus in die Küche. Sie war empört: die beiden benahmen sich wie die Kinder. Ainsleys Seele legte sich jetzt schon eine Speckschicht zu, dachte sie; Hormone sind doch was Wunderbares. Bald würde sie überall fett sein. Und Len hatte etwas Verborgenes offenbart, etwas, was sie noch nie an ihm bemerkt hatte. Er hatte sich verhalten wie ein Engerling, den man plötzlich ausgegraben und dem Tageslicht ausgesetzt hatte. Ein abstoßendes, blindes Sichkrümmen. Sie war verblüfft, daß so wenig ihn in einen solchen Zustand versetzen konnte. Sein Panzer war nicht so dick und hart gewesen, wie sie angenommen hatte. Es war wie bei diesem Trick, den sie früher bei Geselligkeiten vorgeführt hatten: man legte ein Ei mit den Enden zwischen die verschränkten Hände, drückte mit aller Kraft – und das Ei zerbrach nicht; es war so ausgewogen, daß sich die Kräfte aufhoben. Aber nur eine geringfügige Verschiebung, eine Veränderung des Drucks, und das Ei zerbrach, und man stand da, die Hände voller Ei.

Lens empfindliche Balance war gestört, und er war zerquetscht worden. Sie staunte, daß er so lange geglaubt hatte, diesem Resultat ausweichen zu können, sich eingeredet hatte, daß seine eigenen vielgerühmten sexuellen Aktivitäten nicht das geringste mit der Erzeugung von Kindern zu tun hätten. Was würde er getan haben, wenn die Situation so gewesen wäre, wie er zuerst geglaubt hatte, und er Ainsley tatsächlich zufällig geschwängert hätte? Wäre er fähig gewesen, Verantwortung abzulehnen? Für nicht schuldig zu plädieren auf der Grundlage von „Ich hab es doch nicht bös gemeint"? Sie sich gegenseitig aufheben zu lassen und unversehrt zu entkommen? Ainsley hatte seine Reaktion nicht vorhersehen können. Aber es war ihr Entschluß gewesen, der diese Krise geschaffen hatte. Was würde sie jetzt mit ihm machen? Was sollte sie machen?

Na, dachte sie, das ist ihr Problem, sollen sie sehen, wie sie klarkommen; ich hab damit nichts zu tun. Sie ging in ihr Schlafzimmer und schloß die Tür.

Als sie aber am nächsten Morgen ihr weichgekochtes Ei aufklopfte und das Eidotter mit seinem einen bedeutsamen, anklagenden gelben Auge zu ihr hochschaute, klappte ihr Mund zusammen wie eine verschreckte Seeanemone. Es lebt; es ist lebendig, sagten die Muskeln in ihrer Kehle und zogen sich zusammen. Sie schob den Eierbecher weg. Ihr Bewußtsein hatte sich mittlerweile an den Vorgang gewöhnt. Sie seufzte resigniert und strich einen weiteren Artikel von der Liste.

19

„Hier, Gelee, Lachs, Erdnußbutter und Honig und Eiersalat“, sagte Mrs. Grot und hielt Marian die Platte direkt unter die Nase – nicht weil sie unhöflich war, sondern weil Marian auf dem Sofa saß und Mrs. Grot aufrecht stand und das Zusammenwirken von Wirbelsäule, starrem Korsett und der Schreibtischarbeit angepaßter Muskulatur, die für Mrs. Grots aufrechte Haltung sorgten, es ihr nicht erlaubte, sich weiter herunterzubeugen.

Marian zog sich tiefer in die weichen Chintzkissen zurück. „Gelee, danke“, sagte sie und nahm ein Stück.

Es war die Weihnachtsfeier im Büro, die im Pausenraum abgehalten wurde, wo sie es sich, wie Mrs. Gundridge es formuliert hatte, „gemütlicher machen“ konnten. Diese Gemütlichkeit, alles durchdringend, wie sie in so engen Räumlichkeiten sein mußte, war durch ein gewisses Ausmaß an unterdrücktem Unwillen gedämpft. Weihnachten fiel dieses Jahr auf einen Mittwoch: das bedeutete, daß sie alle am Freitag wieder zur Arbeit erscheinen mußten und nur wegen eines einzigen Tages ein herrlich langes Wochenende verpaßten. Marian war sicher, daß es diese Tatsache war, die Mrs. Grots Brillengläser aufblitzen ließ und genügend Fröhlichkeit in ihr ausgelöst hatte, um es zu diesem noch nie dagewesenen menschlichen Herumreichen von Brötchen kommen zu lassen. Sie will unser Leiden nur aus der Nähe genießen, dachte Marian und sah der unbeugsamen Gestalt auf ihrem Weg durch den Raum nach.

Die Büroparty schien in erster Linie aus Essen und Gesprächen über Krankheiten und Sonderangebote zu bestehen. Das Essen hatten die Frauen selbst mitgebracht: jede von ihnen hatte sich verpflichtet, etwas mitzubringen. Selbst Marian hatte sich breitschlagen lassen, Schokoladenplätzchen zu versprechen, die sie dann aber in einer Bäckerei gekauft und nur in eine andere Tüte umgefüllt hatte. In letzter Zeit war ihr nicht nach Kochen und Backen gewesen. Die leckeren Sachen türmten sich auf dem Tisch am Ende des Pausenraums – bei weitem mehr, als sie brauchten, Salate und Sandwiches und Spezialbrötchen und Desserts und Kuchen und Plätzchen. Aber da jeder etwas mitgebracht hatte, mußte jeder zumindest ein bißchen was von allem essen, sonst würde sich der jeweilige Lieferant mißachtet fühlen. Ab und zu brach eine der Frauen in Rufe aus wie: „O Dorothy, ich muß einfach deine Orange-Ananas-Creme probieren!" oder „Lena, dein Obstsalat schaut einfach wunderbar aus!", rappelte sich dann hoch und wälzte sich zum Tisch, um ihren Pappteller von neuem zu füllen.

Marian hatte gehört, daß es nicht immer so gewesen war. Einige der älteren Frauen hatten eine schnell zur Legende verblassende Erinnerung an eine Zeit, als die Büroparty ein die ganze Firma umfassendes Ereignis gewesen war, damals, als die Firma noch wesentlich kleiner gewesen war. In jenen längst vergangenen Tagen, erzählte Mrs. Bogue geheimnisvoll, waren die Herren von oben heruntergekommen, und es hatte sogar Drinks gegeben. Aber die Firma war gewachsen und hatte schließlich eine Größenordnung erreicht, wo nicht mehr jeder jeden kannte, und die Parties waren außer Kontrolle geraten. Kleine Mädchen mit Tintenflecken an den Händen aus der Kopierabteilung wurden von umherstreunenden Führungskräften verfolgt, es gab unpassende Offenbarungen schwelender Lüste und verborgener Abneigungen, und ältere Damen tranken einen Schluck zuviel und wurden hysterisch. Im Interesse der übergeordneten Büromoral feierte nun jede Abteilung für sich, und am frühen Nachmittag hatte Mrs. Gundridge die Bemerkung beigesteuert, daß es so ohnehin viel gemütlicher wäre, bloß wir Mädchen hier unter uns, ein Kommentar, der klebriges Zustimmungsgemurmel hervorgerufen hatte.

Marian saß eingekeilt zwischen zwei der Bürojungfrauen, die dritte hockte auf der Sofalehne. Aus Selbstschutzgründen drängten sich die drei bei derartigen Anlässen zusammen: sie hatten keine Kinder, deren Niedlichkeit verglichen werden konnte, keine Heime mit bedeutender Möblierung und keine Ehemänner, über deren Verrücktheiten und garstige Angewohnheiten man sich austauschen konnte. Sie hatten andere Sorgen, obwohl Emmy gelegentlich eine Anekdote über eine ihrer Krankheiten zur allgemeinen Unterhaltung beitrug. Marian wußte, daß ihr eigener Status bei ihnen fragwürdig geworden war – sie wußten, daß sie am Tor zur Ehe stand, und betrachteten sie deshalb nicht länger als echte Single, als jemanden, der sich in ihre Probleme hineindenken konnte. Doch trotz dieser leichten Kühle ihr gegenüber zog sie ihre Gesellschaft derjenigen von irgendeiner der anderen Gruppierungen vor. Es gab wenig Bewegung im Raum. Einige reichten Platten herum, aber die meisten Frauen blieben in den verschiedenen Trauben und Kreisen auf ihrem Platz; nur ab und zu erfolgten Umgruppierungen durch Platztausch. Bloß Mrs. Bogue kreiste, verteilte ein freundliches Lächeln hier, ein Zeichen der Aufmerksamkeit oder ein Plätzchen dort. Das war ihre Pflicht.

Sie widmete sich dieser Pflicht um so eifriger, als es heute früh schon eine Katastrophe gegeben hatte. Der seit Oktober geplante, aber wegen weiterer Verbesserungen immer wieder verschobene riesige, stadtumfassende Instant-Tomatensaft-Geschmackstest hatte an diesem Vormittag durchgeführt werden sollen. Man hatte eine Rekordzahl von Interviewern, fast die gesamte verfügbare Mannschaft, auf die ahnungslosen Hausfrauen loslassen wollen, mit Papptabletts um den Hals wie Zigarettenverkäuferinnen (Lucy gegenüber hatte Marian im Vertrauen vorgeschlagen, ihnen allen die Haare zu färben und sie mit Federn und Netzstrümpfen zu bekleiden), und darauf kleine Pappbecher mit Tomatensaft aus der Dose und Pappbecher mit Tomatensaftpulver und kleine Wasserkrüge. Die Hausfrau sollte einen Schluck echten Tomatensaft nehmen, zusehen, wie der Interviewer die Instantmischung vor ihren erstaunten Augen mixte und dann, hoffentlich beeindruckt von der Schnelligkeit und Leichtigkeit, das Ergebnis probieren: „Einmal rühren, schon fertig!" lauteten die Probe-Reklamesprüche. Hätten sie den Test im Oktober durchgeführt, es hätte vielleicht funktioniert.

Unglücklicherweise hatte sich der Schnee, der über fünf gleichmäßig bewölkte graue Tage Zurückhaltung geübt hatte, entschlossen, an diesem Morgen um zehn Uhr herunterzukommen, und zwar nicht in sanft treibenden Flocken, ja nicht mal in kurzen Schneeschauern, sondern in einem regelrechten, ausgewachsenen Schneesturm. Mrs. Bogue hatte die leitenden Herren zu überreden versucht, den Test zu verschieben – vergebens. „Wir arbeiten mit Menschen, nicht mit Maschinen", hatte sie am Telefon gesagt; ihre Stimme war laut genug gewesen, daß man es durch die geschlossene Tür ihres Verschlags hören konnte. „Es ist ein absolutes Unding da draußen!" Aber es gab einen Termin, der eingehalten werden mußte. Die Sache war schon so lange hinausgeschoben worden, daß man nicht länger warten konnte, und außerdem würde zum jetzigen Zeitpunkt wegen der lästigen Weihnachtsfeiertage eine Verschiebung um einen Tag eine tatsächliche Verzögerung von drei Tagen bedeuten. Und so war Mrs. Bogues Herde schwach blökend in das Unwetter hinausgetrieben worden.

Den Rest des Vormittags hatte das Büro einer Rettungsstation in einem Katastrophengebiet geglichen. Die unglückseligen Interviewer überschwemmten es mit Anrufen. Ihre Autos, frostgeschützt und schneesicher, sträubten sich und streikten, strandeten in Schneewehen, knallten ihre Türen auf Hände und ihre Kofferraumdeckel auf Köpfe. Die Pappbecher waren viel zu leicht, um der Macht des Sturms zu widerstehen, und wirbelten über Wege und Hecken davon, wobei sie ihren blutroten Inhalt über den Schnee, über die Interviewer und, wo es die Interviewer tatsächlich bis zu einer Eingangstür geschafft hatten, über die Hausfrau selbst leerten. Einer Interviewerin wurde das ganze Tablett vom Hals gerissen und wie ein Papierdrachen in die Luft getragen; eine andere hatte ihres unter ihrem Mantel zu schützen versucht, mit dem Erfolg, daß der Wind es umkippte und alles gegen ihren Körper spritzte. Ab elf Uhr waren die Interviewer selbst hereingetaumelt gekommen, mit zerzausten Haaren und rotbeschmiert, um je nach Temperament zu kündigen oder Erklärungen abzugeben oder sich ihr Vertrauen zu sich selbst als tüchtigen, wissenschaftlichen Vermesser der öffentlichen Meinung bestätigen zu lassen. Und dazu mußte Mrs. Bogue mit dem Wutgeheul der teppichbeschreitenden Olympier von oben fertig werden, die sich weigerten, die Existenz eines Sturms anzuerkennen, den sie nicht selbst geschaffen hatten. Die Spuren dieses Kampfes ließen sich noch an ihrem Gesicht ablesen, während sie sich zwischen den essenden Frauen bewegte. Wenn sie vorgab, erregt und aufgebracht zu sein, dann war sie in Wirklichkeit ganz gelassen; aber jetzt, wo sie sich um Gelassenheit bemühte, erinnerte sie Marian an eine Frauenvereinsmeierin im Blumenhut bei einer anmutigen Dankrede, die gerade ein kleines, vielbeiniges Tierchen an ihrem Bein hochklettern fühlt.

Marian gab es auf, mehreren Unterhaltungen gleichzeitig halb zuzuhören und ließ das Geräusch der Stimmen im Raum als Nebel von bedeutungslosen Silben an ihren Ohren vorbeirauschen. Sie schluckte den Rest ihres Brötchens hinunter und ging sich ein Stück Kuchen holen. Der volle Tisch löste ein Gefühl der Gefräßigkeit in ihr aus: dieser Überfluß, all diese Baisers und Zuckergüsse und Glasuren, diese Klumpen aus Fett und Süßigkeiten, diese Wucherung reichhaltiger, glänzender Nahrung. Als sie mit einem Stück Biskuitkuchen zurückkehrte, hatte sich Lucy, die sich vorher mit Emmy unterhalten hatte, umgedreht und sprach nun mit Millie, so daß sich Marian, als sie wieder Platz genommen hatte, mitten in ihrem Gespräch befand.

„Na ja, natürlich wußten sie nicht, was sie dagegen machen sollten", sagte Lucy gerade. „Du sagst zu jemandem nicht einfach, bitte nimm mal ein Bad. Das wäre nicht gerade höflich."

„Wo London überhaupt so dreckig ist", sagte Millie verständnisvoll. „Die Männer – abends sind die Kragen ihrer weißen Hemden schwarz, einfach schwarz. Es ist der Ruß."

„Ja, und das ging so weiter und wurde immer schlimmer, es wurde so schlimm, daß sie sich schämten, ihre Freunde einzuladen ..."

„Worum geht es?" fragte Marian.

„Um ein Mädchen, das bei Freunden von mir drüben in England wohnte und eines Tages aufhörte, sich zu waschen. Sonst war mit ihr alles in Ordnung, sie wusch sich nur nicht, nicht mal ihr Haar, und sie zog nie etwas anderes an, eine Ewigkeit nicht, und meine Freunde mochten nichts sagen, weil sie in jeder anderen Hinsicht normal zu sein schien, aber unter der Oberfläche muß sie offensichtlich wirklich krank gewesen sein."

Bei dem Wort „krank" flog Emmys schmales, spitzes Gesicht herum, und die Geschichte wurde für sie wiederholt.

„Und was passierte dann?" fragte Millie und leckte sich Schokoladenguß von den Fingern.

„Nun", sagte Lucy und knabberte zierlich an einem Stückchen Mürbegebäck, „es wurde ziemlich schrecklich. Sie zog immer dieselben Sachen an, stellt euch das selbst vor. Ich glaube, es müssen drei oder vier Monate gewesen sein."

Gemurmel von „O nein", und Lucy sagte: „Na ja, zwei auf jeden Fall. Und sie wollten ihr gerade doch sagen, sie solle um Himmels willen entweder ein Bad nehmen oder ausziehen. Hättet ihr das nicht auch getan? Aber eines Tages kam sie heim, zog einfach diese Kleider aus und verbrannte sie und nahm ein Bad und alles, und seitdem hat sie sich völlig normal benommen. Einfach so."

„Sehr merkwürdig!" sagte Emmy enttäuscht. Sie hatte eine ernsthafte Krankheit erwartet, vielleicht sogar eine Operation.

„Natürlich sind sie drüben alle wesentlich schmutziger", sagte Millie im Ton einer Frau von Welt.

„Aber sie war von hier!" rief Lucy. „Sie war ordentlich erzogen und stammte aus einer anständigen Familie und alles; es war ja nicht so, daß sie kein Badezimmer gehabt hätten, die Leute waren immer absolut sauber!"

„Vielleicht gehörte es zu diesen Dingen, die wir alle mal irgendwie durchmachen müssen", sagte Millie philosophisch. „Vielleicht war sie noch unreif, und dann von zu Hause fort und all das . . ."

„Sie war bestimmt krank", sagte Lucy. Sie pickte die Rosinen aus einem Stück Weihnachtsstollen, um ihn dann essen zu können.

Marians Geist erfaßte das Wort „unreif", drehte und wendete es wie einen seltsamen, am Strand gefundenen Kieselstein. Es weckte die Vorstellung von einer unreifen Ähre oder von Gemüse oder Obst. Man war grün und dann reifte man: wurde erwachsen. Reif. Kleider für die reifere Dame. Mit anderen Worten, fett.

Sie schaute auf all die anderen Frauen im Raum, sah die sich zum Reden oder zum Essen öffnenden und schließenden Münder. Hier, wo sie wie jede beliebige andere Frauengruppe bei einem Nachmittagsfest herumsaßen, hatten sie nicht mehr den Anstrich von Amtlichkeit, der sie während der regulären Bürostunden von dem Meer namenloser Hausfrauen unterschied, deren Denkweise zu ergründen sie beauftragt waren. Sie hätten Kittelschürzen und Lockenwickler tragen können. Tatsache war, daß sie alle in Kleidern für die reifere Dame steckten. Sie waren reif, einige fast überreif, andere begannen bereits zu schrumpfen; sie stellte sie sich durch Stiele oben an den Köpfen mit einer unsichtbaren Rebe verbunden vor, wo sie in den verschiedenen Stadien von Wachstum und Verfall hingen ... Dann befand sich die schlanke, elegante Lucy neben ihr nur in einem früheren Stadium, unter der gepflegten goldenen Krone ihres Haares formte sich ein frühlingsgrüner Knubbel oder Knoten ...

Sie begutachtete die Körper der Frauen interessiert und kritisch, so als hätte sie sie nie zuvor gesehen. Was in gewisser Weise auch zutraf; sie waren einfach dagewesen wie alles andere im Büro auch, Schreibtische, Telefone, Stühle: Dinge, von denen man nur Umriß und Oberfläche wahrnahm. Jetzt aber sah sie die Fettrolle auf Mrs. Gundridges Rücken, die vom oberen Rand ihres Korsetts aufgeschoben wurde, die schinkenförmige Rundung des Schenkels, die Falten am Hals, die flächigen, großporigen Backen; knotige Krampfadern auf der Rückseite eines übergeschlagenen plumpen Beines, die Art, wie ihre Wamme wabbelte, wenn sie kaute, und daß ihre Strickjacke wie ein wollener Teewärmer über den runden Schultern saß ... Und die anderen auch, sie waren im Prinzip ähnlich, nur unterschiedlich in den Proportionen und dem Bau ihrer knolligen Dauerwellen und den dünenartigen Konturen von Brust und Taille und Hüfte, innerlich gestützt von Knochen, äußerlich von einem Panzer aus Kleidung und Make-up. Was für merkwürdige Kreaturen sie doch waren; und der ständige Austausch zwischen Außen und Innen, Sachen einnehmen, wiedergeben, kauen, Wörter, Kartoffelchips, Rülpser, Schmalz, Haare, Babies, Milch, Exkremente, Plätzchen, Erbrochenes, Kaffee, Tomatensaft, Blut, Tee, Schweiß, Alkohol, Tränen und Müll ...

Sie fühlte für einen Augenblick ihre Identitäten, fast ihre Substanz, wie eine Woge über ihren Kopf hinweggleiten. Irgendwann würde sie auch so sein – oder nein, sie war schon so; sie war eine von ihnen, der gleiche Körper, identisch, verschmolzen mit dem anderen Fleisch, das einem in dem blumengeschmückten Raum mit seinem süßlichen organischen Duft den Atem benahm; sie wurde erstickt von diesem undurchdringlichen Sargassomeer aus Weiblichkeit. Sie holte tief Atem und zwang Körper und Geist zurück in ihr eigenes Ich wie ein Meerestier, das seine Tentakeln einzieht; sie wünschte sich etwas Festes, Klares: einen Mann. Sie wünschte, Peter wäre im Raum, so daß sie ihre Hand ausstrecken und sich an ihn klammern könnte, um nicht hinabgesogen zu werden. Lucy trug um einen Arm einen goldenen Armreif. Marian fixierte ihn, konzentrierte sich darauf, als zöge sie den harten goldenen Ring um sich selbst, als feste Barriere zwischen sich und diesem fließenden, amorphen Außen.

Sie merkte, daß es im Raum still geworden war. Das Hühnerhofgegacker war verstummt. Sie hob den Kopf: Mrs. Bogue stand mit erhobener Hand am Ende des Raums neben dem Tisch.

„Wo wir alle gerade so zwanglos versammelt sind", begann sie mild lächelnd, „möchte ich gerne die Gelegenheit nutzen und eine sehr erfreuliche Mitteilung machen. Erst kürzlich habe ich per Buschfunk erfahren, daß eines unserer Mädchen bald heiraten wird. Ich bin sicher, daß wir alle Marian MacAlpin alles Gute für ihre Zukunft wünschen."

Es begann mit ein paar aufgeregten Quietschern und Piepsern und Gemurmel; dann erhob sich der ganze Haufen und stürzte sich auf sie, überschwemmte sie mit feuchten Gratulationen und Fragen voller Schokoladenkrümel und puderstäubenden kleinen Weiheküßchen. Marian stand auf und wurde augenblicklich an den mehr als umfangreichen Busen von Mrs. Gundridge gepreßt. Sie befreite sich und wich gegen die Wand zurück; sie war rot geworden, mehr aus Wut als aus Bescheidenheit. Irgend jemand hatte nicht dichtgehalten, eine von ihnen hatte sie verraten. Millie wahrscheinlich.

Sie sagte „Vielen Dank“ und „September“ und „März“, die einzigen Worte, die zur Beantwortung der Fragen nötig waren. „Wunderbar!“ und „Großartig!“ rief der Chor. Die Bürojungfrauen hielten sich wehmütig lächelnd fern. Auch Mrs. Bogue stand abseits. Sie hatte mit ihrem Tonfall und durch die bloße Tatsache dieser öffentlichen Mitteilung ohne jede Vorwarnung oder vorangegangene Absprache Marian klargemacht, daß sie ihre Kündigung erwartete, ganz gleich, ob es ihr Wunsch war oder nicht. Durch Gerüchte und die Entlassung einer Schreibkraft, kurz nachdem sie im Büro die Arbeit aufgenommen hatte, wußte Marian, daß Mrs. Bogue es am liebsten sah, wenn „ihre“ Mädchen entweder unverheiratet oder abgeklärte Veteranen waren, deren Hang zu unvorhergesehenen Schwangerschaften weit in der Vergangenheit lag. Jungverheiratete, so hatte man sie sagen hören, neigten zur Unbeständigkeit. Mrs. Grot von der Buchhaltung hielt sich ebenfalls am Rande des Kreises, ihr Lächeln war schmallippig und säuerlich. Ich möchte wetten, daß hat ihr die Festlaune verdorben, dachte Marian; für die Pensionskasse bin ich verloren.

Als sie aus dem Haus trat und in der kalten Luft die Straße entlangging, war das, als risse man in einem überheizten und stickigen Zimmer die Fenster auf. Der Wind hatte sich gelegt. Es war schon dunkel, aber die grellen Lichter aus den Schaufenstern und von der Weihnachtsdekoration aus Girlanden und Sternen über ihr ließen den jetzt in weichen Flocken fallenden Schnee aufblitzen wie das Sprühwasser eines riesigen, künstlich beleuchteten Wasserfalls. Auf dem Boden lag weniger Schnee, als sie erwartet hatte. Er war feucht, von den Fußgängern zu einem nassen braunen Matsch zertrampelt. Der Schneesturm morgens hatte erst angefangen, als Marian schon zur Arbeit aufgebrochen war, deshalb hatte sie keine Stiefel an. Als sie die U-Bahn-Station erreichte, waren ihre Schuhe völlig durchweicht.

Aber trotz ihrer nassen Füße verließ sie die U-Bahn

eine Haltestelle früher als sonst. Nach der Party konnte sie die Wohnung noch nicht ertragen. Ainsley würde kommen und ihre widerwärtige Strickerei weitermachen, dazu kam der Christbaum, ein Tischmodell aus Kunststoff in Silber und Himmelblau. Auf ihrem Bett warteten die Geschenke darauf, eingewickelt zu werden; und ihr Koffer mußte gepackt werden: früh am nächsten Morgen wollte sie mit dem Bus zu einem Zwei-Tage-Besuch ihrer Eltern und ihrer Stadt und ihrer Verwandten aufbrechen. Wenn sie je an sie dachte, kam es ihr vor, als gehörten sie nicht mehr zu ihr. Die Stadt und die Leute warteten irgendwo an irgendeinem Horizont auf sie, unverändert, monolithisch und grau, wie die verwitterten Steinruinen einer ausgestorbenen Zivilisation. Sie hatte sämtliche Geschenke am letzten Wochenende gekauft und sich durch die an den Ladentischen lärmende und schreiende Menge gedrängt, aber sie hatte gar keine Lust, irgend jemandem irgendwas zu schenken. Noch weniger Lust hatte sie, beschenkt zu werden, allen für all die Sachen danken zu müssen, die sie nicht brauchte und nie benutzen würde. Es half auch nichts, daß sie sich, wie ihr ein Leben lang erzählt worden war, einzureden versuchte, daß die gute Absicht des Schenkenden, nicht der Wert des Geschenks zählte. Und das schlimmste: all die kleinen Glückwunschanhänger, mit „Love“ darauf. Die Art von Liebe, mit der sie geschenkt wurden, war inzwischen auch etwas, was sie nicht brauchte und nie benutzen würde. Es war archaisch, auf traurige Weise überladen, wurde aus irgendeinem obskuren nostalgischen Grund aufbewahrt wie das Foto eines Verstorbenen.

Ohne groß auf die Richtung zu achten, war sie nach Westen marschiert, eine Straße mit Geschäften auf beiden Seiten, wo elegante Schaufensterpuppen steif in ihren hell erleuchteten Glaskäfigen standen. Jetzt war sie am letzten Laden vorbei, hier wurde es dunkler. Als sie sich der Ecke näherte, merkte sie, daß sie auf den Park zustrebte. Sie überquerte die Straße und wandte sich nach Süden, dem Strom der Autos folgend. Links von ihr lag das Museum; die grellen, orangefarbenen Scheinwerfer, die offenbar mehr und mehr zur Nachtbeleuchtung verwendet wurden, hoben das Relief der Steinfiguren am oberen Fries hervor.

Peter war ein Problem gewesen. Sie hatte nicht gewußt, was sie für ihn kaufen sollte. Kleidung kam nicht in Frage, hatte sie entschieden: er würde sich seine Sachen selbst aussuchen wollen. Was gab es noch? Irgend etwas für die Wohnung käme einem Geschenk für sich selbst gleich. Schließlich hatte sie ein hübsches teures Sachbuch über Kameras gekauft. Sie verstand nichts davon und hatte sich auf die Empfehlung des Verkäufers verlassen müssen, jetzt hoffte sie nur, daß er das Buch nicht schon besaß. Sie war froh, daß er Hobbies hatte: da war die Wahrscheinlichkeit, daß er nach der Pensionierung einen Herzschlag bekam, nicht so groß.

Sie ging unter den über die Straße ragenden Zweigen der Bäume durch, die hinter den Zäunen und Mauern der Universität wuchsen. Hier war der Bürgersteig weniger begangen, und der Schnee lag höher, an einigen Stellen reichte er ihr bis über die Knöchel. Ihre Füße schmerzten vor Kälte. Als sie sich zu fragen begann, warum sie weiterlief, hatte sie die Straße erneut überquert und stand im Park.

Als große, mattweiße Insel lag der Park in der Dunkelheit der Nacht. Der Strom der Autos floß gegen den Uhrzeigersinn drum herum; auf der anderen Seite lagen die Gebäude der Universität, Räumlichkeiten, die sie noch vor einem halben Jahr so gut zu kennen geglaubt hatte, die nun aber durch die kalte Luft eine schwache Feindseligkeit ausstrahlten, eine Feindseligkeit, deren Ursprung sie in sich selbst fand: auf irgendeine undeutliche Art war sie eifersüchtig auf sie. Von ihr aus hätten sie nach ihrem Abgang verschwinden können, aber sie waren stehengeblieben, machten weiter, ihrer Abwesenheit gegenüber ebenso gleichgültig wie vermutlich damals ihrer Anwesenheit.

Durch den weichen, knöcheltiefen Schnee lief sie weiter in den Park hinein. Hier und da traf sie auf Fußspuren, die schon wieder zugeweht wurden, aber sonst war alles glatt, unberührt; die Stämme der kahlen Bäume ragten unvermittelt aus dem Schnee, als wäre er zwei Meter tief, als hätte jemand die Bäume da hineingesteckt wie

Kerzen in den Zuckerguß eines Kuchens. Schwarze Kerzen.

Sie stand an dem runden, zementierten Teich, mit einem Springbrunnen im Sommer, jetzt aber ohne Wasser; statt dessen füllte er sich nun mit Schnee. Sie hielt an, um den entfernten Geräuschen der Stadt zu lauschen, die sich im Kreis um sie herumzubewegen schienen; sie fühlte sich in Sicherheit. „Paß bloß auf", sagte sie zu sich selbst, „daß du nicht eines Tages das Baden einstellst." Im Lunchraum hatte sie einen Augenblick lang das Gefühl gehabt, gefährlich dicht am Abgrund zu stehen; jetzt erschienen ihr die eigenen Reaktionen ziemlich albern. Eine Büroparty war nur eine Büroparty. Ab und zu mußte man Sachen einfach durchstehen, das war alles: Details, Leute, Unvermeidliches. Hinterher war dann alles in Ordnung. Sie war fast bereit, zurückzugehen und die Geschenke zu verpacken; sie war sogar hungrig genug, um eine halbe Kuh zu verschlingen, samt gestrichelten Linien und allem. Nur eine Minute wollte sie noch stehenbleiben, im Schnee, der auf diese Insel heruntertrieb, dieses ruhige offene Auge der Stille . . .

„Hallo", sagte eine Stimme.

Marian erschrak kaum. Sie drehte sich um: eine Gestalt saß am Ende einer Bank im tieferen Schatten einiger immergrüner Bäume. Sie ging darauf zu.

Es war Duncan, er saß vornübergebeugt, eine Zigarette glühte zwischen seinen Fingern. Er mußte schon eine ganze Weile da sein. Auf seinen Haaren und den Schultern seines Mantels lag Schnee. Sie zog ihren Handschuh aus und berührte seine Hand, sie war kalt und naß.

Sie setzte sich neben ihn auf die schneebedeckte Bank. Er schnippte seine Zigarette weg und wandte sich ihr zu, und sie machte die Knöpfe seines Mantels auf und kuschelte sich hinein, in einen Raum, der nach feuchter Kleidung und kaltem Zigarettenrauch roch. Er legte seine Arme um sie.

Er trug einen zottigen Pullover. Als wäre es ein Fell, so streichelte sie mit einer Hand darüber. Drunter konnte sie seinen mageren Körper fühlen, die hagere

Form eines halbverhungerten Tieres in elenden Zeiten. Er wühlte sein nasses Gesicht unter Schal und Haar und Mantelkragen an ihren Hals.

Sie saßen da, ohne sich zu rühren. Die Stadt, die Zeit außerhalb des weißen Kreises des Parks existierten fast nicht mehr. Marian spürte ihr Fleisch allmählich taub werden; ihre Füße hatten sogar aufgehört zu schmerzen. Sie drückte sich tiefer in die pelzige Oberfläche; draußen fiel der Schnee. Die Anstrengung, aufzustehen, war viel zu groß . . .

„Du hast lange gebraucht", sagte er schließlich ruhig. „Ich habe auf dich gewartet."

Ihr Körper fing an zu zittern. „Ich muß jetzt gehen", sagte sie.

An ihrem Hals spürte sie ein krampfartiges Zucken der Muskeln unterhalb seines Gesichts.

20

Langsam ging Marian den Gang hinunter, im Takt mit der sanften Musik, die um sie herum rauschte und rieselte. „Bohnen", sagte sie. Sie fand die mit „Ohne Zusätze" bezeichnete Sorte und warf zwei Büchsen in ihren Einkaufswagen.

Die Musik ging in einen klimpernden Walzer über; sie lief weiter den Gang entlang und versuchte sich auf ihre Liste zu konzentrieren. Die Musik störte sie, weil sie wußte, warum sie gespielt wurde: sie sollte einen in euphorische Trance versetzen und den Kaufwiderstand senken, bis einem alle Dinge wünschenswert erschienen. Jedesmal, wenn sie den Supermarkt betrat und die schwungvollen Klänge aus den verborgenen Lautsprechern hörte, mußte sie an einen Artikel denken, den sie gelesen hatte: Kühe gaben mehr Milch, wenn man ihnen gefällige Musik vorspielte. Aber die Tatsache, daß sie wußte, worauf das abzielte, bedeutete nicht, daß sie dagegen immun war. In letzter Zeit mußte sie aufpassen, sonst überraschte sie sich dabei, daß sie den Einkaufswagen wie eine Schlafwandlerin vor sich herschob, mit starrem Blick und leicht schwankend, und daß es ihr in den

Fingern zuckte, hinzulangen und alles, was ein leuchtendes Etikett trug, zu grapschen. Sie wehrte sich mit Einkaufslisten, die sie vorher in Blockschrift schrieb, und zwang sich, nichts zu kaufen, was nicht auf der Liste stand, egal, wie verführerisch Preis oder Verpackung wirkten. Wenn sie sich besonders gefährdet fühlte, dann hakte sie zusätzlich, als Gegenzauber, die Sachen mit einem Bleistift von der Liste ab.

Aber irgendwie waren sie immer erfolgreich: da konnte nichts schiefgehen. Irgendwann mußte man einfach einkaufen. Vom Büro her wußte sie genug, um zu erkennen, daß etwa die Wahl zwischen zwei Sorten Seife oder zwei Dosen Tomatensaft nicht von der Vernunft bestimmt wurde. Zwischen den Produkten, den Dingen selbst, bestand kein echter Unterschied. Nach welchen Kriterien traf man dann seine Wahl? Man konnte sich nur der schmeichelnden Musik überlassen und aufs Geratewohl zugreifen. Man ließ das, was in einem auf die Etiketten reagieren sollte, einfach reagieren, was immer es auch sein mochte; vielleicht hatte es was mit der Hypophyse zu tun. Welches Waschmittel hatte das beste Kraftsymbol? Welche Tomatensaftdose zeigte die den meisten Sex ausstrahlende Tomate, und achtete sie darauf? Irgend etwas in ihr mußte wohl darauf achten, sie wählte schließlich etwas aus und tat damit genau das, was einige Planer in einem Büro mit echten Teppichen erhofft und vorausgesagt hatten. Neuerdings hatte sie sich dabei ertappt, daß sie sich mit einer Art abstrakter Neugier selbst beobachtete, um zu sehen, was sie tun würde.

„Nudeln", sagte sie und schaute gerade noch rechtzeitig von ihrer Liste auf, um einen Zusammenstoß mit einer Dame in verschlissenem Bisam zu vermeiden. „O nein, jetzt haben sie noch eine Marke auf den Markt gebracht!" Sie kannte die Nudelbranche: sie hatte etliche Nachmittage in Geschäften im italienischen Viertel verbracht und all die Sorten und Marken von Pasta gezählt. Sie starrte die Nudeln an, stapelweise Nudeln, alle gleich in ihrer Zellophanpackung, dann schloß sie die Augen, streckte eine Hand aus und griff blindlings nach einem Paket. Irgendeinem Paket.

„Salat, Radieschen, Karotten, Zwiebeln, Tomaten, Petersilie", las sie von ihrer Liste ab. Das war einfach: diese Sachen konnte man sehen und danach entscheiden, obwohl manches in Beuteln war oder mit Gummiringen zu Bündeln zusammengeschnürt, wobei gute und schlechte Stücke gleichmäßig verteilt waren, und die Tomaten, treibhausrosa und geschmacklos zu dieser Jahreszeit, waren auf Pappe mit Zellophan darüber zu je vier Stück abgepackt. Sie steuerte ihren Wagen zur Gemüseabteilung, wo ein lackiertes, auf rustikal gemachtes Holzschild an der Wand hing: „Gemüsemarkt."

Lustlos durchstöberte sie das Gemüse. Früher hatte sie gern einen guten Salat gegessen, aber jetzt mußte sie soviel davon essen, daß er ihr allmählich langweilig wurde. Sie kam sich wie ein Kaninchen vor, dauernd mümmelte sie Berge von blättrigem Grünzeug. Wie sie sich danach sehnte, wieder ein Fleischfresser zu werden, wieder mal einen guten Knochen abzunagen! Das Weihnachtsessen war schwierig gewesen. „Aber Marian, du ißt ja gar nichts!" hatte sich ihre Mutter aufgeregt, als der Truthahn unberührt auf ihrem Teller liegengeblieben war. Sie wäre nicht hungrig, hatte sie gesagt und dann riesige Portionen Kartoffelbrei und Preiselbeersauce und Mince-Pie verdrückt, wenn niemand hinsah. Ihre Mutter hatte ihren merkwürdigen Appetitverlust auf Überreiztheit zurückgeführt. Sie hatte überlegt, ob sie sagen sollte, sie hätte sich einer neuen Religion zugewandt, die Fleischgenuß verbietet, dem Yoga oder den Duchoborzen oder sonstwas, aber das ging nicht: sie waren rührend erpicht darauf, daß die Hochzeit in der Kirche daheim stattfand. Ihre Reaktion insgesamt aber, soweit sie die Reaktionen von Leuten, die ihr nun so fern waren, beurteilen konnte, war weniger freudige Begeisterung als eine stille, ziemlich selbstgefällige Zufriedenheit, als wären ihre Bedenken bezüglich der Auswirkungen ihrer Universitätsbildung, nie formuliert, aber stets gegenwärtig, endlich zerstreut worden. Wahrscheinlich hatten sie befürchtet, sie würde Lehrerin werden oder eine alte Jungfer oder rauschgiftsüchtig oder Geschäftsführerin, oder sie würde irgendeine schockierende physische Verwandlung durchmachen, wie beispielsweise

Muskeln und eine tiefe Stimme zu entwickeln oder Moos anzusetzen. Sie konnte sich die besorgten Beratungen beim Tee vorstellen. Aber jetzt, sagten ihre zustimmenden Blicke, entwickelte sie sich doch noch richtig. Sie hatten Peter noch nicht kennengelernt, für sie schien er nur der notwendige X-Faktor zu sein. Obwohl sie neugierig waren: sie drängten sie ständig, ihn bald mal zum Wochenende mitzubringen. Als sie während dieser zwei kalten Tage in der Stadt herumgelaufen war, Verwandte besucht und Fragen beantwortet hatte, war sie nicht überzeugt gewesen, daß sie hier daheim war.

„Papiertaschentücher", sagte sie und betrachtete voller Abneigung die verschiedenen Marken und Farben – was machte es schon für einen Unterschied, womit man sich die Nase putzte? – und die phantastischen Blümchen und Kringel und Pünktchen auf dem Toilettenpapier. Sicher gab es das bald mit Goldauflage, als würde es für etwas ganz anderes benutzt, zum Beispiel zum Einpacken von Weihnachtsgeschenken. Es gab wirklich keine Unerfreulichkeit, aus der sie nicht ihren Vorteil zu ziehen wußten. Was um alles in der Welt war an schlichtem Weiß auszusetzen? Zumindest sah es sauber aus.

Natürlich hatten sich ihre Mutter und ihre Tanten in erster Linie für das Hochzeitskleid und die Einladungen und solche Sachen interessiert. Während sie den elektrischen Geigen lauschte und sich nicht zwischen zwei Geschmacksrichtungen von Dosen-Reispudding entscheiden konnte – gegen den sie keinen Vorbehalt hatte, er schmeckte so synthetisch –, konnte sie sich nicht erinnern, was sie eigentlich beschlossen hatten.

Sie schaute auf die Uhr: sie hatte nicht mehr viel Zeit. Zum Glück spielten sie gerade einen Tango. Schnell rollte sie ihren Wagen zum Regal mit Büchsensuppen, bemüht, den glasigen Blick ihrer Augen loszuwerden. Es war gefährlich, sich zu lange im Supermarkt aufzuhalten. Irgendwann mal würde es sie erwischen. Sie würde vom Ladenschluß überrascht und eingesperrt werden, und am nächsten Morgen würde man sie finden, in tiefem Koma gegen eines der Regale gelehnt, umgeben von sämtlichen Einkaufswagen, alle bis zum Überlaufen mit Waren vollgestopft . . .

Sie steuerte auf die Kassen zu. Es lief gerade wieder eine verkaufsfördernde Sonderaktion, eine Art Wettbewerb, bei dem der Sieger eine dreitägige Reise nach Hawaii gewann. An der Schaufensterscheibe klebte ein großes Plakat mit einer halbnackten jungen Frau im Grasrock, mit Blumen behängt, daneben ein kurzer Text: „*Ananas*, 3 Dosen 65 Cent“. Die Frau an der Kasse trug eine Papiergirlande um den Hals; der orangefarbene Mund kaute Kaugummi. Marian beobachtete den Mund, das einschläfernde Mahlen der Kiefer, das bewegliche Fleisch der Backen mit der Schicht von dunkelrosa Make-up, die abblätternden Lippen, hinter denen ein paar gelbe Nagetierzähne blinkten und arbeiteten, als führten sie ein Eigenleben. Die Registrierkasse zählte ihre Einkäufe zusammen.

Der orangefarbene Mund öffnete sich. „Fünf neunundzwanzig“, sagte er. „Schreiben Sie nur Namen und Adresse auf den Kassenzettel.“

„Nein, danke“, sagte Marian, „ich will nicht dahin.“

Das Mädchen zuckte die Schultern und wandte sich ab. „Entschuldigen Sie, Sie haben meine Rabattmarken vergessen“, sagte Marian.

Auch so was, dachte sie, als sie die Einkaufstüte hochhob und durch die Automatiktür in das schlammiggraue Zwielicht hinaustrat. Eine Zeitlang hatte sie die Marken abgelehnt: das war nur eine weitere versteckte Art, Geld zu machen. Aber das Geld machten sie so oder so, immer mehr; also hatte sie angefangen, sie zu sammeln und in Küchenschubladen zu verstecken. Jetzt aber sparte Ainsley auf eine Baby-Tragetasche, also achtete sie darauf, daß sie die Marken bekam. Es war das mindeste, was sie für Ainsley tun konnte. Die blumige Papier-Hawaiianerin lächelte ihr zu, als sie zur U-Bahn-Station trottete.

Blumen! Alle hatten sie wissen wollen, was für Blumen sie nehmen würde. Marian selbst dachte an Lilien; Lucy hatte ein Gesteck von rosa Teerosen und Schleierkraut vorgeschlagen. Ainsley hatte verächtlich gemeint: „Na ja, du wirst wohl eine traditionelle Hochzeit veranstalten müssen, da es um Peter geht. Aber die Leute sind solche Heuchler, was Blumen bei Hochzeiten anbelangt.

Niemand gibt zu, daß sie in Wirklichkeit Fruchtbarkeitssymbole sind. Wie wär's mit einer riesigen Sonnenblume oder einer Weizengarbe? Oder einem Gesteck aus Pilzen und Kakteen, das wär doch mal genital, findest du nicht?" Peter wollte mit solchen Entscheidungen nichts zu tun haben. „Solche Sachen überlaß ich ganz dir", sagte er zärtlich, wenn sie ihn ernsthaft fragte.

In letzter Zeit hatte sie Peter immer öfter gesehen, allerdings immer seltener allein. Jetzt, wo sie beringt war, führte er sie stolz vor. Ihm lag daran, daß sie einige seiner Freunde richtig kennenlernte, und er hatte sie zu Cocktailparties bei offizielleren Bekannten und zu Dinners und abendlichen Runden mit engeren Freunden mitgenommen. Sie war sogar bei einem Lunch mit Juristen dabeigewesen, wo sie die ganze Zeit über schweigend und lächelnd dagesessen hatte. Die Freunde waren durchweg gut gekleidet und standen kurz vor dem Erfolg, und sie alle hatten Frauen, die ebenfalls gut gekleidet waren und dicht vor dem Erfolg standen. Sie gaben sich alle Mühe und waren alle höflich zu ihr. Marian fiel es schwer, diese glatten Typen mit den fröhlichen Jägern und Meister-Biertrinkern in Verbindung zu bringen, die in Peters Erinnerungen an die Vergangenheit auftauchten, aber ein paar von ihnen waren wirklich die gleichen Leute. Ainsley nannte sie die „Seifenmänner", denn Peter hatte einmal, als er Marian abholte, einen Freund mitgebracht, der für eine Seifenfirma arbeitete. Marians größte Befürchtung war, daß sie die Namen mal verwechselte.

Peter zuliebe wollte sie nett zu ihnen sein; aber sie wurde, fand sie, regelrecht mit ihnen überschüttet, so hatte sie beschlossen, es sei Zeit, daß Peter auch einige ihrer Freunde richtig kennenlernte. Deshalb hatte sie Clara und Joe zum Essen eingeladen. Sie hatte sie sowie so vernachlässigt; obwohl es komisch war, dachte sie, verheiratete Leute fanden immer, sie würden vernachlässigt, wenn man sie nicht anrief, sogar wenn sie selbst viel zuviel um die Ohren hatten, um auch nur daran zu denken, jemanden von sich aus anzurufen. Peter hatte sich gesträubt – er hatte mal Claras Wohnzimmer von innen gesehen.

Gleich nach der Einladung wurde ihr klar, daß das Essen ein Problem sein würde. Sie konnte ihnen nicht Milch und Erdnußbutter und Vitamintabletten oder Salat mit Hüttenkäse vorsetzen; Fisch kam nicht in Frage, weil Peter keinen mochte, aber Fleisch konnte sie nicht auf den Tisch bringen – was würden die Gäste denken, wenn sie nichts davon aß? Erklären konnte sie es nicht. Wenn sie es selbst nicht verstand, wie könnte sie es dann von anderen erwarten? In den vergangenen Wochen hatten sich die wenigen Möglichkeiten, die ihr noch geblieben waren, selbst von ihrer Diät ausgeschlossen: Hamburger nach einer komischen Geschichte von Peter über einen Freund, der aus Jux einen hatte analysieren lassen und erfuhr, daß er Mäusehaare enthielt; Schweinefleisch, weil Emmy sie während einer Kaffeepause mit einem Bericht über Trichinose unterhalten hatte; eine Bekannte litt daran, sie hatte ihren Namen mit fast religiöser Ehrfurcht ausgesprochen („Sie hatte das Fleisch in einem Restaurant fast roh gegessen, ich würde so was im Restaurant nie wagen, stellt euch bloß vor, all diese kleinen Dinger in ihren Muskeln zusammengeringelt, und man wird sie nie wieder los!"); und Hammel und Lamm, weil Duncan von der Etymologie des Wortes „giddy", „schwindelig", gesprochen hatte: es stammte, sagte er, von „gid", der Drehkrankheit bei Schafen, verursacht durch große weiße Würmer im Gehirn. Selbst Würstchen hatte sie streichen müssen; dahinein, so hatte ihr Magen argumentiert, wurde alles mögliche alte Zeug gestopft. In Restaurants konnte sie immer auf Salate ausweichen, aber für Gäste reichte das nicht, nicht zum Dinner. Und gebackene Bohnen pur konnte sie schlecht servieren.

Sie war auf einen Auflauf mit Pilzen und Fleischbällchen nach einem Rezept ihrer Mutter verfallen, eine wirkungsvolle Verkleidung. „Ich mach das Licht aus und nehme nur Kerzen", dachte sie, „und traktier sie vorher mit genügend Sherry, damit sie nichts merken." Sie würde sich nur eine kleine Portion nehmen, die Pilze essen und die Fleischbällchen unter einem Blatt vom Salat verstecken, den es dazu gab. Es war nicht gerade eine elegante Lösung, aber etwas Besseres fiel ihr nicht ein.

Während sie nun eilig die Rettiche für den Salat schnitt, war sie für verschiedene Dinge dankbar: daß sie die Kasserolle schon am Abend vorher fertiggemacht hatte, so daß sie sie nur noch in die Röhre zu schieben brauchte; daß Clara und Joe erst ziemlich spät kommen würden, nachdem sie die Kinder zu Bett gebracht hatten; und daß sie immer noch Salat essen konnte. Es irritierte sie mehr und mehr, daß ihr Körper beschlossen hatte, gewisse Nahrungsmittel zurückzuweisen. Sie hatte versucht, vernünftig mit ihm zu reden, hatte ihn beschuldigt, leichtfertig und launisch zu sein, hatte geschmeichelt und gelockt, aber er blieb unerbittlich; und wenn sie es mit Gewalt probierte, rebellierte er. Ein solcher Vorfall im Restaurant hatte gereicht. Peter war selbstverständlich wahnsinnig nett gewesen; er hatte sie gleich heimgefahren und ihr die Treppen hochgeholfen, als wäre sie gebrechlich, und behauptet, sie hätte eine Magengrippe; außerdem aber war er peinlich berührt und (verständlicherweise) verärgert. Von da an hatte sie sich entschlossen, ihrem Körper seinen Willen zu lassen. Sie hatte alles getan, was er wollte, hatte sogar Vitamintabletten gekauft, um Protein- und Mineralhaushalt im Gleichgewicht zu halten. Sie wollte sich nicht falsch ernähren. „Vor allem", hatte sie sich gesagt, „muß ich die Ruhe bewahren." Wenn sie über all das nachdachte, kam sie zu dem Schluß, daß der Standpunkt ihres Körpers ein moralischer war: er weigerte sich schlicht, etwas zu essen, was gelebt hatte oder (wie Austern in ihrer halben Schale) noch lebte. Aber sie begann jeden Tag in der verzweifelten Hoffnung, daß ihr Körper seine Einstellung ändern könnte.

Sie rieb die Holzschüssel mit einer halben Knoblauchzehe aus, warf Zwiebelringe und geschnittene Rettiche und Tomaten hinein und zerpflückte den grünen Salat. In letzter Minute fiel ihr ein, daß sie dem Ganzen mit einer geraspelten Karotte mehr Farbe verleihen könnte. Sie nahm eine aus dem Kühlschrank, entdeckte den Schäler schließlich im Brotkorb und begann zu schälen, wobei sie die Karotte oben am Strunk festhielt.

Sie beobachtete ihre Hände und den Schäler und den Kringel von knackiger orangener Haut. Sie wurde sich der Karotte bewußt. Es ist eine Art Wurzel, dachte sie, sie wächst im Boden und treibt oben Blätter. Dann kommen Leute und reißen sie heraus, vielleicht gibt sie dabei sogar einen Laut von sich, einen Schrei, der für unsere Ohren zu leise ist, aber sie stirbt nicht auf der Stelle, sondern lebt weiter, jetzt, in diesem Moment, ist sie immer noch am Leben . . .

Sie glaubte es in ihren Händen zucken zu spüren. Sie ließ die Karotte auf den Tisch fallen. „O nein", sagte sie, den Tränen nahe. „Nicht auch das noch!"

Als sie endlich fort waren, auch Peter, der sie auf die Wange geküßt und scherzhaft gesagt hatte: „Darling, so werden wir nie werden", ging Marian in die Küche, kratzte die Reste von den Tellern in den Mülleimer und stapelte sie im Ausguß. Das Essen war kein guter Einfall gewesen. Clara und Joe hatten keinen Babysitter bekommen, also hatten sie die Kinder mitgebracht, sie die Treppen hochgeschleppt und ins Bett gesteckt, zwei in Marians Zimmer und eins in Ainsleys. Die Kinder hatten geweint und in die Hosen gemacht, und die Tatsache, daß das Badezimmer einen Stock tiefer war, half auch nicht gerade. Clara holte sie ins Wohnzimmer, um sie zu beruhigen und die Windeln zu wechseln; sie hatte da keinerlei Hemmungen. Die Unterhaltung war verstummt. Marian stand dabei, reichte Windelnadeln zu und machte auf hilfreich, überlegte aber insgeheim, ob es taktlos war, wenn sie hinunterging und eines der vielen geruchtötenden Mittel aus dem Badezimmer der Lady von unten holte. Joe lief geschäftig hin und her, pfiff vor sich hin und sorgte für Nachschub; Clara äußerte Entschuldigendes in Peters Richtung. „Kleine Kinder sind nun mal so, es ist bloß Scheiße. Vollkommen normal, machen wir alle. Nur daß einige von uns", sagte sie und schaukelte das Jüngste auf ihren Knien, „ein gewisses Zeitgefühl haben. Ist es nicht so, du kleiner Haufen?"

Peter hatte demonstrativ das Fenster geöffnet; es wurde eiskalt im Zimmer. Verzweifelt schenkte Marian Sherry ein. Peter bekam einen falschen Eindruck, aber sie wußte nicht, was sie dagegen tun sollte. Sie wünschte plötzlich, Clara hätte ein paar mehr Hemmungen. Clara leugnete nicht, daß ihre Kinder stanken, aber sie unternahm nichts, es zu verbergen. Sie ließ es gelten, sie bejahte es sogar, als wünschte sie, daß man es würdigte.

Nachdem die Kinder gewickelt und beruhigt und hingelegt worden waren, zwei auf dem Sofa und eins in seiner Tragetasche auf dem Fußboden, hatten sie sich zum Essen gesetzt. Jetzt, so hoffte Marian, würden sich alle miteinander unterhalten. Sie selbst konzentrierte sich darauf, ihre Fleischbällchen zu verstecken, sie wollte nicht den Schiedsrichter machen: ihr fielen einfach keine intelligenten Beiträge ein. „Clara hat mir erzählt, du wärst Briefmarkensammler", hatte sie riskiert, aber aus irgendeinem Grund hörte Joe sie nicht; jedenfalls antwortete er nicht. Peter warf ihr einen neugierigen Blick zu. Sie saß da und spielte mit ihrem Brötchen und kam sich vor, als hätte sie einen unanständigen Witz gemacht, über den niemand lachte.

Peter und Joe hatten angefangen, die internationale Lage zu erörtern, aber Peter hatte taktvoll das Thema gewechselt, als deutlich wurde, daß sie nicht einer Meinung waren. Er sagte, er hätte an der Universität einmal einen Philosophiekurs belegen müssen, aber er hätte Plato nicht verstanden; ob Joe es ihm erklären könnte? Joe sagte, wahrscheinlich nicht, da er sich auf Kant spezialisiert hätte, und er stellte Peter eine Sachfrage über Erbschaftssteuern. Er und Clara, fügte er hinzu, gehörten einer genossenschaftlichen Sterbekasse mit Erdbestattung an.

„Das wußte ich gar nicht", sagte Marian halblaut zu Clara und füllte sich eine zweite Portion Nudeln auf. Sie hatte das Gefühl, als wären alle Augen auf ihren Teller gerichtet; die unter den Salatblättern verborgenen Fleischbällchen zeigten sich deutlich wie Knochen auf einer Röntgenaufnahme. Sie wünschte, sie hätte statt zwei Kerzen nur eine genommen.

„Ja", sagte Clara munter, „Joe hält nichts von der Einbalsamierung."

Marian fürchtete, Peter könnte das ein bißchen zu drastisch finden. Der Jammer war, seufzte sie im stillen, daß Joe ein Idealist war und Peter Pragmatiker. Man konnte das an ihren Krawatten ablesen: Peters war aus Wolle, dunkelgrün, elegant, funktional; während die von Joe – nun ja, es war eigentlich gar keine Krawatte, sondern die abstrakte Idee von einer Krawatte. Sie selbst mußten den Unterschied bemerkt haben: sie ertappte sie dabei, wie sie jeder die Krawatte des anderen beäugten, wobei wahrscheinlich jeder dachte, daß er so eine Krawatte nie tragen würde.

Sie stellte die Gläser in den Ausguß. Es störte sie, daß es nicht gut gelaufen war; sie fühlte sich verantwortlich. „Aber“, fiel ihr ein, „mit Len ist er gut ausgekommen.“ Es spielte ohnehin keine große Rolle: Clara und Joe gehörten zu ihrer Vergangenheit, und sie konnte von Peter nicht erwarten, daß er sich ihrer Vergangenheit anpaßte. Was zählte, war die Zukunft. Sie fröstelte, es war immer noch kühl drinnen, weil Peter das Fenster geöffnet hatte . . . Es würde nach braunem Samt und Möbelpolitur riechen, hinter ihr Rascheln und Hüsteln, sie würde sich umdrehen und die vielen aufmerksamen Gesichter vor sich haben, sie würden gehen und durch eine Tür treten, und ein weißer Wirbel würde über ihnen niedergehen, die Papierfitzelchen würden gegen ihre Gesichter geblasen und sich wie Schnee auf Haar und Schultern setzen.

Sie nahm eine Vitamintablette und machte die Kühlschranktür auf, um sich ein Glas Milch zu holen. Entweder sie oder Ainsley mußten wirklich etwas wegen des Kühlschranks unternehmen. In den letzten Wochen war ihr auf Gegenseitigkeit beruhender Reinigungszyklus zusammengebrochen. Sie hatte für heute das Wohnzimmer saubergemacht, wußte aber, daß sie das Geschirr im Ausguß stehenlassen würde, was bedeutete, daß Ainsley ihrs auch nicht abwusch, und so würde es weitergehen, bis alles Geschirr schmutzig war. Dann würden sie den obersten Teller abwaschen, wenn sie einen brauchten, und die anderen würden unberührt liegenbleiben. Und der Kühlschrank: nicht nur, daß er abgetaut werden mußte, die Fächer waren auch vollgestopft mit Kleinkram, Essensresten in kleinen Gläsern, in Folie gewickelten Sachen und braunen Papiertüten . . . Bald würde alles riechen. Sie hoffte bloß, daß es sich nicht zu schnell im restlichen Haus ausbreiten würde, zumindest nicht nach unten. Bis es sich zur Seuche entwickelte, war sie vielleicht schon verheiratet.

Ainsley war beim Essen nicht dabeigewesen; wie jeden Freitag war sie zur Geburtsvorbereitung in die Klinik gegangen. Marian hörte sie die Treppen hochkommen und in ihr Zimmer gehen, als sie das Tischtuch zusammenlegte. Kurz darauf erklang ihre zitternde Stimme: „Marian? Kommst du bitte mal?"

Sie ging in Ainsleys Zimmer, bahnte sich ihren Weg durch den Kleidersumpf auf dem Boden zum Bett hin, auf das sich Ainsley geworfen hatte. „Was ist los?" fragte sie. Ainsley machte einen erschütterten Eindruck.

„O Marian", sagte sie mit schwankender Stimme, „es ist ja so gräßlich! Ich war in der Klinik. Und ich war so glücklich, und ich hab gestrickt, und jemand hielt einen Vortrag über die Vorteile des Stillens und so. Es gibt sogar einen Verein. Aber dann kam dieser Psy-Psy-Psychologe und sprach über das Vaterbild." Sie war den Tränen nahe, und Marian stand auf und kramte in der Kommode, bis sie ein schmuddeliges Kleenex ausgegraben hatte, für alle Fälle. Sie war besorgt: Weinen paßte nicht zu Ainsley.

„Er meint, sie sollten mit einem starken Vaterbild im Haus aufwachsen", sagte Ainsley, als sie sich etwas gefaßt hatte. „Das täte ihnen gut, so würden sie normal, vor allem Jungen."

„Na schön, aber das hast du doch vorher gewußt, oder?" fragte Marian.

„Ach, Marian, in Wirklichkeit ist es viel schlimmer. Er kam mit Statistiken und so! Es ist wissenschaftlich bewiesen." Sie schluckte. „Wenn ich einen Jungen kriege, wird er mit Sicherheit ho-ho-homosexuell!" Bei der Erwähnung dieser Kategorie Mann, die nie das geringste Interesse für sie gezeigt hatte, füllten sich Ainsleys große blauen Augen mit Tränen. Marian hielt ihr das Kleenex hin, aber Ainsley schob es beiseite. Sie richtete sich auf und schob ihr Haar zurück.

„Es muß einen Weg geben", sagte sie tapfer und hob das Kinn.

21

Sie hielten sich an der Hand, als sie die breiten Steinstufen hinaufstiegen und durch die schweren Türen traten, mußten aber loslassen, um durch das Drehkreuz gehen zu können. Drinnen schien es nicht mehr richtig, sich anzufassen. Die Kirchenatmosphäre der Goldmosaik-Kuppel, unter der sie standen, hielt sie von so fleischlichen Annäherungen ab, selbst wenn sie nur die Finger betrafen, und der blauuniformierte weißhaarige Wächter hatte sie stirnrunzelnd gemustert, als er ihr Geld kassierte. Marian verband das Stirnrunzeln mit vagen Erinnerungen an zwei frühere Besuche bei ganztägigen Bildungsfahrten mit dem Bus, als sie noch die Grundschule besuchte: vielleicht gehörte das zum Eintrittspreis.

„Komm", sagte Duncan fast flüsternd, „ich zeig dir meine Lieblingssachen."

Sie kletterten die Wendeltreppe hoch, immer im Kreis um den Totempfahl herum, der nicht hierherpaßte, immer der gewölbten Decke entgegen. Marian war so lange nicht mehr in diesem Teil des Museums gewesen, daß es ihr wie die Erinnerung an einen unangenehmen Traum vorkam, die Art von Traum, die man hat, wenn man sich nach einer Mandeloperation von der Narkose erholt. Während des Studiums hatte sie im Untergeschoß einen Kurs besucht (Geologie: es war die einzige Möglichkeit gewesen, Religionslehre zu vermeiden; seitdem hatte sie Gesteinsproben mit scheelen Blicken betrachtet); ein paarmal war sie im Erdgeschoß im Museums-Café gewesen. Aber sie war nie wieder diese Marmorstufen hochgestiegen, in den schalenförmigen Luftraum, der nun fast massiv wirkte, von Strahlen voller Sonnenstäubchen durchbohrt, wo das Wintersonnenlicht durch die schmalen Fenster oben fiel.

Sie hielten kurz an, um über die Brüstung zu schauen. Unten marschierte eine Horde Schulkinder im Gänsemarsch durch das Drehkreuz und holte sich Tuchklappstühle von einem Stapel an der Wand, ihre Körper wirkten durch die Perspektive verkürzt. Der weite Raum dämpfte das Schrillen ihrer Stimmen, so daß sie noch weiter entfernt zu sein schienen, als sie tatsächlich waren.

„Hoffentlich kommen sie nicht hier herauf", sagte Duncan und stieß sich von der Marmorbrüstung ab. Er zupfte sie am Mantelärmel, wandte sich um und zog sie in eine der abzweigenden Galerien. Langsam spazierten sie über den knarrenden Parkettboden an den Reihen der gläsernen Schaukästen vorbei.

In den vergangenen drei Wochen hatte sie Duncan ziemlich häufig gesehen, mehr in heimlichem Einverständnis als wie früher durch Zufall. Er saß wieder an einer Seminararbeit, hatte er erzählt, über „Die Einsilbigkeit bei Milton", eine eingehende Stilanalyse aus fundamentaler Sicht. Seit zweieinhalb Wochen hing er am ersten Satz fest: „Es ist von außerordentlicher Bedeutung, daß . . ." Und nachdem er die Möglichkeiten des Waschsalons erschöpft hatte, hatte er manchmal das Bedürfnis nach Entspannung oder Flucht.

„Warum suchst du dir denn nicht eine Kommilitonin, die auch Englisch macht?" hatte sie einmal gefragt, als sie ihre beiden Gesichter im Spiegel eines Schaufensters gesehen hatte: es war ihr so vorgekommen, als paßten sie besonders schlecht zueinander. Sie sah aus wie jemand, der angestellt worden ist, ihn spazierenzuführen.

„Das wäre keine Entspannung", sagte er, „die schreiben auch alle Seminararbeiten, wir müßten drüber diskutieren. Außerdem", fügte er mürrisch hinzu, „haben sie nicht genug Busen. Oder vielmehr", korrigierte er sich nach einer Pause, „manche haben auch zuviel."

Marian hatte den Verdacht, daß sie „benutzt" wurde, aber es störte sie nicht, solange sie wußte, wozu: sie hatte es gern, wenn sich solche Sachen auf einer möglichst bewußten Ebene abspielten. Natürlich erhob Duncan „Forderungen", zumindest auf ihre Zeit und ihre Aufmerksamkeit; aber er bedrohte sie jedenfalls nicht dafür mit irgendeinem immateriellen Geschenk. Seine totale Ichbezogenheit war auf merkwürdige Weise beruhigend. Wenn er, während seine Lippen ihre Wange berührten, murmelte: „Weißt du, in Wirklichkeit mag ich dich nicht mal besonders", störte sie das nicht, denn sie brauchte nicht zu antworten. Wenn aber Peter, mit seinem Mund in ungefähr der gleichen Position, „Ich liebe dich“ flüsterte und auf ein Echo wartete, dann mußte sie sich dazu zwingen.

Sie vermutete, daß sie Duncan ebenfalls benutzte, obwohl ihr die Motive unklar blieben, wie so viele ihrer Motive zur Zeit. Sie hatte sich durch einen langen Zeitraum bewegt (und sie fand es seltsam, daß sie sich überhaupt bewegt hatte: in zwei Wochen wollte sie nach Hause fahren, einen Tag nach der Party, die Peter geben wollte, und weitere zwei, oder waren es drei, Wochen später würde sie verheiratet sein), der nur aus Warten bestanden hatte, sie hatte sich von der Strömung treiben lassen, hatte Zeit erduldet, die durch kein echtes Ereignis markiert war, auf ein zukünftiges Ereignis wartend, das durch ein Ereignis in der Vergangenheit bedingt war. Bei Duncan war sie von einem Strudel von Gegenwart gefangen: sie hatten buchstäblich keine Vergangenheit und ganz sicher keine Zukunft.

Duncan war aufreizend gleichgültig gegenüber ihrer Heirat. Er hörte sich das wenige an, was sie erzählte, grinste ein bißchen, als sie bemerkte, daß sie das Ganze für eine gute Idee hielte, zuckte dann die Achseln und erklärte kühl, daß es sich für ihn übel anhörte, aber sie schiene ja großartig damit fertig zu werden, und außerdem wäre es sowieso ihr Problem. Anschließend ging er zu dem vielschichtigen und stets faszinierenden Thema seiner Person über. Es schien ihm egal zu sein, was mit ihr geschah, wenn sie aus dem Bereich seiner fortdauernden Gegenwart verschwunden war: die einzige Bemerkung, die er je über die Zeit nach ihrer Heirat gemacht hatte, war eine Andeutung, daß er wohl einen Ersatz würde auftreiben müssen. Sie fand sein mangelndes Interesse erquicklich, wollte aber den Grund dafür nicht wissen.

Sie schlenderten durch die orientalische Abteilung. Hier gab es viele helle Vasen und glasierte und lackierte Teller. Marian betrachtete einen riesigen Wandschirm mit kleinen goldenen Bildern von Göttern und Göttinnen, die um eine gigantische zentrale Figur herum angeordnet waren: eine fettleibige buddhaähnliche Gestalt, die lächelte wie Mrs. Bogue, wenn sie durch göttlichen Willen heiter und unergründlich über ihre Armee von verkümmerten Hausfrauen herrschte.

Was auch die Gründe sein mochten, sie war immer froh, wenn er anrief, drängend, verstört, und sie bat zu kommen. Sie mußten abgelegene Orte wählen – verschneite Parks, Kunstgalerien, gelegentlich eine Bar (allerdings niemals das Park Plaza) –, was bedeutete, daß ihre wenigen Umarmungen impulsiv, verstohlen, kalt gewesen waren und stark behindert durch dämpfende Schichten von Winterkleidung. Heute morgen hatte er sie im Büro angerufen und das Museum vorgeschlagen oder vielmehr angeordnet: „Ich sehne mich nach dem Museum", hatte er gesagt. Sie hatte einen Zahnarzttermin vorgeschützt und war früh aus dem Büro geflüchtet. Es spielte sowieso keine Rolle, in einer Woche war endlich Schluß, und ihre Nachfolgerin arbeitete sich bereits ein.

Das Museum war ein guter Ort: hier würde Peter nie herkommen. Sie hatte Angst, daß sich Peter und Duncan mal begegnen könnten. Eine unsinnige Furcht, denn es gab keinen Grund, redete sie sich ein, warum sich Peter darüber aufregen sollte – es hatte nichts mit ihm zu tun, es war offensichtlich keine Frage der Konkurrenz oder etwas ähnlich Albernes –, und außerdem konnte sie bei einem Zusammentreffen der beiden Duncan immer noch als einen alten Freund vom College oder so was vorstellen. Ihr konnte nichts passieren, was sie anscheinend wirklich fürchtete, war die Zerstörung, nicht von irgendwas in ihrer Beziehung zu Peter, sondern von einem der beiden durch den anderen; wer von wem und aus welchem Grund zerstört werden würde, konnte sie allerdings nicht sagen, und die meiste Zeit staunte sie über sich selbst, daß sie solche vagen Vorahnungen hatte.

Jedenfalls konnte sie ihn aus diesem Grund nicht in ihre Wohnung kommen lassen. Es wäre zu riskant. Sie war mehrmals bei ihm gewesen, aber immer war einer der Mitbewohner oder beide dagewesen, mißtrauisch und unangenehm empfindlich. Das machte Duncan noch nervöser als sonst, und sie gingen schnell fort.

„Warum mögen sie mich nicht?" fragte sie. Sie hatten angehalten, um eine fein gearbeitete chinesische Rüstung zu betrachten.

„Wer?“

„Sie. Sie tun immer, als glaubten sie, ich wollte dich verschlingen.“

„Also eigentlich ist es nicht so, daß sie dich nicht mögen. Sie haben sogar gesagt, du wärst anscheinend ein nettes Mädchen, und ob ich dich nicht mal zum Dinner einladen wollte, damit sie dich richtig kennenlernen. Ich hab ihnen nicht erzählt“, sagte er, ein Lächeln unterdrückend, „daß du bald heiratest. Also wollen sie aus der Nähe begutachten, ob du auch zur Familie paßt. Sie versuchen mich zu beschützen. Sie sorgen sich um mich, auf die Art holen sie sich ihre emotionalen Vitamine; sie wollen nicht, daß ich verdorben werde. Sie halten mich für zu jung.“

„Aber warum bin ich solch eine Bedrohung? Vor was beschützen sie dich?“

„Na ja, verstehst du, du studierst nicht Englisch. Und du bist ein Mädchen.“

„Haben sie noch nie ein Mädchen gesehen?“ fragte sie entrüstet.

Duncan überlegte. „Ich glaube nicht. Nicht richtig. Ach, ich weiß nicht – was weißt du schon von deinen Eltern? Du denkst immer, sie lebten in so einer Art Ur-Unschuld. Aber ich hab den Eindruck, daß Trevor an so etwas wie mittelalterliche Keuschheit glaubt, so im Sinne von Edmund Spenser, verstehst du? Fisch hält das, glaube ich, theoretisch für richtig, er redet dauernd darüber, und du solltest sein Dissertationsthema hören, da dreht sich alles um Sex, aber er meint, man müßte auf den richtigen Partner warten, dann durchführe es einen wie ein Blitz. Wahrscheinlich hat er das aus ‚Some Enchanted Evening‘ oder bei D. H. Lawrence aufgeschnappt. Herrgott, dabei hat er lange genug gewartet, er ist fast dreißig . . .“

Marian hatte Mitleid: im Geiste stellte sie eine Liste der alternden alleinstehenden Mädchen zusammen, die sie kannte und die vielleicht für Fisch in Frage kommen würden. Millie? Lucy?

Sie gingen weiter, bogen um die nächste Ecke und kamen in noch einen Raum voller Schaukästen. Sie hatte inzwischen völlig die Orientierung verloren. Das Labyrinth von Korridoren und großen Hallen und Biegungen hatte ihr Richtungsgefühl durcheinandergebracht. Außer ihnen schien sich niemand in diesem Teil des Museums zu befinden.

„Weißt du, wo wir sind?" fragte sie ein bißchen ängstlich.

„Ja", sagte er, „wir sind fast da."

Sie gingen unter einem weiteren Torbogen hindurch. Im Gegensatz zu den überladenen und vergoldeten orientalischen Räumen, die sie durchquert hatten, war dieser vergleichsweise grau und leer. An den Wandgemälden erkannte Marian, daß sie in der altägyptischen Abteilung waren.

„Ab und zu komm ich hier hoch", sagte Duncan mehr zu sich selbst, „um über die Unsterblichkeit nachzudenken. Dies ist mein Lieblingsmumiensarg."

Durch das Glas schaute Marian auf das bemalte Goldgesicht hinunter. Die stilisierten, an den Rändern mit dunkelblauen Linien nachgezogenen Augen standen weit offen. Sie starrten mit einem Ausdruck heiterer Leere zu ihr hoch. Über der Brust breitete ein gemalter Vogel seine Schwingen aus, jede Feder war deutlich erkennbar; ein ähnlicher Vogel war über die Schenkel und ein weiterer über die Füße gemalt. Die übrigen Verzierungen waren kleiner: orangefarbene Sonnen, vergoldete Figuren mit Kronen auf den Häuptern, die auf Thronsesseln oder in Booten saßen, und ein sich wiederholendes Muster von seltsamen Zeichen, die wie Augen aussahen.

„Sie ist wunderschön", sagte Marian. Sie fragte sich, ob sie das wirklich fand. Unter der Glasoberfläche wirkte die Form merkwürdig fließend, wie ertrunken; die goldene Haut wellte sich . . .

„Ich glaube, es soll ein Mann sein", sagte Duncan. Er war zum nächsten Schaukasten weitergegangen. „Manchmal denk ich, ich möchte ewig leben. Dann brauchte man sich über die Zeit keine Gedanken mehr zu machen. O Unbeständigkeit! Warum hat der Versuch, die Zeit zu überwinden, nicht mal den Erfolg, sie aufzuhalten . . ."

Sie ging hinüber, um zu sehen, was er betrachtete. Es

war ein weiterer Mumiensarg, aber offen, so daß man die schrumplige Gestalt darin sehen konnte. Die vergilbten Leinenbinden am Kopf waren entfernt worden, und der Schädel mit seiner trockenen grauen Haut und den schwarzen Haarsträhnen und den seltsam vollkommenen Zähnen lag frei. „Sehr gut erhalten", kommentierte Duncan in einem Ton, der andeutete, daß er von der Sache was verstand. „Heute bringt das niemand so fertig, obwohl viele von diesen professionellen Leichenklauern so tun, als könnten sie's."

Marian schauderte und wandte sich ab. Sie war fasziniert, nicht von der Mumie selbst – sie sah solche Dinge nur ungern an –, sondern von Duncans deutlichem Interesse daran. Von irgendwo tauchte der Gedanke in ihr auf, daß er, wenn sie den Arm ausstreckte und ihn berührte, zerfallen würde. „Du bist morbid", sagte sie.

„Was hast du gegen den Tod?" sagte Duncan; in dem leeren Raum klang seine Stimme plötzlich laut. „Daran ist nichts Morbides, wir sterben alle, das ist ganz natürlich."

„Den Tod zu mögen ist nicht natürlich", protestierte sie und drehte sich zu ihm um. Er grinste sie an.

„Nimm mich bloß nicht ernst", sagte er. „Ich hab dich gewarnt. Komm, ich zeig dir mein Muttersymbol. Demnächst werde ich es Fisch vorführen. Er droht, eine kurze Abhandlung mit dem Titel ‚Mutterleibsymbole bei Beatrix Potter' für ‚Victorian Studies' zu schreiben. Das muß man verhindern!"

Er führte sie in die hinterste Ecke des Saales. In dem schnell verblassenden Licht konnte sie zuerst nicht erkennen, was in dem Kasten war. Es wirkte wie ein Haufen Geröll. Dann erkannte sie, daß es ein Skelett war, das an einigen Stellen noch mit Haut bedeckt war und mit angezogenen Knien auf der Seite lag; daneben ein paar Tontöpfe und eine Halskette. Der Körper war sehr klein, wie von einem Kind.

„Aus der Zeit vor den Pyramidenbauern", sagte Duncan. „Der Wüstensand hat es konserviert. Wenn ich hier wirklich alles satt hab, geh ich dahin und grab mich ein. Vielleicht erfüllt die Bibliothek schon den gleichen

Zweck, nur ist diese Stadt reichlich feucht. Die Sachen würden vermodern!"

Marian beugte sich weiter über den Glaskasten. Sie fand die kümmerliche Gestalt ergreifend: mit den hervorstehenden Rippen und den zerbrechlichen Beinen und Schulterblättern ähnelte sie den Fotos von Menschen aus unterentwickelten Ländern oder Konzentrationslagern. Nicht, daß sie das Ganze in die Arme nehmen wollte, sie empfand nur hilfloses Mitleid.

Als sie sich aufrichtete und zu Duncan hochschaute, merkte sie mit einem winzigen Erschrecken, daß er sie gerade berühren wollte. Unter diesen Umständen wirkte seine Magerkeit nicht unbedingt beruhigend, und sie zuckte leicht zurück.

„Keine Angst", sagte er, „ich werd nicht aus dem Grab zurückkehren." Er ließ seine Hand über ihre Wange gleiten und lächelte traurig auf sie herunter. „Der Jammer ist, vor allem mit Menschen und wenn ich sie berühre, daß ich mich nicht auf die Oberfläche konzentrieren kann. Solange man nur an die Oberfläche denkt, ist alles in Ordnung und auch wirklich, aber sobald man anfängt zu überlegen, was darunter ist . . ."

Er beugte sich vor, um sie zu küssen. Sie wich aus, legte ihren Kopf gegen seine Mantelschulter und schloß die Augen. Er fühlte sich noch zerbrechlicher als sonst an: sie hatte Angst, ihn zu fest zu halten.

Sie hörte den Parkettboden knarren, öffnete die Augen und sah zwei strenge graue Augen forschend auf sich gerichtet. Sie gehörten einem der Wächter in blauer Uniform, der sich ihnen von hinten genähert hatte. Er tippte Duncan auf die Schulter.

„Entschuldigen Sie, Sir", sagte er höflich und doch bestimmt, „aber – äh – Küssen ist im Mumiensaal nicht gestattet."

„Oh", sagte Duncan. „Tut mir leid."

Durch den Irrgarten von Räumen suchten sie sich ihren Weg zurück bis zur Haupttreppe. Eine Gruppe von Schulkindern mit Klappstühlen kam aus dem Gang gegenüber, und sie wurden von dem Strom kleiner trappelnder Füße erfaßt und in einem Wasserfall kreischenden Gelächters die Marmorstufen hinabgespült.

Duncan hatte noch einen Kaffee vorgeschlagen, und so saßen sie im Museums-Café an einem viereckigen, schmuddeligen Tisch, umgeben von Grüppchen von unangenehm freudlosen Studenten. Für Marian verband sich Kaffeetrinken im Lokal schon so lange mit dem Büro und der morgendlichen Kaffeepause, daß sie dauernd damit rechnete, die drei Bürojungfrauen plötzlich neben Duncan auftauchen zu sehen.

Duncan rührte seinen Kaffee um. „Sahne?" fragte er.

„Nein, danke", sagte sie, überlegte es sich dann aber anders und nahm doch etwas, weil ihr eingefallen war, daß Sahne einen gewissen Nährwert hatte.

„Weißt du, ich finde, wir sollten miteinander schlafen", sagte Duncan im Gesprächston und legte seinen Löffel weg.

Marian erschrak innerlich. Sie hatte, was immer mit Duncan geschehen war (Was war eigentlich geschehen?), damit gerechtfertigt, daß es nach ihren Normen ganz unschuldig war. Es war ihr in der letzten Zeit so vorgekommen, als stünde Unschuld in einem nicht genau festgelegten Zusammenhang mit Kleidung: die Grenzen lagen bei Kragen und langen Ärmeln. Ihre Rechtfertigungen nahmen immer die Form von eingebildeten Gesprächen mit Peter an. Peter würde eifersüchtig sagen: „Was hab ich da gehört? Du triffst dich dauernd mit so einem dürren Typ, einem Studenten?" Und sie würde antworten: „Sei nicht albern, Peter, es ist absolut harmlos. Schließlich heiraten wir in zwei Monaten." Oder in anderthalb Monaten. Oder in einem Monat.

„Sei nicht albern, Duncan", sagte sie, „das ist unmöglich. Schließlich heirate ich in einem Monat."

„Das ist dein Problem", sagte er, „mit mir hat das nichts zu tun. Und ich dachte, mir könnte es guttun."

„Warum?" fragte sie und mußte gegen ihren Willen lächeln. Es war einfach verblüffend, in welchem Ausmaß er ihren Standpunkt ignorieren konnte.

„Selbstverständlich geht es dabei nicht um dich. Nur um die Sache an sich. Ich meine, du weckst nicht gerade rasende Begierde in mir oder so. Aber ich dachte, du weißt Bescheid und bist sachkundig und vernünftig dabei, halt irgendwie ruhig. Nicht so wie viele andere. Ich glaube, es wär ganz gut, wenn ich mein Problem mit dem Sex überwinden könnte." Er schüttete etwas Zukker auf den Tisch und malte mit dem Zeigefinger Muster hinein.

„Welches Problem?"

„Na ja, vielleicht bin ich ein latenter Homosexueller." Er überlegte sich das einen Moment. „Oder vielleicht ein latenter Heterosexueller. Egal, auf jeden Fall bin ich ganz schön latent. Weiß auch nicht, warum, wirklich nicht. Natürlich hab ich schon ein paar Versuche gestartet, aber wenn ich dann anfange, über die Sinnlosigkeit von all dem nachzudenken, geb ich immer auf. Vielleicht liegt es daran, daß du dabei was tun mußt, und ich will von einem gewissen Punkt an nichts anderes als daliegen und die Decke anstarren. Wenn ich Seminararbeiten schreiben soll, denk ich an Sex, aber wenn ich schließlich irgendeine willige Schönheit in die Ecke gedrängt hab oder mich mit ihr unter Hecken wälze oder so und alles bereit zu sein scheint für den Gnadenstoß, dann fang ich an, über Seminararbeiten nachzudenken. Ich weiß, hier liegt eine Wechselbeziehung der Ablenkungen vor, beide Sachen sind grundsätzlich gesehen Ablenkungen, verstehst du, aber wovon soll ich eigentlich abgelenkt werden? Jedenfalls sind sie alle viel zu literarisch, und zwar weil sie nicht genügend Bücher gelesen haben. Hätten sie mehr gelesen, dann wüßten sie, daß es das alles schon lange gibt. *Ad nauseum.* Wie können sie nur so geschmacklos sein? Sie winden und schlängeln sich und machen auf leidenschaftlich, sie geben sich wirklich Mühe, und ich denke dann, o Gott, wieder eine schlechte Imitation, von was auch immer gerade schlecht imitiert wird, und ich verliere das Interesse. Oder schlimmer, ich fang an zu lachen. Dann werden sie hysterisch." Gedankenvoll leckte er sich den Zucker von den Fingern.

„Und wieso glaubst du, daß es mit mir anders wäre?" Sie begann sich sehr erfahren und professionell vorzukommen – fast wie eine Oberschwester. Das schrie, fand sie, nach kräftigerem Schuhwerk, gestärkten Manschetten und einer Ledertasche voller Spritzen.

„Na ja", sagte er, „wahrscheinlich wäre es nicht anders. Aber jetzt, wo ich es dir erzählt hab, würdest du zumindest nicht hysterisch werden."

Schweigend saßen sie da. Marian dachte über das nach, was er gesagt hatte. Die Unpersönlichkeit seiner Anfrage war wohl ziemlich beleidigend. Warum war sie nicht beleidigt? Sie hatte viel eher das Gefühl, sie müßte helfen, etwas im Sinne von Krankenpflege tun, etwa seinen Puls fühlen.

„Weißt du ...", sagte sie nachdenklich, dann fragte sie sich, ob auch niemand zugehört hatte. Sie sah sich im Café um, und ihr Blick begegnete dem eines großen bärtigen Mannes, der an einem Tisch in der Nähe der Tür saß. Der könnte Anthropologieprofessor sein, fand sie. Erst dann erkannte sie in ihm einen von Duncans Mitbewohnern. Der Blonde, der ihr den Rücken zuwandte, mußte demnach der andere sein.

„Da drüben sitzt einer von deinen Eltern", sagte sie.

Duncan drehte sich um. „Oh", sagte er, „ich geh wohl besser mal rüber." Er stand auf, ging zu ihrem Tisch hinüber und setzte sich dazu. Nach einer hastigen Beratung kam er wieder zurück. „Trevor läßt fragen, ob du zum Essen kommen magst", sagte er im Ton eines kleinen Kindes, das eine eingepaukte Nachricht überbringt.

„Möchtest du, daß ich komme?" fragte sie.

„Ich? Oh, sicher. Ich glaub schon. Warum nicht?"

„Dann richte ihm aus", sagte sie, „daß ich mit Vergnügen kommen werde." Peter arbeitete an einem Fall, und Ainsley war heute abend in der Klinik.

Er ging, um ihre Zusage zu übermitteln. Gleich darauf erhoben sich die beiden Mitbewohner und gingen hinaus; Duncan kam zurück und setzte sich. „Trevor sagt, er sei hingerissen", berichtete er, „und er saust jetzt nach Hause und schiebt ein paar Sachen in den Ofen. Nichts Besonderes, sagt er. In einer Stunde werden wir erwartet."

Marian fing an zu lächeln und legte dann eine Hand über ihren Mund: plötzlich waren ihr all die Sachen eingefallen, die sie nicht essen konnte. „Was glaubst du, was er machen wird?" fragte sie zaghaft.

Duncan zuckte die Schultern. „Keine Ahnung. Er liebt es, Sachen aufzuspießen und sie dann zu flambieren. Warum?"

„Na ja“, sagte sie, „es gibt da eine Menge Dinge, die ich nicht essen kann; das heißt, in letzter Zeit hab ich sie nicht gegessen. Fleisch zum Beispiel und Eier und verschiedenes Gemüse.“

Duncan schien nicht im mindesten überrascht. „Okay“, sagte er, „aber Trevor ist sehr stolz auf seine Kochkünste. Mir ist das egal, ich würde genausogern jeden Tag Hamburger essen, aber er wird beleidigt sein, wenn du nicht wenigstens ein bißchen von dem ißt, was auf deinem Teller liegt.“

„Noch beleidigter wird er sein, wenn ich alles wieder auskotze“, sagte sie grimmig. „Vielleicht sollte ich doch lieber nicht mitkommen.“

„Ach was, komm nur mit, uns wird schon was einfallen.“ In seiner Stimme schwang eine Andeutung von boshafter Neugier mit.

„Tut mir furchtbar leid, ich weiß selbst nicht, wie das kommt, aber ich kann offenbar nichts dagegen tun.“ Sie überlegte, ob sie sagen könnte, sie machte gerade eine Diät.

„Möglicherweise“, sagte Duncan, „bist du eine typische Vertreterin der modernen Jugend, die gegen das System rebelliert, obwohl es nicht strenge Vorschrift ist, bei der Verdauung anzufangen. Aber warum eigentlich nicht? Ich habe essen sowieso immer für eine lächerliche Tätigkeit gehalten. Ich würde es mir abgewöhnen, wenn ich könnte, aber ich höre, man müßte es tun, um am Leben zu bleiben.“

Sie standen auf und zogen ihre Mäntel an.

„Ich meinerseits“, sagte er, als sie hinausgingen, „würde es vorziehen, durch die Hauptschlagader ernährt zu werden. Ich bin sicher, das ließe sich machen. Wenn ich nur die richtigen Leute kennen würde . . .“

22

Als sie die Eingangshalle des Mietshauses betraten, steckte Marian, die ihre Handschuhe ausgezogen hatte, eine Hand in die Manteltasche und drehte ihren Verlobungsring am Finger halb herum. Es wäre unhöflich den

Mitbewohnern gegenüber, die alles mit so rührender Besorgnis mißverstanden hatten, wenn sie den verräterischen Diamanten allzu demonstrativ blitzen ließe. Dann nahm sie den Ring ganz ab. Dann dachte sie: „Was soll das? In einem Monat heirate ich. Warum sollen sie nicht Bescheid wissen?“ Sie schob ihn also wieder auf den Finger. Dann dachte sie: „Aber ich werde sie nie wiedersehen. Warum die Dinge jetzt komplizieren?“ und nahm ihn ein zweitesmal ab und verwahrte ihn sorgfältig in ihrer Geldbörse.

Mittlerweile waren sie die Stufen hinaufgestiegen und standen vor der Wohnungstür. Trevor öffnete, ehe Duncan den Türgriff berührt hatte. Trevor trug eine Schürze und war von zarten Gewürzdüften umweht.

„Ich dachte doch, ich hätte euch gehört“, sagte er. „Kommt rein. Mit dem Essen dauert es leider noch ein paar Minuten. Aber ich freue mich, daß Sie kommen konnten, äh . . .“ Er richtete seine blaßblauen Augen fragend auf Marian.

„Marian“, sagte Duncan.

„Ach ja“, sagte Trevor, „ich glaube nicht, daß wir uns schon richtig kennengelernt haben – offiziell.“ Er lächelte, und auf jeder Backe erschien ein Grübchen. „Sie bekommen bloß, was es heute abend halt gerade gibt – nichts Besonderes.“ Er runzelte die Stirn, schnüffelte prüfend, stieß einen Schrei aus und schoß in die Kochnische.

Marian ließ ihre Stiefel auf den Zeitungen vor der Tür stehen, und Duncan brachte ihren Mantel ins Schlafzimmer. Sie ging ins Wohnzimmer und suchte nach einem Sitzplatz. Sie wollte sich weder in Trevors purpurnen noch in Duncans grünen Sessel setzen – das wäre für Duncan problematisch, wenn er aus dem Schlafzimmer kam –, noch auf den Fußboden zwischen die Papiere: sie könnte die Dissertation von irgend jemandem in Unordnung bringen; und Fisch hatte sich in seinem roten Sessel verschanzt, das Brett vor sich über die Armlehnen gelegt, und schrieb sehr konzentriert an einem weiteren Papier. Neben seinem Ellbogen stand ein fast leeres Glas. Schließlich ließ sie sich auf einer der Armlehnen von Duncans Sessel nieder und faltete die Hände im Schoß.

Trevor kam trällernd mit einem Tablett, auf dem Kristallgläser mit Sherry standen, aus der Kochnische. „Danke, wie nett von Ihnen", sagte Marian höflich, als er ihr ein Glas reichte. „Was für ein hübsches Glas!"

„Ja, vornehm nicht? Seit Jahren in Familienbesitz. Es ist ja so wenig Vornehmheit übriggeblieben", sagte er und starrte auf ihr rechtes Ohr, als sähe er darin ein Bild von uralt-ferner, schnell in Vergessenheit geratender Vergangenheit. „Vor allem in diesem Land. Ich finde, wir alle sollten dazu beitragen, etwas davon zu bewahren."

Beim Erscheinen des Sherrys hatte Fisch seinen Stift weggelegt. Jetzt fixierte er Marian, nicht ihr Gesicht, sondern ihren Bauch, irgendwo in der Gegend ihres Nabels. Das brachte sie aus der Fassung, und um ihn abzulenken sagte sie: „Duncan hat mir erzählt, daß Sie über Beatrix Potter gearbeitet haben. Das klingt interessant."

„Was? Ach so. Ich hab es in Erwägung gezogen, bin aber jetzt auf Lewis Carroll gekommen, das ist tiefgründiger. Das neunzehnte Jahrhundert ist nämlich heutzutage heiß umkämpft." Er warf seinen Kopf gegen die Sessellehne und schloß die Augen; seine Worte stiegen in monotonem Singsang durch das schwarze Gestrüpp seines Bartes. „Selbstverständlich weiß jeder, daß ‚Alice' ein Buch über die Krise der sexuellen Identität ist, das ist ein alter Hut, seit langem bekannt, aber ich möchte etwas tiefer schürfen. Wenn man etwas schärfer hinsieht, erkennt man, daß dieses kleine Mädchen, das bezeichnenderweise in den Kaninchenbau hinabsteigt und dabei ins Pränatale gerät, auf der Suche nach ihrer Rolle ist", er leckte sich die Lippen, „ihrer Rolle als Frau. Ja, das ist wohl klar genug. Diese Muster kristallisieren sich heraus. Muster. Eine sexuelle Rolle nach der anderen wird ihr vorgeführt, aber sie scheint unfähig zu sein, irgendeine davon zu akzeptieren, sie ist echt blockiert. Sie weist die Mutterschaft zurück, als das Baby, das sie auf dem Arm hat, sich in ein Schwein verwandelt, und sie reagiert negativ auf die dominierend weibliche Rolle der Königin und ihrer Kastrationsschreie von ‚Kopf ab!' Und als die Herzogin eine geschickt kaschierte lesbische

Annäherung bei ihr versucht – manchmal wundert man sich wirklich, wie bewußt der alte Lewis war –, da ist sie weder interessiert, noch bemerkt sie es überhaupt; und gleich danach geht sie doch hin, um mit Mock Turtle zu reden, der in seinen Panzer und sein Selbstmitleid eingeschlossen ist: ein definitiv präadoleszenter Typ; dann haben wir da diese so vielschichtigen Szenen, äußerst vielschichtig, in denen ihr Hals immer länger wird und man sie beschuldigt, eine Schlange zu sein, ein Feind aller Eier. Sie erinnern sich, eine destruktiv-phallische Identität, was sie empört zurückweist; und ihre negative Reaktion auf die rechthaberische Raupe, die gerade siebeneinhalb Zentimeter groß ist und wichtigtuerisch auf dem allzu weiblichen Pilz thront, der vollkommen rund ist, aber die Fähigkeit hat, einen entweder kleiner oder größer als normal zu machen, das finde ich besonders interessant. Und dann natürlich diese Zeitbesessenheit, eindeutig eine eher zyklische als eine lineare Besessenheit.

Jedenfalls unternimmt sie eine Menge Versuche, weigert sich aber, sich festzulegen, man kann nicht sagen, daß sie am Schluß des Buches etwas erreicht hat, was man als Reife bezeichnen könnte. In ‚Alice im Spiegelland' schneidet sie besser ab, wo, wie Sie sich erinnern werden . . ."

Gedämpftes, aber hörbares Kichern. Marian fuhr zusammen. Duncan mußte schon seit einiger Zeit im Türrahmen gestanden haben: sie hatte ihn nicht hereinkommen hören.

Fisch machte die Augen auf, blinzelte und sah Duncan stirnrunzelnd an, aber ehe er eine Bemerkung machen konnte, eilte Trevor geschäftig ins Zimmer.

„Hat er schon wieder über diese gräßlichen Symbole und diese Sachen gesprochen? Ich billige diese Art von Kritik nicht, ich finde, Stil ist viel wichtiger, und Fisch wird bei weitem zu wienerisch, vor allem, wenn er was trinkt. Er ist sehr böse. Außerdem ist das längst überholt", sagte er tückisch. „Die neueste Betrachtungsweise ist, ‚Alice' als reizendes Kinderbuch abzutun. Ich bin fast fertig, Duncan, könntest du mir beim Tischdecken helfen?"

Fisch saß in den Tiefen seines Sessels versunken da und sah ihnen zu. Sie stellten zwei Kartentische zusammen, plazierten die Beine sorgfältig in die Lücken zwischen den Papierstößen und schoben notfalls die Papiere beiseite. Dann breitete Trevor ein weißes Tuch über die beiden Tische, und Duncan verteilte Bestecke und Teller. Fisch nahm das Sherryglas von seinem Brett und trank den Inhalt mit einem Schluck. Er bemerkte das andere Glas, das noch dort stand, und leerte es ebenfalls.

„Auf geht's!" rief Trevor. „Das Essen wird serviert!"

Marian stand auf. Trevors Augen blitzten, und auf jeder seiner mehlweißen Backen war ein runder roter Fleck der Erregung erschienen. Eine blonde Strähne hatte sich gelöst und hing über seine hohe Stirn. Er zündete die Kerzen auf dem Tisch an und ging im Wohnzimmer herum und schaltete die Stehlampen aus. Schließlich nahm er das Brett vor Fisch weg.

„Sie sitzen hier, äh, Marian", sagte er und verschwand in der Küche. Sie setzte sich auf den Kartentischstuhl, auf den er gedeutet hatte. Sie kam wegen der Beine nicht dicht genug an den Tisch heran. Prüfend ließ sie ihre Blicke über die Schüsseln gleiten: sie würden mit einem Krabbencocktail beginnen. Das war in Ordnung. Besorgt fragte sie sich, was sonst noch für ihr leibliches Wohl bereitstand. Anscheinend würden noch viele Gänge folgen: der Tisch strotzte vor Besteck. Neugierig betrachtete sie das reich verzierte silberne viktorianische Salzfäßchen und die geschmackvolle Blumendekoration zwischen den beiden Kerzen. Es waren echte Blumen, Chrysanthemen in einer länglichen Silberschale.

Trevor kam zurück, setzte sich in den der Küche am nächsten stehenden Stuhl, und sie begannen zu essen. Duncan saß ihr gegenüber und Fisch zu ihrer Linken, am unteren Tischende, oder vielleicht war es auch das obere Ende. Sie war froh, daß sie bei Kerzenlicht aßen: so würde es leichter sein, gewisse Dinge eventuell loszuwerden. Bis jetzt hatte sie keine Ahnung, wie sie klarkommen würde, wenn es schwierig wurde, und Duncan machte nicht den Eindruck, als würde er eine große Hilfe sein. Er schien sich in sich zurückgezogen zu haben; er kaute mechanisch und schaute dabei auf die Kerzenflammen, was seinen Augen einen leichten Silberblick verlieh.

„Ihr Tafelsilber ist wunderschön", sagte sie zu Trevor.

„Ja, nicht wahr?" lächelte er. „Es ist seit Generationen in der Familie. Das Porzellan auch, ich finde es einfach himmlisch, viel hübscher als diese steifen skandinavischen Sachen, die heute alle benutzen."

Marian betrachtete das Muster. Es war ein wucherndes Blumendessin mit vielen Arabesken, Ranken und Schnörkeln. „Reizend", sagte sie. „Sie haben sich viel zuviel Umstände gemacht."

Trevor strahlte. Offensichtlich sagte sie das Richtige. „Oh, überhaupt nicht. Ich finde, gut essen ist ungemein wichtig; nicht einfach essen, bloß um am Leben zu bleiben, wie es die meisten Leute tun. Die Soße ist meine eigene Erfindung, schmeckt sie Ihnen?" Ohne eine Antwort abzuwarten, fuhr er fort. „Ich mag diese Fertigsoßen nicht, sie schmecken alle gleich; auf dem Markt am See kriege ich richtigen Meerrettich, aber natürlich ist es schwierig, in dieser Stadt frische Krabben aufzutreiben . . ." Er legte den Kopf auf die Seite, als lauschte er, sprang von seinem Stuhl hoch und schob sich um die Ecke in die Kochnische.

Fisch, der noch nichts gesagt hatte, seit sie sich hingesetzt hatten, öffnete jetzt den Mund und begann zu sprechen. Da er gleichzeitig weiteraß, bildeten die Aufnahme von Nahrung und die Abgabe von Wörtern einen Rhythmus, stellte Marian bei sich fest, der dem Atmen ähnelte, und er schien die Abfolge genauso automatisch zu beherrschen; was gut war, fand sie, denn sie war überzeugt, daß ihm, wenn er mal darüber nachdächte, etwas in die falsche Kehle geraten würde. Es mußte ziemlich unangenehm sein, wenn sich eine Krabbe in der Luftröhre festsetzte, noch dazu mit Meerrettichsoße. Fasziniert beobachtete sie ihn. Sie konnte ihn ganz offen anstarren, da er die Augen meistens geschlossen hielt. Die Gabel fand ihren Weg zu seinem Mund durch einen ihm eigenen Mechanismus oder Sinn, den sie nicht ergründen konnte: vielleicht waren es wie bei Fledermäusen Überschallradarwellen, die von der Gabel reflektiert wurden, vielleicht auch funktionierten seine Bartenden wie Antennen. Er änderte sein Tempo nicht mal, als Trevor, der geschäftig die Schalen vom Krabbencocktail abgeräumt hatte, einen Suppenteller vor ihn hinstellte, obwohl er dann die Augen öffnete, um einen Löffel zu fassen, nachdem er es mit der Gabel versucht hatte.

„Was nun mein Dissertationsthema angeht", hatte er begonnen, „die Leute werden es vielleicht nicht mögen, sie sind hier sehr konservativ, aber selbst wenn sie es ablehnen, kann ich es immer noch für eine Zeitschrift umarbeiten, kein menschlicher Gedanke ist je verschwendet. Heutzutage heißt es sowieso: ankommen oder umkommen, das gilt auch für die Veröffentlichung wissenschaftlicher Studien, wenn ich es hier nicht unterbringe, dann vielleicht in den Staaten. Ich hab etwas ganz Revolutionäres vor: ‚Malthus und die kreative Metapher', wobei Malthus selbstverständlich nur als Symbol für das steht, auf was ich wirklich abziele, nämlich den Zusammenhang zwischen der ansteigenden Geburtenrate in der Neuzeit, sagen wir, in den letzten zwei oder drei Jahrhunderten, vor allem im achtzehnten bis zur Mitte des neunzehnten Jahrhunderts, und dem Wandel in der Rezeption von Dichtung durch die Kritiker, mit dem daraus folgenden Wandel der Art und Weise, wie Dichter schrieben; und das könnte ich sicher auf alle bildenden Künste ausweiten. Es wird eine interdisziplinäre Untersuchung werden, die die gegenwärtig viel zu starren Grenzen überschreitet, eine Mischung aus, sagen wir mal, Ökonomie, Biologie und Literaturkritik. Die Leute denken zu eng, viel zu eng, sie spezialisieren sich zu stark, man verliert viele Dinge aus den Augen. Natürlich werde ich einige Statistiken besorgen und Grafiken zeichnen müssen; bisher hab ich das nur grundsätzlich durchdacht, Grundlagenforschung betrieben, die notwendige Untersuchung der Arbeiten alter und neuerer Autoren . . ."

Es gab Sherry zur Suppe. Fisch tastete nach seinem Sherryglas, fast hätte er es umgestoßen.

Marian saß nun im Kreuzfeuer, denn kaum hatte sich Trevor gesetzt, begann er von der anderen Seite auf sie einzureden und ihr alles über die Suppe zu berichten, eine klare Suppe, die leicht gewürzt war. Wie er bei schwacher Hitze mit äußerster Sorgfalt Stück um Stück ihre Geschmacksstoffe zur Entfaltung gebracht hatte; und da er die einzige Person am Tisch war, die sie mehr oder weniger ansah, fühlte sie sich verpflichtet, zurückzuschauen. Duncan schenkte niemandem auch nur die geringste Aufmerksamkeit, und weder Fisch noch Trevor schienen sich daran zu stoßen, daß sie beide gleichzeitig redeten. Anscheinend waren sie daran gewöhnt. Sie merkte, daß sie auch damit fertig werden konnte, wenn sie gelegentlich nickte und lächelte und ihre Augen auf Trevor und ihre Ohren auf Fisch gerichtet hielt, der fortfuhr: „Solange die Bevölkerungsdichte, vor allem pro Quadratmeile, gering und die Kindersterblichkeit und die Sterblichkeit ganz allgemein groß waren, stand das Gebären auch hoch im Kurs. Die Menschheit lebte in Harmonie mit den Zielen, den zyklischen Rhythmen der Natur, und die Erde sagte: Produziert, produziert. Seid fruchtbar und mehret euch, falls Sie sich erinnern ..."

Trevor sprang auf, huschte um den Tisch und räumte die Suppenteller ab. Sein Sprechen und seine Bewegungen beschleunigten sich gleichermaßen; er sprang in die Küche rein und aus der raus wie der Kuckuck aus der Kuckucksuhr. Marian schaute Fisch an. Anscheinend hatte er ein paarmal den Löffel verfehlt: das verschüttete Essen verklebte seinen Bart. Er wirkte wie ein Kleinkind mit Bart im hohen Kinderstuhl; Marian wünschte, jemand würde ihm ein Lätzchen umbinden.

Trevor zelebrierte einen weiteren Auftritt mit sauberen Tellern und verschwand wieder. Sie konnte ihn in der Küche hantieren hören, als Hintergrundgeräusch zu Fischs Stimme: „Und folglich betrachtete sich der Dichter auch als eine Art natürlichen Produzenten; sein Gedicht war etwas, was er von den Musen empfangen hatte, oder sagen wir von Apollo, daher der Terminus ‚Inspiration', das Einflößen von Atem; der Poet ging mit seinem Werk schwanger, es machte eine oft sehr lange Schwangerschaft durch, und wenn es schließlich bereit war, das Licht des Tages zu erblicken, dann gebar der Dichter es, häufig unter starken Wehen. So war der künstlerische Schöpfungsprozeß an sich eine Nachahmung der Natur, und zwar jenes Vorgangs in der Natur, der für das Überleben der Menschheit der wichtigste war. Ich meine die Geburt. Und was haben wir heute?"

Es gab ein zischendes Geräusch, und Trevor trat dramatisch durch die Tür, in jeder Hand ein blaues Flammenschwert. Marian war die einzige, die zu ihm hinschaute.

„Meine Güte", sagte sie anerkennend. „Das ist aber wirkungsvoll!"

„Ja, nicht wahr? Ich flambiere zu gern! Natürlich ist es nicht wirklich Schisch-Kebab, es ist eher ein bißchen französisch, nicht so aufdringlich wie die griechische Art . . ."

Als er geschickt abstreifte, was sich auf den Spießen befand, sah sie, daß es in erster Linie Fleisch war. Jetzt stand sie mit dem Rücken zur Wand. Sie mußte sich was einfallen lassen. Trevor schenkte Wein ein, wobei er erzählte, wie schwierig es sei, in dieser Stadt wirklich frischen Estragon aufzutreiben.

„Wir haben heute, möchte ich sagen, eine Gesellschaft, deren Werte sich alle gegen das Gebären richten. Geburtenkontrolle, schreien sie alle, und es sei die Bevölkerungsexplosion, nicht die atomare Explosion, um die wir uns sorgen müssen. Malthus, verstehen Sie? Nur daß der Krieg kein Mittel zur Verminderung der Bevölkerung mehr ist. In diesem Zusammenhang läßt sich leicht erkennen, daß der Beginn der Romantik . . ."

Die anderen Schüsseln enthielten Reis mit irgendwas darin, eine würzige Soße zum Fleisch und ein undefinierbares Gemüse. Trevor reichte sie herum. Marian beförderte etwas von der dunkelgrünen Gemüsesubstanz in ihren Mund, probeweise, so wie man einem möglicherweise verärgerten Gott ein Opfer anbietet. Es wurde angenommen.

„. . . bedeutsamerweise mit dem Bevölkerungswachstum zusammentrifft, das natürlich schon früher begonnen hatte, nun aber epidemische Ausmaße annahm. Der Dichter konnte sich nicht mehr guten Gewissens als Muttersymbol betrachten, Werke zur Welt bringend, gebärend, als wäre jedes ein weiteres Kind für die Gesellschaft. Er mußte etwas anderes werden, und was ist denn diese Betonung des individuellen Ausdrucks, man beachte *Aus*druck, ein Auspressen, diese Betonung von Spontanität, von Augenblicksschöpfung? Das zwanzigste Jahrhundert hat nicht nur ..."

Trevor war wieder in der Küche. Mit wachsender Verzweiflung betrachtete Marian die Fleischbrocken auf ihrem Teller. Sie dachte daran, sie unter das Tischtuch zu schieben – aber dort würden sie entdeckt werden. Sie hätte alles in ihr Täschchen stopfen können, wenn sie das nicht drüben beim Sessel hätte stehenlassen. Vielleicht konnte sie das Fleisch vorn in ihre Bluse gleiten oder in ihren Ärmeln verschwinden lassen ...

„... Maler, die wie in einem Orgasmus von Energie die Farbe über die ganze Leinwand spritzen, wir haben auch Schriftsteller, die sich genauso sehen ..."

Sie schob ihren Fuß unter dem Tisch durch und stieß Duncan sanft gegen das Schienbein. Er fuhr zusammen und sah zu ihr herüber. Einen Moment zeigte sein Blick keinerlei Erkennen; dann wurde er aufmerksam, neugierig.

Sie kratzte die Soße von einem Fleischstück ab, nahm es zwischen Daumen und Zeigefinger und warf es ihm über die Kerzen hinweg zu. Er fing es auf, legte es auf seinen Teller und begann es zu zerschneiden. Sie bereitete das nächste Stück vor.

„... nicht mehr als Gebärer, nein, Meditation wie Fortpflanzung gehören der Vergangenheit an. Der Akt der Natur, den die Kunst sich jetzt zur Nachahmung erwählt hat, ja gezwungen ist nachzuahmen, ist der reine Akt der Kopulation ..."

Marian warf das zweite Stück, das ebenso geschickt aufgefangen wurde. Vielleicht sollten sie schnell die Teller tauschen, dachte sie; aber nein, das würde auffallen, er hatte aufgegessen gehabt, als Trevor das Zimmer verließ.

„Was wir brauchen, ist ein Kataklysmus", sagte Fisch. Seine Stimme war fast zu einem Gesang geworden und nahm an Stärke zu, er schien auf ein Crescendo zuzusteuern. „Eine erdgeschichtliche Katastrophe. Eine Pest, eine ungeheure Explosion, die Millionen vom Angesicht der Erde fegt und die Zivilisation, so wie wir sie kennen, auslöscht. Dann würde Geburt wieder Bedeutung haben, dann könnten wir zurückkehren zu dem Stamm, zu den alten Göttern, den dunklen Erdgöttern, der Erdgöttin, der Göttin des Wassers, der Göttin von Geburt und Wachstum und Tod. Wir brauchen eine neue Venus, eine üppige Venus der Wärme und Vegetation und Fortpflanzung, eine neue Venus, dickbäuchig, strotzend vor Leben, potent, die eine neue Welt in all ihrer Vielfalt gebiert, eine neue Venus aus dem Meer ..."

Fisch beschloß aufzustehen, vielleicht um seinen letzten Worten rhetorischen Nachdruck zu verleihen. Um sich hochzustemmen, stützte er sich mit beiden Händen auf den Kartentisch, von dessen Beinen sich zwei zusammenfalteten, wodurch Fischs Teller in seinen Schoß schlitterte. Das Fleischstück, das Marian gerade geworfen hatte, war in dem Augenblick in der Luft, es traf seitlich an Duncans Kopf, prallte ab, hüpfte über den Boden und landete auf einem Stoß von Arbeitspapieren.

Mit einem Salatschälchen in jeder Hand war Trevor gerade rechtzeitig durch die Tür getreten, um Augenzeuge beider Ereignisse zu werden. Seine Kinnlade klappte nach unten.

„Endlich weiß ich, was ich wirklich sein möchte", sagte Duncan in die plötzliche Stille im Zimmer hinein. Heiter schaute er zur Decke, im Haar eine weißgraue Soßenspur. „Eine Amöbe."

Duncan hatte gesagt, er würde sie ein Stück begleiten; er brauchte frische Luft.

Von Trevors Geschirr war zum Glück nichts zerbrochen, wenn auch Sachen verschüttet waren. Als der Tisch wieder stand und Fisch sich brummelnd wieder gesetzt hatte, war Trevor taktvoll über den ganzen Vorfall hinweggegangen. Das restliche Mahl über, bei Salat, *Pêches flambées*, Kokosnußplätzchen und Kaffee und Likör, war sein Benehmen Marian gegenüber kühler gewesen.

Als sie jetzt mit knirschenden Schritten die verschneite Straße entlanggingen, sprachen sie darüber, daß Fisch die Zitronenscheibe aus seiner Fingerschale gegessen hatte. „Trevor mag das natürlich nicht“, sagte Duncan, „und ich hab ihm mal erklärt, wenn er es nicht leiden kann, daß Fisch sie ißt, dann soll er eben keine reintun. Er besteht aber darauf, diese Sachen ordentlich zu machen, obwohl, wie er sagt, niemand seine Anstrengungen würdigt. Normalerweise eß ich meine auch, bloß heute nicht: wir hatten ja Besuch.“

„Es war alles sehr . . . interessant“, sagte Marian. Sie dachte darüber nach, daß den ganzen Abend über niemand eine Frage an sie gerichtet oder sich mit ihrer Person beschäftigt hatte, obwohl sie doch eingeladen worden war, weil die beiden Mitbewohner mehr über sie wissen wollten. Jetzt hielt sie es für wahrscheinlicher, daß sie nur verzweifelt auf der Suche nach neuem Publikum waren.

Duncan sah sie mit verzerrtem Lächeln an. „Jetzt weißt du, wie es bei mir zu Hause zugeht.“

„Du könntest ausziehen“, schlug sie vor.

„O nein! Eigentlich gefällt es mir. Und wer würde sich schon so um mich kümmern? Sich solche Sorgen um mich machen? Das tun sie nämlich, wenn sie nicht gerade mit ihren Hobbies oder sonstwas beschäftigt sind. Sie verbringen soviel Zeit damit, ein großes Theater um meine Persönlichkeit zu machen, daß ich mich selbst gar nicht mehr darum zu kümmern brauchte. Auf lange Sicht werden sie es mir wesentlich leichter machen, mich in eine Amöbe zu verwandeln.“

„Was interessiert dich an Amöben?“

„Sie sind unsterblich“, sagte er, „und formlos und anpassungsfähig. Ein Mensch zu sein wird allmählich zu kompliziert.“

Sie hatten den oberen Rand der Asphaltrampe erreicht, die zum Baseballpark hinunterführte. Duncan setzte sich auf den Schneewall an der einen Seite und zündete sich eine Zigarette an; die Kälte schien ihm nie was auszumachen. Nach einer Weile setzte sie sich neben ihn. Da er keinen Versuch unternahm, seinen Arm um sie zu legen, legte sie ihre Arme um ihn.

„Die Sache ist die“, sagte er schließlich, „ich mag es, wenn etwas real ist. Nicht alles, das ist unmöglich, aber doch so das eine oder andere. Dr. Johnson widerlegte die Theorie von der Unwirklichkeit der Materie dadurch, daß er gegen einen Stein trat, aber ich kann ja nicht hingehen und meine Mitbewohner treten. Oder meine Professoren. Außerdem ist vielleicht mein Fuß ohnehin nicht wirklich." Er warf seine Kippe in den Schnee und zündete sich die nächste Zigarette an. „Ich dachte, du wärst es vielleicht. Wenn wir miteinander ins Bett gingen, meine ich; im Moment bist du weiß Gott unwirklich genug, wenn ich an all diese Schichten von wollener Kleidung denke, die du trägst, Mäntel und Pullover und so weiter. Manchmal frage ich mich, ob das immer so weitergeht, vielleicht bist du durch und durch aus Wolle. Ich könnte es mir irgendwie nett vorstellen, wenn du es nicht wärst . . ."

Diesem Appell konnte Marian nicht widerstehen. Sie wußte, daß sie nicht aus Wolle war. „Angenommen, wir würden es machen", sagte sie nachdenklich, „zu mir können wir jedenfalls nicht gehen."

„Zu mir auch nicht", sagte Duncan, der weder Überraschung noch Freude über das angedeutete Einverständnis zeigte.

„Dann müßten wir in ein Hotel gehen", sagte sie, „als Ehepaar."

„Das nimmt uns niemand ab", sagte er traurig. „Ich seh nicht verheiratet aus. In Bars fragen sie mich immer noch, ob ich schon sechzehn bin."

„Hast du keine Geburtsurkunde?"

„Ich hatte mal eine, aber ich hab sie verloren." Er drehte seinen Kopf und küßte sie auf die Nase. „Wir könnten in die Art Hotel gehen, wo man nicht verheiratet sein muß."

„Du meinst, ich . . . ich soll so tun, als ob ich eine – eine Prostituierte wäre?"

„Und? Warum nicht?"

„Nein", sagte sie mit einem Hauch Empörung. „Das könnte ich nicht."

„Ich wahrscheinlich auch nicht", sagte er düster.

„Und Motels kommen nicht in Frage, ich kann nicht Auto fahren. Na schön, dann also nicht." Er steckte sich eine weitere Zigarette an. „Und überhaupt würdest du mich bestimmt verderben. Allerdings kann es auch sein", sagte er mit sanfter Bitterkeit, „daß ich nicht zu verderben bin."

Marian sah über den Baseballpark hinweg. Die Nacht war frisch und klar, und die Sterne an dem schwarzen Himmel brannten kalt. Es hatte vor kurzem geschneit, feinen Pulverschnee, und der Park lag als weiße, leere Fläche da, ohne jede Spur. Plötzlich hatte sie Lust, hinunterzulaufen, zu rennen und zu springen, Fußspuren zu hinterlassen und Irrgärten und wirre Pfade. Aber sie wußte, im nächsten Augenblick würde sie gesetzt wie immer hindurchmarschieren, zur U-Bahn.

Sie stand auf und klopfte den Schnee von ihrem Mantel. „Kommst du noch ein Stück mit?" fragte sie.

Duncan erhob sich ebenfalls und steckte seine Hände in die Taschen. Sein Gesicht war zum Teil überschattet, zum Teil sah es gelblich aus vom schwachen Licht der Straßenlaternen. „Nein", sagte er. „Bis bald, vielleicht." Er wandte sich ab, seine Gestalt verschmolz fast lautlos mit der blauen Dunkelheit.

Als sie auf dem hellen, pastellfarbenen U-Bahnsteig angekommen war, holte Marian ihre Geldbörse hervor und suchte zwischen Pennies, Nickels und Dimes wieder ihren Verlobungsring heraus.

23

Marian lag mit geschlossenen Augen auf dem Bauch, in der Mulde auf ihrem nackten Rücken hatte Peter einen Aschenbecher abgestellt. Er lag neben ihr, rauchte eine Zigarette und trank seinen doppelten Scotch. Im Wohnzimmer spielte die Hi-Fi-Anlage Partymusik.

Sie zwang sich zwar, nicht die Stirn zu runzeln, aber sie machte sich Sorgen. Heute morgen hatte ihr Körper schließlich auch den Dosen-Reispudding abgewiesen, den er wochenlang ohne Murren akzeptiert hatte. Es war so beruhigend gewesen, zu wissen, daß sie sich darauf verlassen konnte: er sättigte wenigstens, und wie Mrs. Withers, die Diätspezialistin, gesagt hatte, enthielt er Aufbaustoffe. Aber als sie die Sahne drübergoß, hatten ihre Augen ihn plötzlich als Ansammlung kleiner Kokons gesehen. Kokons mit winzigen Lebewesen im Inneren.

Sie hatte von Anfang an so zu tun versucht, als wäre es nichts Ernstes, sondern nur ein Wehwehchen, wie ein Nesselfieber: es würde wieder vergehen. Jetzt aber mußte sie etwas unternehmen. Sie hatte überlegt, ob sie mit jemandem darüber sprechen sollte. Duncan hatte sie es bereits erzählt, aber das hatte nichts gebracht; er schien es normal zu finden. Was sie eigentlich bedrückte, war der Gedanke, daß sie vielleicht nicht normal wäre. Deshalb mochte sie es auch Peter nicht erzählen: er könnte glauben, sie wäre ein Spinner oder neurotisch. Dann würde er sich die Heiraterei natürlich noch mal überlegen. Er könnte sagen, sie sollten die Hochzeit verschieben, bis sie es überwunden hatte. An seiner Stelle würde sie das auch sagen. Sie hatte keine Ahnung, was sie machen würde, wenn sie verheiratet waren und sie es nicht länger vor ihm verbergen konnte. Vielleicht ließen sich getrennte Mahlzeiten einrichten.

Sie trank ihren Kaffee und starrte ihren ungegessenen Reispudding an, als Ainsley in ihrem schmuddeligen grünen Morgenmantel hereinkam. Jetzt summte und strickte sie nicht mehr; statt dessen hatte sie eine Menge Bücher gelesen, um, wie sie sagte, das Problem im Keim zu ersticken.

Sie baute ihre mit Eisen angereicherte Hefe, die Weizenkeime, den Orangensaft, ihr Spezialabführmittel und die angereicherten Frühstücksflocken auf dem Tisch auf, ehe sie sich setzte.

„Ainsley", sagte Marian, „glaubst du, daß ich normal bin?"

„Normal ist nicht dasselbe wie durchschnittlich", sagte Ainsley unergründlich. „Niemand ist normal." Sie schlug ein Taschenbuch auf und begann zu lesen, wobei sie ab und zu etwas mit einem roten Stift unterstrich.

Ainsley wäre sowieso keine große Hilfe gewesen. Vor ein paar Monaten hätte sie gesagt, mit Marians Sexualleben stimmte was nicht, was lächerlich gewesen wäre. Oder irgendein traumatisches Kindheitserlebnis sei schuld, zum Beispiel die Entdeckung eines Tausendfüßlers im Salat oder so was wie bei Len mit seinem Küken;

doch soweit Marian wußte, gab es nichts dergleichen in ihrer Vergangenheit. Nie war sie mit dem Essen mäklig gewesen; sie hatte gegessen, was auf den Teller kam, so war sie erzogen worden; sie hatte nicht mal vor Oliven und Spargel und Muscheln gescheut, Sachen, von denen behauptet wird, man müßte erst lernen, sie zu mögen. In letzter Zeit jedoch hatte Ainsley viel über Behaviorismus gesprochen. Behavioristen, sagte sie, könnten Krankheiten wie Alkoholismus und Homosexualität heilen, wenn die Patienten wirklich geheilt werden wollten; sie zeigten ihnen mit ihrer Krankheit in Zusammenhang stehende Bilder und gäben ihnen dann eine Droge, die Atemstillstand hervorriefe.

„Sie behaupten, was immer das Verhalten verursacht, das Verhalten selbst sei dann das Problem", hatte Ainsley gesagt. „Natürlich gibt es da noch ein paar Haken. Wenn die Ursache sehr tief verwurzelt ist, dann wird einfach die Sucht gewechselt, beispielsweise von Alkohol zu Rauschgift, oder man begeht Selbstmord. Und was ich brauche, ist nicht Heilung, sondern Vorbeugung. Selbst wenn sie ihn heilen können – falls er geheilt werden will", hatte sie finster bemerkt, „wird er immer noch mir die Schuld geben, daß ich es verursacht habe."

Aber Behaviorismus, dachte Marian, konnte in ihrem Fall nicht viel nützen. Wie sollte das unter so negativen Bedingungen funktionieren? Wäre sie ein Vielfraß, dann sähe die Sache anders aus; aber sie konnten ihr wohl kaum Bilder vom Nichtessen zeigen und dann ihren Atem stoppen.

Sie war im Geiste alle Leute durchgegangen, mit denen sie vielleicht reden konnte. Die Bürojungfrauen würden sehr interessiert sein und alles darüber hören wollen, aber einen konstruktiven Rat würden sie ihr wohl nicht geben können. Abgesehen davon, wenn sie es einer erzählte, würden es alle erfahren und bald sämtliche Leute, die sie kannten; auf Umwegen konnte es sogar bis zu Peter dringen! Ihre anderen Freunde waren woanders, in anderen Städten, anderen Ländern, und wenn sie es in einem Brief schriebe, würde es zu endgültig klingen. Die Lady von unten . . . das wäre das letzte;

sie würde wie die Verwandtschaft sein, entsetzt, ohne was zu verstehen. Alle würden es für geschmacklos halten, daß bei Marian etwas mit dem, was sie als natürliche Funktionen bezeichneten, nicht stimmte.

Sie beschloß, Clara zu besuchen. Es war eine schwache Hoffnung – bestimmt konnte Clara keine konkreten Vorschläge machen, aber zumindest würde sie zuhören. Marian rief an, um sicher zu sein, daß sie zu Hause war, und ging früh los.

Sie fand Clara im Laufstall bei ihrem zweitjüngsten Kind. Das Jüngste schlief in seiner Tragetasche auf dem Eßtisch, und Arthur war nirgendwo zu sehen.

„Ich bin so froh, daß du gekommen bist", sagte Clara. „Joe ist in der Uni. Ich komm gleich raus und koch Tee. Elaine mag den Laufstall nicht", erklärte sie, „und ich helfe ihr, sich daran zu gewöhnen."

„Ich mach den Tee", sagte Marian. Für sie war Clara eine immer Leidende, mit der sie die Vorstellung von auf dem Tablett servierten Mahlzeiten verband. „Bleib, wo du bist."

Sie brauchte einige Zeit, um alles zu finden, aber schließlich hatte sie das Tablett mit Tee und Zitrone und ein paar Kleiekeksen, die sie im Wäschekorb entdeckt hatte, zusammengestellt, trug es hinein und stellte es auf dem Fußboden ab. Über das Gitter reichte sie Clara eine Tasse.

„Na", sagte Clara, als Marian sich auf dem Teppich niedergelassen hatte, damit sie auf gleicher Höhe waren, „wie läuft alles? Du bist sicher furchtbar beschäftigt mit Vorbereitungen."

Als sie Clara so sitzen sah, mit dem Kind, das an einem Knopf ihrer Bluse nagte, merkte Marian, daß sie sie zum erstenmal seit drei Jahren beneidete. Was immer mit Clara geschehen sollte, war bereits geschehen: sie hatte sich schon in das verwandelt, was sie sein würde. Nicht, daß sie mit Clara hätte tauschen wollen; sie wollte lediglich wissen, was sie werden würde, welche Richtung sie einschlug, um darauf vorbereitet zu sein. Was sie fürchtete, war das Erwachen eines Morgens mit der Erkenntnis, daß sie sich verändert hatte, ohne es gemerkt zu haben.

„Clara", sagte sie, „glaubst du, daß ich normal bin?" Clara kannte sie schon lange, ihr Urteil würde Gewicht haben.

Clara überlegte. „Ja, ich glaube, du bist normal", sagte sie und holte den Knopf aus Elaines Mund. „Ich würde sogar sagen, du bist fast abnorm normal. Warum?"

Marian war beruhigt. Genau das hätte sie selbst auch gesagt. Aber wenn sie so normal war, warum hatte sich diese Sache für ihren Überfall ausgerechnet sie ausgesucht?

„In letzter Zeit ist was mit mir", sagte sie. „Ich weiß nicht, was ich dagegen tun soll."

„Oh, und was ist es? Nein, du kleines Schweinchen, das gehört Mammi."

„Ich kann bestimmte Sachen nicht essen, ich bekomme so ein gräßliches Gefühl davon." Sie fragte sich, ob Clara ihr auch aufmerksam genug zuhörte.

„Ich weiß, was du meinst", sagte Clara, „mir ist es mit Leber immer so gegangen."

„Aber es geht um Sachen, die ich vorher ohne weiteres essen konnte. Es ist nicht so, daß ich den Geschmack nicht mag, es ist das Ganze . . ." Es war schwierig zu erklären.

„Wahrscheinlich ist es die Aufregung vor der Hochzeit", sagte Clara. „Ich mußte mich vor meiner Hochzeit eine Woche lang jeden Morgen übergeben. Joe auch", fügte sie hinzu. „Das geht vorbei. Möchtest du was über . . . Sex wissen?" fragte sie mit einem Feingefühl, das Marian bei Clara komisch vorkam.

„Nein, eigentlich nicht, danke", hatte sie geantwortet. Obwohl sie überzeugt war, daß Claras Erklärung nicht zutraf, hatte sie sich besser gefühlt.

Die Schallplatte hatte in der Mitte wieder neu angesetzt. Sie machte die Augen auf. Von da, wo sie lag, konnte sie einen grünen Flugzeugträger aus Plastik sehen, der im Lichtkreis von Peters Schreibtischlampe schwebte. Peter hatte ein neues Hobby: er bastelte Modellschiffe aus vorgefertigten Bausätzen. Es sei so entspannend, meinte er. Bei diesem Modell hatte sie mitgeholfen; sie hatte die Anweisungen laut vorgelesen und ihm die einzelnen Teile gereicht.

Sie drehte ihren Kopf auf dem Kissen und lächelte Peter an. Er lächelte zurück, seine Augen glänzten im Halbdunkel.

„Peter", sagte sie, „bin ich normal?"

Er lachte und tätschelte ihr Hinterteil. „Aus meiner begrenzten Erfahrung heraus würde ich sagen, daß du ganz wunderbar normal bist, Darling." Sie seufzte, so hatte sie es nicht gemeint.

„Ich könnte noch einen Drink vertragen", sagte Peter; das war seine Art, sie zu bitten, ihm einen zu holen. Der Aschenbecher wurde von ihrem Rücken entfernt. Sie rollte sich herum und richtete sich auf, wobei sie das oberste Bettuch abnahm und sich hineinwickelte. „Und wenn du schon auf bist, sei so gut und dreh die Platte um."

Marian drehte sie Schallplatte um; in der Weite des Wohnzimmers kam sie sich trotz des Lakens und der Jalousien nackt vor. Dann ging sie in die Küche und maß Peters Drink ab. Sie war hungrig – zum Dinner hatte sie kaum was gegessen –, also packte sie den Kuchen aus, den sie heute nachmittag auf dem Rückweg von Clara gekauft hatte. Gestern war Valentinstag gewesen, und Peter hatte ihr ein Dutzend Rosen geschickt. Sie hatte sich schuldig gefühlt; sie hätte ihm auch etwas schenken sollen, hatte aber nicht gewußt, was. Der Kuchen war kein richtiges Geschenk, nur eine Aufmerksamkeit. Es war ein Herz mit rosa Zuckerguß, wahrscheinlich altbakken, aber hier kam es auf die Form an.

Sie holte zwei von Peters Tellern und zwei Gabeln und zwei Papierservietten; dann schnitt sie den Kuchen an. Überrascht stellte sie fest, daß er auch innen rosa war. Sie steckte eine Gabel voll in den Mund und kaute langsam; der Kuchen fühlte sich porös, zellig auf der Zunge an, wie wenn Tausende von winzigen Lungen bärsten. Sie schauderte, spuckte ihn in ihre Serviette und leerte ihren Teller in den Mülleimer, danach wischte sie sich mit einem Zipfel des Lakens den Mund ab.

Sie ging mit Peters Drink und dem Teller ins Schlafzimmer. „Ich hab dir ein Stück Kuchen mitgebracht", sagte sie. Es war ein Test, nicht für Peter, sondern für sie selbst. Wenn er ihn auch nicht essen konnte, war sie normal.

„Wie nett von dir!" Er nahm ihr Teller und Glas ab und setzte sie auf den Boden.

„Willst du nicht essen?" Für einen Moment schöpfte sie Hoffnung.

„Später", sagte er, „später." Er wickelte sie aus dem Laken aus. „Du bist ja ganz durchgefroren, Darling; komm her und laß dich wärmen." Sein Mund schmeckte nach Scotch und Zigaretten. Er zog sie auf sich, das Laken bauschte sich weiß um sie herum, sein sauberer vertrauter Seifengeruch hüllte sie ein, in ihren Ohren ging die leichte Partymusik endlos weiter.

Später lag Marian auf dem Bauch in der Mulde, auf ihrem Rücken stand ein Aschenbecher; diesmal waren ihre Augen offen. Sie sah Peter beim Essen zu. „Ich hab wirklich Appetit bekommen", sagte er und grinste sie an. Ihm schien an dem Kuchen nichts aufzufallen: er hatte nicht mit der Wimper gezuckt.

24

Plötzlich war der Tag von Peters Abschiedsparty da. Den Nachmittag hatte Marian beim Friseur verbracht: Peter hatte vorgeschlagen, daß sie mal was mit ihren Haaren machen lassen sollte. Außerdem hatte er angedeutet, daß sie vielleicht ein Kleid kaufen könnte, das „nicht ganz so mausgrau" war wie all ihre anderen Kleider, und gehorsam hatte sie eins gekauft. Es war kurz, rot und mit Pailletten besetzt. Sie fand nicht, daß es wirklich zu ihr paßte, aber die Verkäuferin hatte mit überzeugter Stimme gesagt: „Wie für Sie gemacht, meine Liebe!"

Es war noch eine Änderung nötig gewesen, und so hatte sie es auf dem Weg vom Friseur abgeholt und trug es nun in einer rosa-silbernen Schachtel, als sie auf der glatten Straße heimging; dabei balancierte sie ihren Kopf auf dem Hals, als wäre sie ein Jongleur mit einer zerbrechlichen goldenen Kugel. Selbst hier draußen in der kalten Luft des Spätnachmittags konnte sie den süßlich-künstlichen Duft des Haarsprays riechen, das der Friseur benutzt hatte, um jede Strähne an Ort und Stelle festzukleben. Obwohl sie ihn gebeten hatte, nicht zuviel draufzutun; aber sie taten ja nie, was man wollte. Sie behandelten den Kopf wie eine Torte, auf die reichlich Zuckerguß und Verzierungen gehörten.

Für gewöhnlich machte sie sich ihre Haare selbst, deshalb hatte sie sich den Namen des Salons von Lucy geben lassen, weil sie sich auf dem Gebiet wahrscheinlich auskannte; vielleicht war das ein Fehler gewesen. Lucys Gesicht und Figur verlangten fast nach Künstlichkeit: Nagellack und Make-up und komplizierte Frisuren paßten zu ihr, wurden Teil von ihr. Bestimmt würde sie ohne das nackt oder unvollständig wirken; während Marian immer der Meinung gewesen war, daß diese Dinge bei ihr aufgesetzt aussahen, aufgeklebt wie Flicken oder Plakate.

Als sie den großen rosa Raum betreten hatte – alles war rosa und violett dort, erstaunlich, wie solche frivolen femininen Dekorationen gleichzeitig so funktional aussehen konnten –, hatte sie sich als Leidende gefühlt, als würde sie in einem Krankenhaus zur Operation aufgenommen. Von einer jungen Frau mit violetten Haaren, die trotz ihrer falschen Wimpern und schillernden Krallen ihr beunruhigend tüchtig und wie eine Schwester vorkam, hatte sie sich ihre Anmeldung bestätigen lassen; dann war sie dem wartenden Personal ausgeliefert worden.

Das Shampoo-Mädchen trug einen rosa Kittel, hatte verschwitzte Achselhöhlen und kräftige Arbeitshände. Marian hatte die Augen geschlossen und sich gegen den Operationstisch zurückgelehnt, während ihr Skalp eingeseift und geknetet und gespült wurde. Sie fand, man sollte den Patienten eine Narkose geben, sie einfach einschläfern, während all die notwendigen Einzeloperationen vorgenommen wurden; sie kam sich gar nicht gern wie ein Stück Fleisch, ein Objekt vor.

Dann hatte man sie auf den Stuhl geschnallt – nicht wirklich festgeschnallt, aber mit nassen Haaren und einem Operationstuch um den Hals konnte sie schlecht aufspringen und auf die winterliche Straße hinausrennen –, und dann hatte sich der Arzt an die Arbeit gemacht. Ein junger Mann in einem weißen Kittel, der nach Kölnisch Wasser duftete, mit flinken Spinnenfingern und spitzen Schuhen. Sie hatte bewegungslos dagesessen und ihm Klemmen gereicht, fasziniert von der im goldenen Filigranoval des Spiegels gefangenen, mit Stoff behängten Gestalt und von der Reihe von glitzernden Instrumenten und Medizinflaschen auf der Platte vor ihr. Was er hinter ihrem Rücken tat, konnte sie nicht erkennen. Ihr Körper war wie paralysiert.

Als endlich alle Klemmen und Wickler und Clips und Stifte saßen und ihr Kopf einer Art von mutiertem Stachelschwein glich, mit haarigen Anhängseln anstelle der Stacheln, wurde sie fortgeführt und unter eine Trockenhaube gesetzt. Sie schaute zur Seite, das Fließband der Frauen hinunter, die auf den gleichen violetten Stühlen unter den gleichen summenden, pilzförmigen Maschinen saßen: eine Reihe seltsamer Kreaturen mit verschieden geformten Beinen, mit Händen, die Zeitschriften hielten, und mit Metallkuppeln statt Köpfen, mehr war nicht zu erkennen. Starr, absolut starr. War es das, worauf sie zugetrieben wurde, diese Verbindung von schlicht Pflanzlichem mit schlicht Mechanischem? Ein elektrischer Pilz.

Sie ergab sich in ihr Schicksal und nahm von dem Stapel neben ihrem Ellbogen ein Filmmagazin. Auf der Rückseite rief ihr eine blonde Frau mit gewaltigen Brüsten zu: „Mädchen! Erfolg ist alles! Wenn ihr Karriere machen wollt, dann entwickelt euren Busen . . .“

Nachdem eine der Schwestern sie für trocken erklärt hatte, wurde sie wieder zum Behandlungsstuhl zurückgeführt, um die Fäden ziehen zu lassen; sie empfand es als unpassend, daß man sie nicht auf einem Operationstisch zurückrollte. Sie kam an der vor sich hin schmorenden Reihe derjenigen vorbei, die noch nicht soweit waren, und dann wurde ihr Kopf ausgewickelt und gebürstet und gekämmt; der Arzt lächelte und hielt ihr einen Handspiegel so, daß sie ihren Hinterkopf sehen konnte. Sie schaute. Er hatte ihr eigentlich glattes Haar zu einer eigenartigen Form getürmt und mit vielen komplizierten steifen Schnörkeln aus Haaren verziert; an den Wangen ragte stoßzahnartig je eine Schmachtlocke hervor.

„Nun ja“, sagte sie zweifelnd und betrachtete stirnrunzelnd ihr Spiegelbild, „es ist ein bißchen . . . übertrieben für mich.“ Sie fand, sie sähe wie ein Callgirl aus.

„Aber Sie sollten Ihr Haar häufiger so tragen“, sagte er mit italienisierter Begeisterung; trotzdem verblaßte der entzückte Ausdruck auf seinem Gesicht eine Spur. „Sie sollten das Neue probieren. Sie sollten etwas wagen!“ Er lachte ihr schelmisch zu, wobei er eine unnatürliche Anzahl gleichmäßiger weißer Zähne und zwei Goldzähne zeigte; sein Atem duftete nach Pfefferminzmundwasser.

Sie überlegte, ob sie ihn bitten sollte, einige seiner Spezialeffekte wieder auszukämmen, ließ es dann aber, einerseits, weil sie durch die Umgebung und die Spezialwerkzeuge und seine zahnärztliche Sicherheit eingeschüchtert war – er mußte wissen, was am besten paßte, es war sein Beruf –, andererseits aber auch, weil sie merkte, daß es ihr im Grunde egal war. Sie hatte den Sprung gewagt, sie war aus freiem Willen durch diese vergoldete Pralinenschachteltür getreten, und das hier war die Konsequenz, mit der sie sich abzufinden hatte. „Peter gefällt es wahrscheinlich“, überlegte sie. „Jedenfalls paßt es zu dem Kleid.“

Immer noch halb betäubt, war sie in eines der großen Kaufhäuser in der Nähe gestürzt, um durch das Untergeschoß den Weg zur U-Bahn abzukürzen. Sie war durch die Haushaltwarenabteilung gelaufen, vorbei an den Ständen mit Bratpfannen und Kochtöpfen und den ausgestellten Staubsaugern und Spülmaschinen. Das brachte die unbehagliche Erinnerung sowohl an die Geschenke, mit denen die Mädchen im Büro sie am Tag zuvor, ihrem letzten Arbeitstag, überschüttet hatten – Geschirrtücher und Schöpfkellen und zierliche Schürzen und gute Ratschläge –, als auch an die dringenden Briefe, die sie in letzter Zeit von ihrer Mutter erhalten hatte und in denen sie bestürmt wurde, ihre Wahl zu treffen – Geschirr, Gläser, Bestecke –, weil die Leute wissen wollten, was für Hochzeitsgeschenke sie kaufen sollten. Sie war in verschiedenen Läden gewesen, hatte sich bis jetzt aber noch nicht entscheiden können. Und morgen fuhr sie mit dem Bus nach Hause. Na gut, sie würde sich später darum kümmern.

Sie ging um einen Tisch mit leuchtenden Plastikblumen herum und dann eine Art Hauptgang entlang. Vor ihr stand auf einem flachen Podium ein hektischer kleiner Mann, der eine neue Art von Reibe mit einem Zusatzgerät zum Ausstechen von Apfelgehäusen vorführte. Er redete und rieb zugleich, ununterbrochen, hielt eine Handvoll Karottenschnipsel hoch, dann einen Apfel mit einem runden Loch in der Mitte. Eine Gruppe von Frauen mit Einkaufstaschen sah schweigend zu, ihre schweren Mäntel und Überschuhe farblos im Kunstlicht, ihre Augen wissend und skeptisch.

Marian blieb einen Moment am äußeren Rand der Gruppe stehen. Mit einem weiteren Zusatzgerät schnitt der kleine Mann ein Radieschen zur Rose. Einige der Frauen drehten sich um und warfen ihr abschätzende Blicke zu. Jemand mit so einer Frisur, mußten sie wohl gedacht haben, war viel zu oberflächlich, um sich ernsthaft für Reiben zu interessieren. Wie lange dauerte es, bis man diese Patina von Häuslichkeit im unteren Mittelklasseeinkommen ansetzte, diese verwitterte Oberfläche aus leicht schäbigem Pelz, an Ärmelrändern und um Knöpfe herum fadenscheinig gewordenem Stoff und abgeschabtem Leder an Handtaschen; den verkniffenen Mund und die prüfenden Augen; und vor allem diese unsichtbare Farbe, die wie ein Geruch war, die Untermalung von muffiger Polsterung und abgetretenem Linoleum, die die Frauen in diesem Untergeschoß auf eine Weise echt erscheinen ließen, wie sie, Marian, es nicht war? Irgendwie schloß Peters zukünftiges Einkommen die Wahrscheinlichkeit von Reiben aus. Sie kam sich vor wie ein Amateur.

Der kleine Mann verwandelte flink eine Kartoffel in Brei. Marian verlor das Interesse und setzte ihre Suche nach dem gelben U-Bahn-Schild fort.

Als sie die Haustür öffnete, schlug ihr ein Gewirr weiblicher Stimmen entgegen. Sie zog ihre Stiefel aus und stellte sie auf das zu diesem Zweck im Flur ausgebreitete Zeitungspapier. Es standen schon mehrere Paar Schuhe da, viele mit dicken Sohlen und einige mit Oberleder aus schwarzem Fell. Als sie an der Wohnzimmertür vorbeiging, erhaschte sie einen Blick auf Kleider und

Hüte und Halsketten. Die Lady von unten gab eine Teeparty, wahrscheinlich für die „Töchter des Empires" oder die Christlichen Temperenzlerinnen. Das Kind, in braunem Samt mit Spitzenkragen, reichte Kuchen herum.

Marian stieg so leise wie möglich die Treppen hinauf. Aus irgendeinem Grund hatte sie noch nicht wegen der Kündigung der Wohnung mit der Lady von unten gesprochen. Sie hätte das schon vor Wochen erledigen müssen. Die Verzögerung konnte bedeuten, daß sie wegen zu später Kündigung eine weitere Monatsmiete zahlen mußte. Vielleicht wollte Ainsley mit einer anderen Mitbewohnerin hierbleiben, was sie allerdings bezweifelte. In ein paar Monaten würde das unmöglich sein.

Als sie die zweite Treppe hochgestiegen war, hörte sie Ainsley im Wohnzimmer sprechen. Ihre Stimme war härter, eindringlicher, zorniger, als sie sie je gehört hatte; Ainsley verlor selten die Beherrschung. Eine andere Stimme unterbrach, antwortete. Es war die von Leonard Slank.

„O nein", dachte Marian. Sie schienen sich zu streiten. Da wollte sie auf keinen Fall hineingezogen werden. Sie versuchte leise in ihr Zimmer zu schlüpfen und die Tür zu schließen, aber Ainsley mußte gehört haben, wie sie die Treppen hochkam: sie tauchte aus dem Wohnzimmer auf, mit offenen roten Haaren. Sie war zerzaust und hatte geweint.

„Marian!" Halb jammerte, halb kommandierte sie. „Du mußt hereinkommen und mit Len reden. Du mußt ihn dazu bringen, daß er Vernunft annimmt. Deine Frisur gefällt mir", ergänzte sie mechanisch.

Marian folgte ihr ins Wohnzimmer. Sie kam sich vor wie ein hölzernes Kinderspielzeug auf Rädern, das an einer Schnur gezogen wird, aber ihr fiel kein moralischer oder sonstiger Grund ein, aus dem sie sich hätte weigern können. Len stand mitten im Zimmer und sah noch verstörter drein als Ainsley.

Marian setzte sich auf einen Stuhl, ihren Mantel behielt sie zur Stoßdämpfung an. Die beiden starrten sie schweigend an, wütend und flehend.

„Mein Gott!“ Len brüllte fast. „Nach all dem will sie jetzt, daß ich sie heirate!“

„Ja und? Warum nicht? Du willst doch keinen homosexuellen Sohn, oder?“ fragte Ainsley.

„Verdammt noch mal, ich will überhaupt keinen Sohn! Ich wollte ihn nie, du allein hast dafür gesorgt, du hättest es wegmachen lassen sollen, es muß doch ein Mittel geben ...“

„Darum geht es nicht, sei nicht albern, selbstverständlich werd ich das Baby bekommen! Aber es soll die besten Bedingungen haben, und es ist deine Pflicht, ihm einen Vater zu geben. Ein Vaterbild.“ Ainsley probierte es nun auf eine etwas ruhigere und besonnenere Weise.

Len lief auf und ab. „Wieviel kosten die? Ich kauf dir einen. Jeden. Aber ich werd dich nicht heiraten, verdammt! Und hör mir bloß mit diesem Verantwortungsquatsch auf, ich bin nicht verantwortlich. Du hast das angezettelt, du hast gewollt, daß ich mich betrinke, du hast mich verführt, du hast mich praktisch hineingezerrt ins ...“

„Ich hab es ein bißchen anders in Erinnerung“, sagte Ainsley, „und ich war in einer Verfassung, nach der ich mich wesentlich besser daran erinnern kann als du. Außerdem“, fuhr sie mit unbarmherziger Logik fort, „hast du geglaubt, du verführtest mich. Und das ist schließlich auch wichtig: deine Motive! Angenommen, du hättest mich wirklich verführt und ich wäre zufällig schwanger geworden. Was würdest du dann tun? Dann wärst du doch verantwortlich, oder? Also hast du Verantwortung.“

Len verzog das Gesicht, sein Lächeln war eine blutleere Parodie von zynischem Sarkasmus. „Du bist wie alle, spitzfindig!“ sagte er mit wutbebender Stimme. „Du verdrehst die Wahrheit. Halten wir uns an die Tatsachen, ja, mein Liebes? Ich habe dich nicht wirklich verführt, es war ...“

„Das spielt keine Rolle“, sagte Ainsley mit steigender Lautstärke. „Du glaubtest, du ...“

„Um Himmels willen, kannst du nicht bei den Tatsachen bleiben?“ kreischte Len.

Marian hatte still dagesessen und von einem zum anderen geschaut. Wie merkwürdig sie sich doch benahmen, so unbeherrscht. Jetzt sagte sie: „Könnten wir bitte etwas leiser sein? Die Lady von unten hört es sonst."

„Oh, die Lady von unten kann mich am Arsch lecken!" röhrte Len.

Diese ungewöhnliche Idee war so lächerlich und gleichzeitig so absurd, daß Ainsley und Marian in entsetztes und entzücktes Kichern ausbrachen. Len durchbohrte sie mit Blicken. Das war der Gipfel! Der Gipfel weiblicher Anmaßung – nachdem sie ihm all das angetan hatte, lachte sie ihn aus! Er griff sich seinen Mantel von der Sofalehne und marschierte auf die Treppe zu.

„Zum Teufel mit dir und deinem gottverdammten Fruchtbarkeitskult!" brüllte er und stürzte die Stufen hinunter.

Ainsley sah das Vaterbild entschwinden, sie nahm wieder einen flehentlichen Ausdruck an und rannte ihm nach. „O Len, komm zurück, und laß uns ernsthaft über alles reden", bat sie. Marian folgte ihnen die Treppen hinunter, weniger, weil sie irgend etwas Nützliches tun zu können glaubte, als aus einem obskuren Herden- oder Lemming-Instinkt. Alle stürzten sich über die Klippe, da konnte sie genausogut hinterherspringen.

Lens Flucht wurde durch das Spinnrad auf dem Treppenabsatz gestoppt. Er hatte sich darin verfangen und zerrte und fluchte laut. Als er bereit war, die nächste Treppe in Angriff zu nehmen, hatte Ainsley ihn erreicht und zog ihn am Ärmel. Und all die Damen, die auf die Symptome von Verrücktheit so feinfühlig reagierten, wie eine Spinne auf die Vibrationen ihres Netzes, kamen aus dem Wohnzimmer geflattert und sammelten sich am Fuße der Treppe und starrten mit einer gewissen freudigen Bestürzung nach oben. Unter ihnen das Kind, immer noch einen Teller mit Kuchen in der Hand, den Mund haltlos offen, die Augen weit aufgerissen. Die Lady von unten, in schwarzer Seide mit Perlenkette, hielt sich würdevoll im Hintergrund.

Len sah über die Schulter zurück, dann die Treppe hinunter. Rückzug war unmöglich. Er war von Feinden umgeben: er hatte keine andere Wahl, als tapfer durchzubrechen.

Außerdem hatte er ein Publikum! Er verdrehte die Augen wie ein tollwütiger Spaniel. „Ihr hinterfotzigen schäbigen blutsaugenden Vögelnutten! Zum Teufel mit euch allen! Unterwärts seid ihr doch alle gleich!“ brüllte er, mit ziemlich deutlicher Aussprache, wie Marian fand.

Er riß seinen Ärmel aus Ainsleys Klauen. „Mich kriegst du nie!“ kreischte er und raste mit wehendem Mantel die Treppen hinunter, so daß die versammelten Damen in einem bunten Wirbel aus bedrucktem Stoff und Samtblumen auseinanderstoben, und erreichte die Haustür, die mit donnerndem Krachen hinter ihm zufiel. An der Wand bebten die vergilbten Vorfahren in ihren Rahmen.

Marian und Ainsley zogen sich unter dem aufgeregten Geschnatter und Gezwitscher der Damen im Wohnzimmer nach oben zurück. Die Stimme der Lady von unten erhob sich über alle anderen, ruhig und besänftigend: „Der junge Mann war offensichtlich berauscht.“

„Na schön“, sagte Ainsley in knappem, sachlichem Ton, als sie wieder in ihrem Wohnzimmer waren, „ich glaube, das war's.“

Marian wußte nicht, ob sich das auf Leonard oder die Lady von unten bezog. „Was war was?“ fragte sie.

Ainsley schob ihr Haar über die Schultern zurück und glättete ihre Bluse. „Ich glaube nicht, daß er noch die Kurve kriegt. Macht nichts: ich bezweifle sowieso, daß er einen guten Vater abgegeben hätte. Ich werd mir eben einen anderen besorgen müssen, das ist alles.“

„Ja, ich glaube auch“, sagte Marian unbestimmt. Ainsley ging ins Schlafzimmer, ihr fester Schritt drückte Entschlossenheit aus. Sie machte die Tür zu. Die Angelegenheit wirkte verdächtig erledigt. Anscheinend hatte sie schon einen anderen Plan, aber Marian wollte nicht mal darüber nachdenken, wie der aussehen mochte. Außerdem würde Nachdenken nichts nützen. Wie immer es lief, sie konnte nichts verhindern.

25

Sie ging in die Küche und zog ihren Mantel aus. Dann aß sie eine Vitamintablette, wobei ihr einfiel, daß sie den ganzen Tag noch nichts gegessen hatte. Sie mußte etwas in den Magen bekommen.

Sie öffnete den Kühlschrank, um zu sehen, ob sich darin vielleicht was Eßbares befand. Das Tiefkühlfach war so eisverkrustet, daß die Klappe nicht mehr schloß. Es enthielt zwei Eiswürfelschalen und drei verdächtig aussehende Pappschachteln. Die anderen Fächer waren mit den verschiedensten Dingen vollgestopft, in Gläsern, auf Tellern mit darübergestülpten Schüsseln, in Butterbrotpapier oder braunen Papiertüten verpackt. Sie mochte gar nicht daran denken, wie lange das Zeug weiter hinten schon da lag. Manches begann deutlich zu riechen. Das einzig Interessante, was sie entdecken konnte, war ein Brocken gelber Käse. Sie nahm ihn vom Rost: er hatte eine dünne Schicht von grünem Schimmel auf der Unterseite. Sie legte ihn zurück und schloß die Tür. Sie entschied, daß sie ohnehin keinen Hunger hätte.

„Ich glaube, ich mach mir eine Tasse Tee“, sagte sie zu sich selbst. Sie schaute in den Schrank mit dem Geschirr: er war leer. Das bedeutete, daß sie eine Tasse abwaschen mußte, sie waren alle schmutzig. Sie ging zum Ausguß und spähte hinein.

Er war voll von unabgewaschenem Geschirr: ganze Tellerstapel, Gläser, halb voll, mit einer organisch aussehenden Flüssigkeit, Schüsseln mit Resten von Sachen, die man nicht mehr identifizieren konnte. Ein Kochtopf, der mal Makkaroni und Käse enthalten hatte: innen war er mit bläulichen Schimmelflecken bedeckt. Ein Glasschälchen, das in der Wasserpfütze auf dem Boden des Topfes stand, war mit einer schlüpfrig aussehenden grauen Schicht überzogen, die an Algen in Teichen erinnerte. Auch die Tassen waren da, alle, ineinandergestellt, mit Ringen von Tee- und Kaffeeresten und Sahneklecksen. Selbst die weiße Porzellanoberfläche vom Ausguß hatte sich mit einer braunen Haut überzogen. Sie mochte nichts anrühren, aus Angst, zu entdecken, was in tieferen Schichten noch alles vor sich ging, was für

Gifte da unten noch warteten. „Es ist eine Schande", sagte sie und hatte plötzlich das Bedürfnis, sauberzumachen, die Hähne voll aufzudrehen und alles mit Geschirrspülmittel zu bespritzen; ihre Hände strebten vorwärts ... Da hielt sie inne. Vielleicht hatte der Schimmel genausoviel Recht zu leben wie sie? Der Gedanke war nicht beruhigend.

Sie schlenderte ins Schlafzimmer. Es war noch zu früh, um sich für die Party zurechtzumachen, aber ihr fiel nichts ein, womit sie sich sonst hätte die Zeit vertreiben können. Sie nahm das Kleid aus dem Pappkarton und hängte es auf, dann zog sie ihren Morgenmantel an und sammelte ihre Badeutensilien zusammen. Sie wollte in das Territorium der Lady von unten eindringen und mußte sich auf ein Zusammentreffen gefaßt machen; aber, dachte sie, ich werde einfach jede Verbindung zu dem ganzen Theater leugnen, soll sie es doch mit Ainsley auskämpfen.

Während die Badewanne vollief, putzte sie sich die Zähne und untersuchte sie im Spiegel über dem Becken, um sicherzugehen, daß sie nichts übersehen hatte, eine alte Angewohnheit, sie tat das auch dann, wenn sie nichts gegessen hatte. Bemerkenswert, dachte sie, wieviel Zeit man mit einer Bürste in der Hand und dem Mund voller Schaum damit vertut, in die eigene Kehle zu spähen. Neben einer ihrer Augenbrauen entdeckte sie einen winzigen Pickel. „Weil ich nicht anständig esse", dachte sie, „mein Stoffwechsel oder chemisches Gleichgewicht oder sonstwas ist gestört." Während sie auf den kleinen roten Fleck starrte, schien er um Millimeterbruchteile seine Lage zu verändern. Sie mußte mal die Augen untersuchen lassen, die Dinge begannen zu verschwimmen; Astigmatismus, dachte sie, als sie ins Becken spuckte.

Sie zog ihren Verlobungsring ab und legte ihn in die Seifenschale. Er war ihr ein bißchen zu groß – Peter hatte gesagt, sie sollten ihn enger machen lassen, aber Clara hatte gemeint: „Nein, laß ihn so, die Finger schwellen sowieso an, wenn du älter wirst, vor allem in der Schwangerschaft" –, und nun fürchtete sie ständig, er könnte im Abfluß verschwinden. Peter würde wütend sein: der Ring gefiel ihm so gut. Sie kletterte über die hohe, altmodische Seitenwand in die Badewanne und ließ sich ins Wasser gleiten.

Sie seifte sich ein. Das Wasser wirkte einschläfernd, entspannend. Sie hatte noch viel Zeit; sie konnte sich gestatten, sich zurückzulehnen und sich, ihr gelocktes Haar aus Sicherheitsgründen gegen die Schräge der Wanne gelegt, treiben zu lassen, während das Wasser sanft über ihren fast ganz untergetauchten Körper spülte. Von ihrer erhöhten Position aus hatten ihre Augen einen weiten Blick auf konkave weiße Wände rundherum und halbdurchsichtiges Wasser; ihr Körper bildete Inseln in einer Folge von Kurven und Mulden bis zu der abschließenden Halbinsel der Beine und den Riffen der Zehen; dahinter kamen ein Drahtgestell mit der Seifenschale und die Hähne.

Es gab zwei Griffe, einen für heiß und einen für kalt. Jeder hatte eine runde gewölbte Silberfassung, dazu kam in der Mitte dazwischen eine weitere solche Wölbung mit dem Wasserauslauf. Sie schaute genauer hin: in jeder der drei silbernen Wölbungen sah sie ein merkwürdig gestrecktes rosafarbenes Ding. Sie richtete sich auf, um zu sehen, was das war, wobei sie eine kleinere Flut auslöste. Es dauerte einen Moment, bis sie in den unruhigen und verzerrten Formen ihren eigenen wasserbedeckten Körper erkannte.

Sie bewegte sich, und die drei Ebenbilder bewegten sich ebenfalls. Ganz identisch waren sie nicht: die beiden äußeren neigten sich nach innen, dem dritten zu. Seltsam, drei Spiegelbilder von dir selbst, dachte sie; sie schaukelte vor und zurück und beobachtete, wie die unterschiedlich leuchtenden Silberteile ihres Körpers plötzlich aufquollen oder sich verkleinerten. Fast hatte sie vergessen, daß sie hier war, um ein Bad zu nehmen. Sie streckte den Hähnen eine Hand entgegen, um sie wachsen zu sehen.

Vor der Tür ertönten Schritte. Sie machte wohl besser Schluß: es mußte die Lady von unten sein, die ins Bad wollte. Sie begann die restlichen Seifenspuren abzuwaschen. Im Hinunterschauen wurde sie auf das Wasser aufmerksam, das mit einem Film von kalkigen Hartwasserpartikeln aus Schmutz und Seife bedeckt war, und auf den Körper, der darin saß und irgendwie nicht mehr ganz ihr gehörte. Ganz plötzlich hatte sie Angst, daß sie in Auflösung begriffen war, Schicht um Schicht auseinanderging wie ein Stück Pappe in einer Pfütze.

Hastig zog sie den Stöpsel heraus und kletterte aus der Wanne. Auf dem trockenen Strand des kalten, gefliesten Bodens war es sicherer. Sie schob ihren Verlobungsring wieder auf den Finger; für einen Augenblick sah sie den harten Kreis des Ringes als schützenden Talisman, der sie zusammenhalten würde.

Doch die Panik lauerte immer noch in ihr, als sie die Treppe hinaufstieg. Ihr graute vor der Party, vor all diesen Leuten. Peters Freunde waren ja nett, aber keiner kannte sie richtig, und wenn sie ihre verständnislosen Augen auf sie richteten, hatte sie Angst, die Form zu verlieren, zu zerfließen, sich nicht länger beherrschen zu können; sie fürchtete, sie würde anfangen (und das wäre das schlimmste), viel zu reden, es allen zu erzählen, zu weinen. Traurig betrachtete sie das festliche rote Kleid im Schrank. Was kann ich tun? dachte sie. Sie setzte sich aufs Bett.

Sie blieb auf dem Bett sitzen, nagte auf den Fransen ihres Morgenrockgürtels herum, umfangen von einer weichen, formlosen Unglücklichkeit, die nun schon lange ihren Geist zu verkleistern schien, sie konnte sich nicht erinnern, wie lange schon. Mit diesem auf ihr lastenden Gewicht war es höchst unwahrscheinlich, daß sie es je schaffte, sich wieder vom Bett zu erheben. Wie spät es wohl ist? fragte sie sich. Ich muß mich fertigmachen.

Die beiden Puppen, die sie dann doch nicht weggeworfen hatte, starrten sie von der Frisierkommode her mit leeren Augen an. Sie schaute zurück, und ihre Gesichter verschwammen, bildeten sich dann neu, mit einem leicht bösartigen Ausdruck. Es ärgerte sie, daß die zwei da untätig auf beiden Seiten des Spiegels herumsaßen und sie beobachteten, ohne irgendwelche brauchbaren Vorschläge zu machen. Sie betrachtete ihre Gesichter genauer und erkannte, daß nur die Dunkle, die mit der abblätternden Farbe, sie eindeutig beobachtete. Die

Blonde sah sie vielleicht nicht mal, ihre runden blauen Augen in dem Gummigesicht starrten glatt durch sie hindurch.

Sie ersetzte den Gürtel des Morgenmantels durch einen ihrer Finger und biß seitlich am Nagel herum. Vielleicht war es ein Spiel, und sie hatten sich verabredet. Einen Augenblick sah sie sich selbst im Spiegel zwischen ihnen so, als steckte sie in ihnen drin, in beiden zugleich, und schaute heraus: sie sah sich selbst, eine verschwommene Gestalt in einem zerdrückten Morgenmantel, unscharf eingestellt, die Augen der Blonden registrierten ihre Frisur, ihre abgerissenen Fingernägel, die Dunkle blickte tiefer, auf etwas, was sie nicht genau erkennen konnte; die beiden sich überlappenden Bilder entfernten sich weiter und weiter voneinander; das Zentrum im Spiegel, was immer das sein mochte, das, was die beiden zusammenhielt, würde bald ganz leer sein. Mit der Kraft ihrer getrennten Blickwinkel versuchten sie, sie auseinanderzureißen.

Hier konnte sie nicht bleiben. Sie stieß sich vom Bett ab und in den Flur hinaus, sie hockte am Telefon und wählte eine Nummer. Tuten, dann ein Klicken. Sie hielt den Atem an.

„Hallo?“ sagte eine mürrische Stimme.

„Duncan?“ sagte sie vorsichtig. „Ich bin’s.“

„Oh.“ Pause.

„Duncan, könntest du heute abend zu einer Party kommen? Bei Peter? Ich weiß, das kommt ziemlich spät, aber . . .“

„Wir sollen eigentlich zu einer hirnrissigen Party von Englischstudenten gehen“, sagte er. „Die ganze Familie.“

„Vielleicht könntest du später kommen. Du könntest die anderen sogar mitbringen.“

„Ich weiß nicht . . .“

„Bitte, Duncan, ich kenne dort niemanden, ich brauche dich“, sagte sie mit einer Eindringlichkeit, die ihr sonst fremd war.

„Das tust du nicht“, sagte er. „Aber vielleicht kommen wir trotzdem. Diese andere Sache hört sich ziemlich langweilig an. Sie reden über nichts als mündliche Prüfungen, und irgendwie spaßig wär es schon, zu sehen, was du heiratest."

„O ja, bitte", sagte sie dankbar und beschrieb ihm den Weg.

Als sie den Hörer wieder aufgelegt hatte, fühlte sie sich wesentlich besser. Das war die Lösung: dafür zu sorgen, daß auf der Party Leute waren, die sie wirklich kannten. Das rückte die Dinge wieder zurecht, so konnte sie damit fertigwerden . . . Sie wählte eine andere Nummer.

Eine halbe Stunde verbrachte sie am Telefon, dann hatte sie ausreichend Leute aufgetrieben. Clara und Joe wollten kommen, wenn sie einen Babysitter fanden, das machte zusammen mit den anderen drei fünf; dazu kamen die drei Bürojungfrauen. Nach anfänglichem Zögern, wahrscheinlich, weil die Einladung in letzter Minute kam, köderte sie die drei damit, daß sie sagte, sie hätte sie nicht früher eingeladen, weil sie angenommen hätte, es kämen fast nur Ehepaare, daß nun aber doch ein paar Junggesellen ohne Begleitung erscheinen würden, und ob sie ihr nicht den Gefallen tun könnten, auch zu kommen? Einzelne Männer langweilen sich so auf Partys mit lauter Pärchen, hatte sie hinzugefügt. Das machte acht. Zuletzt hatte sie Ainsley gefragt – es würde ihr guttun, mal rauszukommen –, und sie hatte zu ihrer Überraschung angenommen: es war nicht ihre Art Party.

Obwohl sie flüchtig daran dachte, hielt Marian es nicht für angebracht, Leonard Slank einzuladen.

Jetzt, wo es ihr besser ging, konnte sie sich anziehen. Sie zwängte sich in den extra für das Kleid angeschafften neuen Hüfthalter, wobei ihr auffiel, daß sie gar nicht so viel Gewicht verloren hatte: sie hatte eine Menge Nudeln gegessen. Sie hatte gar keinen Hüftgürtel haben wollen, aber die Frau, die ihr das Kleid verkaufte und die selbst fest in einem Korsett steckte, riet ihr dringend dazu und holte ein passendes Modell mit Satineinsatz und einem Schleifchen vorn. „Sicher, Sie sind sehr dünn, meine Liebe, Sie brauchten eigentlich keinen, aber es ist ein enganliegendes Kleid, und Sie wollen doch nicht, daß deutlich wird, daß Sie keinen anhaben, oder?" Sie hatte ihre gemalten Augenbrauen gehoben. In dem Moment war es offenbar eine Frage der Sittlichkeit gewesen. „Nein, natürlich nicht", hatte Marian hastig gesagt. „Ich nehme ihn."

Als sie in das rote Kleid geschlüpft war, stellte sie fest, daß sie nicht weit genug nach hinten greifen konnte, um den Reißverschluß hochzuziehen. Sie klopfte an Ainsleys Tür. „Kannst du mir bitte den Reißverschluß zumachen?" fragte sie.

Ainsley stand im Slip da. Sie hatte mit dem Make-up angefangen, aber erst eines ihrer Augen hatte eine schwarze Umrandung bekommen, und Augenbrauen waren gar nicht zu sehen, was ihr Gesicht wie aus dem Gleichgewicht geraten erscheinen ließ. Als sie Marians Reißverschluß hochgezogen und den kleinen Haken oben zugemacht hatte, trat sie zurück und begutachtete sie kritisch. „Das ist ein hübsches Kleid", sagte sie, „aber was willst du dazu tragen?"

„Dazu tragen?"

„Ja, es ist richtig aufregend; du brauchst ein Paar ordentliche, schwere Ohrringe, um ihm den letzten Pfiff zu geben. Hast du welche?"

„Ich weiß nicht", sagte Marian. Sie ging in ihr eigenes Zimmer und kam mit der Schublade zurück, in der sich all das Flitterwerk von den Verwandten angesammelt hatte. Da gab es Trauben aus falschen Perlen und pastellfarbige Muschelarrangements und Blümchen aus Metall und Glas und niedliche Tierchen.

Ainsley stöberte alles durch. „Nein", sagte sie mit der Entschiedenheit dessen, der wirklich Bescheid weiß. „Die gehen nicht. Aber ich hab welche, die passen." Nach längerer Suche mit viel Kramen in Schubladen und Verschieben von Sachen auf der Kommode förderte sie ein Paar klotzig baumelnde goldene Gegenstände zutage, die sie an Marians Ohren heftete. „Schon besser", sagte sie. „Und jetzt lächeln."

Marian lächelte zaghaft.

Ainsley schüttelte den Kopf. „Deine Haare sind okay", sagte sie, „aber es ist wohl besser, wenn ich dein Gesicht zurechtmache. Allein bekommst du das nie hin. Du würdest es bloß auf deine übliche sparsame Art machen und dann ausschauen wie ein Kind, das sich mit Mutters Sachen verkleidet hat."

Sie drückte Marian in ihren Sessel, der knubbelig war von Wäsche in unterschiedlichen Verschmutzungsstadien, und legte ihr ein Handtuch um. „Deine Nägel mach ich zuerst, damit sie trocknen können", sagte sie, und als sie zu feilen begann: „Du hast daran rumgebissen." Nachdem sie die Nägel in schimmerndem Mattweiß angemalt hatte und Marian ihre Hände vorsichtig in die Luft streckte, machte sie sich mit Mixturen und Instrumenten aus dem Gewirr der Schönheitsmittel von ihrer Frisierkommode an Marians Gesicht.

Im Laufe des weiteren Verfahrens, während Merkwürdiges mit ihrer Haut, dann mit beiden Augen und Augenbrauen vor sich ging, saß Marian einfach da und bewunderte die Sachkunde und Tüchtigkeit, mit der Ainsley ihr Gesicht behandelte. Es erinnerte sie an die Mütter hinter der Bühne bei Schulaufführungen, die ihre altklugen Töchter zurechtmachten. Nur flüchtig dachte sie an Bakterien.

Zum Schluß nahm Ainsley einen Lippenstiftpinsel und bemalte den Mund mit mehreren Lagen von glänzendem Lack. „Da", sagte sie und hielt einen Handspiegel so, daß Marian sich selbst sehen konnte. „Das ist gut so. Sei aber vorsichtig, bis der Wimpernkleber trocken ist."

Marian starrte in die dick umrandeten Augen einer Person mit ägyptischen Lidern und Augenwinkeln, die sie noch nie gesehen hatte. Sie wagte nicht mal zu blinzeln, aus Angst, dieses aufgesetzte Gesicht könnte durch die Spannung rissig werden und abblättern. „Dank dir", sagte sie zweifelnd.

„Jetzt lächeln", sagte Ainsley.

Marian lächelte.

Ainsley runzelte die Stirn. „Doch nicht so", sagte sie. „Du mußt dich selbst mehr einbringen. Senk mal die Lider ein bißchen."

Marian war verlegen – sie wußte nicht, wie. Sie probierte herum, schaute in den Spiegel, versuchte herauszufinden, welche Muskeln den gewünschten Effekt erzielten, und hatte gerade ein annäherndes Absenken der Lider zustande gebracht, das jedoch immer noch einen Hauch von Kneifen hatte, als sie Schritte die Treppe heraufkommen hörten; einen Moment später stand die Lady von unten schwer atmend in der Tür.

Marian nahm das Handtuch ab und stand auf. Jetzt, wo sie es endlich geschafft hatte, ihre Lider zu senken, war es ihr nicht möglich, sie hochzuziehen und die Augen wieder auf normale Größe zu bringen. In diesem roten Kleid und mit diesem Gesicht brachte sie einfach nicht die übliche sachliche Höflichkeit auf, die die Situation erforderte.

Die Lady von unten japste, als sie Marians neuen Aufzug sah – nackte Arme, ausgeschnittenes Kleid und reichlich bemaltes Gesicht –, aber ihr eigentliches Ziel war Ainsley, die barfuß im Slip mit einem schwarzgerahmten Auge und über die Schultern fallender Lockenflut dastand.

„Miss Tewce", begann die Lady von unten. Sie trug noch immer ihr Teekleid und die Perlen, sie versuchte Würde auszustrahlen. „Ich habe gewartet, bis ich ganz ruhig war, um mit Ihnen zu sprechen. Ich möchte keine Unannehmlichkeiten, ich habe mich immer bemüht, Unannehmlichkeiten und Szenen zu vermeiden, aber ich fürchte, Sie können hier nicht länger bleiben." Sie war alles andere als ruhig: ihre Stimme zitterte. Marian bemerkte, daß sie mit einer Hand ein Spitzentaschentuch zerknüllte. „Die Trinkerei war schlimm genug; ich weiß, daß Ihnen all die Flaschen gehörten, ich bin sicher, Miss MacAlpin hat nie getrunken, zumindest nicht mehr, als vertretbar ist." Ihr Blick huschte über Marians Kleid; ihr Glaube war etwas erschüttert, aber sie verkniff sich eine Bemerkung. „Obwohl Sie all diesen Alkohol wenigstens unauffällig ins Haus gebracht haben; ich habe auch nichts über Schlamperei und Unordnung gesagt, ich bin ein toleranter Mensch, und was jemand in der eigenen Wohnung tut, geht ausschließlich ihn selbst etwas an, finde ich. Und ich habe mich abgewandt, als dieser junge Mann, was ich sehr gut weiß, versuchen Sie nicht, mich anzulügen, die Nacht hier verbrachte; ich ging sogar am nächsten Morgen aus, um Unannehmlichkeiten zu vermeiden. Wenigstens wußte das Kind von nichts. Aber es derart öffentlich zu machen" – sie klang jetzt schrill, mit zitternder, anklagender Stimme –, „Ihre unsoliden betrunkenen Freunde in die Öffentlichkeit zu zerren, wo die Leute sie sehen können ... Das gibt ja dem Kind ein derart schlechtes Beispiel ...“

Ainsley funkelte sie an, ihr schwarzumrandetes Auge blitzte. „Aha“, sagte sie in ebenso anklagendem Ton, warf die Haare zurück und stellte ihre nackten Füße weiter auseinander, „ich hab doch geahnt, daß Sie eine Scheinheilige sind, und jetzt weiß ich es. Sie sind eine spießbürgerliche Schwindlerin, Sie haben gar keine echten Überzeugungen, Sie machen sich nur Sorgen wegen der Nachbarn! Ihr kostbarer Ruf! Für mich ist diese Haltung unmoralisch. Sie sollen wissen, daß ich auch ein Kind bekomme und daß ich nicht möchte, daß es in diesem Haus aufwächst – Sie würden ihm Unaufrichtigkeit beibringen. Sie wären ein schlechtes Beispiel, und ich kann Ihnen sagen, Sie sind so anti wie niemand sonst, den ich kenne, Sie haben was gegen die schöpferische Lebenskraft! Ich ziehe mit Vergnügen hier aus, je eher, desto besser. Ich möchte nicht, daß Sie irgendwelche negativen pränatalen Einflüsse ausüben.“

Die Lady von unten war bleich geworden. „Oh“, sagte sie matt und umklammerte ihre Perlen. „Ein Baby! Oh, oh, oh!“ Sie drehte sich um und stolperte, dünne Schreie des Zornes und der Bestürzung ausstoßend, die Treppe hinunter.

„Du wirst tatsächlich ausziehen müssen“, sagte Marian. Sie hatte ein beruhigendes Gefühl von Distanz zu dieser neuen Komplikation. Am nächsten Tag fuhr sie ohnehin heim; und jetzt, wo die Lady von unten die Konfrontation erzwungen hatte, wußte sie nicht mehr, wieso sie auch nur eine Spur von Angst vor ihr gehabt hatte. Die Luft war so schnell raus gewesen.

„Ja, natürlich“, sagte Ainsley ruhig, setzte sich hin und begann ihr anderes Auge zu umranden.

Unten läutete es.

„Das muß Peter sein“, sagte Marian. „Schon?“ Sie hatte nicht geahnt, daß es bereits so spät war. „Ich soll rüberkommen und helfen, alles vorzubereiten – ich wollte, wir könnten dich mitnehmen, aber ich glaube nicht, daß wir so lange warten können.“

„Macht nichts“, sagte Ainsley und zeichnete eine

lange, graziös geschwungene künstlerische Augenbraue auf ihre Stirn, dorthin, wo eigentlich ihre eigene Braue hätte sein sollen. „Ich komm später. Ich muß sowieso noch ein paar Sachen erledigen. Wenn es für das Baby zu kalt ist, kann ich ein Taxi nehmen, so weit ist es ja nicht."

Marian ging in die Küche, wo sie ihren Mantel liegengelassen hatte. Ich hätte wirklich was essen sollen, sagte sie zu sich, Trinken auf leeren Magen ist nie gut. Sie hörte Peter die Treppe heraufkommen. Sie nahm noch eine Vitamintablette. Sie waren braun, oval, mit spitz zulaufenden Enden: wie hartkörnige braune Samen. Ich möcht bloß wissen, was sie zermahlen, um es in diese Dinger zu stecken, dachte sie beim Schlucken.

26

Peter öffnete die Glastür mit seinem Schlüssel und stellte das Schnappschloß so ein, daß die Tür für die Gäste offenblieb. Dann traten sie in die Eingangshalle und gingen über den Fliesenboden zur Treppe. Der Fahrstuhl funktionierte noch nicht, sollte aber, wie Peter sagte, Ende der nächsten Woche in Betrieb genommen werden. Der Lastenaufzug lief, wurde jedoch von den Arbeitern abgeschlossen.

Das Gebäude war fast fertig. Jedesmal, wenn Marian hergekommen war, hatte sie kleine Veränderungen bemerken können. Nach und nach war das Durcheinander von Rohmaterialien, Rohren und Brettern und Zementplatten verschwunden, war durch einen unsichtbaren Prozeß des Aufnehmens und der Verdauung in die glänzenden Häute verwandelt worden, die den Raum umschlossen, durch den sie sich jetzt bewegten. Die Wände und die Reihe der kräftigen Stützpfeiler waren in einem kräftigen Orange-Rosa gemalt; die Beleuchtung strahlte in ihrer vollen kalten Pracht, denn Peter hatte für seine Party alle Lichter der Eingangshalle eingeschaltet. Die wandhohen Spiegel an den Säulen waren neu, als sie das letztemal hier gewesen war, gab es sie noch nicht. Sie ließen die Halle größer erscheinen, viel länger, als sie wirklich war. Doch die Teppiche und die Möbel (Sofas aus Kunstleder, sagte sie voraus) und die unvermeidlichen breitblättrigen Philodendrons, die sich um Treibholzstücke schlingen, waren noch nicht da. Sie würden die letzte üppige Schicht bilden und diesem Flur aus hartem Licht und spröden Oberflächen einen wenn auch synthetischen Hauch von Weichheit geben.

Sie stiegen die Treppen hoch, Marian an Peters Arm. In den Fluren aller Stockwerke, die sie im Hinaufsteigen passierten, sah Marian riesige Holzkisten und längliche, mit Planen bedeckte Formen vor den Wohnungstüren stehen: die Kücheneinrichtungen wurden wohl installiert, die Herde und Kühlschränke. Bald würde Peter nicht mehr der einzige Mensch sein, der in dem Gebäude wohnte. Dann würden sie die Heizung auf Hochtouren laufen lassen; zur Zeit war es innen, ausgenommen in Peters Wohnung, fast so kalt wie draußen.

„Darling", sagte sie in beiläufigem Ton, als sie den fünften Stock erreicht hatten und kurz auf dem Treppenabsatz anhielten, um zu verschnaufen, „ich hab noch ein paar Leute eingeladen, es ergab sich so. Ich hoffe, es ist dir recht!"

Während der ganzen Fahrt im Auto hatte sie überlegt, wie sie es ihm beibringen sollte. Es wäre bestimmt nicht gut, wenn die Leute einfach hereinschneiten, ohne daß Peter was davon wußte, obwohl die Versuchung groß gewesen war, nichts zu sagen und einfach drauf zu vertrauen, daß sie mit der Situation fertig werden würde, wenn es soweit war. In der Verwirrung würde sie nicht erklären müssen, warum sie sie eingeladen hatte, sie wollte nichts erklären, konnte nichts erklären und fürchtete Peters Fragen. Plötzlich war ihre Fähigkeit, seine Reaktionen im voraus einzuschätzen, fort. Er war zu einer unbekannten Größe geworden; als sie zu Ende gesprochen hatte, schienen blinde Wut und blinde Begeisterung von seiner Seite gleichermaßen möglich. Sie trat einen Schritt zurück und griff mit der freien Hand nach dem Geländer: sie hatte keine Ahnung, wie er reagieren würde.

Aber er lächelte auf sie herunter, zwischen den Augenbrauen nur eine kleine Falte verhohlenen Ärgers.

„Tatsächlich, Darling? Na gut, je mehr, desto besser. Ich hoffe nur, du hast nicht zu viele eingeladen, sonst haben wir nicht genug zu trinken, und wenn ich etwas hasse, dann eine Party, die austrocknet."

Marian war erleichtert. Jetzt, wo er geantwortet hatte, erkannte sie, daß er genau das gesagt hatte, was zu erwarten gewesen war. Sie war so froh, daß er so kalkulierbar reagiert hatte, daß sie seinen Arm drückte. Er schlang ihn um ihre Taille, und sie stiegen weiter. „Nein", sagte sie, „ungefähr sechs." Tatsächlich waren es neun, aber da er so nett gewesen war, verringerte sie als höfliche Geste die Anzahl.

„Kenn ich jemanden?" fragte er freundlich.

„Nun . . . Clara und Joe", sagte sie, und ihre momentane Hochstimmung begann zu schwinden. „Und Ainsley. Die anderen nicht, nicht richtig . . ."

„So, so", sagte er neckend, „ich wußte gar nicht, daß du so viele Freunde hast, die ich nie kennengelernt hab. Da haben wir ein paar kleine Geheimnisse für uns behalten, wie? Ich werd mich bemühen, sie näher kennenzulernen, damit ich alles über dein Privatleben in Erfahrung bringen kann." Gutgelaunt küßte er ihr Ohr.

„Ja", sagte Marian mit kläglicher Fröhlichkeit. „Sie werden dir bestimmt gefallen." Idiot, wütete sie gegen sich selbst. Idiot, Idiot. Wie hatte sie nur so dämlich sein können? Sie wußte schon, wie es ablaufen würde. Keine Probleme mit den Bürojungfrauen – Peter würde sie höchstens ein bißchen mißtrauisch ansehen, vor allem Emmy. Mit Clara und Joe würde er sich abfinden. Aber die anderen? Duncan würde sie nicht verraten – oder? Vielleicht fand er es komisch, wenn er eine Anspielung losließ, vielleicht tat er es auch aus Neugier. Sie konnte ihn, wenn er kam, beiseite nehmen und ihn bitten, so was nicht zu tun. Aber die Mitbewohner waren ein Problem. Sie wußten wahrscheinlich beide noch nicht, daß sie verlobt war, und sie konnte sich Trevors Überraschungsschrei vorstellen, wenn er dahinterkam, die Art, wie er Duncan ansehen und sagen würde: „Aber mein Lieber, wir hatten geglaubt . . ." Und wie er den Satz dann in einem von Anzüglichkeit triefenden Schweigen verklingen lassen würde, so daß er gefährlicher war als die Wahrheit. Peter würde wütend sein und glauben, jemand hätte seine privaten Besitzrechte verletzt, er würde nichts verstehen, und was dann? Warum um Himmels willen hatte sie sie nur eingeladen? Was für ein katastrophaler Fehler. Wie konnte sie verhindern, daß sie kamen?

Sie erreichten den siebten Stock und gingen den Flur entlang zu Peters Tür. Er hatte mehrere Zeitungen davor ausgebreitet, damit die Leute ihre Überschuhe und Stiefel draufstellen konnten. Marian zog ihre Stiefel aus und stellte sie ordentlich neben Peters Überschuhe. „Ich hoffe, sie folgen unserem Beispiel alle", sagte Peter. „Die Böden sind frisch geputzt, ich möcht nicht, daß wieder alles voller Matschspuren ist." Jetzt, wo noch keine anderen Schuhe neben ihnen standen, wirkten die beiden Paare wie ein schwarzer lederner Köder in einer großen leeren Zeitungsfalle.

Drinnen half Peter ihr aus dem Mantel. Er legte seine Hände auf ihre nackten Schultern und küßte sie leicht auf den Nacken. „Mmmh", machte er, „neues Parfüm." Tatsächlich gehörte es Ainsley, eine exotische Mischung, die sie als passend zu den Ohrringen ausgewählt hatte.

Er zog seinen eigenen Mantel aus und hängte ihn in den Schrank hinter der Tür. „Bring deinen Mantel ins Schlafzimmer, Darling", sagte er, „und dann komm in die Küche und hilf mir, die Sachen fertigzumachen. Frauen sind soviel geschickter beim Zusammenstellen von Platten."

Sie ging durch das Wohnzimmer. Die Möblierung hatte Peter kürzlich durch einen weiteren Stuhl im skandinavischen Stil ergänzt, der größte Teil der Wohnfläche war aber immer noch leer. Das bedeutete, daß die Gäste sich bewegen mußten: es gab nicht genügend Sitzplätze. Peters Freunde setzten sich in der Regel nicht auf den Fußboden, höchstens zu vorgeschrittener Stunde. Aber Duncan wahrscheinlich. Sie stellte ihn sich vor, wie er mit untergeschlagenen Beinen in der Mitte des kahlen Zimmers saß, eine Zigarette im Mundwinkel, und düster-ungläubig vielleicht auf einen der Seifenmänner oder auf die Beine des skandinavischen Sofas starrte, während die anderen Gäste ihn umkreisten, ohne ihn weiter zu beachten, allerdings darauf bedacht, nicht auf ihn zu treten, so als wäre er ein Kaffeetischchen oder irgendein Kunstgegenstand: ein Mobile aus Treibholz und Pergament. Vielleicht war es noch nicht zu spät, sie anzurufen und zu bitten, nicht zu kommen? Aber das Telefon stand in der Küche, und Peter auch.

Das Schlafzimmer war wie immer peinlich sauber und ordentlich. Die Bücher und die Gewehre waren an ihrem Platz; vier von Peters Modellschiffen dienten nun als Bücherstützen. Zwei Kameras lagen ohne ihre Etuis auf dem Schreibtisch. Bei einer war das Blitzlicht aufgesteckt, die blaue Birne bereits in der Silberschale des Reflektors befestigt. Weitere Blitzlichtbirnen lagen neben einer aufgeschlagenen Zeitschrift. Marian legte ihren Mantel auf das Bett. Peter hatte ihr erklärt, daß der Wandschrank neben der Tür für alle Mäntel nicht groß genug wäre, und daß die Frauen ihre Mäntel ins Schlafzimmer legen sollten. Ihr Mantel, der mit seitlich gefalteten Armen dalag, hatte also zusätzlich die Funktion, als Lockvogel für die anderen Mäntel zu dienen, als Hinweis, wo sie abgelegt werden sollten.

Sie drehte sich um und sah sich in dem mannshohen Spiegel an der Schranktür. Peter war überrascht und erfreut gewesen. „Darling, du siehst einfach großartig aus", hatte er gesagt, als sie die Treppe hinaufgingen. Woraus man entnehmen durfte, daß er es sehr hübsch fände, wenn sie immer so aussähe. Er hatte sie gebeten, sich einmal zu drehen, damit er sie auch von hinten sehen konnte, und auch da hatte sie ihm gefallen. Jetzt wollte sie wissen, ob sie wirklich „einfach großartig" aussah. Im Geiste untersuchte sie den Ausdruck von allen Seiten: er hatte weder eine besondere Form noch ein besonderes Aroma. Wie fühlte er sich an? Sie lächelte sich zu. Nein, so nicht. Sie lächelte ein anderes Lächeln, mit gesenkten Augenlidern, auch das klappte nicht so ganz. Sie wandte den Kopf und prüfte ihr Profil aus den Augenwinkeln. Das Problem war, daß sie nie die Gesamtwirkung packen konnte: ihre Aufmerksamkeit blieb immer an Details hängen, an den Dingen, die sie nicht gewöhnt war – an den Fingernägeln, den schweren Ohrringen, der Frisur, den verschiedenen Teilen ihres Gesichts, die Ainsley ergänzt oder verändert hatte. Sie konnte nur eine Sache auf einmal sehen. Was lag unter der Oberfläche, auf der diese Teile schwammen, und hielt alles zusammen? Sie streckte ihre beiden nackten Arme dem Spiegel entgegen; von ihrem ganzen Körper das einzige Fleisch ohne Stoff oder Nylon oder Leder oder Lack, aber im Spiegel wirkten selbst sie unecht, wie aus weichem weißrosa Gummi oder Kunststoff, knochenlos, biegsam . . .

Wütend auf sich selbst, weil sie fast wieder in die Panik von vorher verfallen war, öffnete sie die Schranktür, um den Spiegel gegen die Wand zu drehen, und starrte nun auf Peters Kleidung. Sie hatte sie schon so oft gesehen, es gab also keinen Grund, weshalb sie hier stand, eine Hand an der Türkante, und in den dunklen Schrank starrte . . . Die Sachen hingen ordentlich in einer Reihe. Sie erkannte alle Anzüge, die sie Peter je hatte tragen sehen, mit Ausnahme natürlich des schwarzen Anzugs, den er im Augenblick anhatte: da waren seine Sommersachen, daneben das bequeme Tweedjackett, das zu den Flanellhosen gehörte, und dann all die anderen Stadien vom Spätsommer bis in den Herbst. Die dazu passenden Schuhe waren unten auf dem Boden aufgereiht, jeder mit seinem Schuhspanner. Sie merkte, daß sie die Sachen mit einem Gefühl betrachtete, das an Abneigung grenzte. Wieso hingen sie da so selbstzufrieden und strahlten soviel unsichtbare schweigende Autorität aus? Doch bei genauerer Überlegung war es mehr Furcht, was sie bewegte. Sie streckte eine Hand aus, um sie zu berühren, zog sie aber wieder zurück: sie fürchtete fast, die Sachen könnten warm sein.

„Darling, wo steckst du?“ rief Peter aus der Küche.

„Ich komm schon, Darling“, antwortete sie. Hastig schloß sie die Schranktür, warf einen Blick in den Spiegel, schob eine Locke wieder an ihren Platz und ging zu ihm; dabei bewegte sie sich sehr vorsichtig in ihrer Lackhülle.

Der Küchentisch war mit Gläsern bedeckt. Einige waren neu; er mußte sie extra für die Party gekauft haben. Die konnten sie immer gebrauchen, auch wenn sie verheiratet waren. Auf der Arbeitsplatte standen Reihen von Flaschen in verschiedenen Farben und Größen: Scotch, Rye, Gin. Peter schien ganz Herr der Lage zu sein. Mit einem sauberen Geschirrtuch polierte er ein paar Gläser nach.

„Was kann ich tun?“ fragte sie.

„Vielleicht diese Sachen hier auf Platten verteilen? Hier, ich hab dir einen Drink zurechtgemacht, Scotch und Wasser, wir können uns ruhig schon einen kleinen Vorsprung gönnen.“ Er selbst hatte keine Zeit verschwendet, sein eigenes Glas stand halbleer auf dem Tisch.

Sie nippte an ihrem Drink und lächelte ihm über den Glasrand zu. Das Getränk war viel zu stark für sie, es brannte in der Kehle. „Ich glaube, du willst mich betrunken machen“, sagte sie. „Kann ich noch einen Eiswürfel haben?“ Angewidert bemerkte sie, daß ihr Mund einen schmierigen Abdruck am Glasrand hinterlassen hatte.

„Im Kühlschrank ist massenhaft Eis“, sagte er; es klang, als sei er zufrieden, daß sie den Drink verdünnen mußte.

Das Eis befand sich in einer großen Schüssel. In zwei Plastikbeuteln lag weiterer Vorrat bereit. Den restlichen Platz nahmen Flaschen ein, Bierflaschen im untersten Fach, große grüne Flaschen mit Ginger Ale und kleine farblose Flaschen Mineralwasser in den Fächern neben dem Tiefkühlfach. Sein Kühlschrank war weiß und fleckenlos und wohlgeordnet; schuldbewußt dachte sie an ihren eigenen.

Sie kümmerte sich um Kartoffelchips und Erdnüsse und Oliven und Cocktailchampignons, füllte Schalen und Platten, die Peter ihr gezeigt hatte, die Eßwaren nur mit den äußersten Fingerspitzen berührend, damit der Nagellack nicht litt. Als sie fast fertig war, kam Peter von hinten. Einen Arm legte er um ihre Taille, mit der anderen Hand zog er den Reißverschluß ihres Kleides halb herunter, dann schloß er ihn wieder. Sie fühlte seinen Atem im Nacken.

„Ein Jammer, daß wir nicht die Zeit haben, ins Bett zu springen“, sagte er, „aber ich möchte dich auch nicht in Unordnung bringen. Na, später haben wir noch genügend Zeit dafür.“ Er legte seinen anderen Arm um ihre Taille.

„Peter", sagte sie, „liebst du mich?" Sie hatte ihn das schon früher gefragt, mehr scherzhaft, ohne die Antwort zu bezweifeln. Diesmal aber wartete sie regungslos, was er sagen würde.

Er drückte ihr einen zarten Kuß auf einen Ohrring. „Selbstverständlich liebe ich dich, sei nicht albern", sagte er in zärtlichem Ton, der andeutete, daß er glaubte, verständnisvoll auf sie einzugehen. „Ich werde dich heiraten, nicht wahr? Und ganz besonders liebe ich dich in diesem roten Kleid. Du solltest öfter Rot tragen." Er ließ sie los, und sie beförderte die letzten eingelegten Pilze aus dem Glas auf die Platte.

„Komm mal einen Augenblick her, Darling", rief er. Er war im Schlafzimmer. Sie spülte ihre Hände ab, trocknete sie und ging zu ihm. Er hatte seine Schreibtischlampe angeknipst, saß am Schreibtisch und stellte eine seiner Kameras ein. Lächelnd blickte er zu ihr auf. „Ich werd ein paar Bilder von der Party machen", sagte er. „Später freut man sich, wenn man sie anschaun kann. Das ist unsere erste richtige gemeinsame Party, sozusagen ein Ereignis. Übrigens, habt ihr schon einen Fotografen für die Hochzeit bestellt?"

„Ich weiß nicht", sagte sie, „ich glaube, meine Familie hat."

„Ich würde gern selbst fotografieren, aber das ist natürlich unmöglich", sagte er und lachte. Er begann mit seinem Belichtungsmesser zu hantieren.

Sie lehnte sich zärtlich an seine Schulter, betrachtete über sie hinweg die Gegenstände auf dem Schreibtisch, die blauen Blitzlichtbirnen, den konkaven Silberkreis des Blitzlichts. Er sah in die offene Zeitschrift; er hatte einen Artikel mit dem Titel „Blitzlichtaufnahmen im Haus" angestrichen. Neben der Textspalte eine Anzeige: ein kleines Mädchen mit Rattenschwänzen am Strand, das einen Spaniel umarmte. „Zum ewigen Andenken", stand darunter.

Sie ging zum Fenster und schaute hinunter. Da unten lag die weiße Stadt mit ihren engen Straßen und der kalten Winterbeleuchtung. In einer Hand hielt sie ihren Drink, sie nippte daran. Das Eis klirrte gegen das Glas.

„Darling", sagte Peter, „es kann jetzt jeden Moment

losgehen. Aber ehe die anderen kommen, möchte ich gern ein paar Bilder von dir allein machen, wenn du nichts dagegen hast. Auf diesem Film sind nur noch ein paar Aufnahmen drauf, und ich möchte für die Party einen neuen einlegen. Dieses Rot müßte auf einem Dia gut rauskommen, und wenn ich schon dabei bin, mach ich auch gleich noch ein paar Schwarzweißaufnahmen."

„Peter", sagte sie zögernd, „ich weiß nicht ..." Sein Vorschlag erschreckte sie übermäßig.

„Sei bloß nicht zu bescheiden", sagte er. „Könntest du dich mal da neben die Waffen stellen und dich ein bißchen gegen die Wand lehnen?" Er drehte die Schreibtischlampe so, daß ihr das Licht ins Gesicht schien, und richtete den kleinen schwarzen Belichtungsmesser auf sie. Sie wich gegen die Wand zurück.

Er hob die Kamera und peilte durch das winzige Glasfensterchen oben; er stellte das Objektiv ein, um sie in den Brennpunkt zu rücken. „Und jetzt", sagte er, „bitte etwas weniger steif. Ganz locker. Und laß die Schultern nicht so hängen, na los, Brust raus, und schau nicht so besorgt drein, Darling, ganz natürlich, na komm schon, lach mal ..."

Ihr Körper war ein Eisblock, völlig erstarrt. Sie konnte sich nicht rühren, sie konnte nicht mal ihre Gesichtsmuskeln bewegen, als sie so dastand und in das runde, auf sie gerichtete Objektiv starrte, sie wollte ihm sagen, er sollte nicht auf den Auslöser drücken, aber sie konnte sich nicht bewegen ...

Es klopfte an der Tür.

„O verdammt", sagte Peter. Er legte die Kamera auf den Schreibtisch. „Da sind sie schon. Na ja, dann eben später, Darling." Er ging aus dem Zimmer.

Marian kam langsam aus ihrer Ecke. Sie atmete schnell. Sie streckte eine Hand aus, zwang sich zur Berührung.

„Was ist los mit mir?" fragte sie sich. „Es ist doch nur eine Kamera."

27

Die drei Bürojungfrauen kamen als erste, zunächst Lucy allein, dann Emmy und Millie fast gleichzeitig fünf Minuten später. Offensichtlich hatten sie nicht damit gerechnet, einander hier zu begegnen: jede schien sich zu ärgern, daß die anderen auch eingeladen waren. Marian machte bekannt und führte sie ins Schlafzimmer; ihr Mantel auf dem Bett bekam Gesellschaft. Jede der drei sagte mit eigentümlicher Betonung, daß Marian öfter Rot tragen sollte. Jede besah sich im Spiegel und putzte und glättete sich, bevor sie ins Wohnzimmer gingen. Lucy zog ihre Lippen nach, und Emmy kratzte sich hastig am Kopf.

Vorsichtig ließen sie sich auf den skandinavischen Möbeln nieder, und Peter holte ihnen Drinks. Lucy war in purpurrotem Samt, mit silbernen Augenlidern und falschen Wimpern, Emmy in rosa Chiffon, das ein bißchen an Oberschulfeste erinnerte. Ihr Haar war zu steifen Pinseln gesprayt, und man sah ihren Slip. Millie war in blaßblauen Satin gehüllt, der sich an den merkwürdigsten Stellen bauschte; sie hatte ein winziges, mit Pailletten besetztes Abendtäschchen und machte von den dreien den nervösesten Eindruck.

„Ich bin so froh, daß ihr alle gekommen seid", sagte Marian. In diesem Augenblick freute sie sich kein bißchen darüber. Sie waren so aufgeregt. Jede rechnete damit, daß ein Pendant von Peter wunderbarerweise durch die Tür gewandelt käme, auf ein Knie niederfiel und ihr einen Antrag machte. Was würden sie tun, wenn sie Fisch und Trevor gegenüberstanden, von Duncan ganz zu schweigen? Noch schlimmer, was würden Fisch und Trevor tun, von Duncan ganz zu schweigen, wenn sie ihnen gegenüberstanden? Sie stellte sich zwei kreischende Trios und einen Massenexodus vor, die eine Hälfte flüchtete durch die Tür, die andere durchs Fenster. Was hab ich da bloß angestellt? fragte sie sich. Aber sie hatte fast aufgehört, an die Existenz der drei Studenten zu glauben; sie wurden immer unwirklicher, als der Abend und der Scotch zügig dahinflossen. Vielleicht tauchten sie gar nicht auf.

Die Seifenmänner und ihre Frauen trafen nach und nach ein. Peter hatte eine Platte aufgelegt, es war nun belebter und lauter im Zimmer. Jedesmal, wenn es an der Tür klopfte, drehten sich die Köpfe der drei Bürojungfrauen zum Eingang, und jedesmal, wenn sie eine weitere erfolgreiche und glitzernde Ehefrau mit ihrem gelackten Gemahl eintreten sahen, wandten sie sich eine Spur verzweifelter wieder ihren Drinks und ihrem Austausch angestrengter Bemerkungen zu. Emmy spielte mit einem ihrer Bergkristall-Ohrringe herum, Millie fummelte an einer losen Paillette ihres Abendtäschchens.

Marian lächelte und funktionierte, sie führte jede der Frauen ins Schlafzimmer. Der Mantelstoß wuchs. Peter besorgte die Drinks und gönnte sich selbst auch etliche. Erdnüsse und Kartoffelchips und solche Sachen gingen von Hand zu Hand, von Hand zu Mund. Die Gruppe im Wohnzimmer spaltete sich bereits in die bekannten Bereiche auf: Ehefrauen auf der Sofaseite des Zimmers, Männer auf der Hi-Fi-Seite, mit einem unsichtbaren Niemandsland dazwischen. Die Bürojungfrauen waren auf der falschen Seite hängengeblieben: unglücklich lauschten sie den Ehefrauen. Wieder hatte Marian Gewissensbisse. Aber im Moment konnte sie sich nicht um sie kümmern, sie bot eben die eingelegten Pilze an. Sie fragte sich, wo Ainsley blieb.

Wieder ging die Tür auf, und Clara und Joe kamen herein. Hinter ihnen Leonard Slank. Marian zuckte nervös, und einer der Cocktailpilze stürzte von der Platte in ihrer Hand, sprang über den Fußboden und verschwand unter der Hi-Fi-Anlage. Sie stellte den Teller ab. Peter begrüßte die neuen Gäste bereits, überschwenglich schüttelte er Lens Hand. Seine Stimme wurde mit jedem Drink lauter. „Wie geht's denn, freut mich, Sie hier zu sehen, mein Gott, ich wollte Sie immer anrufen", sagte er. Len reagierte darauf mit einem Schwanken und glasigen Blicken.

Marian krampfte ihre Hand fest um Claras Ärmel und drängte sie ins Schlafzimmer. „Was macht er hier?" fragte sie ziemlich unfreundlich.

Clara legte ihren Mantel ab. „Hoffentlich hast du

nichts dagegen, daß wir ihn mitgebracht haben, ich dachte, es machte nichts, immerhin seid ihr alte Freunde, aber ich hielt es wirklich für besser, wir wollten nicht, daß er allein unterwegs ist. Wie du siehst, ist er in einem saumiesen Zustand. Er tauchte kurz nach dem Babysitter bei uns auf und sah wirklich schlimm aus, er hatte offensichtlich schon eine Menge intus. Er erzählte uns eine wirre Geschichte über eine Frau, mit der er Ärger hat, es hörte sich ziemlich schlimm an, und er sagte, er hätte Angst, in sein Apartment zurückzugehen, ich weiß nicht, warum, wer könnte ihm was tun wollen? Also werden wir den armen Kerl im hinteren Zimmer im Obergeschoß unterbringen. Eigentlich ist es Arthurs Zimmer, aber das wird Len bestimmt nicht stören. Er tut uns so leid, was ihm fehlt, ist eine nette, häusliche Frau, die sich um ihn kümmert; er kommt offenbar nicht klar . . ."

„Hat er gesagt, um wen es sich handelt?" fragte Marian schnell.

„Nein", sagte Clara und zog die Augenbrauen hoch, „er nennt doch nie Namen."

„Ich hol dir einen Drink", sagte Marian. Sie hatte selbst einen nötig, fand sie. Natürlich wußten Clara und Joe nicht, wer die Frau war, sonst hätten sie Len nicht mitgebracht. Sie wunderte sich, daß er überhaupt mitgekommen war; er mußte damit rechnen, Ainsley auf der Party zu treffen, aber vielleicht war er schon soweit, daß ihm alles egal war. Am meisten Sorgen machte sie sich wegen der Wirkung, die seine Anwesenheit auf Ainsley haben mochte. Vielleicht regte es sie so auf, daß sie irgendwas Verrücktes anstellte.

Als sie ins Wohnzimmer kamen, sah Marian, daß Leonard von den Bürojungfrauen sofort als Junggeselle und verfügbar entdeckt worden war. Mittlerweile hatten sie ihn im neutralen Bereich gegen die Wand gedrängt, die zwei neben ihm schnitten ihm die seitlichen Fluchtwege ab, die dritte blockierte den Weg nach vorn. Mit einer Hand stützte er sich an der Wand ab, um das Gleichgewicht zu halten, mit der anderen Hand umklammerte er einen gläsernen Krug mit Bier. Während sie redeten, schweifte sein Blick unablässig von einem Gesicht zum anderen, als wollte er keine von ihnen zu lange anschauen. Sein eigenes Gesicht, blaßgrau wie ungebackener Pastetenteig und merkwürdig aufgequollen, zeigte eine Mischung aus stumpfer Skepsis, Langeweile und Besorgnis. Ein paar Worte mußten sie aber aus ihm herausgequetscht haben, denn Marian hörte Lucy rufen: „Beim Fernsehen! Wie aufregend!“, während die anderen krampfthaft kicherten. Verzweifelt schluckte Leonard Bier.

Marian reichte schwarze Oliven herum, als sie Joe aus dem Männerterritorium auf sich zukommen sah. „Hi“, sagte er zu ihr. „Ich bin froh, daß du uns eingeladen hast. Clara hat ja so selten Gelegenheit, mal aus dem Haus zu kommen.“

Beide richteten sie ihren Blick auf Clara, die sich auf der Sofaseite des Zimmers mit einer der Seifengattinnen unterhielt.

„Ich mach mir Sorgen ihretwegen“, fuhr Joe fort. „Ich glaube, für sie ist es viel schwieriger als für die meisten anderen Frauen; wahrscheinlich ist es immer schwerer für eine Frau, die auf der Universität gewesen ist. Sie kommt zu der Ansicht, daß sie Verstand hat, ihre Professoren nehmen ernst, was sie zu sagen hat, sie behandeln sie wie ein denkendes menschliches Wesen . . . Wenn sie dann heiratet, geht ihr das an den Kern . . .“

„An was?“ fragte Marian.

„Ihren Kern. Das Zentrum ihrer Persönlichkeit, das, woran sie gebaut hat; ihre Idee von sich selbst, wenn du so willst.“

„Ach so“, sagte Marian.

„Ihre Rolle als Frau und ihr Kern stehen zueinander im Gegensatz, ihre weibliche Rolle verlangt Passivität . . .“

Marian hatte die flüchtige Vision einer großen, runden, mit Schlagsahne und Maraschinokirschen verzierten Torte, die über Joes Kopf in der Luft schwebte.

„So läßt sie es zu, daß ihr Kern vom Ehemann übernommen wird. Und dann kommen die Kinder, und eines Morgens wacht sie auf und entdeckt, daß in ihr nichts übriggeblieben ist, sie ist hohl und leer, sie weiß nicht mehr, wer sie ist: ihr Kern ist vernichtet worden.“ Er schüttelte den Kopf und nippte an seinem Drink. „Ich beobachte das bei meinen Studentinnen. Aber sie zu warnen wäre zwecklos."

Marian drehte sich zu Clara um, die sich unterhielt; sie war in schlichtes Beige gekleidet, ihr langes Haar von zartem, birnenblassem Gelb. Sie fragte sich, ob Joe Clara jemals gesagt hatte, daß ihr Kern vernichtet war; sie dachte an Kerngehäuse und Würmer. Sie sah, wie Clara mit der Hand zu einer ausdrucksvollen Geste ausholte und eine Seifengattin schockiert einen Schritt zurücktrat.

„Natürlich hilft es nicht, daß man sich das klarmacht", sagte Joe. „Es passiert, ob es dir klar ist oder nicht. Vielleicht sollte man Frauen gar nicht zur Universität zulassen, dann hätten sie später nicht das Gefühl, das geistige Leben versäumt zu haben. Wenn ich Clara vorschlage, sie sollte was dagegen tun, zum Beispiel einen Abendkurs belegen, dann wirft sie mir bloß komische Blicke zu."

Marian blickte Joe mit einer Zuneigung an, deren genauer Charakter durch die Drinks, die sie getrunken hatte, verwischt wurde. Sie sah ihn im Unterhemd durchs Haus schlurfen, wie er über das Geistesleben meditierend den Abwasch erledigte und die Briefmarken von den Umschlägen riß; sie überlegte, was er danach mit den Briefmarken machte. Sie hätte ihn gern berührt, ihn beruhigt, ihm gesagt, daß Claras Kern nicht wirklich zerstört worden war und daß alles in Ordnung kommen würde; sie wollte ihm etwas geben. Sie hielt ihm den Teller hin. „Nimm eine Olive", sagte sie.

Hinter Joes Rücken ging die Tür auf, und Ainsley kam herein. „Entschuldige mich", sagte Marian zu Joe. Sie stellte die Oliven auf die Hi-Fi-Anlage und ging hin, um Ainsley abzufangen; sie mußte sie warnen.

„Hi", sagte Ainsley atemlos. „Tut mir leid, daß ich später dran bin als geplant, aber plötzlich packte mich der Drang, mit dem Packen anzufangen ..."

Marian schob sie ins Schlafzimmer, in der Hoffnung, daß Len sie nicht bemerkt hatte. Im Vorbeigehn sah sie, daß er immer noch belagert war.

„Ainsley", sagte sie, als sie bei den Mänteln allein waren, „Len ist hier und leider betrunken."

Ainsley schälte sich aus ihrem Mantel. Sie sah fabelhaft aus, in eine Schattierung von Grün gekleidet, die an Türkis grenzte, mit farblich passenden Augenlidern und Schuhen; ihr leuchtendes Haar ringelte sich in Locken um ihren Kopf. Ihre Haut glühte sanft, von den Hormonen zum Strahlen gebracht, ihr Bauch wölbte sich noch kaum.

Sie begutachtete sich im Spiegel, ehe sie antwortete. „Ja und?" sagte sie ruhig und riß die Augen auf. „Wirklich, Marian, für mich spielt das nicht die geringste Rolle. Nach diesem Gespräch heute nachmittag wissen wir, wie wir miteinander dran sind, und können uns wie erwachsene Menschen benehmen. Er kann nichts sagen, was mich irgendwie aufregen würde."

„Aber", sagte Marian, „er ist ziemlich außer Fassung, meinte Clara. Er ist zu ihnen gezogen. Ich hab ihn gesehen, als er reinkam, er schaut furchtbar aus; deshalb sag du bitte nichts, was ihn aufregen könnte."

„Es gibt keinen Grund", sagte Ainsley leichthin, „warum ich überhaupt mit ihm reden sollte."

Im Wohnzimmer begannen die Seifenmänner auf ihrer Seite des unsichtbaren Zauns ziemlich zu lärmen. Es gab Lachsalven: einer von ihnen erzählte schmutzige Witze. Auch die Stimmen der Frauen stiegen in Tonhöhe und Lautstärke und konkurrierten in grellem Diskant mit Bariton und Baß. Als Ainsley erschien, entstand eine Wellenbewegung auf sie zu: wie erwartet verließen einige der Seifenmänner ihre Seite und kamen herüber, um sich ihr vorstellen zu lassen, und die dazugehörigen, immer aufmerksamen Ehefrauen erhoben sich vom Sofa und traten hastig dazwischen, um ihnen den Weg abzuschneiden. Ainsley lächelte ausdruckslos.

Marian ging in die Küche, um für Ainsley und sich selbst etwas zu trinken zu holen. Die frühere Ordnung in der Küche, die sauberen Reihen von Gläsern und Flaschen, hatte sich im Lauf des Abends aufgelöst. Das Spülbecken war voller schmelzender Eiswürfel und Essensreste, die Leute schienen nie zu wissen, wohin mit ihren Olivenkernen und den Scherben von einem zerbrochenen Glas, leere und halbleere Flaschen standen auf der Arbeitsplatte und dem Tisch und oben auf dem Kühlschrank; und auf dem Boden war irgendwas Unidentifizierbares vergossen worden. Aber ein paar saubere Gläser gab es noch. Marian füllte eins davon für Ainsley.

Als sie die Küche verließ, hörte sie Stimmen aus dem Schlafzimmer.

„Sie sehen sogar noch besser aus, als Sie sich am Telefon anhören." Das war Lucys Stimme.

Marian warf einen Blick ins Schlafzimmer. Lucy war da und schaute unter silbernen Lidern zu Peter auf. Peter stand mit einer Kamera in der Hand da und grinste jungenhaft, wenn auch etwas dümmlich, auf sie herunter. Lucy hatte also die Belagerung von Leonard aufgegeben. Sie mußte erkannt haben, daß es vergeblich war; in diesen Dingen war sie schon immer etwas schlauer als die beiden anderen gewesen. Aber wie rührend von ihr, statt dessen einen Versuch bei Peter zu wagen, ergreifend geradezu. Immerhin war Peter fast genauso eindeutig vom Markt, wie wenn er bereits verheiratet wäre.

Marian lächelte in sich hinein und zog sich zurück, aber nicht bevor Peter sie entdeckt und ihr, mit der Kamera winkend und das Gesicht vor Schuldbewußtsein übertrieben fröhlich verzogen, zugerufen hatte: „Hi, Honey, die Party läuft prima! Wird bald Zeit für die Fotos!" Lucy wandte ihren Kopf der Tür zu und lächelte, sie zog die Augenlider wie Fensterjalousien hoch.

„Hier ist dein Drink, Ainsley", sagte Marian und brach durch den Kreis der Seifenmänner, um ihn ihr zu reichen.

„Danke", sagte Ainsley. Sie nahm ihr das Glas etwas zerstreut ab, was Marian als Gefahrensignal deutete. Sie folgte der Richtung von Ainsleys Blick. Len starrte mit halboffenem Mund quer durch den Raum zu ihnen herüber. Millie und Emmy hatten sich immer noch hartnäkkig in ihn verbissen. Millie stand jetzt vor ihm und blokkierte mit ihrem weiten Rock soviel Platz wie irgend möglich, während Emmy seitlich wie ein Basketballspieler hin- und hertänzelte; aber eine Flanke war ungesichert. Marian blickte gerade noch rechtzeitig zurück, um Ainsley lächeln zu sehen: ein einladendes Lächeln.

Es klopfte an der Tür. Ich geh besser hin, dachte Marian, Peter ist im Schlafzimmer beschäftigt.

Sie öffnete die Tür und sah in Trevors verwirrtes Gesicht. Die anderen beiden standen hinter ihm, zusammen mit einer unbekannten Gestalt, wahrscheinlich weiblichen Geschlechts, die einen sackartigen Harris-Tweed-Mantel, eine Sonnenbrille und lange schwarze Strümpfe trug. „Sind wir hier richtig?" fragte Trevor, „bei Mr. Peter Wollander?" Offenbar hatte er sie nicht erkannt.

Marian erschrak innerlich, sie hatte sie total vergessen. Ach was, drinnen herrschte mittlerweile solch ein lärmendes Chaos, daß Peter sie vielleicht gar nicht bemerken würde.

„Oh, wie schön, daß ihr da seid", sagte sie. „Herein mit euch. Übrigens, ich bin Marian."

„Oh, hahaha, natürlich", rief Trevor. „Wie dumm von mir! Ich hab Sie nicht erkannt, meine Liebe, Sie sehen elegant aus, wirklich, Sie sollten öfter Rot tragen."

Trevor und Fisch und die andere Person gingen an ihr vorbei ins Zimmer, aber Duncan blieb draußen. Er packte sie am Arm, zog sie in den Flur und schloß die Tür hinter ihr.

Einen Augenblick lang stand er schweigend da und schaute sie unter seinen Haaren hervor an, er prüfte jedes neue Detail. „Du hast mir nicht gesagt, daß es ein Maskenball ist", sagte er schließlich. „Was zum Teufel sollst du darstellen?"

Enttäuscht ließ Marian die Schultern sinken. Also sah sie doch nicht „einfach großartig" aus. „Du hast mich bloß noch nie zurechtgemacht gesehen", sagte sie matt.

Duncan begann zu kichern. „Die Ohrringe gefallen mir am besten", sagte er, „wo hast du die aufgetrieben?"

„Hör bloß auf", sagte sie eine Spur trotzig, „und komm rein und trink was." Er regte sie auf. Was erwartete er? Daß sie in Sack und Asche ging? Sie öffnete die Tür.

Sprachfetzen und Musik und Gelächter schwappten in den Korridor. Dann blitzte ein Licht auf, und eine laute Stimme rief triumphierend: „Aha! Auf frischer Tat ertappt!"

„Das ist Peter", sagte Marian, „er macht Fotos."

Duncan trat zurück. „Ich glaube nicht, daß ich reinkommen will", sagte er.

„Aber du mußt. Du mußt Peter kennenlernen, wirklich, mir liegt viel daran." Es war plötzlich sehr wichtig, daß er mitkam.

„Nein, nein", sagte er, „ich kann nicht. Das würde nicht gutgehen! Einer von uns würde sich bestimmt auflösen, wahrscheinlich ich; außerdem ist es zu laut da drin, das halte ich nicht aus."

„Bitte", sagte sie. Sie griff nach seinem Arm, aber er hatte sich bereits abgewandt und rannte fast den Korridor hinunter.

„Wohin gehst du?" rief sie ihm kläglich nach.

„In den Waschsalon!" rief er zurück. „Adieu, ich wünsch dir eine hübsche Hochzeit", fügte er hinzu. Sie sah noch kurz sein schiefes Lächeln, als er um die Ecke bog. Seine Schritte verklangen auf der Treppe.

Einen Moment wollte sie ihm nachrennen, mit ihm gehen: sie konnte den überfüllten Raum nicht mehr ertragen. „Ich muß", sagte sie aber zu sich selbst. Sie ging wieder hinein.

Als erstes traf sie auf Fisch Smythes breiten, wollenen Rücken. Er hatte einen provozierend zwanglosen gestreiften Rollkragenpullover an. Trevor neben ihm trug einen makellosen Anzug mit Hemd und Krawatte. Beide redeten mit dem Wesen in den schwarzen Strümpfen: irgendwas über Todessymbole. Sie machte geschickt einen Bogen um die Gruppe, damit sie nicht für Duncans Verschwinden verantwortlich gemacht wurde.

Sie merkte, daß sie hinter Ainsley stand, und gleich darauf, daß Leonard Slank auf der anderen Seite dieser gerundeten, blaugrünen Gestalt war. Sein Gesicht sah sie nicht, weil Ainsleys Haare im Weg waren, aber sie erkannte seinen Arm und die Hand mit dem Bierkrug: frischgefüllt, wie sie feststellte. Ainsley sagte etwas zu ihm, mit leiser, drängender Stimme.

Sie hörte seine undeutlich gesprochene Antwort: „*Nein*, verdammt! Mich kriegst du nie . . ."

„Also gut." Ehe Marian merkte, was Ainsley plante, hatte diese ihre Hand gehoben und ihr Glas auf den Fußboden geschmettert. Marian sprang zurück.

Bei dem Geräusch von splitterndem Glas brachen die Gespräche so abrupt ab, als hätte man einen Stecker herausgezogen, und Ainsley sagte in das Schweigen hinein, das unpassenderweise nur durch das weiche Klagen von Geigen ausgefüllt wurde: „Len und ich haben eine wunderbare Ankündigung zu machen.“ Auf Wirkung bedacht, zögerte sie kurz, ihre Augen glitzerten. „Wir bekommen ein Baby.“ Ihre Stimme klang sanft. O Gott, dachte Marian, sie will die Entscheidung erzwingen.

Auf der Sofaseite hörte man jemanden nach Luft schnappen. Irgendwer kicherte, und einer der Seifenmänner sagte: „Fein gemacht, Len, wer immer du bist.“ Jetzt konnte Marian Lens Gesicht sehen. Über die weiße Oberfläche verstreut tauchten lauter rote Flecken auf, die Unterlippe zitterte.

„Du verdammte Schlampe!“ sagte er mit schwerer Zunge.

Pause. Eine der Seifengattinnen begann schnell eine Unterhaltung über irgendwas, verstummte aber bald wieder. Marian beobachtete Len: sie dachte, er würde Ainsley schlagen, doch statt dessen lächelte er zähnefletschend. Er wandte sich an die lauschende Menge.

„Das ist richtig, Leute“, sagte er, „und die Taufe werden wir jetzt gleich feiern, inmitten dieser freundlichen Runde. Taufe in utero. Hiermit nenne ich es nach mir!“ Er packte mit der einen Hand Ainsley an der Schulter, dann hob er den Bierkrug und goß den Inhalt langsam und sorgfältig über ihren Kopf.

Die Seifengattinnen kreischten entzückt auf, die Seifenmänner bellten: „He!“ Während die letzten Schaumreste niedergingen, kam Peter aus dem Schlafzimmer gestürzt, er war noch dabei, eine neue Blitzlichtbirne in seine Kamera einzusetzen. „Moment!“ schrie er und knipste. „Großartig! Eine tolle Aufnahme! He, die Party kommt wirklich in Schwung!“

Ein paar Leute warfen ihm ärgerliche Blicke zu, aber die meisten achteten nicht auf ihn. Alle wuselten herum und redeten gleichzeitig, im Hintergrund spielten die Geigen immer noch saccharinsüß. Ainsley stand klatschnaß da, zu ihren Füßen auf dem Hartholzboden bildete sich eine Pfütze aus Schaum und Bier. Ihr Gesicht verzerrte sich: gleich würde sie entschieden haben, ob es den Aufwand lohnte zu weinen. Len hatte sie losgelassen. Er ließ den Kopf sinken und murmelte etwas Unhörbares. Er sah aus, als hätte er nur eine unvollständige Vorstellung von dem, was er gerade getan hatte, und überhaupt keine Ahnung, was er jetzt tun würde.

Ainsley drehte sich um und ging in Richtung Badezimmer. Einige der Seifengattinnen trabten herbei und stießen gurrende Laute aus, erpicht darauf, durch Anteilnahme etwas vom Rampenlicht abzubekommen, aber einer war schneller als sie: Fisch Smythe. Er zog sich den wollenen Rollkragenpullover über den Kopf, wobei er einen muskulösen, mit schwarzen Haarbüscheln bedeckten Oberkörper entblößte.

„Gestatten Sie", sagte er zu Ainsley, „wir wollen nicht, daß Sie sich eine Erkältung holen, oder? Nicht in Ihrem Zustand." Er begann sie mit seinem Pullover abzutrocknen. Seine Augen waren feucht vor Besorgnis.

Ainsleys Haar hatte sich aufgelöst und hing ihr in tropfenden Strähnen über die Schultern. Durch das Bier oder die Tränen, die an ihren Wimpern perlten, lächelte sie zu ihm auf. „Ich glaube, wir kennen uns noch nicht", sagte sie.

„Ich denke, ich weiß schon, wer Sie sind", sagte er mit bedeutungsschwerer Stimme und tupfte mit einem seiner gestreiften Ärmel zart ihren Bauch ab.

Später. Die Party dauerte wunderbarerweise immer noch an, sie hatte sich glatt und nahtlos über der von Ainsley und Len aufgerissenen Kluft geschlossen. Irgend jemand hatte das zerbrochene Glas weggeräumt und das Bier vom Boden gewischt, und nun strömten im Wohnzimmer Unterhaltung und Musik und Drinks wieder dahin, als wäre nichts geschehen.

Die Küche jedoch war ein Ort der Verwüstung. Sie sah aus, als wäre ein Wildbach hindurchgerauscht. Marian arbeitete sich auf der Suche nach einem sauberen Glas durch die Trümmer; ihr eigenes hatte sie irgendwo draußen abgestellt, wo, wußte sie nicht, und sie wollte noch einen Drink.

Es gab keine sauberen Gläser mehr. Sie nahm ein gebrauchtes, spülte es unter dem Wasserhahn ab und schenkte sich langsam und sorgfältig einen Scotch ein. Sie war heiter-gelassen, als ob sie schwebte, als ob sie auf dem Rücken liegend in einen Weiher trieb. Sie lehnte sich gegen den Türrahmen und überschaute das Zimmer.

„Ich schaffe es! Ich schaffe es!“ sagte sie zu sich. Die Tatsache erstaunte sie etwas, befriedigte sie aber ungeheuer. Alle waren sie da, alle (außer, wie sie bei einem Rundblick bemerkte, Ainsley und Fisch, und ja, Len – sie fragte sich, wohin sie verschwunden waren), alle taten, was man eben auf Parties tat, und sie ebenfalls. Alle stützten sie, sie trieb dahin, wasserdicht, über Wasser gehalten von dem Gefühl, dazuzugehören. Sie empfand herzliche Zuneigung zu ihnen allen, zu ihren verschiedenen Gestalten und Gesichtern, die sie jetzt soviel deutlicher sehen konnte als sonst, als wären sie von einem versteckten Flutlicht beleuchtet. Selbst die Seifengattinnen mochte sie, und Trevor, der mit einer Hand gestikulierte, und die Leute aus dem Büro, Millie, die da drüben in ihrem leuchtend hellblauen Kleid lachte, sogar Emmy, die herumlief, ohne etwas von dem ausgefransten Slipsaum zu ahnen . . . Peter gehörte auch dazu; immer noch schleppte er seine Kamera herum, und ab und zu hob er sie und machte eine Aufnahme. Er erinnerte sie an diese Heimkinowerbung, wo der Familienvater bei ganz alltäglichen Angelegenheiten Film um Film verschießt; was für Motive waren schon besser geeignet als lachende Menschen, erhobene Gläser, Kinder bei Geburtstagsfeiern . . .

Das also hat die ganze Zeit in ihm gesteckt, dachte sie glücklich: so wird er werden. Der wahre Peter, der unter der Oberfläche, war gar nicht überraschend oder beängstigend, er war nur ein Mann, der einen Bungalow und ein Doppelbett haben würde, ein Mann, der im Garten grillte. Ein Heimkinomann. Und ich habe ihn hervorgelockt, dachte sie, zum Leben erweckt. Sie trank einen Schluck Scotch.

Es war eine lange Suche gewesen. Sie machte diesen Weg noch einmal, durch Korridore und Zimmer, lange Korridore, große Zimmer. Alles schien sich zu verlangsamen.

Wenn das der wirkliche Peter ist, dachte sie und ging einen der Korridore entlang, ob er dann mit fünfundvierzig einen Bauch hat? Ob er an Samstagen mit zerknitterten Bluejeans in den Hobbyraum im Keller geht? Das Bild wirkte beruhigend: er würde Hobbies haben, er würde sich wohl fühlen, er würde normal sein.

Sie öffnete eine Tür zur Rechten und ging hinein. Da war Peter, fünfundvierzig, mit Neigung zur Glatze, aber doch als Peter erkennbar; er stand im strahlenden Sonnenschein neben einem Grill, in der Hand eine lange Gabel. Er trug die weiße Schürze eines Kochs. Sie suchte sich selbst in dem Garten, aber sie war nicht da, und diese Entdeckung ließ sie frösteln.

Nein, dachte sie, das muß das falsche Zimmer sein, es kann noch nicht das letzte sein. Und jetzt entdeckte sie in der Hecke auf der anderen Seite des Gartens eine weitere Tür. Hinter der bewegungslosen Gestalt, die, wie sie jetzt sah, in der anderen Hand ein großes Hackmesser hielt, überquerte sie den Rasen, stieß die Tür auf und ging hindurch.

Sie war wieder in Peters Wohnzimmer, bei den Leuten und dem Lärm, wo sie am Türrahmen lehnte und ihren Drink festhielt. Nur daß die Leute nun noch deutlicher erschienen: die Einstellung war schärfer, sie waren weiter weg und bewegten sich immer schneller, sie gingen heim, Seifengattinnen tauchten eine nach der anderen aus dem Schlafzimmer auf, sie hatten die Mäntel angezogen, hinter Ehemännern her trippelten sie aus der Tür, zirpten „gute Nacht ..." Und wer war diese winzige zweidimensionale Figur im roten Kleid, die da posierte wie eine Papierfrau im Versandhauskatalog, die sich lächelnd drehte und in dem leeren weißen Raum herumflatterte ... Das konnte nicht alles sein! Es mußte noch etwas geben! Sie rannte zur nächsten Tür und riß sie auf.

Peter war da, in seinem prächtigen dunklen Winteranzug. In der Hand hielt er eine Kamera; jetzt aber erkannte sie, was das wirklich war. Weitere Türen gab es nicht, und als sie, aus Angst, ihn aus den Augen zu lassen, hinter sich nach der Türklinke tastete, hob er die Kamera und zielte; er öffnete den Mund und fletschte die Zähne. Blendendes Licht blitzte auf.

„Nein!" schrie sie und hob einen Arm vors Gesicht.

„Was ist los, Darling?“ Sie sah auf. Peter stand neben ihr. Der echte Peter. Sie hob ihre Hand und berührte sein Gesicht.

„Es hat mich erschreckt“, sagte sie.

„Du verträgst wirklich keinen Alkohol, nicht wahr, Darling“, sagte er, in seiner Stimme mischten sich Zuneigung und Irritation. „Du müßtest dich daran gewöhnt haben, ich hab schon den ganzen Abend Aufnahmen gemacht.“

„Hast du mich geknipst?“ fragte sie. Sie lächelte ihm beschwichtigend zu. Sie hatte das Gefühl, daß ihr Gesicht sich dehnte, es kam ihr papieren und leicht verfallen vor: ein riesiges Plakatlächeln, das in Streifen und Fetzen abpellte und unter dem die metallene Oberfläche zum Vorschein kam . . .

„Nein, Trigger drüben an der Wand. Macht nichts, dich krieg ich später. Aber trink lieber nichts mehr, Darling, du schwankst schon.“ Er tätschelte ihre Schulter und ging.

Sie war also noch nicht in Gefahr. Sie mußte hier raus, bevor es zu spät war. Sie drehte sich um und stellte ihren Drink auf dem Küchentisch ab; ihr Verstand reagierte plötzlich vor Verzweiflung mit Verschlagenheit. Alles hing davon ab, daß sie Duncan erreichte: er würde wissen, was zu tun war.

Sie schaute sich in der Küche um, nahm dann ihr Glas und leerte den Inhalt in den Ausguß. Sie würde vorsichtig sein, sie würde keine Spuren hinterlassen. Dann griff sie nach dem Telefonhörer und wählte Duncans Nummer. Das Telefon läutete und läutete: niemand nahm ab. Sie legte auf. Wieder blitzte es im Wohnzimmer auf, dazu kam das Lachen von Peter. Sie hätte nicht Rot tragen sollen. Es machte sie zum idealen Ziel.

Sie schob sich ins Schlafzimmer. Ich darf auf keinen Fall irgendwas vergessen, sagte sie sich, zurückkommen kann ich nicht. Früher hatte sie überlegt, wie das Schlafzimmer aussehen würde, wenn sie verheiratet waren, und war im Geiste verschiedene Arrangements und Farbzusammenstellungen durchgegangen. Jetzt wußte sie: es würde haargenau so wie dieses sein. Sie wühlte zwischen den Mänteln und suchte ihren eigenen; einen

Moment wußte sie nicht, wie er aussah, aber endlich erkannte sie ihn und schlüpfte hinein. Den Spiegel mied sie. Sie hatte keine Ahnung, wie spät es war. Sie warf einen Blick auf ihr Handgelenk: leer. Natürlich, sie hatte ihre Uhr abgenommen und daheimgelassen, weil Ainsley gemeint hatte, sie störte den Gesamteffekt.

„Und jetzt", übertönte Peter den allgemeinen Lärm, „jetzt machen wir ein Gruppenbild. Alle zusammen hierher."

Sie mußte sich beeilen. Jetzt lag das Wohnzimmer vor ihr. Sie mußte weniger auffällig werden. Sie zog den Mantel wieder aus und nahm ihn als Bündel unter den linken Arm, sie rechnete damit, daß ihr Kleid als schützende Tarnung wirken und sie mit der Szenerie verschmelzen lassen würde. Sie schob sich an der Wand entlang durch das Dickicht von Leuten in Richtung Tür, versteckt hinter den Stämmen und Büschen von Rücken und Röcken. Peter war auf der anderen Zimmerseite und versuchte sie alle aufzubauen.

Sie öffnete die Tür und schlüpfte hinaus. Draußen hielt sie sich nur so lange auf, daß sie ihren Mantel anziehen und ihre Überschuhe aus dem Wirrwarr von gefangenen Füßen auf dem Zeitungspapier heraussuchen konnte; dann rannte sie, so schnell sie konnte, den Gang hinunter zur Treppe. Dieses Mal durfte sie sich nicht von ihm erwischen lassen. Wenn er abdrückte, würde sie gestoppt sein, unlösbar festgehalten in dieser Geste, dieser einen Haltung, unfähig, sich zu bewegen oder zu verändern.

Im sechsten Stock hielt sie an, um ihre Stiefel anzuziehen, dann rannte sie weiter, wobei sie sich am Geländer festhielt. Unter dem Stoff und den „Fischbeinstäbchen" aus Metall und dem Gummi fühlte sich ihr Fleisch taub und eingeschnürt an, das Gehen fiel ihr schwer, es verlangte Konzentration . . . Wahrscheinlich bin ich betrunken, dachte sie. Komisch, daß ich mir gar nicht betrunken vorkomme. Idiot, du weißt ganz genau, was mit den Gefäßen von Betrunkenen passiert, wenn sie in die Kälte hinausgehen. Aber es war noch wichtiger, wegzukommen.

Sie erreichte die leere Eingangshalle. Obwohl ihr niemand folgte, glaubte sie ein Geräusch zu hören; es war der dünne Klang von Glas, eisig wie das Klirren eines Lüsters, es waren die hohen, elektrischen Schwingungen dieses glitzernden Raumes . . .

Jetzt war sie draußen im Schnee, der unter ihren Füßen knirschte, als sie, so schnell ihre Beine sie trugen, die Straße entlangrannte. Sie schaute auf den Boden und balancierte vorsichtig; im Winter waren selbst ebene Flächen gefährlich, und sie konnte sich keinen Sturz leisten. Vielleicht folgte Peter ihr schon, war ihr auf den Fersen, schlich ihr durch die frischen leeren Straßen nach, so wie er seine Gäste im Wohnzimmer beschlichen und auf den richtigen Augenblick gewartet hatte. Dieser finstere, besessene Jäger mit seinem zielenden Blick war die ganze Zeit dagewesen, verborgen unter anderen Schichten, und hatte im toten Punkt mittendrin auf sie gewartet: ein mörderischer Irrer mit einer tödlichen Waffe in der Hand.

Sie rutschte auf einer Eisplatte aus und wäre beinahe hingefallen. Als sie ihr Gleichgewicht wiederhatte, drehte sie sich um. Nichts.

„Nicht die Nerven verlieren“, sagte sie, „ganz ruhig bleiben.“ Ihr Atem kam in scharfen Stößen; in der eiskalten Luft kristallisierte er fast schon, ehe er ihre Kehle verlassen hatte. Etwas langsamer ging sie weiter. Zuerst war sie blindlings losgerannt, jetzt aber wußte sie genau, wohin sie wollte. „Es kann dir nichts passieren“, sagte sie zu sich, „du mußt es nur bis zum Waschsalon schaffen.“

28

Ihr war gar nicht in den Sinn gekommen, daß Duncan nicht im Waschsalon sein könnte. Als sie schließlich dort ankam und die Glastür aufriß, atemlos, aber erleichtert, daß sie so weit gelangt war, traf es sie wie ein Schock, daß der Salon leer war. Sie konnte es nicht glauben. Sie stand da, vor sich nur die lange weiße Reihe von Maschinen, und wußte nicht, wohin jetzt. Weiter als bis zu dieser Begegnung hatte sie nicht gedacht.

Dann sah sie von einem der Stühle in der hintersten Ecke ein Rauchwölkchen aufsteigen. Das mußte er sein. Sie ging darauf zu.

Er saß so tief zusammengesunken da, daß nur ein Stück Schopf über die Stuhllehne ragte; sein Blick war auf das runde Fenster der Maschine vor ihm gerichtet. Sie war leer. Er blickte nicht auf, als sie sich auf den Stuhl neben ihm setzte.

„Duncan", sagte sie. Er antwortete nicht.

Sie zog ihre Handschuhe aus, streckte eine Hand aus und berührte sein Handgelenk. Er zuckte zusammen.

„Ich bin hier", sagte sie.

Er schaute sie an. Seine Augen waren noch dunkler als sonst, lagen noch tiefer in ihren Höhlen; in dem fluoreszierenden Licht wirkte seine Gesichtshaut blutlos. „Oh. Tatsächlich. Das Weib in Purpur und Scharlach persönlich. Wie spät ist es?"

„Ich weiß nicht", sagte sie, „ich hab meine Uhr nicht mit."

„Was machst du hier? Du solltest auf der Party sein."

„Ich konnte nicht dableiben", sagte sie. „Ich mußte dich suchen."

„Warum?"

Ihr fiel kein Grund ein, der nicht absurd klingen würde. „Weil ich mit dir zusammensein wollte."

Er sah sie mißtrauisch an und zog wieder an seiner Zigarette. „Hör zu, du solltest zurückgehen. Es ist deine Pflicht, dieser Wieheißternoch braucht dich."

„Nein, du brauchst mich mehr als er."

Als sie es gesagt hatte, hörte es sich wahr an. Augenblicklich kam sie sich edel vor.

Er grinste. „Nein. Tu ich nicht. Du denkst, ich müßte gerettet werden, muß ich aber nicht. Außerdem mag ich kein Musterfall für Freizeitfürsorger sein." Er richtete seinen Blick wieder auf die Waschmaschine.

Marian spielte mit den Lederfingern eines ihrer Handschuhe. „Aber ich versuche gar nicht, dich zu retten", sagte sie. Ihr wurde klar, daß er sie verführt hatte, sich selbst zu widersprechen.

„Dann willst du vielleicht, daß ich dich rette? Vor was? Ich dachte, du hättest alles genau geplant. Und du weißt, daß ich ohnehin ungeeignet bin." Eine vage Zufriedenheit über seine eigene Hilflosigkeit klang durch.

„Reden wir doch nicht über Rettungsaktionen!" sagte Marian verzweifelt. „Können wir nicht einfach irgendwohin gehen?" Sie wollte hier raus. Selbst reden war in diesem weißen Raum mit den Reihen von Glasfenstern und dem durchdringenden Geruch nach Seife und Bleichmitteln unmöglich.

„Was ist gegen das hier einzuwenden?" sagte er. „Mir gefällt es hier."

Marian hätte ihn gern geschüttelt. „Das meine ich nicht", sagte sie.

„Oh", sagte er. „Ach so. Du meinst, heute ist die Nacht der Nächte, jetzt oder nie." Er kramte die nächste Zigarette hervor und zündete sie an. „Aber zu mir können wir nicht gehen."

„Zu mir auch nicht." Einen Moment überlegte sie, warum nicht, sie zog doch sowieso aus. Aber Ainsley könnte auftauchen, oder Peter . . .

„Wir könnten hierbleiben, da bieten sich interessante Möglichkeiten. Vielleicht in einer der Maschinen. Wir hängen dein rotes Kleid vors Fenster, um schmutzige alte Männer auszusperren . . ."

„Hör schon auf", sagte sie und stand auf.

Er erhob sich ebenfalls. „Okay, ich bin flexibel. Es ist wohl langsam an der Zeit, daß ich die Wahrheit herausfinde. Wohin gehen wir?"

„Ich vermute", sagte sie, „wir werden uns irgendein Hotel suchen müssen." Sie wußte auch nicht recht, wie sie es anfangen sollten, war aber ganz sicher, daß es getan werden mußte. Es war die einzige Möglichkeit.

Duncan lächelte boshaft. „Du meinst, ich soll so tun, als ob du meine Frau wärst?" sagte er. „Mit den Ohrringen? Das glaubt uns keiner. Man wird dich beschuldigen, einen Minderjährigen verführen zu wollen."

„Ist mir egal", sagte sie und begann einen der Ohrringe abzunehmen.

„Nein, laß sie jetzt noch dran", sagte Duncan. „Du zerstörst sonst die ganze Wirkung."

Draußen auf der Straße fiel ihr plötzlich etwas Schreckliches ein. „O nein", sagte sie und blieb stehen.

„Was ist?“

„Ich hab kein Geld bei mir!“ Sie hatte natürlich geglaubt, daß sie auf der Party keins brauchen würde. Sie hatte nur ihr Abendtäschchen bei sich, in eine Manteltasche gestopft. Sie spürte, wie ihr die Energie, die sie durch die Straßen, durch diese Unterhaltung getrieben hatte, ausging. Sie fühlte sich machtlos, wie gelähmt. Sie wollte heulen.

„Ich glaube, ich hab was“, sagte Duncan. „Normalerweise hab ich was da, für Notfälle.“ Er fing an, in seinen Taschen zu stöbern. „Halt mal.“ In ihre aufgehaltenen Hände türmte er eine Tafel Schokolade, mehrere Stücke sorgfältig gefaltetes Silberpapier von Schokolade, ein paar weiße Kürbiskernschalen, ein leeres Zigarettenpäckchen, ein Stück schmuddelige, verknotete Schnur, eine Schlüsselkette mit zwei Schlüsseln, einen Kaugummi in Papier und einen Schnürsenkel. „Falsche Tasche“, sagte er. Aus der anderen Tasche zog er ein paar zerknitterte Geldscheine, wobei ein kleiner Wasserfall von Münzen auf den Boden klirrte. Er sammelte das Kleingeld auf und zählte alles Geld. „Na ja, fürs ‚King Eddie‘ wird es nicht reichen“, sagte er, „aber irgendwo kommen wir schon rein. Allerdings nicht in dieser Gegend, das ist Spesenkonto-Gebiet. Wir müssen weiter in die Stadt. Es wird wohl mehr ein Undergroundfilm als eine Super-Monster-Gala-Technicolorvorführung.“ Er stopfte das Geld und den ganzen Abfall zurück in seine Tasche.

Die U-Bahn war zu, das eiserne Gittertor vor dem Eingang geschlossen.

„Wir könnten einen Bus nehmen“, sagte Marian.

„Nein, zu kalt, um rumzustehen und zu warten.“

Sie bogen um die nächste Ecke und gingen die breite, leere Straße in südlicher Richtung hinunter, an erleuchteten Schaufenstern vorbei. Es waren nur wenige Autos und noch weniger Leute unterwegs. Es muß wirklich spät sein, dachte sie. Sie versuchte sich vorzustellen, was auf der Party los war – ob sie vorbei war? Hatte Peter schon gemerkt, daß sie nicht mehr da war? Aber sie sah nur ein wirres Durcheinander von Lärm und Stimmen und Bruchstücken von Gesichtern und hellen Lichtblitzen vor sich.

Sie nahm Duncans Hand. Er hatte keine Handschuhe an, und so steckte sie seine und ihre eigene Hand in ihre Tasche. Mit fast feindseligem Gesichtsausdruck sah er auf sie herunter, zog aber seine Hand nicht zurück. Sie sprachen beide nicht. Es wurde immer kälter: ihre Zehen fingen an weh zu tun.

Sie schienen stundenlang zu laufen, immer sanft abwärts auf den gefrorenen See zu, den sie nie erreichten; sie kamen an einem Häuserblock nach dem anderen aus nichts als großen Bürogebäuden vorbei, dazwischen lagen nur die leeren Plätze der Autohändler mit Girlanden aus bunten Lichtern und kleinen Flaggen; nicht die Spur von dem, was sie suchten. „Ich glaube, wir sind auf der falschen Straße", sagte Duncan nach einer Weile. „Wir müßten weiter da hinüber."

Sie gingen durch eine finstere, enge Querstraße; der festgetretene Schnee machte die Bürgersteige gefährlich. Schließlich gelangten sie auf eine größere Straße mit grellen Neonlichtern. „Das sieht schon besser aus", sagte Duncan.

„Und nun?" fragte sie und war sich des kläglichen Tons in ihrer Stimme durchaus bewußt. Sie fühlte sich zu keiner Entscheidung fähig. Das war jetzt seine Sache. Immerhin war er der mit dem Geld.

„Verdammt, ich weiß doch nicht, wie man so was anfängt", sagte er. „Ich hab das noch nie gemacht."

„Ich auch nicht", sagte sie abweisend. „Ich meine, nicht so."

„Es muß da eine Formel geben", sagte er, „aber wir werden wohl improvisieren müssen. Also, gehen wir sie der Reihe nach an, von Norden nach Süden." Er schaut die Straße entlang. „Offenbar werden sie weiter unten immer lausiger."

„Hoffentlich ist es nicht so ein Dreckstall", ächzte sie, „mit Wanzen!"

„Ach, ich weiß nicht, Wanzen machen es vielleicht interessanter. Egal, wir müssen nehmen, was wir kriegen."

Er hielt vor einem schmalen roten Ziegelbau an, der zwischen einem Kostümverleih mit einer grimmig blikkenden Braut im Schaufenster und einem staubigen Blumenladen eingeklemmt war. „Royal Massey Hotel" stand auf dem baumelnden Neonschild, unter der Schrift befand sich ein Wappen. „Warte hier", sagte Duncan. Er ging die Stufen hoch.

Er kam die Treppe wieder herunter. „Die Tür ist zu", sagte er.

Sie gingen weiter. Das nächste Hotel sah vielversprechender aus. Es war noch schäbiger, die griechisch verschnörkelten Steinsimse über den Fenstern waren dunkelgrau vom Ruß. „The Ontario Towers" stand in Rot darüber, das erste O fehlte. „Preiswerte Übernachtungen." Es war offen.

„Ich komm mit rein und bleib in der Halle", sagte sie. Ihre Füße waren eiskalt. Außerdem wollte sie gern Mut zeigen: Duncan hielt sich so großartig, daß sie zumindest moralische Unterstützung bieten sollte.

Sie stand auf der abgetretenen Matte, versuchte solide zu wirken, war sich aber ihrer Ohrringe und der Aussichtslosigkeit dieses Versuchs bewußt. Duncan ging zu dem Nachtportier, einem verhutzelten Männchen, das sie unter seiner faltigen Stirn argwöhnisch anstarrte. Er und Duncan unterhielten sich im Flüsterton, dann kam Duncan zurück, nahm ihren Arm, und sie gingen hinaus.

„Was hat er gesagt?" fragte sie draußen.

„Er sagte, es sei nicht diese Sorte Hotel."

„Ganz schön anmaßend", sagte sie. Sie war beleidigt und fühlte sich dabei im Recht.

Duncan kicherte. „Komm schon", sagte er, „spiel jetzt nicht die empörte Unschuld. Das heißt nur, daß wir eins suchen müssen, das die Sorte Hotel ist."

Sie bogen um eine Ecke und marschierten eine ähnliche Straße ostwärts. Sie kamen an einigen weiteren Etablissements von verblichener Eleganz vorbei, bis sie an eins gerieten, das noch verblichener und ganz eindeutig nicht elegant war. Statt der für die anderen Gebäude typischen abbröckelnden Ziegelsteinfassade gab es hier rosa Stuck mit draufgemalten Aufschriften: „Betten 4 Dollar die Nacht." – „TV in jedem Zimmer." – „Victoria und Albert Hotel." – „Preiswerter geht es nicht." Es war ein langgestrecktes Gebäude. Weiter unten konnten sie ein Schild „Für Herren" und „Damen in Begleitung" sehen, das auf eine Bierbar hinwies, auch eine Gaststätte schien es zu geben. Um diese Zeit würden aber beide geschlossen sein.

„Ich glaube, das ist es", sagte Duncan.

Sie gingen hinein. Der Nachtportier gähnte, als er den Schlüssel vom Haken nahm. „Bißchen spät, Kamerad, oder?" sagte er. „Macht vier Dollar."

„Besser spät", sagte Duncan, „als nie." Er holte eine Handvoll Geldscheine aus der Tasche und verstreute dabei Münzen über den Teppich. Während er sich danach bückte, schaute der Nachtportier mit einem etwas müden, aber doch unverhohlen lüsternen Blick zu Marian hinüber. Sie senkte die Lider. „Wenn ich schon wie eine angezogen bin und mich wie eine benehme", dachte sie grimmig, „warum soll er nicht glauben, ich wäre wirklich eine?"

Schweigend stiegen sie die spärlich mit Teppichboden bedeckten Treppen hoch.

Endlich fanden sie das Zimmer; es war etwa so groß wie ein geräumiger Schrank und ausgestattet mit einem eisernen Bettgestell, einem Stuhl mit gerader Rückenlehne und einer Kommode, an der die Politur abblätterte. In einer Ecke war ein winziger Fernseher mit Münzeinwurf an die Wand geschraubt. Auf der Kommode lagen zusammengefaltet ein paar fadenscheinige Handtücher in Babyblau und Rosa. Vor dem schmalen Fenster gegenüber dem Bett hing ein blaues Neonschild; es ging an und aus und machte dabei ein unangenehm summendes Geräusch. Hinter der Zimmertür war noch eine Tür, die in eine Winzigkeit von Bad führte.

Duncan verriegelte die Tür von innen. „Und jetzt?" sagte er. „Du mußt es wissen."

Marian zog ihre Überstiefel aus, dann die Schuhe. Ihre Füße taten beißend weh beim Warmwerden. Sie blickte in das magere Gesicht, das zwischen dem hochgestellten Mantelkragen und dem Schopf von zerzausten Haaren hervorschaute: es war totenbleich, bis auf die von der Kälte gerötete Nase. Während sie ihn ansah, holte er von irgendwo aus den Tiefen seiner Kleider ein zerfetztes Stück graues Kleenex hervor und putzte sie sich.

„O Gott", dachte sie, „was tu ich hier? Wie bin ich überhaupt hierhergekommen? Was würde Peter sagen?" Sie ging quer durch das Zimmer und blieb vor dem Fenster stehen; sie schaute hinaus, ohne daß ihr Blick an etwas hängenblieb.

„Oha", sagte Duncan hinter ihr begeistert. Sie drehte sich um. Er hatte hinter den Handtüchern auf der Kommode was Neues entdeckt, einen großen Aschenbecher. „Der ist echt." Der Aschenbecher hatte die Form einer Muschel, rosa Porzellan mit ausgezackten Rändern. „Andenken an Burk's Falls", las er vergnügt vor. Er wandte ihn um und betrachtete die Unterseite, wobei ein Rest Asche zu Boden fiel. „Made in Japan", verkündete er.

Marian fühlte eine Woge der Verzweiflung in sich aufsteigen. Es mußte etwas geschehen. „Hör mal", sagte sie, „stell um Himmels willen diesen verdammten Aschenbecher hin und zieh deine Klamotten aus und geh ins Bett!"

Duncan ließ den Kopf hängen, wie ein gescholtenes Kind. „Ja, schon gut", sagte er.

Er warf seine Kleidung in derartigem Tempo ab, daß es aussah, als hätte er irgendwo verborgene Reißverschlüsse oder auch nur einen einzigen langen Reißverschluß, so daß seine Sachen wie eine einzige Haut abfielen. Er warf alles in einem Haufen auf den Stuhl, schlüpfte flink ins Bett, zog das Bettuch bis ans Kinn und beobachtete sie mit kaum verhohlener und nur andeutungsweise freundlicher Neugier.

Mit verkniffener Entschlossenheit begann sie sich auszuziehen. Es war ein bißchen schwierig, ihre Strümpfe in kühner Ungezwungenheit abzustreifen oder auch nur eine halbwegs gute Imitation davon zu liefern, während diese beiden Augen sie über die Bettuchkante hinweg froschartig anglotzten. Sie tastete mit den Fingern nach dem Reißverschluß auf ihrem Rücken. Sie konnte ihn nicht ganz erreichen.

„Mach ihn auf", sagte sie knapp. Er tat es.

Sie warf das Kleid über die Stuhllehne und kämpfte sich aus ihrem Hüfthalter.

„He!" sagte er. „Ein echter! Ich kenn die aus der Werbung, aber im wirklichen Leben bin ich nie so weit gekommen, ich hab mich immer gefragt, wie sie funktionieren. Kann ich ihn mal sehen?"

Sie reichte ihn hinüber. Er setzte sich im Bett auf, um ihn genau zu untersuchen, dehnte ihn in alle drei Richtungen und bog die Stäbe. „Meine Güte, wie mittelalterlich", sagte er. „Wie hältst du das aus? Mußt du ständig einen tragen?" Er sprach davon, als wäre es ein unangenehmes, aber notwendiges medizinisches Gerät: ein Stützband oder Bruchband.

„Nein", sagte sie. Sie stand in ihrem Slip da und überlegte, was nun. Sie hatte, obwohl es ihr selbst prüde vorkam, keine Lust, sich zu Ende auszuziehen, solange das Licht an war; aber er schien sich so gut zu unterhalten, daß sie ihn nicht stören mochte. Andererseits war es kalt im Zimmer, und sie begann zu zittern.

Entschlossen und zähneknirschend ging sie zum Bett. Diese Aufgabe erforderte große Beharrlichkeit. Wenn sie lange Ärmel angehabt hätte, würde sie sie hochgekrempelt haben. „Rutsch rüber", sagte sie.

Duncan schleuderte den Hüftgürtel fort und zog sich in das Bettzeug zurück wie eine Schildkröte in ihren Panzer. „O nein", sagte er, „du kommst mir nicht in dieses Bett, ehe du nicht da reingehst und dir diesen Schmutz vom Gesicht pellst. Unzucht mag ja ganz in Ordnung sein, aber wenn ich dabei nachher wie ein Stück geblümte Tapete aussehe, dann lehne ich das ab."

Das sah sie ein.

Als sie einigermaßen saubergeschabt zurückkam, löschte sie das Licht und schlüpfte neben ihm ins Bett. Es gab eine Pause.

„Und jetzt soll ich dich vermutlich in meinen männlichen Armen zermalmen", sagte Duncan in die Dunkelheit.

Sie schob ihre Hand unter seinen kühlen Rücken.

Er tastete nach ihrem Kopf und schnupperte an ihrem Hals. „Du riechst komisch", sagte er.

Eine halbe Stunde später sagte Duncan: „Es hat keinen Sinn. Mich kann man wohl nicht verderben. Ich rauch jetzt eine Zigarette." Er stand auf, stolperte in der Dunkelheit durchs Zimmer, fand seine Kleidung und stöberte so lange darin herum, bis er das Päckchen entdeckte, und kam wieder zurück. Im Licht der brennenden Zigarette konnte sie Teile seines Gesichts und die Porzellanmuschel erkennen. Er saß gegen die eisernen Verschnörkelungen am Kopfende des Bettes gelehnt da.

„Ich weiß nicht genau, was da nicht stimmt", sagte er. „Einerseits mag ich es nicht, daß ich dein Gesicht nicht sehen kann, aber vielleicht wäre es noch schlimmer, wenn ich es könnte. Aber es ist nicht nur das, ich komm mir vor wie irgendein verkümmertes kleines Geschöpf, das über die Oberfläche einer gewaltigen Fleischmasse krabbelt. Nicht daß du fett wärst", fügte er hinzu, „das bist du nicht. Nur ist einfach zuviel Fleisch da. Es ist erstickend." Er warf die Zudecken auf seiner Seite des Bettes zurück. „Schon besser", sagte er. Der Arm mit der Zigarette ruhte nun über seinem Gesicht.

Marian kniete neben ihm im Bett, das Bettuch hatte sie wie ein Umschlagtuch um sich gehüllt. Nur undeutlich konnte sie die Umrisse seines langen weißen Körpers ausmachen, das Weiß des Fleisches gegen das Weiß des Bettes, schwach leuchtend in dem blauen Licht von der Straße. Nebenan betätigte jemand die Toilettenspülung, das Gurgeln des Wassers in den Rohren strudelte durch die Luft des Zimmers und erstarb mit einem Geräusch zwischen Seufzen und Zischen.

Ihre Hände krallten sich ins Bettuch. Sie war verkrampft vor Ungeduld und noch einem Gefühl, das sie als die kalte Kraft des Entsetzens erkannte. In diesem Moment etwas wachzurufen, irgendeine Reaktion hervorzulocken, obwohl sie nicht voraussagen konnte, was unter dieser anscheinend passiven Oberfläche zum Vorschein kommen mochte, aus diesem ausdruckslosen, weißen, formlosen Ding, das unwirklich im Dunkel vor ihr lag, sich verändernd, wenn ihr Blick sich änderte, das keine Temperatur, keinen Geruch, keine Ausdehnung und keinen Klang zu haben schien – das war das Wichtigste, was sie je hätte tun können, je würde tun können, und sie war dazu nicht fähig! Dieses Wissen löste eine eisige Verlassenheit in ihr aus, schlimmer als Furcht. Keine Willensanstrengung würde hier etwas nützen. Sie konnte sich nicht dazu zwingen, die Hand auszustrekken und ihn noch einmal zu berühren. Sie konnte sich nicht dazu zwingen, abzurücken.

Das Glühen seiner Zigarette verschwand; sie hörte das harte Klappern, als der Aschenbecher auf den Boden gestellt wurde. Sie konnte spüren, daß er in der Dunkelheit lächelte, aber mit welchem Ausdruck, Sarkasmus, Bösartigkeit oder auch Freundlichkeit, das ahnte sie nicht.

„Leg dich hin", sagte er.

Sie sank zurück, mit angezogenen Knien, das Laken immer noch um sich gerafft.

Er legte einen Arm um sie. „Nein", sagte er, „du mußt dich schon entspannen. Die Fötalstellung taugt dabei überhaupt nichts, ich hab das weiß Gott lange genug probiert." Er streichelte sie sanft mit der Hand, glättete sie, fast so, als bügelte er sie.

„Das ist nicht etwas, was du einfach verschreiben kannst", sagte er. „Du mußt mir schon die Zeit lassen, die ich brauch."

Er schob sich näher an sie heran. Sie spürte seinen Atem an ihrem Hals, scharf und kühl, und dann preßte er sein Gesicht an sie, stupste sich vorsichtig in ihr Fleisch, kühl wie die Schnauze eines Tieres, neugierig und nur bedingt freundlich.

29

Sie saßen in einem schmierigen Café, nur eine Straßenecke vom Hotel entfernt. Duncan zählte sein restliches Geld, um zu sehen, was sie sich noch zum Frühstück leisten konnten. Marian hatte die Knöpfe ihres Mantels geöffnet, hielt ihn aber am Hals zusammen. Sie wollte nicht, daß die Leute ihr rotes Kleid sahen: es gehörte zu offensichtlich zum Abend vorher. Ainsleys Ohrringe hatte sie in die Tasche gesteckt.

Auf dem grüngemaserten Tisch zwischen ihnen standen schmutzige Teller und Tassen zwischen Krümeln und Spritzern und verschmiertem Fett. Es waren die Überbleibsel der tapferen Frühstücker, die sich noch zeitiger in den Morgen hinausgewagt hatten, als die Tischplatte noch unschuldig wie die Wildnis gewesen war, unberührt von den Messern und Gabeln der Menschen, und hinter sich hatten sie das zufällige Chaos der verschmähten oder nachgebliebenen Gegenstände zurückgelassen, wie es für solche Reisenden mit leichtem Gepäck typisch war. Sie wußten genau, daß sie nie wieder hier vorbeikommen würden. Angewidert betrachtete Marian die Abfallfährte. Im übrigen versuchte sie das Frühstück ganz zwanglos anzugehen. Sie wollte nicht, daß ihr Magen eine Szene veranstaltete. Ich werde bloß Kaffee und Toast nehmen, vielleicht mit Gelee, dagegen wird es sicherlich keine Einwände geben, dachte sie.

Eine Kellnerin mit wüsten Haaren erschien und begann den Tisch abzuräumen. Sie knallte ihnen je eine eselsohrige Speisekarte hin. Marian öffnete ihre und schaute auf die Spalte mit der Überschrift „Zum Frühstück".

Letzte Nacht hatte alles so klar geschienen. Selbst als sie sich Peters Gesicht mit den sie verfolgenden Augen vorgestellt hatte, war es in irgendeiner lichten Offenbarung untergegangen. Es war mehr schlichte Klarheit als Freude gewesen, aber die war vom Schlaf weggeschwemmt worden; und als sie vom Geräusch des in den Rohren seufzenden Wassers und lauten Stimmen auf dem Korridor erwacht war, konnte sie sich nicht mehr daran erinnern. Sie hatte still dagelegen und versucht, sich darauf zu konzentrieren, auf das, was es möglicherweise gewesen war, sie hatte an die mit verwirrenden Wasserzeichen bedeckte Zimmerdecke gestarrt, aber ohne Erfolg. Dann war Duncans Kopf unter dem Kissen, wo er ihn die Nacht über aus Sicherheitsgründen versteckt hatte, vorgekommen. Er starrte sie einen Moment lang an, als hätte er nicht die geringste Ahnung, wer sie war oder was er in diesem Zimmer machte. Dann sagte er: „Verschwinden wir von hier." Sie hatte sich hinübergebeugt und ihn auf den Mund geküßt, aber nachdem sie sich wieder zurückgelegt hatte, leckte er sich bloß die Lippen und sagte, als wäre er dadurch an was erinnert worden: „Ich hab Hunger. Gehn wir frühstücken. Du siehst fürchterlich aus", fügte er hinzu.

„Du siehst auch nicht gerade wie das blühende Leben

aus“, antwortete sie. Er hatte Ringe um die Augen, und sein Haar ähnelte einem Rabennest. Sie standen auf, und sie prüfte ihr Gesicht kurz in dem gelblichen, welligen Glas des Badezimmerspiegels. Ihre Haut war gespannt und weiß und seltsam trocken. Es stimmte: sie sah fürchterlich aus.

Sie hatte keine Lust, ihre Sachen wieder anzuziehen, aber ihr blieb keine Wahl. Schweigend zogen sie sich an, es war mühsam in dem engen Raum, dessen Schäbigkeit im grauen Licht des Tages noch deutlicher wurde, und schlichen verstohlen die Treppen hinunter.

Sie betrachtete ihn nun, wie er zusammengesunken ihr gegenüber am Tisch saß, wieder ganz eingemummt. Er zündete sich eine Zigarette an und beobachtete den Rauch. Seine Augen waren ihr verschlossen, entrückt. Der Eindruck, den sein langer, ausgehungerter Körper bei ihr hinterlassen hatte, dieser Körper, der in der Dunkelheit aus nichts als Ecken und Kanten zu bestehen schien, die Erinnerung an den hervortretenden, fast skelettartigen Rippenkäfig mit Graten wie ein Waschbrett verblaßte so schnell wie jeder andere flüchtige Eindruck auf einer weichen Oberfläche. Welche Entscheidung sie auch getroffen haben mochte, wenn sie überhaupt etwas entschieden hatte, sie war vergessen. Sie war vielleicht eine Illusion gewesen, wie das blaue Licht auf ihrer Haut. Trotzdem, etwas in seinem Leben war vollbracht worden, dachte sie mit einer Art müdem Verantwortungsgefühl, das war immerhin ein kleiner Trost, aber für sie war nichts von Bestand oder erledigt. Peter gab es noch, der war nicht einfach verschwunden; er war so wirklich wie die Krümel auf dem Tisch, und sie würde sich entsprechend verhalten müssen. Sie mußte zurück. Den Morgenbus hatte sie verpaßt, aber sie konnte den am Nachmittag nehmen, nachdem sie mit Peter geredet und alles erklärt hatte. Oder vielmehr Erklärungen vermieden hatte. Es gab nichts zu erklären, denn Erklärungen haben mit Ursachen und Wirkungen zu tun, und hierbei gab es weder das eine noch das andere. Dies war aus dem Nichts aufgetaucht und führte ins Nichts, es lag außerhalb der Kausalkette. Plötzlich fiel ihr ein, daß sie noch nicht angefangen hatte zu packen.

Sie schaute auf die Speisekarte. „Schinken und Ei, alle Zubereitungen", las sie. „Unsere dicken, zarten Würstchen." Sie dachte an Schweine und Hühner. Hastig wandte sie sich dem „Toast" zu. In ihrer Kehle rührte sich etwas. Sie klappte die Karte zu.

„Was möchtest du?" fragte Duncan.

„Nichts, ich kann nichts essen", sagte sie. „Ich bring überhaupt nichts runter. Nicht mal ein Glas Orangensaft." Also war es endlich passiert. Ihr Körper hatte sich selbst abgekapselt. Der Nahrungskreislauf war zu einem Punkt geschrumpft, einem schwarzen Tüpfelchen, das alles andere ausschloß . . . Sie schaute auf den Fettfleck auf der Speisekarte, fast hätte sie vor Selbstmitleid gewimmert.

„Bist du sicher? Na gut", sagte Duncan mit erwachender Munterkeit, „dann kann ich alles für mich ausgeben."

Als die Kellnerin zurückkehrte, bestellte er Schinken mit Eiern, die er dann vor ihren Augen und ohne Entschuldigung oder sonst eine Bemerkung gierig verschlang. Trübsinnig sah sie ihm zu. Als er mit der Gabel die Eier aufstach und die gelben Dotter zähflüssig über den Teller rannen, wandte sie den Kopf ab. Sie hatte Angst, sie müßte sich übergeben.

„Gut", sagte er, als er bezahlt hatte und sie draußen auf der Straße standen, „danke für alles. Ich muß heim und mich an meine Seminararbeit machen."

Marian dachte an den Geruch von kaltem Treibstoff und abgestandenem Zigarrenrauch im Bus. Dann dachte sie an das Geschirr im Küchenausguß. Im Bus würde es warm und stickig werden, während sie über den Highway fuhren und die Reifen ein zermürbendes Wimmern abgaben. Was mochte da verborgen und abstoßend zwischen den Tellern und schmutzigen Gläsern leben? Sie konnte nicht zurück.

„Duncan", sagte sie, „bitte geh nicht."

„Wieso? Gibt es noch was?"

„Ich kann nicht zurück."

Er betrachtete sie stirnrunzelnd. „Was erwartest du von mir?" fragte er. „Du solltest gar nichts von mir erwarten. Ich will zurück in meinen Panzer. Einstweilen hab ich genug von der sogenannten Realität."

„Du brauchst ja gar nichts zu tun! Könntest du nicht einfach . . .“

„Nein“, sagte er, „ich will nicht. Du bist kein Mittel zum Entspannen und Entkommen mehr, du bist zu wirklich. Irgend etwas beunruhigt dich, und du willst darüber reden; ich müßte anfangen, mir Gedanken um dich zu machen und so was, dafür hab ich keine Zeit.“

Sie schaute hinunter zu ihren vier Füßen, die in dem zertretenen Schneematsch des Bürgersteigs standen. „Ich kann wirklich nicht zurückgehen.“

Er blickte sie genauer an. „Wird dir schlecht?“ fragte er. „Lieber nicht.“

Stumm stand sie vor ihm. Sie konnte ihm keinen vernünftigen Grund sagen, warum er bei ihr bleiben sollte. Es gab keinen Grund: was wäre damit gewonnen?

„Na ja“, sagte er zögernd, „in Ordnung. Aber nicht lange, okay?“

Sie nickte dankbar.

Sie gingen nach Norden. „Du weißt ja, zu mir können wir nicht“, sagte er. „Sie würden ein Riesengetue machen.“

„Ich weiß.“

„Wohin willst du dann?“ fragte er.

Darüber hatte sie nicht nachgedacht. Es war alles unmöglich. Sie legte ihre Hände über die Ohren. „Ich weiß es nicht“, sagte sie, und ihre Stimme stieg an, wurde fast hysterisch, „ich weiß nicht, ich muß wohl doch zurückgehen . . .“

„Na, nun komm schon“, sagte er munter, „bloß kein Theater. Machen wir einen Spaziergang.“ Er zog ihre Hände von den Ohren weg. „Gut“, sagte sie, etwas besänftigt.

Beim Gehen Hand in Hand schwenkte Duncan ihre Hände vor und zurück. Seine Stimmung schien sich von der Verdrossenheit beim Frühstück in eine gewisse gedankenlose Zufriedenheit gewandelt zu haben. Sie gingen bergan, fort vom See; die Bürgersteige waren voll von samstäglichen Damen in Pelzen, die unerbittlich wie Eisbrecher durch den Matsch pflügten, die Stirnen vor Entschlossenheit gefurcht, mit glitzernden Augen, Einkaufstaschen als Ballast auf jeder Seite. Marian und

Duncan wichen ihnen aus, lösten ihre Hände, wenn ein besonders bedrohliches Exemplar auf sie zuhielt. Auf den Fahrbahnen fuhren Autos stinkend und spritzend vorbei. Rußflocken fielen schwer und feucht wie Schneeflocken aus dem grauen Himmel.

„Ich brauch ein bißchen frische Luft“, sagte Duncan, nachdem sie runde zwanzig Minuten wortlos marschiert waren. „Hier ist es wie in einem Goldfischglas voll sterbender Kaulquappen. Hältst du eine kurze U-Bahn-Fahrt aus?“

Marian nickte. Je weiter weg, dachte sie, desto besser.

Sie gingen in die nächste pastellfarben gekachelte Station hinunter und ließen sich nach einem kurzen Zwischenspiel, in dem es nach feuchter Wolle und Mottenkugeln roch, von einer Rolltreppe wieder ans Tageslicht tragen.

„Jetzt nehmen wir die Straßenbahn“, sagte Duncan. Er schien zu wissen, wohin er wollte, wofür Marian nur dankbar sein konnte. Er führte sie. Er hatte den Überblick.

In der Straßenbahn mußten sie stehen. Marian hielt sich an einer der Metallstangen fest und bückte sich, damit sie aus dem Fenster sehen konnte. Oberhalb eines grünorangefarbenen, mit goldenem Zierat besetzten Wollhutes in der Form eines Teewärmers holperte eine fremde Landschaft vorbei: zuerst Läden, dann Wohnhäuser, dann eine Brücke, dann wieder Häuser. Sie hatte keine Ahnung, in welchem Teil der Stadt sie waren.

Duncan langte über ihren Kopf und zog an der Leine. Knirschend kam die Straßenbahn zum Stehen, und sie quetschten sich nach hinten durch und sprangen hinaus.

„Jetzt laufen wir“, sagte Duncan. Er bog in eine Seitenstraße ein. Die Häuser waren kleiner und etwas neuer als die in Marians Viertel, aber sie wirkten immer noch dunkel und hoch, sie waren grau oder schmutzigweiß gestrichen, und viele hatten säulengestützte hölzerne Veranden. Der Schnee auf den Rasenflächen hier war frischer. Sie kamen an einem alten Mann vorbei, der einen Weg freischaufelte; in der stillen Luft klang das Scharren der Schaufel merkwürdig laut. Es gab ungewöhnlich viele Katzen. Marian überlegte, wie die Straße wohl im Frühling roch, wenn der Schnee schmolz: nach Erde, treibenden Blumenzwiebeln, feuchtem Holz, faulenden Blättern vom Vorjahr und den im Winter gesammelten Haufen der Katzen, die sich für so sauber und vorsichtig gehalten hatten, als sie sich Löcher in den Schnee kratzten. Sie sah alte Leute, die mit Schaufeln aus den grauen Türen traten und Sachen vergruben. Frühjahrsputz: ein Gefühl von Entschlossenheit.

Sie überquerten eine Straße und gingen einen steilen Hügel hinunter. Plötzlich fing Duncan an zu rennen, er zerrte Marian hinter sich her, als ob sie ein Schlitten wäre.

„Halt!" rief sie und erschrak über ihre eigene Lautstärke. „Ich kann nicht rennen!" Sie spürte, wie in allen Fenstern die Vorhänge gefährlich schwankten, als sie vorbeikamen, so als säße in jedem Haus ein strenger Beobachter.

„Nein!" schrie Duncan zurück. „Wir sind auf der Flucht! Komm weiter!"

Unter ihrem Arm riß eine Naht. In ihrer Einbildung sah sie, wie sich das rote Kleid auflöste und in kleinen Fetzen hinter ihr in den Schnee fiel, wie Federn. Sie liefen nicht mehr auf dem Bürgersteig, sondern schlitterten die Straße hinab auf einen Zaun zu; auf einem gelb und schwarz karierten Schild stand „Vorsicht". Sie fürchtete, sie würden durch den Holzzaun brechen und über eine nicht sichtbare Klippe stürzen, langsam wie Autos, die in Filmen in den Abgrund fallen, aber im letzten Moment schwenkte Duncan um das Zaunende herum, und sie befanden sich auf einem schmalen Schlackenweg zwischen hohen Böschungen. Der Steg am Fuße des Hügels kam schnell näher; Duncan stoppte plötzlich, und sie rutschte auf ihn drauf.

Ihre Lunge schmerzte: die viele frische Luft machte sie benommen. Sie lehnten an einer Zementmauer, einer der Seitenwände der Brücke. Marian legte ihre Arme auf den oberen Rand und ruhte sich aus. In Augenhöhe vor sich hatte sie Baumwipfel, ein Gewirr von Zweigen, die Spitzen bereits blaßgelb, blaßrot, knotig von Knospen.

„Wir sind noch nicht da", sagte Duncan. Er zupfte an ihrem Ärmel. „Wir gehen hinunter." Er führte sie zum

Ende der Brücke. Auf einer Seite zweigte hier ein Trampelpfad ab: Fußabdrücke, eine matschige Spur. Sie kletterten vorsichtig hinab, seitwärts, wie Kinder, die lernen, Treppen hinunterzugehen, Schritt für Schritt. Von den Eiszapfen an der Unterseite der Brücke tropfte Wasser auf sie herab.

Als sie den Grund erreicht hatten und auf ebener Erde standen, fragte Marian: „Sind wir jetzt da?"

„Noch nicht", sagte Duncan. Er ging weiter, fort von der Brücke. Marian hoffte, daß sie irgendwohin gingen, wo sie sich setzen konnten.

Sie befanden sich in einer der Schluchten, die die Stadt durchschnitten, aber sie wußte nicht, in welcher. Sie hatte schon Spaziergänge an der Schlucht gemacht, die von ihrem Wohnzimmerfenster aus sichtbar war, aber in dieser Gegend hier war ihr nichts vertraut. Die Schlucht war schmal und tief, eingeschlossen von Bäumen, die aussahen, als hielten sie die Schneedecke an den Steilhängen fest. Weit oben am Rand der Schlucht spielten Kinder. Marian konnte ihre leuchtenden roten und blauen Jacken sehen und schwach ihr Lachen hören.

Sie gingen hintereinander auf einem Pfad durch den verharschten Schnee. Es waren schon andere Leute hier entlanggegangen, aber nicht viele. In Abständen bemerkte sie etwas, was sie für Hufspuren hielt. Von Duncan sah sie nur den gekrümmten Rücken und die Bewegung seiner Füße.

Sie wünschte, er würde sich umdrehen, damit sie sein Gesicht sehen konnte; der nichtssagende Mantel bedrückte sie.

„Wir setzen uns gleich", sagte er wie als Antwort.

Sie sah nichts, wo sie sich hätten hinsetzen können. Sie gingen jetzt durch ein Gebiet mit hohen Gewächsen, deren steife, trockene Stengel an ihnen entlangschabten: Goldrute, Weberdisteln, Kletten und die Gerippe unbekannter grauer Pflanzen. An den Klettenpflanzen hingen Büschel von braunen Kugeln und an den Disteln halbverwitterte silberstachlige Köpfe, sonst unterbrach nichts die Monotonie des dünnen Geästels auf dem Feld. Dahinter stiegen auf beiden Seiten die Wände der Schlucht an. Oben waren nun Häuser zu sehen, eine ganze Reihe hockte am Rande des Abgrunds, unbekümmert um die tief eingeschnittenen Auswaschungen, die hier und da die Wände der Schlucht zerrissen. Der Bach war in einer unterirdischen Abzugsröhre verschwunden.

Marian sah sich um. Die Schlucht hatte einen Bogen gemacht, sie hatte es gar nicht bemerkt. Vor ihnen lag wieder eine Brücke, eine größere. Sie gingen weiter.

„Mir gefällt es hier unten im Winter", sagte Duncan nach einer Weile. „Anfangs bin ich nur im Sommer hiergewesen. Alles wächst, vor lauter grünen Blättern und Zeug kann man keinen Meter weit sehen; Giftsumach wächst hier auch. Und Leute sind da. Die alten Säufer kommen runter und schlafen unter den Brücken, und Kinder spielen hier. Irgendwo weiter hinten ist ein Reitstall, ich glaube, wir sind hier auf einem der Reitwege. Früher bin ich hergekommen, weil es hier kühler war. Aber im Schnee ist es schöner. Da sieht man den Müll nicht. Hier werfen sie auch schon ihren Müll hin, mit dem Bach haben sie angefangen, ich möchte wissen, wieso sie so gern all ihr Gerümpel in der Landschaft verteilen ... Alte Reifen, Blechbüchsen ..." Die Stimme kam aus einem Mund, den sie nicht sehen konnte, so als klänge sie von nirgendwoher, sie wirkte verkürzt, stumpf, wie vom Schnee aufgesaugt.

Die Schlucht hatte sich verbreitert; hier wuchs weniger Unkraut. Duncan verließ den Pfad und brach durch den Harsch, sie folgte ihm. Sie stapften einen kleinen Hügel hinauf.

„Wir sind da", sagte Duncan. Er hielt an, wandte sich um und streckte ihr eine Hand entgegen, um sie hochzuziehen.

Marian schnappte erschrocken nach Luft und trat unwillkürlich einen Schritt zurück: sie standen am äußersten Rand einer Klippe. Die Erde brach unmittelbar vor ihren Füßen ab. Unter ihnen lag eine gewaltige, fast runde Grube, ein Weg schraubt sich an den Seitenwänden hinab bis zu dem schneebedeckten Grund. Ihnen gegenüber, in einer Entfernung von vielleicht vierhundert Metern, stand ein langgestrecktes, schuppenähnliches schwarzes Gebäude. Alles schien verschlossen, verlassen.

„Was ist das?" fragte sie.

„Nur die Ziegelei", sagte Duncan. „Das da unten ist reine Tonerde. Sie fahren Bagger den Weg hinunter und bauen sie ab."

„Ich hatte keine Ahnung, daß es so was in den Schluchten gibt", sagte sie. Es schien ihr nicht richtig, daß diese Grube in der Stadt war: tiefer als auf den Grund der Schlucht sollte man nicht gehen dürfen. Das machte ihr auch den weißen Grubenboden verdächtig; er sah nicht solide aus, vielleicht war er hohl, gefährlich, eine dünne Eisschicht, durch die man fallen konnte, wenn man sich daraufwagte.

„Oh, hier gibt's eine Menge hübsche Sachen. Irgendwo da unten ist auch ein Gefängnis."

Duncan setzte sich an die Kante, lässig ließ er die Beine baumeln und holte eine Zigarette hervor. Einen Augenblick später setzte sie sich neben ihn, obwohl sie der Erde nicht traute. So was konnte leicht einstürzen. Beide starrten sie in das gigantische Loch im Boden.

„Wie spät es wohl ist", sagte Marian. Sie lauschte, während sie sprach: der offene Raum schluckte ihre Stimme.

Duncan antwortete nicht. Schweigend rauchte er seine Zigarette zu Ende, dann erhob er sich, ging eine kurze Strecke an der Kante entlang, bis er zu einer ebenen Stelle kam, wo kein Unkraut wuchs, und legte sich in den Schnee. Er sah so friedlich aus, wie er ausgestreckt dalag und zum Himmel hochschaute, daß Marian zu ihm hinüberging.

„Dir wird kalt werden", sagte er, „aber mach nur, wenn du willst."

Eine Armlänge von ihm entfernt legte sie sich nieder. Es war, als gehörte es sich hier nicht, zu eng zusammenzurücken. Der Himmel über ihnen war von gleichförmigem Blaßgrau, das eine irgendwo dahinter verborgene Sonne diffus erhellte.

In das Schweigen hinein sagte Duncan: „Also warum kannst du nicht zurück? Ich meine, du heiratest schließlich und so. Ich hab gedacht, du wärst der tüchtige Typ."

„Bin ich auch", sagte sie unglücklich. „War ich. Ich weiß nicht." Sie wollte nicht darüber reden.

„Manche Leute würden natürlich sagen, es steckt alles nur in deinem Kopf."

„Das weiß ich", sagte sie ungeduldig: sie war ja noch nicht vollkommen verblödet. „Aber wie bekomm ich es raus?"

„Es dürfte doch klar sein", sagte Duncan, „daß ich der letzte Mensch bin, den man danach fragen kann. Mir sagen sie dauernd, ich lebte in einer Phantasiewelt. Aber wenigstens ist es mehr oder weniger meine eigene, ich such mir meine Phantasien selbst aus, und irgendwie mag ich sie, meistens jedenfalls. Während du mit deiner nicht allzu glücklich zu sein scheinst."

„Vielleicht sollte ich zu einem Psychiater gehen", sagte sie trübsinnig.

„O nein, mach das nicht. Die wollen dich nur anpassen."

„Aber ich will angepaßt sein, das ist es doch! Ich finde es sinnlos, so unbeständig zu sein." Ihr ging durch den Kopf, daß sie es auch sinnlos fand, sich zu Tode zu hungern. Was sie wirklich wollte, ließ sich schlicht auf den Begriff Sicherheit reduzieren. Sie hatte all diese Monate hindurch geglaubt, dieses Ziel anzusteuern, aber in Wirklichkeit hatte sie nichts erreicht. Und geleistet hatte sie auch nichts. Im Augenblick schien Duncan ihre einzige solide Tat zu sein. Daran konnte sie sich klammern.

Plötzlich mußte sie sich dessen versichern, daß er noch da war, daß er nicht verschwunden oder unter die weiße Decke gesunken war. Sie wollte Bestätigung.

„Wie war es für dich heute nacht?" fragte sie. Er hatte es mit keinem Wort erwähnt.

„Wie war was? Oh. Das." Er schwieg ein paar Minuten. Gespannt lauschte sie, wartete auf seine Stimme wie auf ein Orakel. Aber als er endlich den Mund aufmachte, sagte er: „Ich mag diese Ecke. Vor allem im Winter, sie ist dem absoluten Nullpunkt so nahe. Hier bin ich Mensch. Vergleichsweise. Tropische Inseln würde ich nicht mögen, sie wären mir zu fleischig, ich würde dauernd überlegen, ob ich nun eine wandernde Pflanze oder ein Riesenlurch bin. Im Schnee ist man dem Nichts so nahe wie möglich."

Marian war verwirrt. Was hatte das damit zu tun?

„Du möchtest, daß ich sage, es sei ganz wunderbar gewesen, nicht wahr?" fragte er. „Daß es mich aus meinem

Panzer gelockt hat. Mich zum Mann gemacht hat. Alle meine Probleme gelöst hat.“

„Also . . .“

„Natürlich möchtest du das, und ich habe es die ganze Zeit gewußt. Ich mag es, wenn Leute an meinem Phantasieleben teilnehmen, und für gewöhnlich bin ich auch bereit, an ihrem teilzunehmen, bis zu einem gewissen Grad. Es war in Ordnung, genauso gut wie immer.“

Die Implikation drang so glatt und reibungslos in sie ein wie ein Messer in Butter. Sie war also nicht die erste gewesen. Ihre Vorstellung von sich – in gestärkter Schwesterntracht –, die sie sich als letzte Zuflucht zu erhalten versucht hatte, zerfledderte wie nasses Zeitungspapier, ihre Restpersönlichkeit brachte nicht mal die Energie auf, wütend zu werden. Sie war zu gründlich hereingelegt worden. Sie hätte es wissen müssen. Nachdem sie eine Weile in den leeren Himmel hinaufgeschaut und darüber nachgedacht hatte, spielte es keine große Rolle mehr. Außerdem bestand noch die Möglichkeit, daß diese Enthüllung genauso ein Schwindel war wie so vieles andere.

Sie richtete sich auf und klopfte den Schnee von ihren Ärmeln. Jetzt mußte gehandelt werden. „Schön, der Witz geht auf meine Kosten“, sagte sie. Sie wollte ihn im unklaren darüber lassen, ob sie ihm glaubte oder nicht. „Jetzt muß ich mich entscheiden, was ich tun will.“

Er grinste sie an. „Mich darfst du nicht fragen, das ist dein Problem. Irgendwas wirst du schon unternehmen müssen: Selbstzerfleischung im Vakuum wird mit der Zeit ziemlich langweilig. Aber das ist deine ganz persönliche Sackgasse, du hast sie erfunden, du mußt dir selbst einen Ausweg ausdenken.“ Er stand auf.

Marian erhob sich ebenfalls. Sie war ruhig gewesen, aber nun fühlte sie, wie die Verzweiflung zurückkehrte, in sie hineinsickerte wie eine Droge. „Duncan“, sagte sie, „könntest du nicht mitkommen und mit Peter reden? Ich glaube, ich kann das nicht, ich weiß nicht, was ich sagen soll, er wird nichts verstehen . . .“

„O nein“, sagte er, „das kannst du nicht machen! Ich hab nichts damit zu tun. Es wäre eine Katastrophe, siehst du das nicht? Ich meine, für mich!“ Er wickelte seine Arme um seinen Körper und umklammerte die Ellbogen.

„Bitte!“ sagte sie. Sie wußte, daß er ablehnen würde.

„Nein“, sagte er, „das wäre nicht richtig.“ Er drehte sich um und schaute zu den beiden Abdrücken hinunter, die ihre Körper im Schnee hinterlassen hatten. Dann trat er darauf, erst auf seinen und dann auf ihren, und zerwühlte den Schnee mit dem Fuß. „Komm her“, sagte er, „ich zeig dir den Weg zurück.“ Er führte sie ein Stück weiter. Sie kamen zu einer Straße, die anstieg und sich dann senkte. Weiter unten führte eine große Schnellstraße leicht bergan, und in der Ferne war eine weitere Brücke zu sehen, eine vertraute Brücke, über die die U-Bahn fuhr. Jetzt wußte sie, wo sie war.

„Kommst du nicht mal soweit mit?“ fragte sie.

„Nein. Ich bleib noch eine Weile hier. Aber du mußt jetzt gehen.“ Der Ton seiner Stimme schloß sie aus. Er wandte sich ab und ging fort.

Die Autos zischten vorbei. Als sie den Hügel in Richtung Brücke zur Hälfte hochgestolpert war, schaute sie sich einmal um. Sie rechnete fast damit, daß er sich in der weißen Weite der Schlucht aufgelöst hatte, aber er war noch da, eine dunkle Form gegen den Schnee, die am Rande des Abgrunds hockte und in die leere Grube starrte.

30

Marian war eben heimgekommen und kämpfte mit dem Reißverschluß, um ihr zerknittertes Kleid ausziehen zu können, als das Telefon läutete. Sie wußte, wer dran sein würde.

„Hallo?“ sagte sie.

Peters Stimme war eisig vor Wut. „Marian, wo zum Teufel hast du gesteckt? Ich hab überall herumtelefoniert!“ Es hörte sich an, als hätte er einen Kater.

„Oh“, sagte sie mit lässiger Beiläufigkeit, „ich war woanders. Nicht da, sozusagen.“

Er verlor die Beherrschung. „Warum zum Teufel bist du von der Party weggegangen? Du hast mir den ganzen

Abend verdorben. Ich hab dich für das Gruppenbild gesucht, und du warst weg! Natürlich konnte ich vor all den Leuten kein großes Theater machen, aber als sie nach Hause gegangen waren, hab ich überall nach dir gesucht. Deine Freundin Lucy und ich sind im Wagen alle Straßen abgefahren, und ich habe dich ein halbes dutzendmal daheim zu erreichen versucht. Wir haben uns beide so gesorgt. Verdammt nett von ihr, sich soviel Mühe zu machen, es ist hübsch, zu wissen, daß es noch ein paar rücksichtsvolle Frauen gibt . . .“

Darauf möcht ich wetten, dachte Marian mit einem plötzlichen Stich von Eifersucht bei der Erinnerung an Lucys silberne Augenlider; laut sagte sie: „Bitte, Peter, reg dich nicht auf. Ich bin nur rausgegangen, um ein bißchen frische Luft zu schnappen, und dann kam was dazwischen. Es gibt nicht den geringsten Grund, sich aufzuregen. Das ist doch keine Katastrophe!“

„Was soll das heißen, nicht aufregen!“ sagte er. „Du kannst doch nicht nachts auf der Straße herumrennen, du könntest vergewaltigt werden! Wenn du solche Sachen machst, und es ist weiß Gott nicht das erstemal, warum zum Teufel kannst du nicht ab und zu auch mal an andere Leute denken? Du hättest mir wenigstens sagen können, wo du bist; deine Eltern haben mich angerufen, sie waren außer sich, weil du nicht im Bus warst! Was sollte ich ihnen sagen?“

Ach ja, dachte sie, das hatte sie ganz vergessen. „Also, mir geht es bestens“, sagte sie.

„Aber wo warst du? Als wir merkten, daß du weg warst, und ich anfing, die Leute vorsichtig auszufragen, ob sie dich gesehen hätten, also ich muß schon sagen, da hab ich von diesem bezaubernden Freund von dir, Trevor oder wie zum Teufel er heißt, eine ziemlich komische Geschichte zu hören bekommen. Wer ist dieser Kerl, von dem er mir erzählt hat?“

„Peter, bitte“, sagte sie, „ich hasse es, über solche Sachen am Telefon zu reden.“ Sie hatte plötzlich Lust, ihm die ganze Geschichte zu erzählen. Aber wozu, wo doch nichts bewiesen oder erreicht war? Statt dessen sagte sie: „Wie spät ist es?“

„Halb drei“, sagte er, vor Überraschung wegen dieser

Hinwendung zu schlichten Fakten klang seine Stimme neutral.

„Gut. Magst du vielleicht nachher herüberkommen? Sagen wir, um halb sechs zum Tee. Dann können wir alles in Ruhe besprechen.“ Sie ließ ihre Stimme lieb und versöhnlich klingen. Sie war sich ihrer Verschlagenheit durchaus bewußt. Obwohl sie noch keine Entscheidungen getroffen hatte, spürte sie, daß sie dicht davor stand und Zeit brauchte.

„Also gut“, sagte er verdrießlich, „aber du erzählst mir dann besser was Vernünftiges.“ Sie legten gleichzeitig auf.

Marian ging ins Schlafzimmer und zog sich aus, dann nahm sie unten schnell ein Bad. Die tiefergelegenen Regionen waren still; wahrscheinlich brütete die Lady von unten in ihrer dunklen Höhle oder betete darum, daß Ainsley durch himmlische Blitze vernichtet würde. In einer Stimmung, die an fröhliche Rebellion grenzte, verzichtete Marian darauf, den Ring in der Badewanne zu beseitigen.

Sie brauchte etwas, wo man ohne Worte auskam, sie wollte nicht in eine Diskussion verstrickt werden. Eine Möglichkeit, zu erkennen, was real war: einen Test, so schlicht und direkt wie Lackmuspapier. Sie zog sich fertig an – einfache graue Wolle war wohl das richtige – und warf ihren Mantel über, dann suchte sie ihr Portemonnaie und zählte das Geld. Sie ging in die Küche und setzte sich an den Tisch, um eine Liste aufzustellen, legte aber nach wenigen Wörtern den Stift beiseite. Sie wußte, was sie besorgen mußte.

Im Supermarkt ging sie systematisch durch alle Gänge; erbarmungslos überlistete sie die Damen in den Bisampelzen, drängte die Samstagskinder beiseite und nahm die Sachen aus den Regalen. Ihre Vorstellung nahm Form an. Eier. Mehl. Zitronen fürs Aroma. Zucker, Puderzucker, Vanille, Salz, Lebensmittelfarbstoffe. Sie wollte alles neu haben, sie wollte nichts verwenden, was schon im Haus war. Schokolade – nein, Kakao war besser. Ein Glas mit silbernen Kügelchen zur Verzierung. Ein Satz von drei Plastikschüsseln. Teelöffel, eine Tortenspritze aus Aluminium und eine Kuchenform. „Gut", dachte sie, „daß heute fast alles in Supermärkten verkauft wird." Dann machte sie sich mit ihrer Tüte auf den Weg zurück zu ihrer Wohnung.

Rührteig oder Baiserteig? überlegte sie. Sie entschied sich für Rührteig. Das paßte besser.

Sie schaltete den Backofen an. Das war der Teil der Küche, den der schleichende Hautausschlag von Schmutz noch nicht befallen hatte, hauptsächlich, weil sie den Herd in letzter Zeit kaum benutzt hatten. Sie band sich eine Schürze um und spülte die neuen Schüsseln und die anderen neuen Geräte unter dem Hahn ab, rührte aber das schmutzige Geschirr nicht an. Das kam später dran. Im Augenblick hatte sie dafür keine Zeit. Sie trocknete die Sachen ab und fing an Eier aufzuschlagen und zu trennen; sie dachte an nichts und konzentrierte sich ganz auf die Bewegungen ihrer Hände, und dann, als sie Schnee schlug und siebte und unterzog, auf Zeit und Konsistenz. Zum Kuchenbacken brauchte man eine leichte Hand. Sie goß den Teig in die Form und zog eine Gabel durch, um die großen Luftblasen zu zerreißen. Als sie die Kuchenform in den Backofen schob, summte sie fast vor Vergnügen. Es war lange her, daß sie einen Kuchen gebacken hatte.

Während der Kuchen in der Röhre war, spülte sie die Schüsseln wieder und mixte den Guß. Eine gewöhnliche Fettglasur, das würde das beste sein. Sie verteilte die Glasur auf die drei Schüsseln. Die größte Portion ließ sie weiß, die nächste färbte sie kräftig rosa, fast schon rot, mit der roten Lebensmittelfarbe, die sie gekauft hatte, und die letzte dunkelbraun, indem sie Kakao hineinrührte.

Worauf soll ich sie legen? dachte sie, als sie damit fertig war. Ich werd eine Platte abwaschen müssen. Unter dem Geschirrstoß im Ausguß holte sie eine lange Platte hervor und spülte sie sorgfältig unter dem Wasserhahn ab. Es war eine Menge Spülmittel notwendig, um die Dreckkruste abzubekommen.

Sie prüfte den Kuchen: er war fertig. Sie nahm ihn aus der Backröhre und stürzte ihn zum Abkühlen.

Sie war froh, daß Ainsley nicht da war: sie konnte bei dem, was sie vorhatte, keine Einmischung brauchen. Übrigens sah es nicht so aus, als wäre Ainsley überhaupt heimgekommen. Von ihrem grünen Kleid war nichts zu sehen. Auf dem Bett in ihrem Zimmer lag ein geöffneter Koffer, so wie sie ihn am Abend zuvor wahrscheinlich hatte liegenlassen. Ein Teil des Treibguts lag wie von einem Strudel hineingezogen halb darin. Flüchtig überlegte Marian, wie Ainsley je das ganze Durcheinander ihres Zimmers in etwas so Begrenztes und Geradliniges wie Koffer zu pressen gedachte.

Während der Kuchen abkühlte, ging sie ins Schlafzimmer und machte ihr Haar zurecht, zog es straff zurück und steckte es fest, um die letzten Wicklungen des Friseurs zu beseitigen. Sie fühlte sich ganz leicht, fast benebelt: das mußte der Mangel an Schlaf und Essen sein. Sie grinste in den Spiegel und zeigte dabei ihre Zähne.

Der Kuchen kühlte nicht schnell genug ab. Trotzdem wollte sie ihn nicht in den Kühlschrank stellen. Er würde die Gerüche annehmen. Sie holte ihn aus der Form heraus und setzte ihn auf die saubere Platte, öffnete das Küchenfenster und stellte ihn auf den schneebedeckten Sims. Sie wußte, was geschah, wenn man Kuchen noch warm glasierte – alles schmolz.

Sie überlegte, wie spät es sein mochte. Ihre Uhr lag noch auf der Kommode, wo sie sie am Tag zuvor zurückgelassen hatte, aber sie war abgelaufen. Ainsleys Kofferradio wollte sie nicht anschalten, das würde sie zu stark ablenken. Sie würde so schon unruhig. Es gab doch da eine Telefonnummer für die Zeitansage . . . Egal, beeilen mußte sie sich auf jeden Fall.

Sie holte den Kuchen vom Sims, prüfte, ob er kalt genug war, und stellte ihn auf den Küchentisch. Dann begann sie mit der Operation. Zunächst teilte sie ihn flach in der Mitte durch. Eine Hälfte setzte sie mit der flachen Seite nach unten auf die Platte. Sie höhlte sie teilweise aus und formte aus dem Material einen Kopf. An den Seiten schnitt sie eine Taille ein. Aus der anderen Hälfte machte sie Streifen für Arme und Beine. Der Kuchen war geschmeidig, leicht zu behandeln. Sie klebte die verschiedenen Teile mit dem weißen Zuckerguß zusammen und überzog die von ihr geschaffene Figur mit der restlichen Glasur. Sie war an manchen Stellen knubbelig und hatte zu viele Krümel auf der Haut, aber es würde gehen. Die Füße und Knöchel verstärkte sie mit Zahnstochern.

Nun hatte sie einen leeren weißen Körper vor sich. Er wirkte leicht obszön, wie er da so weich und zuckerig und gesichtslos auf dem Teller lag. Sie machte sich an die Bekleidung. Sie füllte die Tortenspritze mit der leuchtendrosa Glasur. Zuerst gab sie ihr einen Bikini, aber das war zu spärlich. Sie füllte den Mittelteil. Jetzt war es ein normaler Badeanzug, aber das war immer noch nicht das, was sie wollte. Sie fügte oben und unten immer noch etwas an, bis es eine Art Kleid geworden war. In einem Anfall von Überschwenglichkeit setzte sie noch eine Rüsche am Hals und eine Rüsche am Saum des Kleides an. Sie malte einen üppigen, lächelnden rosa Mund und dazu passend rosa Schuhe. Schließlich versah sie jede der formlosen Hände mit fünf rosa Fingernägeln.

Mit nur einem Mund und weder Haaren noch Augen sah der Kuchen eigenartig aus. Sie säuberte die Spritze und füllte sie mit Schokoladenguß. Sie zeichnete eine Nase und zwei große Augen mit vielen Wimpern und mit Augenbrauen obendrüber. Mit einer Linie trennte sie ein Bein vom anderen, und mit ähnlichen Linien grenzte sie die Arme vom Körper ab. Die Haare nahmen mehr Zeit in Anspruch. Dazu waren Unmengen komplizierter barocker Schnörkel und Wirbel nötig, hoch über dem Kopf aufgetürmt und über die Schultern herabfallend.

Die Augen waren immer noch leer. Sie entschied sich für grün – die beiden einzigen anderen Möglichkeiten waren rot und gelb, mehr Farben hatte sie nicht –, und mit einem Zahnstocher strich sie zweimal grüne Lebensmittelfarbe als Iris auf.

Nun blieben nur noch die Silberkügelchen. Jedes Auge kriegte eine als Pupille. Mit den anderen formte sie ein Blumenmuster auf dem rosa Kleid und steckte ein paar ins Haar. Jetzt wirkte die Frau wie eine elegante, alte Porzellanfigur. Einen Augenblick lang wünschte sie, sie hätte Geburtstagskerzen gekauft. Aber wohin mit ihnen? Dafür war wirklich kein Platz mehr. Das Bild war fertig.

Ihre Schöpfung starrte zu ihr hoch, das Gesicht puppenhaft und leer bis auf den kleinen silbernen Schimmer von Intelligenz in jedem grünen Auge. Bei der Arbeit war sie beinahe fröhlich gewesen, aber nun, wo sie ihr Werk sinnend betrachtete, wurde sie nachdenklich. Soviel Arbeit steckte in der Dame, und was würde mit ihr geschehen?

„Du siehst köstlich aus", sagte sie zu ihr, „richtig appetitanregend. Und genau das wird dir passieren; das hat man davon, wenn man eßbar ist." Bei dem Gedanken an Eßbares zog sich ihr Magen zusammen. Sie hatte ein bißchen Mitleid mit ihrer Schöpfung, aber es ließ sich jetzt nichts mehr ändern. Ihr Schicksal war entschieden. Schon hörte sie Peters Schritte auf der Treppe.

Marian hatte eine flüchtige Vorstellung von ihrer eigenen monumentalen Albernheit: wie infantil und würdelos mußte sie einem rationalen Beobachter erscheinen! Was für eine Art Spiel glaubte sie wohl zu spielen? Aber darum ging es nicht, machte sie sich selbst nervös klar und strich eine Haarsträhne zurück. Allerdings: wenn Peter sie albern fand, dann würde sie es ihm glauben, sie würde seine Interpretation ihrer Persönlichkeit akzeptieren, er würde lachen, und sie würden sich hinsetzen und friedlich Tee trinken.

Sie lächelte Peter ernst zu, als er im Treppenschacht auftauchte. Sein Gesichtsausdruck, finsterer Blick mit vorgerecktem Kinn, zeigte, daß er immer noch wütend war. Seine Kleidung paßte dazu: der Anzug streng geschnitten, maßgeschneidert, distanziert, die Krawatte aus Wolle, in trüben Brauntönen.

„Also, was soll das . . .", fing er an.

„Peter, willst du nicht ins Wohnzimmer gehen und dich setzen? Ich hab eine Überraschung für dich. Danach können wir reden, wenn du willst." Wieder lächelte sie ihm zu.

Er war verwirrt und vergaß, sein Stirnrunzeln durchzuhalten; er mußte mit einer verlegenen Entschuldigung gerechnet haben. Aber er folgte ihrem Vorschlag. Sie blieb einen Moment im Türrahmen stehen und schaute fast zärtlich seinen Hinterkopf über der Sofalehne an. Jetzt, wo sie ihn wiedersah, den richtigen Peter, solide wie eh und je, waren die Ängste des vergangenen Abends zu lächerlicher Hysterie geschrumpft, und die Flucht zu Duncan war zu einer Dummheit, einer Ausflucht geworden; sie konnte sich kaum noch daran erinnern, wie er aussah. Peter war also doch nicht der Feind: er war ein normaler Mensch wie die meisten anderen Leute auch. Sie wollte seinen Nacken berühren, wollte ihm sagen, daß er sich nicht aufregen sollte, daß alles in Ordnung kommen würde. Es war Duncan, Duncan war die Mutation!

Aber da war irgendwas mit seinen Schultern. Er mußte mit verschränkten Armen dasitzen. Das Gesicht auf der anderen Seite dieses Kopfes hätte jedem x-beliebigen Menschen gehören können. Und sie alle trugen Sachen aus richtigem Stoff und hatten richtige Körper: die in den Zeitungen, diese jetzt noch unbekannten Menschen, die auf den Moment lauerten, wo sie von hochgelegenen Fenstern aus zielen konnten; jeden Tag kam man auf der Straße an ihnen vorbei. Es war leicht, ihn am Nachmittag als normal und sicher zu betrachten, aber das änderte die Dinge nicht. Der Preis für diese Version der Realität war, daß man die andere prüfte.

Sie ging in die Küche und kam mit der Platte zurück, die sie vorsichtig und ehrfürchtig trug wie etwas Geheiligtes in einer Prozession, wie eine Ikone oder die Krone auf dem Kissen in einem Theaterstück. Sie kniete nieder und stellte die Platte auf dem Kaffeetisch vor Peter ab.

„Du hast versucht, mich zu vernichten, nicht wahr", sagte sie. „Du hast versucht, mich zu assimilieren, zu absorbieren. Aber ich habe dir einen Ersatz gemacht, etwas, was du viel lieber mögen wirst. Was du eigentlich immer gewollt hast. Ich werde dir eine Gabel holen", fügte sie etwas prosaisch hinzu.

Peter starrte von dem Kuchen auf ihr Gesicht und zurück. Sie lächelte nicht.

Seine Augen weiteten sich erschreckt. Anscheinend fand er sie nicht albern.

Nachdem er gegangen war – und er ging ziemlich schnell, sie sprachen dann doch nicht mehr viel miteinander, er schien verwirrt zu sein und wollte weg und lehnte sogar eine Tasse Tee ab –, stand sie da und schaute auf die Figur hinunter. Peter hatte sie also doch nicht verschlungen. Als Symbol hatte sie eindeutig versagt. Mit ihren silbernen Augen sah sie zu ihr auf, rätselhaft, höhnisch, wohlschmeckend.

Plötzlich hatte sie Hunger. Einen wahnsinnigen Hunger. Der Kuchen war schließlich bloß ein Kuchen. Sie nahm die Platte, trug sie zum Küchentisch und holte sich eine Gabel. „Ich fang bei den Füßen an", beschloß sie.

Sie prüfte den ersten Bissen. Es war seltsam, aber höchst angenehm, tatsächlich wieder zu schmecken und zu kauen und zu schlucken. Nicht übel, dachte sie kritisch, obwohl ein bißchen mehr Zitrone nicht geschadet hätte.

Schon dachte der Teil von ihr, der nicht mit Essen beschäftigt war, voller Heimweh an Peter, wie an eine Mode, die man nicht mehr trug und die in den traurigen Kleiderständern der Heilsarmee aufzutauchen begann. Sie sah ihn vor sich: in eleganter Pose im Vordergrund eines vornehmen Salons mit Kronleuchtern und schweren Vorhängen, makellos gekleidet, in der Hand ein Glas Scotch; den Fuß hatte er auf den Kopf eines ausgestopften Löwen gesetzt, und über einem Auge trug er eine Augenklappe. Im Gurt unter dem einen Arm steckte ein Revolver. Um den Rand herum lief eine verschnörkelte Goldborte, und über Peters linkem Ohr steckte ein Reißnagel. Nachdenklich leckte sie ihre Gabel ab. Er würde Erfolg haben.

Sie war halb mit den Beinen fertig, als sie zwei Paar Schritte die Treppen hochkommen hörte. Dann tauchte Ainsley in der Küchentür auf und hinter ihr Fisch Smythes Pelzkopf. Sie trug immer noch ihr blaugrünes Kleid, das ziemlich mitgenommen aussah. Sie selbst auch: ihr Gesicht war hager, und ihr Bauch schien sich innerhalb der letzten vierundzwanzig Stunden merklich gerundet zu haben.

„Hi", sagte Marian und winkte ihnen mit der Gabel

zu. Sie spießte ein Stück Schenkel auf und steckte es in den Mund.

Fisch lehnte sich, kaum hatte er den obersten Treppenabsatz erreicht, gegen die Wand und schloß die Augen, aber Ainsley konzentrierte sich auf Marian: „Was hast du denn da?“ Sie ging hinüber, um es zu sehen. „Es ist eine Frau – eine aus Kuchen gemachte Frau!“ Sie warf Marian einen merkwürdigen Blick zu.

Marian kaute und schluckte. „Nimm dir“, sagte sie, „er ist wirklich gut. Ich hab ihn heute nachmittag gemacht.“

Ainsleys Mund klappte auf und zu wie bei einem Fisch, so als versuchte sie die volle Bedeutung dessen, was sie da sah, zu schlucken. „Marian!“ rief sie endlich entsetzt aus. „Du lehnst deine Weiblichkeit ab!“

Marian hörte auf zu kauen und starrte Ainsley an, die sie durch ihre über die Augen fallenden Haare mit verletzter Besorgnis, fast mit Strenge betrachtete. Wie brachte sie nur diese betroffene Haltung zustande, diese tiefe Ernsthaftigkeit? Sie war fast so verbissen moralisch wie die Lady von unten.

Marian blickte zurück auf ihren Teller. Die Frau lag immer noch glasig lächelnd, aber ohne Beine da. „Unsinn“, sagte sie. „Es ist doch nur ein Kuchen.“ Sie rammte ihr die Gabel in den Leib und trennte sauber den Kopf vom Rumpf.

Dritter Teil

31

Ich machte die Wohnung sauber. Es hatte zwei Tage gedauert, bis ich die Kraft dazu aufbrachte, aber jetzt hatte ich endlich angefangen. Ich mußte das Schicht für Schicht angehen. Zuerst kam der Oberflächendreck. Ich fing mit Ainsleys Zimmer an und stopfte alles, was sie zurückgelassen hatte, in Pappkartons: die halbleeren Kosmetikdosen und gebrauchten Lippenstifte, die Stapel von alten Zeitungen und Zeitschriften auf dem Fußboden, die vertrocknete Bananenschale, die ich unter dem Bett fand, die Kleider, die sie aussortiert hatte. Die Sachen von mir, die ich wegwerfen wollte, kamen in dieselben Kartons.

Als Fußböden und Möbel freigeschaufelt waren, staubte ich alles in Reichweite ab, einschließlich der Kehlungen und Oberkanten an Türen und Fenstern. Dann machte ich mich an die Fußböden und fegte und schrubbte und wachste sie. Es war verblüffend, was für eine Menge Schmutz sich dabei löste: als hätte ich einen zusätzlichen Boden freigelegt. Danach spülte ich das Geschirr und wusch die Küchenvorhänge. Anschließend machte ich Lunchpause. Dann nahm ich den Kühlschrank in Angriff. Ich untersuchte die Greuel, die sich da drinnen angesammelt hatten, nicht genau. Ich brauchte bloß die kleinen Gläser gegen das Licht zu halten, um zu erkennen, daß man sie besser nicht erst öffnete. Die verschiedenen Dinge im Inneren hatten entsprechend ihrer Natur fleißig Haare oder Pelz oder Federn hervorgebracht, und ich ahnte, wie sie riechen würden. Vorsichtig versenkte ich sie im Müllbeutel. Ans Tiefkühlfach ging ich mit einem Eispfriem, entdeckte aber bald, daß die dicke Eisschicht, die außen moosig und schwammig aussah, innen hart wie Stein war, ich ließ sie also noch ein bißchen tauen, ehe ich versuchte, sie loszuschlagen und abzuhebeln.

Ich hatte gerade mit den Fenstern angefangen, als das Telefon läutete. Es war Duncan. Ich war überrascht: ich hatte ihn so gut wie vergessen.

„Na?" fragte er. „Was war los?"

„Es ist alles vorbei", sagte ich. „Mir wurde klar, daß Peter versuchte, mich zu vernichten. Jetzt suche ich einen anderen Job."

„Oh", sagte Duncan. „Das hab ich eigentlich gar nicht gemeint. Ich frag mehr wegen Fisch."

„Oh", sagte ich. Ich hätte es mir denken können.

„Also, ich glaube, ich weiß, was passiert ist, aber ich weiß nicht, warum. Er hat seine Pflichten versäumt."

„Seine Pflichten? Meinst du die Universität?"

„Nein", sagte Duncan. „Ich meine mich. Was soll ich tun?"

„Ich hab nicht den blassesten Schimmer", sagte ich. Es ärgerte mich, daß er nicht darüber reden wollte, was ich tun sollte. Jetzt, wo ich von mir wieder in der ersten Person Singular dachte, fand ich meine eigene Situation wesentlich interessanter als seine.

„Aber, aber", sagte Duncan, „wir können uns nicht beide so benehmen. Einer von uns muß der mitfühlende Zuhörer sein, und der andere ist verwirrt und leidet. Beim letztenmal hast du gelitten."

Trag es mit Fassung, dachte ich, dagegen kommst du nicht an. „Na gut. Willst du nachher vielleicht zum Tee rüberkommen? Hier sieht es chaotisch aus", fügte ich entschuldigend hinzu.

Als er eintraf, putzte ich die Fenster nach; ich stand auf einem Stuhl und wischte den weißen Glasreiniger ab, den ich aufgesprüht hatte. Wir hatten schon lange nicht mehr Fenster geputzt, sie waren von einem regelrechten Schmutzfilm überzogen, und ich dachte, daß es seltsam sein müßte, wieder hindurchsehen zu können. Es störte mich, daß an der Außenseite noch Schmutz war, an den ich nicht herankam: Ruß und Regenstreifen. Ich hörte Duncan nicht eintreten. Wahrscheinlich hatte er schon ein paar Minuten im Zimmer gestanden und mich beobachtet, ehe er seine Anwesenheit mit einem „Hier bin ich" verkündete.

Ich fuhr zusammen. „Oh! Hi", sagte ich, „ich komm

gleich, sobald ich mit diesem Fenster fertig bin." Er zog sich in Richtung Küche zurück.

Nachdem ich das Fenster mit einem Ärmel blank gerieben hatte, den ich von einer von Ainsleys alten Jacken abgerissen hatte, stieg ich irgendwie widerstrebend vom Stuhl herunter und ging in die Küche. Einmal angefangene Sachen führe ich lieber zu Ende, und ein paar Fenster waren noch nicht fertig; außerdem war die Aussicht, das Liebesleben von Fisch Smythe zu diskutieren, auch nicht gerade überwältigend. Duncan saß auf einem der Stühle und betrachtete mit einer Mischung aus Abscheu und Besorgnis die offene Kühlschranktür.

„Was riecht da so?" fragte er und schnupperte.

„Oh, verschiedene Dinge", antwortete ich leichthin. „Bohnerwachs und Glasreiniger und noch ein paar andere Sachen." Ich öffnete das Küchenfenster. „Tee oder Kaffee?"

„Egal", sagte er. „Also, was ist die Wahrheit?"

„Du mußt wissen, daß sie verheiratet sind." Tee wäre einfacher, aber eine schnelle Suche durch die Schränke förderte keinen zutage. Ich löffelte Kaffee in die Maschine.

„Ja, schon, irgendwie. Fisch hat uns eine ziemlich rätselhafte Nachricht hinterlassen. Wie ist das passiert?"

„Wie passieren solche Sachen schon? Sie haben sich auf der Party kennengelernt", sagte ich, schaltete die Kaffeemaschine an und setzte mich hin. Ich hatte daran gedacht, ihn hinzuhalten, aber er begann verletzt auszusehen. „Natürlich gibt es ein paar Komplikationen, aber ich denke, das wird alles in Ordnung kommen." Ainsley war nach längerer Abwesenheit gestern aufgetaucht und hatte ihre Koffer gepackt, während Fisch im Wohnzimmer wartete, den Kopf in die Sofakissen gedrückt, den Bart gesträubt im Bewußtsein seiner eigenen Vitalität, die Augen geschlossen. Sie hatte mir in den wenigen Sätzen, für die sie Zeit fand, zu verstehen gegeben, daß sie ihre Hochzeitsreise zu den Niagarafällen machen würden und daß sie glaubte, Fisch würde „einen sehr guten" abgeben, wie sie es formulierte.

Ich erklärte Duncan das alles, so gut ich konnte. Er schien weder entsetzt noch entzückt noch auch nur überrascht zu sein.

„Na ja", sagte er, „ich glaube, für Fisch ist es ganz gut, zuviel Mangel an Wirklichkeitssinn verträgt der Mensch nicht. Trevor war allerdings ziemlich verstört. Er hat sich mit nervösen Kopfschmerzen ins Bett gelegt und weigert sich sogar, zum Kochen aufzustehn. Und das bedeutet nichts anderes, als daß ich ausziehen muß. Du weißt ja sicher, wie schädlich eine zerrüttete Familie sein kann, und ich möchte nicht, daß meine Persönlichkeit deformiert wird."

„Ich hoffe, daß für Ainsley alles gut geht." Ich hoffte es wirklich. Ich war sehr zufrieden, daß sie mein abergläubisches Vertrauen in ihre Fähigkeit, für sich selbst zu sorgen, gerechtfertigt hatte: eine Zeitlang hatte ich den Glauben an sie fast verloren. „Zumindest", sagte ich, „hat sie das bekommen, was sie sich zu wünschen glaubt, und das ist doch schon was."

„Wieder in die Welt hinausgeworfen", sagte Duncan nachdenklich. Er nagte an seinem Daumen. „Ich möchte wissen, was aus mir werden wird." Die Frage schien ihn nicht übermäßig zu interessieren.

Beim Gespräch über Ainsley fiel mir Leonard ein. Kurz nachdem ich von Ainsleys Heirat erfahren hatte, hatte ich Clara angerufen, damit sie Len sagen konnte, er könnte ruhig aus seinem Versteck kommen. Später hatte Clara mich angerufen. „Ich mach mir wirklich Sorgen", sagte sie, „er schien nicht annähernd so erleichtert zu sein, wie er es hätte sein müssen. Ich dachte, er würde auf der Stelle in seine Wohnung ziehen, aber er sagte, er möchte noch nicht. Er hat Angst, aus dem Haus zu gehen, ist aber offenbar vollkommen glücklich, solange er in Arthurs Zimmer bleibt. Die Kinder beten ihn an, und ich muß sagen, es ist recht praktisch, jemanden zu haben, der sie einem ein bißchen abnimmt; das Problem ist bloß, daß er mit Arthurs Spielsachen spielt und sie sich manchmal deswegen streiten. Und er ist nicht mehr zur Arbeit gegangen, er hat nicht mal angerufen, um denen zu sagen, wo er ist. Wenn er sich noch länger so gehenläßt, weiß ich nicht, wie ich damit fertig werden soll." Trotzdem hatte sie sich mehr als sonst angehört, als wäre sie dem gewachsen.

Aus dem Inneren des Kühlschranks ertönte ein lautes,

metallisches Klirren. Duncan schrak zusammen und nahm den Daumen aus dem Mund. „Was war das?"

„Bloß herunterfallendes Eis wahrscheinlich", sagte ich. „Ich taue gerade den Kühlschrank ab." Der Kaffee roch fertig. Ich stellte zwei Tassen auf den Tisch und schenkte ein.

„Und, ißt du wieder?" fragte Duncan nach einer kurzen Pause.

„Ja, tatsächlich", sagte ich. „Heute hab ich ein Steak zum Lunch gegessen." Stolz hatte diese letzte Bemerkung ausgelöst. Für mich war es immer noch ein Wunder, daß ich etwas derart Tollkühnes versucht und damit Erfolg gehabt hatte.

„Gut, das ist sicher gesünder", sagte Duncan. Zum erstenmal, seit er hereingekommen war, schaute er mich direkt an. „Du siehst auch besser aus. So richtig munter und zufrieden. Wie hast du das angestellt?"

„Ich hab's dir doch erzählt", sagte ich. „Am Telefon."

„Du meinst dieses Zeug, daß Peter versucht hätte, dich zu vernichten?"

Ich nickte.

„Das ist lächerlich", sagte er ernsthaft. „Peter hat nicht versucht, dich zu vernichten. Das hast du erfunden. In Wirklichkeit hast du versucht, ihn zu vernichten."

Ich hatte ein Gefühl von Schwäche. „Ist das wahr?" fragte ich.

„Erforsche deine Seele", sagte er und starrte mich durch seine Haare mit hypnotischem Blick an. Er trank einen Schluck Kaffee und machte eine Pause, um mir Zeit zu lassen, dann ergänzte er: „Aber die eigentliche Wahrheit ist die, daß Peter überhaupt nichts damit zu tun hatte. Ich war es. Ich hab versucht, dich zu vernichten."

Ich lachte nervös. „Sag das nicht."

„Okay", sagte er, „stets zu Diensten. Vielleicht hat Peter versucht, mich zu vernichten, oder vielleicht hab ich versucht, ihn zu vernichten, oder wir haben beide versucht, uns gegenseitig zu vernichten, wie wär's damit? Was spielt es schon für eine Rolle, die Realität hat dich wieder, du bist Konsumentin."

„Da fällt mir ein", sagte ich, „magst du Kuchen?" Ich hatte noch den halben Rumpf und den Kopf übrig.

Er nickte. Ich holte ihm eine Gabel und nahm die Reste der Leiche von dem Regal, auf das ich sie gestellt hatte. Ich löste die Zellophanhülle. „Hauptsächlich ist es der Kopf", sagte ich.

„Ich wußte nicht, daß du Kuchen backen kannst", sagte er nach dem ersten Bissen. „Fast so gut wie Trevor."

„Besten Dank", sagte ich bescheiden. „Ich koche gern, wenn ich Zeit dazu hab." Ich saß da und schaute zu, wie der Kuchen verschwand, zuerst der lächelnde rosa Mund, dann die Nase und dann ein Auge. Einen Moment war vom Gesicht nichts übrig als das zweite grüne Auge; im nächsten Augenblick war auch das verschwunden. Er fing an, die Haare zu verschlingen.

Es gab mir ein eigentümliches Gefühl von Befriedigung, ihn so essen zu sehen, als wäre die ganze Arbeit doch nicht umsonst gewesen – auch wenn der Kuchen ohne Begeisterungsrufe, sogar ohne erkennbaren Ausdruck verspeist wurde. Ich lächelte ihm zu.

Er lächelte nicht zurück, er konzentrierte sich auf seine augenblickliche Tätigkeit.

Er kratzte mit der Gabel die letzte Schokoladenlocke auf und schob den Teller zurück. „Danke", sagte er und leckte sich die Lippen. „Es war köstlich."

Johann Wolfgang Goethe
Wilhelm Meisters theatralische Sendung

Text und Kommentar folgen Band 9
der Berliner Ausgabe der Werke Goethes
288 Seiten · Brolin
Best.-Nr. 612 781 6
Bestellwort: Goethe, Meister – Brolin

Über mehr als ein halbes Jahrhundert erstreckte sich Goethes Arbeit an dem Romankomplex um Wilhelm Meister. Dieses Werk, dessen ältester Plan vermutlich in die Frankfurter Zeit zurückreicht und das in den ersten Weimarer Jahren in Angriff genommen wurde, beschäftigte, darin nur dem „Faust" vergleichbar, den Dichter weit bis in sein hohes Alter ... Wie der „Urfaust", so blieb auch die Urform des Meister-Romanes, die „Theatralische Sendung", fragmentarisch und wurde nur in einer Abschrift überliefert, die erst viele Jahrzehnte nach Goethes Tod aufgefunden wurde.
Sie ist ein lebendiges und farbiges Zeugnis meisterhafter deutscher Prosakunst.

Aufbau-Verlag Berlin und Weimar

Alfons Petzold

Das rauhe Leben

Der Roman eines Menschen

bb-Taschenbuch 548
408 Seiten · Broschur
Best.-Nr. 613 405 5
Bestellwort: Petzold, Leben bb

Dieser Roman des österreichischen Arbeiterschriftstellers Alfons Petzold (1882–1923) steht in der Tradition der frühsozialistischen Proletarier-Autobiographien. Er ist ein aufschlußreicher Bericht über das Wien der Jahrhundertwende (bis 1908), geschrieben von einem Zeitgenossen Stefan Zweigs, der allerdings die „Welt von gestern" als kranker und oft arbeitsloser Hilfs- und Gelegenheitsarbeiter ganz anders erlebte.

Aufbau-Verlag Berlin und Weimar

Gert Hofmann
Unsere Eroberung
Roman

263 Seiten · Leinen
Best.-Nr. 613 261 5
Bestellwort: Hofmann, Eroberung

Am 8. Mai 1945 wollen die Kinder eines kleinen Fabrikanten ihre Eroberer besichtigen. Sie sehen alles, aber sie erkennen nichts. Sie werden die schwarze Mütze mit den dicken Ohrenklappen nicht los, die ihnen den Eindruck von Stumpfsinn und Beschränktheit gibt, wie es der Vater wünschte. Was vorgeht ist alptraumhaft, in der kindlichen Sicht monströs vergröbert und vergrößert. Eine Bedrohung liegt über allem: Tod und Leben, Ende oder Anfang – ein Raum undenkbarer Möglichkeiten, der zusammenschrumpft auf das Maß des Gewöhnlichen, Unveränderlichen. Die alten Verhältnisse haben die Eroberung unversehrt überstanden.
Gert Hofmann, in Ending bei München lebend, bewies bereits in seinem Roman „Auf dem Turm“ (Aufbau-Verlag 1984) eine eindringliche Erzählkraft.

Aufbau-Verlag Berlin und Weimar

Aus unserem
bb-Taschenbuchprogramm 1989

Hermann Kant: Herrn Farßmanns Erzählungen
Jürgen Kuczynski: Dialog mit meinem Urenkel
Christoph Hein: Das Wildpferd unterm Kachelofen
Die Liebesprobe. Altdeutsche Schwänke
Es waren zwei Königskinder. Eine Auswahl deutscher Volkslieder
Friedrich de la Motte Fouqué: Das Schauerfeld
Bruno Frank: Trenck
Erich Kästner: Montagsgedichte
Leo Perutz: Sankt-Petri-Schnee
Siegfried Lenz: So zärtlich war Suleyken
Alexej Pissemski: Ist sie schuldig? (Arbeitstitel)
Joyce Marlow: Kessie
Margaret Atwood: Die eßbare Frau
Ray Bradbury: Der Tod ist ein einsames Geschäft
Alison Lurie: Affären
Erotisches zur Nacht. Erzählungen
Romain Gary: Die Papierdrachen (Arbeitstitel)
Françoise Sagan: Brennender Sommer
Armand Lanoux: Wenn das Meer zurückweicht